L'AUTRICE

Kalie Cassidy a grandi dans le sud de la Californie. Elle a travaillé une dizaine d'années à Los Angeles comme actrice de théâtre, coach et professeur d'art dramatique. Elle vit aujourd'hui à Cleveland, dans l'Ohio, avec ses deux enfants et son mari. Elle passe le plus clair de son temps à rêver à de nouvelles histoires dans sa bibliothèque, à jardiner et à se promener dans les bois alentour.

Kalie Cassidy

LE CRI DES PROFONDEURS

Traduit de l'anglais (États-Unis) par Flore Rochas

R

Collection dirigée par Dorothy Aubert

Titre original : *In The Veins of The Drowning*
Première publication aux États-Unis
par Little, Brown and Company,
New York, USA.

ISBN : 978-2-221-28167-3
ISSN : 2258-2932
Dépôt légal : novembre 2025
Éditions Robert Laffont – 92, avenue de France, 75013 Paris
info@lisez.com

Pour ceux qui cherchent un foyer.
Puissiez-vous le trouver, et qu'il soit robuste et chaleureux.

NOTE DE L'AUTRICE

Le cri des profondeurs est une histoire sur l'appartenance, l'amour et l'identité. Si elle explore essentiellement le côté lumineux de ces thèmes, elle contient aussi une imagerie plus sombre susceptible de choquer certains lecteurs, notamment des scènes de sacrifices et d'abus. Une liste plus exhaustive est disponible sur le site de l'autrice.

Tout au fond, dans la mer, elle attend.
Je m'éveille, elle s'efface. Je m'endors, elle surgit.
Elle est prisonnière d'un corps décrépit, et un pouvoir ancestral familier vibre dans ses veines.
Elle est la main griffue fouillant dans les vagues.
Le poing serré sur mes entrailles.
Toujours tapie dans la mer. Toujours tapie dans mes rêves.
Elle est pur désir, et je la connais bien.

PREMIÈRE PARTIE

LA MONTAGNE

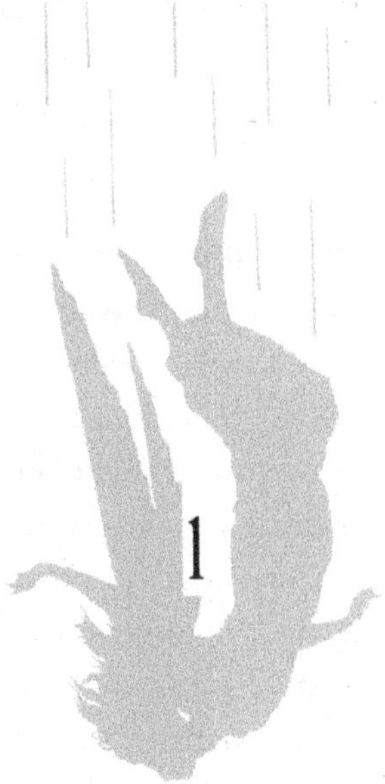

1

L'odeur de la mer saturait l'air. Je pouvais presque goûter ses effluves, enroulés tels des tentacules dans la chaleur de la salle du trône.

Elle m'emplissait d'effroi.

Les invités arrivaient à flux continu depuis le grand hall d'entrée, leurs gloussements et leurs bavardages amplifiés par le marbre. Je préférais rester à la marge, près des murs blancs comme des ossements. J'avais réussi jusqu'ici à me tenir à l'écart. J'avais passé ma vie à ignorer l'appel de la mer, et voilà qu'il franchissait sournoisement les remparts de Fort Linum, passager clandestin accroché aux tissus précieux des convives venus de loin.

— Imogène ? Qu'y a-t-il ? Tu es si pâle.

Agatha me considérait d'un regard inquiet. Elle n'avait pas beaucoup changé depuis l'époque où elle faisait office de gouvernante, lorsqu'elle n'était encore qu'une adolescente et moi une gamine de six ans. Elle avait conservé sa beauté juvénile, sa peau d'un marron profond était toujours lisse, ses boucles, aussi brillantes et noires que l'encre. Pas de rides au coin des yeux, mais il est vrai qu'il faut sourire souvent pour les gagner.

— C'est la robe, expliquai-je en posant une main sur ma poitrine, où mon cœur palpitait follement. Elle est trop serrée. Tu veux bien détendre les lacets ?

— Ils ne sont pas assez longs, répondit-elle, agacée. Je ne comprends pas pourquoi tu as accepté de porter une telle abomination. Ni pourquoi tu as accepté d'épouser un homme dont le métier consiste à chasser et tuer…

Elle ajusta le ruché de l'épaulette en secouant la tête.

— Agatha, s'il te plaît, dis-je, tout en observant la pièce, les tables chargées de nourriture, la lumière vacillante des bougies, les coupes pleines de vin. Pas maintenant.

— Alors quand ? Le mariage est dans deux jours.

— Je suis au courant.

Je vis dans son regard une lueur de désespoir qui me tordit le ventre.

— Tu sais qu'on ne m'a pas donné le choix, ajoutai-je.

Tendue, elle étudia la grande salle avant de se pencher à mon oreille.

— On pourrait s'enfuir, chuchota-t-elle. On aurait dû partir il y a des années. Il existe peut-être un moyen…

Je l'attrapai par la main et la traînai de l'autre côté de la table d'honneur, jusqu'à une petite alcôve plongée dans l'ombre.

Ses grands yeux bruns inquisiteurs brillaient comme du bois poli.

— Agatha, ça suffit. Je t'en prie, arrête de condamner mes efforts pour tirer le meilleur parti de cette situation. Je me suis bien débrouillée pour rester en sécurité ici, non ? Et je vais continuer. Il le faut.

Ses épaules s'affaissèrent sous le poids de la déception, mais elle durcit le ton.

— Si ce mariage et le malheur qu'il t'apportera ne suffisent pas à te faire prendre conscience que ta place n'est pas ici... j'ai peu d'espoir que quiconque y parvienne.

Je voulais relever le menton pour paraître sûre de moi. Pour qu'elle me croie aussi courageuse et intrépide qu'elle l'était. Mais c'était faux.

— Tu es injuste. Où irais-je ?

Dans ma voix résonnaient l'accablement et la peur. Elle leva les bras au ciel, exaspérée.

— Eh bien, on ne le saura jamais, n'est-ce pas ?

Une boule se forma au creux de mon ventre. L'après-midi était à peine entamé et le banquet des fiançailles ne battrait pas son plein avant un bon moment. Je cherchai mon fiancé dans la foule, mais ne vis aucune trace de lui. Ni du roi Némée. Les fêtards continuaient d'affluer par les portes monumentales de la salle du trône, apportant dans leur sillage toujours plus d'air iodé. Ma respiration se fit hachée.

— Je reviens tout de suite.

Agatha me prit la main et la serra fort.

— Pardon. Je voudrais seulement que tu...

— Je sais. Ça va. J'ai juste besoin de prendre l'air.

— Je viens avec toi.

Même dans la pénombre, je voyais le corps menu d'Agatha crispé par la contrariété, et la boule dans mon ventre grossit un peu plus. Je me sentais impuissante pour mille raisons, mais ce qui me bouleversait, c'était de savoir que mes carences étaient la cause des souffrances d'Agatha.

— Non. Invente une excuse au cas où on remarquerait mon absence. Je n'en ai pas pour longtemps.

Je m'échappai sans lui donner le temps de protester, traçant mon chemin à travers les grappes de visiteurs pour franchir les grandes portes en chêne. Je ne me rappelais pas avoir déjà vu Fort Linum aussi encombré, mais en jouant des coudes je parvins à rejoindre la haute-cour, puis le sentier étroit et tortueux qui menait aux parapets du fort. Dehors, l'air était frais et léger. Débarrassé de ses relents iodés.

Mes palpitations cessèrent instantanément.

Ma jupe trop large frottait contre les murs où restèrent accrochées quelques perles, mais je poursuivis ma laborieuse ascension. Mon lieu préféré de Fort Linum, celui d'où l'on avait la vue la plus incroyable sur la mer, se trouvait au bout des remparts, en haut d'une volée de marches. J'étais à bout de souffle quand j'atteignis le lieu isolé.

Tirant sur mon corsage, je suivis du regard la mince ligne grise de la plage du nord qui serpentait au loin. Sur une carte, l'île de Seraf ressemblait à une grande mâchoire qui s'avançait dans les eaux de Leucosie. Elle était constituée de pics acérés et de vallées avides, et sur son plus haut sommet le roi Némée avait bâti son fort. Il l'avait construit à la force de sa volonté, le taillant dans la roche, le fichant entre les dents irrégulières de l'île comme un morceau de cartilage.

Je tentai d'apaiser mes angoisses en expirant longuement, mais sentis monter les larmes. C'était inexplicable : mon mariage imminent m'emplissait en égale mesure de terreur et d'impatience. J'en redoutais les conséquences tout en croisant les doigts pour que tout se passe bien. Je frappai le mur du plat de la main.

— Saletés de dieux !

— La fête a déjà commencé ? lança une voix grave et voilée.

Je sursautai, fis volte-face et découvris, à l'extrémité du poste de guet, une haute silhouette ténébreuse adossée à la muraille. L'homme portait une chemise blanche, rentrée avec soin dans son pantalon. Ses bottes noires étaient impeccablement cirées. Sans doute l'un des nombreux hôtes tout juste arrivés qui pullulaient à présent dans le fort, excités par cette rare invitation à se repaître du spectacle. À constater de visu ce qu'étaient devenus, au cours des décennies, l'île de Seraf et son roi reclus rongé par la haine.

J'ajustai ma robe en le fixant d'un regard noir.

— Si vous étiez un gentleman, vous vous seriez annoncé quand je suis arrivée.

Il le reconnut d'un hochement de tête. Le front plissé, il examina la profusion de ruchés de soie rouge bordant mon décolleté plongeant, les lourdes perles de verre rouge sang – la couleur du roi – brodées sur le corsage. La robe était tape-à-l'œil et démodée. Un sourire sardonique tordit ses lèvres.

— Aussi improbable que cela paraisse, je ne vous avais pas remarquée tout de suite.

D'humeur fragile, j'eus envie d'effacer son rictus suffisant. Je pris un air offusqué.

— Comment osez-vous vous moquer, monsieur ?

Il écarquilla les yeux d'indignation.

— Je ne me moquais pas.

— Bien sûr… Je désirais un peu de solitude, mais chaque centimètre carré de ce fort grouille de gens mal élevés, y compris ce chemin de ronde.

Il ouvrit la bouche, puis la referma. Un long moment, il se contenta de me dévisager d'un air perplexe.

— Eh bien, dit-il enfin en s'approchant, vu que nous espérions tous deux être seuls, nous pourrions peut-être profiter ensemble de cette solitude. À moins que vous ne soyez pas d'humeur à partager…

Je soutins son regard. Il me rappelait l'été. Une peau d'un brun doré, des yeux vert sombre comme les feuilles de juin. Le vent ébouriffait ses cheveux noirs, dont une mèche retombait sur son front. Il avait un maintien royal, était très grand, bien bâti et plein de grâce, mais ce fut sa morgue qui me persuada de sa noble naissance. Je brûlais de lui répondre non, juste parce qu'il semblait n'avoir pas l'habitude d'entendre ce mot, mais quelque chose me retint.

— On peut partager, dis-je, mais seulement si vous promettez de ne plus rire de cette robe ridicule.

Une respiration. Une deuxième. Puis son rictus se mua en un chaud sourire qui creusa des fossettes dans ses joues.

— Un défi de taille.

Je feignis d'être outragée.

— Pardon, dit-il en levant les mains dans un geste de conciliation, reprenant son sérieux. Je suis juste soulagé que vous ayez conscience du caractère… remarquable de cette robe.

— Évidemment… On ne peut pas me rater.

Il sourit de nouveau en s'accoudant au mur crénelé et contempla la vue. S'installa alors un long silence, que je finis par rompre.

— Et pourquoi donc cherchez-vous à fuir les réjouissances ? C'est étrange de venir jusqu'ici pour finalement se cacher.

— Ce fort… C'est un endroit déplaisant, dit-il d'une voix sombre, troublée. En plus le vin est très mauvais. Et vous, quelle est votre excuse ?

Je lorgnai son profil bien dessiné. Il avait quelque chose d'engageant qui m'encourageait à lui dire la vérité. Au lieu de quoi, j'éludai.

— Mieux vaut éviter le vin, dis-je. Attendez-vous à un mal de crâne carabiné et des aigreurs d'estomac si vous en consommez trop.

— Il faudrait me payer.

Nous restâmes un instant côte à côte à admirer les montagnes, les vieux cyprès tordus et, au-delà, le ruban scintillant de la mer.

— Quelle vue ! s'exclama-t-il.

Elle s'étendait sans limites, me donnant le sentiment d'être insignifiante.

— En effet. Pourtant, je ne crois pas que ce soit pour cela que Némée a bâti son fort sur les hauteurs.

Il émit un grognement sourd en m'entendant prononcer le nom du roi. Son humeur soudain assombrie, il s'adossa au mur des remparts.

— Vous ne l'aimez pas, je me trompe ? repris-je.

Ils étaient peu nombreux, ceux qui l'appréciaient.

L'homme me jeta un regard en coin.

— J'ai eu vent de rumeurs selon lesquelles ce fort a été construit à cette hauteur pour que le roi puisse précipiter les gens par la fenêtre en étant certain qu'ils mourraient.

Je ricanai. Némée ne se contentait pas de défenestrer ses sujets, il avait la cruauté bien plus inventive.

— Une rumeur intéressante. Et vous y croyez ?

Il me scruta d'un regard inquisiteur. Il m'étudiait, comme s'il faisait l'inventaire de chaque trait de mon visage, qu'il y cherchait quelque chose. En fin de compte, d'une voix qui grondait dans sa poitrine comme l'orage sur les vallées, il dit :

— Je crois que la seule raison qui pousserait une personne à vivre si haut, si loin du monde, c'est qu'elle ait quelque chose à craindre ou à cacher.

J'eus un hoquet de surprise. Je me tournai vers la mer, clignant des yeux pour retenir les larmes qui menaçaient de nouveau de couler, avec le sentiment d'être à nu.

— Je vous ai froissée ?

— Pas du tout, répondis-je en relevant ma jupe pour redescendre l'escalier. Si vous voulez bien m'excuser…

— Attendez, dit-il en s'avançant d'un pas, une main raffinée levée en signe de paix. Puis-je vous offrir mon aide ?

Le pli sérieux de son front me donna envie de cracher par terre.

— J'ai l'air d'en avoir besoin ?

— Oui, déclara-t-il d'un ton ferme, apparemment insensible à mes variations d'humeur. Vous avez les larmes aux yeux.

J'ouvris la bouche – pour dire quoi, je n'en savais rien – mais il me devança.

— L'entrée, les salles et les couloirs du fort sont pleins d'invités avides de ragots. Comme nous l'avons établi, vous êtes très… voyante dans cette robe. Il serait sage d'attendre quelques instants avant de vous montrer.

Sa prudence extrême me stupéfia. Quelque chose émanant de sa personne m'incitait à céder. Peut-être sentais-je qu'il n'y avait chez lui aucune méchanceté, aucune impatience. Je percevais sa constance, une qualité enracinée, inamovible qui me donnait envie de m'attarder. Je demeurai un moment, les yeux rivés aux siens, au sommet de l'escalier.

Un coup de vent violent tonna contre le mur en dessous de nous. Il hurla aux quatre coins du fort et souffla dans nos cheveux. Je reculai d'un pas.

— Merci pour la conversation, dis-je sèchement. Profitez de la vue sur les horreurs de Seraf, monsieur. Elles sont aussi inépuisables que le mauvais vin.

Lorsque je revins dans la salle du trône, elle était pleine à craquer, saturée de musique enlevée, de corps échauffés par la fête et de cet air salé si inhabituel.

Agatha se tenait à mon côté, son bras passé sous le mien. Elle prit une profonde inspiration et frissonna.

— Ce n'est pas plus mal que tu ne puisses pas respirer.

Je me contentai de grogner, ne trouvant pas ça drôle. La conversation sur le chemin de ronde tournait en boucle dans mon esprit, et l'étrange pincement au cœur qui m'avait saisie plus tôt était de retour.

— J'ai besoin de vin.

— Il est encore plus mauvais que d'habitude.

Elle but une gorgée de son verre à moitié vide et grimaça.

— Dans ce cas, je l'avalerai vite.

Slalomant entre les petits groupes d'invités qui conversaient à voix basse, je la précédai vers le buffet des boissons. Je descendis un verre d'un trait puis tentai de respirer, ce qui me valut un regard noir d'Agatha.

— Némée a ordonné exprès que cette robe soit coupée trop serré, tu le sais.

Son humeur ne s'était pas améliorée.

— Oui, je sais.

Némée voulait que ma robe soit aussi lourde et douloureuse à porter que des chaînes. Visiblement coûteuse et criarde, afin que ses visiteurs remarquent sa pupille, qu'ils l'observent avec attention, et que je sois obligée de dissimuler ma douleur. Il voulait me rappeler que même mariée, je resterais soumise à son contrôle.

— J'espère que tu trouveras quelqu'un avec qui danser, dis-je d'une voix adoucie, m'efforçant de changer de sujet. Je sais que tu adores ça. L'horreur de ma situation ne devrait pas te gâcher la soirée.

— Elle est pourtant difficile à ignorer.

Je regardai les premiers danseurs tournoyer, laissant les vibrations du tambourin et du luth étouffer les palpitations de mon cœur.

— Comment s'est passé le dîner avec ton ardent capitaine, hier soir ? demanda Agatha d'un ton plein de sarcasme. Ton futur mari est-il conforme à nos attentes ?

On s'était préparées à ce qu'il soit rude et ennuyeux, mais à ma grande surprise il n'était ni l'un ni l'autre. J'avais été étonnée par son esprit. Il était poli et offrait une conversation réfléchie. Il m'avait embrassée tendrement en partant.

— Ça s'est bien passé. Il s'est montré gentil.

— Gentil…

— Je… Je veux dire… Simplement, je n'ai pas eu peur de lui.

À côté de moi, une femme poussa une exclamation en pointant du doigt les grandes portes en chêne de la salle du trône. Elle n'était pas la première. De nombreuses damoiselles avaient manqué défaillir, cherchant l'appui de leurs amis ou de leur cavalier, à la vue de l'aile de sirène accrochée au-dessus de leur tête, qui formait un contraste saisissant avec le mur blanc. Les grandes plumes étaient déployées ; de solides vis plantées dans l'os la fixaient à un support en bois. La faible lumière dorée des chandeliers ne rendait pas justice à la profusion de couleurs qui moiraient le plumage noir – les bleus et les verts irisés à la base de l'aile, le violet à son extrémité échancrée –, mais j'aurais pu les peindre de mémoire. Mes yeux se posèrent sur l'inscription gravée dans le marbre juste en dessous.

LE MONSTRE EST TOUJOURS OCCIS

Cette devise était la racine noire de la cruauté du roi Némée et la raison pour laquelle tous les autres souverains de l'archipel le détestaient. Voilà pourquoi ces gens avaient navigué pendant des jours sur des eaux traîtresses afin de visiter ce pauvre rocher désolé qu'était l'île. Durant des décennies, le roi Némée s'était aliéné toutes les bonnes volontés par sa pratique odieuse de la chasse aux sirènes divines.

On s'éloigna du groupe de jeunes femmes, qui m'avaient repérée et m'observaient avec condescendance. Némée avait parfaitement réussi à faire de moi un épouvantail ridicule. On se glissa dans un recoin près de l'estrade, où le roi Némée discutait avec la reine des royaumes unis de Della et Gos. Némée était grand et baraqué, avec un buste puissant. Ses cheveux noirs désordonnés parsemés de mèches grises contrastaient avec sa peau blanche. Un rare sourire donnait à son visage étroit, à l'expression habituellement maussade, une apparence étrange. Il gesticulait fièrement en bombant le torse, et le pourpoint écarlate qu'il portait, orné de boutons en rubis, paraissait trop raffiné pour ses manières rugueuses.

— Il est tout à fait radieux, marmonna Agatha, qui le fixait d'un regard haineux.

— Je ne comprends pas comment tu peux afficher ton mépris aussi ouvertement. Tu n'as pas peur qu'il le remarque ?

— Je ne peux pas faire autrement. Les muscles de mon visage ne le permettent pas.

Elle tenta un sourire en coin qui n'atténua en rien son air lugubre.

— Je reviens dans un instant, dit-elle. Je vais me resservir un peu du mauvais vin de Némée.

Je restai à l'écart, toujours près de l'estrade éclairée par la lumière tremblotante d'une demi-douzaine de chandeliers. Les invités aux tenues chamarrées étaient insouciants, échauffés par le vin, la danse et les rires. Apparemment, aucun n'avait remarqué les soldats haut gradés de Némée qui rôdaient parmi eux, telle la mort elle-même, revêtus de leur amure noire comme la nuit. Je les scrutai un à un, me demandant où pouvait bien être leur capitaine – mon fiancé. À la lueur des bougies, la grosse bague qu'il m'avait offerte semblait emprisonner les flammes entre ses facettes.

La gemme, un spinelle, était gris anthracite, comme la mer par temps d'orage. On n'en trouvait pas dans l'archipel leucosien. Ils étaient extraits exclusivement dans les mines du continent nordique d'Obélia, et nul capitaine d'aucun royaume n'avait les moyens d'acheter une telle pierre. Je supposais donc que c'était un cadeau de Némée.

Je fis tourner la bague avec mon pouce. C'était un joug, rare et onéreux, mais un joug quand même. Et j'étais cloîtrée ici, certes, mais surtout j'étais en sécurité. Sur la montagne du roi Némée, mon esprit ne s'égarait que rarement dans ses replis les plus sombres, où des visions de chairs mutilées, d'eaux noires et de rigoles de sang tentaient de m'attirer. Ici, je pouvais vivre une existence morne et paisible. Je ferais tout ce qui était en mon pouvoir pour que ça ne change pas.

Le roi Némée monta sur l'estrade. La table d'honneur qui y était dressée croulait sous les offrandes traditionnelles apportées des royaumes voisins. La pièce de soie rouge qui servait de nappe était brodée de sinueuses anguilles noires. Un cadeau de Della et Gos, sans doute, car ces royaumes étaient connus pour leur culture des vers à soie. De grandes compositions de fleurs rouge sang venaient probablement de Varya. Némée s'empara d'une coupe d'argent toute neuve, ornée de rubis.

— Ne reste pas à l'écart, Imogène, dit-il sans me jeter un regard. Viens ici.

Prenant garde à ne pas froisser ma jupe, je gravis les marches pour aller me placer à son côté. Il me prit les mains et souleva mes bras. Ses yeux gris impassibles étudiaient les détails compliqués de ma tenue. Les épingles qui retenaient ma chevelure, les lourds rubis qui pendaient douloureusement à mes oreilles.

— La robe te sied à merveille, déclara-t-il sur un ton narquois.

— Elle est parfaite, Majesté, dis-je avec un faible sourire.

Il leva une main puissante et tira sur une boucle brune qui reposait sur mon épaule.

— Qu'est-ce que c'est que ça ?

— Cette boucle, Majesté ?

— Tu devais relever tes cheveux, entièrement. Conformément à mes instructions.

Son regard froid se fit glacial. Il ne m'avait donné aucune instruction. M'inclinant en une profonde révérence, je répondis :

— Bien sûr, Majesté. Je peux aller…

Il fit non de la tête, un geste qu'il réussit à rendre à la fois incroyablement cinglant et méprisant.

— Ça ira, dit-il avant d'embrasser du regard la salle du trône brillant de mille feux, pleine de convives. C'est quelque chose, non ?

— Oui.

— Et toi…

Il posa doucement une main sur ma joue, et je me figeai dans une immobilité de pierre. Il ne m'avait jamais frappée, mais j'avais déjà vu ses doigts se crisper, comme s'ils n'attendaient que ça. Je savais combien sa voix suave pouvait tonner, avec quelle facilité il pouvait ordonner qu'on m'enferme toute une semaine.

— Es-tu heureuse ?

Cette étrange question m'interloqua.

— Oui. Comment ne pas l'être ?

— Exactement. La robe, le banquet… tu ne les mérites pas.

— En effet, Majesté.

Son regard se fixa sur quelqu'un à l'autre bout de la grande salle, et ce fut comme si la foudre l'avait frappé. Il me prit par le poignet et me fit descendre de l'estrade.

— J'imagine que tu ne réfléchis pas souvent aux devoirs d'un roi, n'est-ce pas ?

— Pas souvent, Majesté. Mais ça m'est arrivé.

J'avais du mal à le suivre tandis qu'il m'entraînait rapidement à travers la foule.

— Et qu'est-ce que tu en penses ?

La musique enfla, les cordes et un tambour battant comme un cœur emplirent mes oreilles. Les gens se dirigèrent vers le centre de la salle, où la prochaine danse allait commencer.

— Du devoir, précisa-t-il. Crois-tu qu'on accomplit son devoir en renonçant à une part de soi-même ou bien en grandissant, en accumulant, afin d'être en mesure de faire le nécessaire quand il le faut ?

— Majesté, je ne comprends pas bien. Les deux, peut-être ?

On s'arrêta brusquement face à un mur de soldats en armure dorée. Ils étaient six, tous larges d'épaules et immobiles, leurs plastrons et brassards gravés de lianes fleuries.

— Théodore Ariti ! aboya Némée.

— Bonjour, Némée, rétorqua une voix bougonne derrière les soldats.

Je reconnus son timbre grave et un peu rauque. Les gardes s'écartèrent, et l'homme du chemin de ronde apparut. Vêtu d'un superbe manteau vert sombre, il avait encore plus fière allure, malgré son air renfrogné. Nichée dans les ondulations de sa chevelure noire brillait une couronne dorée de laurier tressé. Il ouvrit des yeux ronds en me reconnaissant.

Je détournai rapidement le regard, sentant le rouge me monter aux joues, et saluai d'une profonde révérence le roi de Varya.

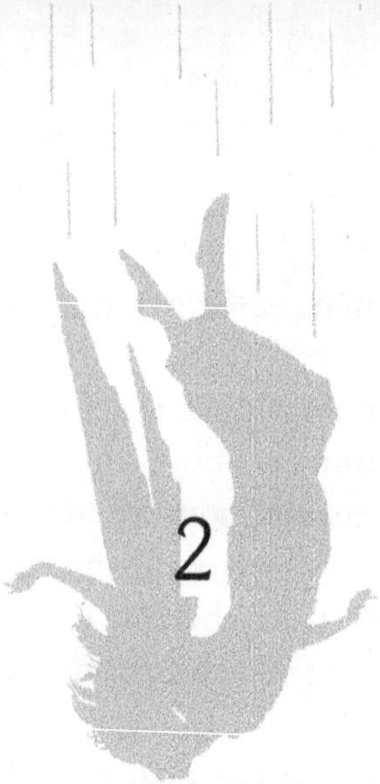

2

Le roi Théodore avait vingt-sept ans – une année de plus que moi –, et depuis qu'il était monté sur le trône sept ans auparavant, Némée n'avait cessé de se plaindre. « L'enfant-roi », comme il l'appelait, était trop hautain, trop bon, trop aimé, trop honorable pour faire un souverain que Némée puisse respecter.

— J'ai amené la future mariée pour qu'elle fasse votre connaissance, déclara Némée. Lady Imogène Nel. Nous parlions justement des devoirs d'un roi. Elle adorerait entendre votre avis sur la question pendant que vous l'emmènerez faire un tour sur la piste de danse.

Le roi Théodore m'observa encore un instant avant de se tourner vers Némée.

— Très bien, Némée. Elle veut discuter du sens du devoir qui sied à un roi ? Si la danse est assez longue, on pourra méditer sur le fait que vous en êtes totalement dépourvu.

Sa témérité me laissa abasourdie. Il ne prenait pas la peine de ménager la susceptibilité de Némée, contrairement à la cour – contrairement à moi. Avant que Némée puisse répliquer, le roi Théodore me tendit la main et, mortifiée, j'y plaçai la mienne. Sa paume pleine de cals était rugueuse, mais son contact était doux et chaud. Notre échange sur le chemin de ronde me revint douloureusement à l'esprit. Je m'étais montrée émotive, désobligeante et impolie. Tandis que le roi Théodore me guidait vers la piste de danse, le regard chargé de Némée me transperça comme une lame. Ce qu'il attendait de moi était très clair : que je charme mon cavalier, que je l'amadoue.

— Je vous prie de me pardonner, Majesté, dis-je d'une petite voix. J'ignorais qui vous étiez. Je ne me serais jamais permis une telle familiarité si…

— Où est votre fiancé, Lady Imogène ? demanda-t-il en se fichant totalement de mes excuses.

— Je… Je ne sais pas. Peut-être le capitaine se cache-t-il quelque part, rongé par le trac, se préparant à supplier Sa Majesté de rompre nos fiançailles.

— Le capitaine serait-il un idiot, en plus d'être un meurtrier ?

Je fus frappée par ses mots, sans savoir si je devais être flattée ou humiliée. Dans un silence tendu, nous trouvâmes notre place sur la piste. Son regard pesait sur moi, alors que je gardais les yeux fixés sur le mur derrière lui, sur l'aile de sirène désincarnée qui y était suspendue.

L'orchestre jouait une mélodie entraînante. À l'idée de danser un interminable quadrille avec lui, je plaquai un sourire forcé sur mon visage. Je parlai plus fort pour couvrir la musique, m'efforçant cette fois d'avoir l'air enthousiaste.

— Votre présence m'honore, Majesté. Je sais que vous venez de loin.

Il posa une main sur ma taille, et les pas rapides du quadrille commencèrent.

— Je ne pouvais pas manquer cette formidable occasion de m'extasier sur les horreurs de Seraf, n'est-ce pas ? dit-il en m'observant avec attention. Je connais votre servante, Agatha.

Il la désigna du menton ; debout à l'autre extrémité de la pièce, elle jetait des regards furieux à la foule de danseurs, un gobelet à la main.

— Et je suis très étonné de la trouver ici.

Son mépris pour « ici » était évident, à sa façon de cracher le mot entre ses dents serrées.

— Je ne savais pas que vous vous connaissiez. Comment vous êtes-vous rencontrés ?

C'était difficile d'imaginer qu'Agatha ait pu avoir une vie avant d'entrer dans la mienne.

— Elle a été ma gouvernante... pendant un moment.

Elle devait être à Varya juste avant de venir à Seraf.

— Elle était la mienne aussi. Vous grondait-elle quand vous n'écriviez pas bien sur la ligne avec la plume ?

— Non, répondit-il platement. J'écrivais toujours bien sur la ligne.

— Oh, je vois.

Où étaient passées la gentillesse, la chaleur que j'avais vues en lui plus tôt ? Les pas de danse étaient rapides et compliqués. Je me glissai sous le bras du roi Théodore, fis un petit saut et une pirouette, le souffle coupé par ma robe qui ceignait mes côtes comme un poing fermé. Je revins face à lui et plaçai ma main dans la sienne, mais il ne resserra pas les doigts sur ma paume. Il nous interrompit en pleine danse.

— Il y a un problème, Majesté ? demandai-je en grimaçant sous l'effet d'un point de côté.

— Oui. Vous ne pouvez pas respirer.

— S'il vous plaît, dansons, dis-je en jetant un regard circulaire, la poitrine soulevée par l'effort, craignant de provoquer une scène et d'attiser la colère de Némée. Je vais très bien.

— Vous haletez comme un chien.

Impossible de savoir s'il était agacé ou inquiet.

— Je vous en prie, je ne veux pas déranger les autres danseurs. Tout va bien, merci.

Il finit par reprendre la danse, mais deux fois moins vite. Nous nous promenions entre les autres couples, à la fois en rythme avec la musique et décalés par rapport au reste des danseurs. Nous nous tenions aussi proches que ma jupe le permettait.

— Que faites-vous ? chuchotai-je.

— Je vous laisse reprendre votre souffle.

— J'ai dit que c'était inutile.

J'étais au bord de la panique. Du coin de l'œil, Némée nous surveillait, la colère échauffant son visage rougeaud.

— C'est Némée qui vous a obligée à porter cette robe ridicule ? demanda mon cavalier d'une voix profonde et douce qui me fit frissonner.

— C'est un cadeau, répondis-je sèchement. Il voulait que la soirée soit parfaite, et il a fait coudre la robe sur mesure exprès pour l'occasion.

— C'est remarquable.

— Quoi donc ?

— Némée est cruel jusque dans ses présents.

La musique ronronnait, une mesure après l'autre. Les rires des danseurs grinçaient à mes oreilles, et le roi Théodore maintenait notre rythme d'une lenteur exaspérante, me guidant avec aisance. J'affichais une expression neutre et aimable, le regard fixé au-dessus de son épaule.

Il s'écarta, à peine, et inclina la tête.

— Il me semble vous connaître.

— Ah bon ? Peut-être notre conversation de tout à l'heure vous donne-t-elle cette impression ?

— Non, ce n'est pas ça.

Comme sur le chemin de ronde, il me dévisageait d'un regard méticuleux, critique.

— Je vous assure que vous ne m'avez jamais vue avant aujourd'hui. Je suis née ici. Je n'ai jamais quitté Seraf. Quand je suis devenue orpheline, le roi Némée, dans sa magnanimité, a fait de moi sa pupille.

— Et pourquoi, à votre avis ? dit-il avec un rire amer.

Je pinçai les lèvres, peu encline à lui fournir la véritable raison : ma famille était riche et c'était mon héritage qui maintenait à flot le royaume de Némée.

— Il faudra lui poser la question vous-même.

— Je préfère éviter de parler à cet homme, aussi me risquerai-je à une hypothèse.

J'avais repris mon souffle, mais il maintenait notre allure d'escargot.

— Vous êtes un bouquet de menthe dans une bouche fétide. Vous êtes le baume qui apaise le fouet de sa cruauté. Pourquoi donc vous habillerait-il avec la moitié des cristaux de l'archipel si ce n'était pour donner l'illusion que ses coffres et son cœur possèdent des profondeurs insoupçonnées ? Dans son esprit, on ne peut pas le considérer comme réellement détestable alors qu'il s'est occupé d'une personne aussi adorable que vous.

Je ne cachai pas ma grimace. Il ne me faisait pas un compliment ; non, ses mots étaient empreints d'un dégoût cinglant. Malgré tout, je réussis à lui adresser un grand sourire.

— Et vous, Majesté, vous êtes bien trop malin pour vous faire avoir par son stratagème. Vous n'avez pas l'air de succomber à mon charme.

Avec audace, je soutins son regard, et il s'arrêta net, me dévisageant d'un air ébahi. Il lâcha ma main, libéra ma taille.

— Si, je vous connais.

— Quoi ? Je vous en prie, vous nous donnez en spectacle.

Il hochait la tête de droite à gauche, de façon presque imperceptible, mais ses yeux inquisiteurs semblaient étudier chacun de mes traits – la courbe de mes sourcils, la pente de mon nez, le dessin de mes lèvres et la pointe de mon menton.

— Que faites-vous ? dis-je en levant les bras, attendant qu'il reprenne ma main.

Le roi Némée s'était avancé au bord du parquet de danse, affichant un air suspicieux.

— Je vous en prie, Majesté, vous attirez l'attention.

Le roi Théodore recula d'un pas. Une jeune femme heurta son dos en pirouettant, sans pour autant faire dévier son regard. Pour finir, il se dirigea vers ses gardes, me laissant plantée au centre de la salle tandis que la musique s'amenuisait peu à peu.

Des doigts saisirent rudement mon bras, me tirant sur le côté.

— Qu'est-ce que tu lui as dit ? gronda Némée à mon oreille.

— Rien du tout, Majesté. Il a dit qu'il me connaissait. Je ne sais pas ce qu'il entendait par là.

J'avais le cœur au bord des lèvres et la gorge nouée.

— Viens.

Némée me prit par la main et me traîna à sa suite. Il me serrait trop fort et progressait à grandes enjambées d'un pas lourd. Il monta sur l'estrade, et je réussis tout juste à gravir la contremarche derrière lui. Sa poigne m'écrasant la main, il prit sa coupe cloutée de rubis et but longuement.

— Qu'a-t-il dit d'autre ?

— Il a fait des compliments sur ma robe.

Je me forçai à lui adresser un regard chaleureux. Je mis dans ma voix toute la gratitude dont j'étais capable, mais je n'osai pas retirer ma main de la sienne.

— Il s'est aussi extasié sur le banquet. Et je suis d'accord avec lui. Je ne sais comment vous remercier, Majesté, de nous avoir offert, au capitaine et à moi, une telle fête.

Sa prise sur ma main se resserra encore. La bague que m'avait donnée le capitaine Ianto mordait dans ma chair.

— Tu ne croyais tout de même pas que tout ceci t'était destiné ?

Je secouai la tête, m'efforçant de dissimuler ma douleur.

— Non, Majesté, bien sûr que non. Je voulais seulement vous exprimer ma reconnaissance. Comme vous l'avez dit, j'ai déjà reçu bien plus que je ne mérite.

Il poussa un grognement, et mes articulations craquèrent dans l'étau de sa main. Mais sa voix… sa voix se fit aussi douce qu'une plume.

— Tu étais censée le rendre inoffensif, Imogène. L'amadouer. Il ne manquerait plus que ce crétin arrogant me déclare la guerre.

Un liquide poisseux et chaud coula entre mes doigts.

— Vous me faites mal, murmurai-je.

Mais Némée ne m'écoutait plus. Il avait reporté son attention sur le capitaine Evander Ianto, qui se tenait au pied de l'estrade, l'air redoutable et la tenue en désordre. Il serrait contre sa hanche son casque noir. Ses cheveux blonds étaient en bataille et sa peau bronzée luisait de transpiration.

— Vous voilà ! aboya Némée.

Il me libéra enfin, et je fermai le poing pour dissimuler le sang qu'il avait fait couler.

— Pardonnez-moi, Majesté.

Evander s'inclina. Il avait les joues rougies par l'effort. Du sable humide collait à ses bottes.

— J'ai été retenu à Port Helris. Les navires affluaient sans discontinuer, et mes hommes avaient besoin de soutien.

Némée hocha la tête d'un air approbateur. Son capitaine était avant tout un bon soldat.

— Prends-la, dit le roi en me congédiant d'un geste de la main.

J'exécutai une révérence profonde et respectueuse. Puis, faisant taire la douleur, je m'approchai du bord de l'estrade. Au lieu de m'aider, Evander renversa la tête en arrière pour me contempler. Il ne me regardait pas comme Némée le faisait, afin de jauger mes déficiences. Ni à la façon du roi de Varya : troublante, scrutatrice et mal aimable. Non, cet homme-là me considérait avec une adoration solennelle et surprenante, que je savourais.

Je luirendis son regard. J'avais toujours trouvé le capitaine bel homme, avec ses yeux couleur d'ambre et les pattes-d'oie qui les bordaient comme des rayons de soleil. J'aimais les taches de rousseur qui parsemaient son nez, ses traits au dessin charmant. Il sourit.

— Vous êtes… très belle.

Il détailla ma tenue et baissa la voix.

— Et votre robe a l'air très inconfortable.

— Je suis désolée de vous décevoir, mais elle m'empêche absolument de danser le quadrille.

— Dans ce cas, nous danserons la valse, dit-il avec un sourire.

Il tendit une main pour m'aider à descendre, mais en me retrouvant devant lui, à sa hauteur, je me figeai. L'odeur de la mer flottait tout autour de lui. Les embruns salés recouvraient son armure, sa peau, et ils s'insinuèrent dans mes narines. Une chaleur enivrante me submergea, telle une vague léchant avidement la rive.

— Je n'ai pas mis ma tenue de bal, s'excusa-t-il. Voulez-vous que j'aille me changer ?

— Non.

Je plaçai ma main meurtrie dans le creux de son bras, et il nous promena sur les pourtours de la salle, observant les festivités avec un petit sourire narquois. J'entendais parler du capitaine depuis des années, même si nous avions rarement discuté. Ça ne faisait que deux semaines qu'on m'avait annoncé nos fiançailles, mais mes muscles crispés se détendirent en sa présence. Le nœud à mon estomac qu'avaient provoqué les reproches d'Agatha se desserra.

— Voulez-vous que je devine combien pèse votre robe ? demanda-t-il.

Je lui offris un vrai sourire.

— Encore, dit-il.

— Encore quoi ?

— Souriez encore, comme ça.

Il plongea son regard dans le mien, et quelque chose vibra en moi. Je me demandai si sa peau était douce, si elle avait le goût du sel.

— Vous êtes incorrigible, ce soir.

Evander me fit un clin d'œil.

— Tous les soirs.

Il me prit la main et je ne pus retenir une grimace.

— Qu'y a-t-il ?

— Juste une coupure.

Il retourna ma main, inspectant la blessure qui suintait à mon majeur, et fronça les sourcils.

— Comment est-ce arrivé ?

— Ce n'est rien. Sa Majesté ne s'est pas rendu compte…

Evander s'agenouilla et glissa les mains sous l'ourlet de ma robe, où il fourragea dans mes jupons. Je jetai des coups d'œil furtifs à la salle, affolée.

— Par les dieux, levez-vous !

— Attendez.

Il me regarda avec un sourire en coin. Une secousse sèche, le tissu qui se déchire. Il se releva, ses doigts pinçant une bande d'étoffe blanche.

— Donnez-moi votre main.

Avec douceur, il enroula la bande autour de la coupure.

— Vous savez garder un secret ? me demanda-t-il à voix très basse.

Interloquée par sa question, je sondai son regard enfiévré. J'avais le sentiment d'être entièrement constituée de secrets.

— Oui.

— S'il n'était pas mon roi… je le fendrais en deux pour vous avoir fait du mal.

Je fus sidérée d'entendre la petite musique de la trahison dans la bouche du capitaine, comme une déclaration d'amour. Elle me ravissait. Elle me terrifiait.

— C'est très chevaleresque de votre part.

Evander avança d'un pas et son odeur saumâtre m'engloutit. Elle se rua dans mon corps, répandit sa chaleur palpitante dans ma poitrine.

Je n'avais pas compté trouver un protecteur en la personne du capitaine. Je ne m'étais autorisée à souhaiter qu'un peu de gentillesse, et qu'il soit suffisamment occupé par son métier pour me laisser continuer à mener ma vie tranquille sans dérangement. Je me dressai sur la pointe des pieds et déposai un baiser sur sa joue.

— Je serai muette comme une tombe.

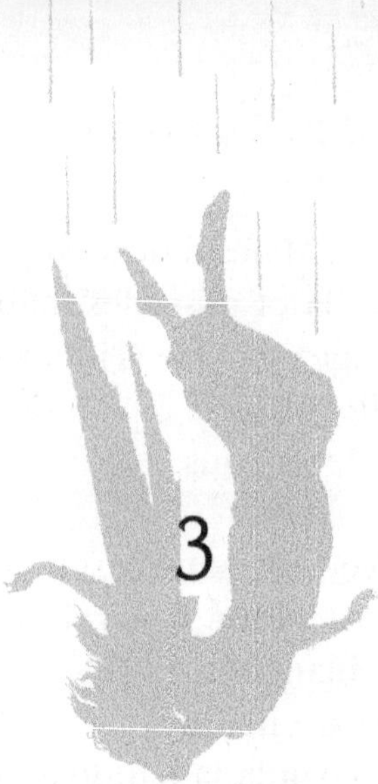

3

À chaque nouvelle coupe, le vin amer du roi Némée me semblait plus sucré. Evander plaça un gobelet dans ma main. En trempant les lèvres dans le sien, il sourit et proposa :

— Une danse ? Cela fait des années que je n'ai pas essayé, mais je promets de ne pas vous embarrasser comme le roi de Varya.

À l'autre bout de la pièce, le roi Théodore affichait un air suffisant.

— Pourquoi pas ? répondis-je distraitement.

— Quel enthousiasme ! me taquina-t-il.

— Promettez-moi de me retenir si je m'évanouis.

Il s'approcha, et son parfum salé me fit l'effet de petites décharges électriques.

— Je le jure sur la divinité bien-aimée.

Nous nous fîmes une place parmi la foule des danseurs, et quand la musique s'éleva, Evander posa sur ma hanche une main alourdie par le vin. Il empoigna les plis de ma jupe et la chair en dessous, se pressa contre moi et m'entraîna sur le parquet. Il m'enveloppait tout entière, la chaleur de son corps contaminant le mien.

Être touchée, sentir son pouls sous mes doigts quand je lui pris le poignet pour une nouvelle danse, était une sorte d'ivresse.

Puis une autre danse encore. Et encore du vin. Encore ce parfum de mer.

Certaines femmes – j'en avais vu – étaient illuminées de l'intérieur, et quand elles devenaient des épouses, cette lumière perdait de son éclat. Je ne savais pas si c'était leur mari qui soufflait cette flamme ou si elles-mêmes se recroquevillaient autour d'elle, leur âme s'efforçant de la préserver à tout prix. Quoi qu'il en soit, je m'étais préparée à subir moi-même cette extinction, mais au contraire, le contact d'Evander allumait des étincelles en moi, il attisait mon feu intérieur, le faisant briller d'un éclat plus fort, plus constant.

La nuit, la musique, les bougies déclinantes, tout se brouilla tandis que nous allions doucement vers le matin. L'alcool me faisait tourner la tête. Les danseurs ne faiblissaient pas. Evander me serra de plus près, posa ses lèvres sur les miennes, insinua sa langue, et le goût piquant du sel emplit soudain ma bouche. J'en eus le souffle coupé.

J'eus la sensation que du sang chaud jaillissait dans mon dos, inondait ma colonne vertébrale. Je me crispai, et Evander ralentit le rythme.

— Qu'y a-t-il ? Vous êtes fatiguée ?

Je ne pus que hocher la tête.

Il m'attira alors vers les grandes portes, et dans mon état vaporeux je le laissai faire. Il passa un bras robuste autour de ma taille, me soufflant son haleine chaude dans le cou. Je m'abandonnai contre lui, renversant la tête en arrière, quand mon regard accrocha l'aile suspendue et l'inscription gravée en dessous.

LE MONSTRE EST TOUJOURS OCCIS

Les mots du roi de Varya me trottaient dans la tête, tels des insectes sous mon crâne.

Le capitaine serait-il un idiot, en plus d'être un meurtrier ?

— Ça va, ma belle ? susurra Evander à mon oreille.

— Je ne me sens pas bien.

— Vous avez bu trop de vin. Il vous faut du pain.

À la table du banquet, il me fourra un morceau de pain dans une main puis m'entraîna rapidement vers la sortie de la salle du trône. Monter l'escalier plongé dans la pénombre me demanda plus de concentration que je n'aurais cru. Les effets de l'alcool que j'avais dans le sang se faisaient sentir. Je tentai de fixer mes yeux sur les mains puissantes d'Evander.

— Rhaa, cette robe… Grands dieux ! s'énerva-t-il.

Il tentait de se dépêtrer de mes jupons tout en s'efforçant de me maintenir debout.

— J'obéis aux ordres de Sa Majesté, dis-je d'une voix pâteuse. Je porte la robe qui m'asphyxie. J'épouse le capitaine…

Je m'arrêtai, soudain consciente de la situation. Je sondai les yeux perçants d'Evander.

— C'est notre rôle, non ? D'obéir.

Il me contempla avec une sorte d'émerveillement pendant un long moment avant de dire :

— Oui. Nous obéissons. Chaque jour.

Ça n'avait pas l'air de le réjouir.

Il me hissa jusqu'en haut des marches, sur le palier où il me plaqua contre le mur pour m'embrasser fougueusement.

Le froid de la pierre dans mon dos me fit frémir. Il murmura :

— C'est usant, à la longue, n'est-ce pas ? De faire toujours ce qu'on nous dit de faire. De ne pas avoir son mot à dire.

J'étais choquée. J'avais envie de répondre « Oui, oui, oui ! » mais mon besoin de respirer librement était trop fort. J'étais troublée par le goût du sel sur ma langue, et cette faim qu'il provoquait en moi. Il m'embrassa de nouveau, m'écrasant davantage contre le mur de pierre.

— Bientôt, quand nous serons mariés, vous n'aurez plus à lui obéir. C'est votre chambre ? demanda-t-il en désignant la porte en chêne derrière lui.

Je confirmai d'un signe de tête, et il me souleva, retroussa ma jupe pour nouer mes jambes autour de sa taille et entra en me portant. Le bruit métallique du verrou, la lueur rougeoyante du feu.

Les ombres dures et dansantes qu'il projetait dans la pièce me brouillaient la vue. Elles tombèrent sur le visage d'Evander, et ses yeux se mirent à briller d'un éclat sauvage. J'avais déjà couché avec des hommes : des étreintes plaisantes, rapides, fiévreuses. Cette fois, c'était différent. Ce n'était pas lui, l'ardeur d'Evander était la même que celle des autres.

Mais moi, j'étais différente.

Je le désirais comme une drogue, comme si mon corps risquait de dépérir si je ne pouvais goûter à cet homme, le toucher, planter mes ongles dans sa chair. Il m'embrassa, un baiser rude, possessif, mais ça ne me gênait pas. Mes lèvres parcoururent la ligne de sa mâchoire, jusqu'à l'endroit où battait son pouls à petites vagues chaudes et pressées.

Le sel de sa sueur ; le sel de la mer. Un gémissement m'échappa.

Avec une lenteur exaspérante, il délaça mon corsage et le fit glisser sur mes épaules. Lorsqu'il desserra enfin mon corset, j'emplis mes poumons, respirant à fond, et l'afflux d'oxygène fit danser des étoiles devant mes yeux. Une désagréable tension brûlait sous ma poitrine et dans ma colonne vertébrale, le long de mes bras. Je portai une main à ma tête douloureuse.

— Viens ici.

La voix grave d'Evander me fit sursauter.

Je flottais encore dans un brouillard sombre, mais je pris une nouvelle inspiration et le suivis jusqu'au lit. La lueur du feu joua sur son dos large et musclé, puis sur son torse quand il se tourna pour s'allonger. Mon corps et mon esprit étaient désormais deux entités séparées. Au creux de ma cage thoracique, une sorte de pincement, comme si l'on avait frappé une corde attachée à mes côtes. Je tentai de balayer cette sensation tout en m'installant à califourchon sur Evander. Lentement, je le guidai en moi, écrasai mon corps sur le sien. Il me serra contre lui, accompagnant mes mouvements.

Pourtant, même dans les bras d'Evander, la sensation sinistre se renforçait. On aurait dit que quelque chose était tapi en moi et s'animait, se crispant, se tordant, prenant forme. Je fermai les yeux, tentai de l'ignorer. Je me retins de fredonner. Le capitaine empoigna plus fermement mes hanches, et je gardai les yeux fermés. Le grondement de plaisir d'Evander me parvint, sa bouche se colla à la mienne, et soudain, je ne désirais plus que du sel.

Dans un éclair blanc, je m'écroulai.

Ce n'était pas l'extase. C'était une perte de soi, une dégringolade dépourvue de jouissance. Le feu dans ma poitrine irradia dans mon dos, la peau couvrant mes omoplates me brûla, me tira, puis se déchira. Des ailes se déployèrent. Une plainte douloureuse m'écorcha la gorge. Le feu coula le long de mes bras, le long de mes doigts, et mes ongles se mirent à pousser, à se recourber en serres aux pointes noires.

Evander se pétrifia. En quelques secondes, son expression choquée se mua en dégoût. Puis ses traits se tordirent, ses yeux prirent une expression d'un froid glacial.

La haine.

Dans mon état alcoolisé, je n'arrivais pas à comprendre pourquoi il ne me contemplait plus avec adoration. Puis la réalité me gifla comme un fouet.

Il me repoussa brutalement et me jeta au sol, où ma tête heurta la pierre. J'aurais dû avoir peur. Au lieu de quoi sa haine soudaine, sa volonté de me faire du mal aiguillonnèrent la chose tapie en moi. Où elle vivait exactement, je n'aurais su le dire, mais je la sentais palpiter dans mes profondeurs, telle une contusion osseuse. Elle grinçait des dents, enflait, évoquait des images de mains crochues, de chair déchirée et de flots de sang.

Evander se jeta sur moi et serra ses mains autour de ma gorge. Son poids m'écrasait, broyant la base de mes ailes. Dans sa poigne, nos deux pouls battaient. Le sien, rapide. Le mien, régulier. Inchangé.

D'un seul mouvement fluide, je l'imitai. Mes longs doigts entourèrent son cou. Les pointes noires de mes serres ouvrirent sa peau dorée, faisant perler son sang rubis. Il grinça des dents et retira ses mains de ma gorge.

Je humai une odeur de métal chaud.

— Tu as peur.

Je ne m'étais jamais sentie aussi puissante – ça ne me ressemblait pas. Il nia de la tête, mais je voyais le blanc de ses yeux. J'enfonçai mes doigts un peu plus.

— Imogène, s'il te plaît…

C'était à peine un souffle, mais ces mots me firent l'effet d'un coup de poing. Quand j'entendis mon nom – quand je me rappelai qui j'étais – la sombre créature en moi se racornit.

Je libérai Evander.

Le capitaine s'assit sur ses talons, me détaillant avec des yeux ronds. Mon corps nu, les ailes noires, les serres au bout de mes doigts.

— Grands dieux !

Comme un chiot qu'on a grondé, je roulai loin de lui et rampai jusqu'à l'âtre. Honteuse, je couvris ma poitrine pendant qu'il rassemblait ses vêtements et se rhabillait. Ses gestes étaient rapides, maîtrisés. Fascinée par son corps musclé, je pris soudain conscience de la réalité : c'était la chasse aux sirènes qui avait développé ces muscles, le fait d'être aux prises avec des créatures craintives qui se débattaient pour échapper à la mort. Evander s'arrêta à la porte, le visage déformé par la fureur et la déception. Il ouvrit la bouche comme pour dire quelque chose, mais se contenta finalement de me fusiller d'un dernier regard noir.

Sur ce, la flamme forte et brillante qui avait grandi en moi s'éteignit.

Je restai éveillée, assise sur le lit, les yeux fixés sur la porte verrouillée, un poignard incrusté de gemmes serré dans mon poing.

La lueur du feu faisait scintiller les rubis et dorait la courte lame étroite. Quand le soleil pointa enfin à la fenêtre, je fis tourner le poignard entre mes doigts, me sentant soudain ridicule. Le roi Némée me l'avait offert pour mon dix-septième anniversaire. Avec son abondance de pierres précieuses et sa lame émoussée, il était plus décoratif que létal. Comme moi, pensai-je.

Malgré tout, m'y cramponner toute la nuit m'avait procuré un sentiment de sécurité.

Dès qu'Evander avait claqué la porte, je m'étais mise à pleurer. J'avais prié les dieux et déesses comme s'ils pouvaient m'entendre, leur demandant sans réfléchir une paix fugitive qui n'était jamais venue. J'avais guetté le bruit des bottes d'Evander dans l'escalier, attendu qu'il enfonce la porte et me traîne dans la haute-cour pour m'exécuter. La dernière exécution publique d'une sirène remontait à des années – les hommes de Némée les tuaient trop vite pour se donner la peine de les hisser au sommet de la montagne.

Mais moi, j'étais déjà sur place.

On m'offrirait en spectacle : la pupille du roi à qui l'on arrache les ailes. À qui l'on tranche la gorge, d'où jaillit un rideau de sang. Quand on en aurait terminé, on laisserait mon corps pourrir sur une pique pendant des jours. Peut-être mes ailes finiraient-elles suspendues à son mur, un parfait trophée.

On frappa un petit coup à ma porte. Je resserrai ma prise sur le poignard.

— Oui ?

— Ouvre-moi, Im, demanda Agatha, la voix assourdie par le chêne massif.

Aïe ! Pour Agatha, j'étais transparente comme du verre. Elle saurait immédiatement que quelque chose d'affreux était arrivé.

— Un instant !

Tous mes muscles crièrent quand je me levai. La peau à vif de mon dos me mit au supplice lorsque je tendis le bras vers le verrou. En voyant ma main, je m'arrêtai. Des croissants bruns de sang séché maculaient mes ongles.

Le sang d'Evander.

Des images de la nuit me revinrent. Son corps, le sel de sa chair, le pouvoir monstrueux que j'avais ressenti à la vue des gouttes de sang. Je n'arrivais pas à décider ce qui était le pire : que j'aie failli le tuer ou que je l'aie laissé vivre.

J'avais toujours su ce que j'étais. Depuis l'enfance, j'entends ce chuchotement dans ma tête, cette attraction, cet appel de mon corps qui me pousse à la rencontre de la mer. Je ne lui ai jamais cédé, craignant qu'il fasse de moi un monstre. Car les légendes concernant les sirènes et le sang étaient vraies. Nous avons été créées pour désirer le sang. Pour l'appeler – chaud et vivant sous la peau des marins – et l'attirer à nous. Pour engloutir les hommes sous l'écume.

Je finis par ouvrir la porte.

— Salut, dis-je d'une voix éraillée.

Agatha se précipita vers mon cabinet de toilette sans même m'accorder un regard. Je verrouillai la porte derrière elle.

— Le rituel va bientôt commencer, dit-elle. Il faut t'habiller.

Consumée d'angoisse au sujet d'Evander, j'avais complètement oublié le rituel blasphématoire du roi Némée. Depuis bientôt trois décennies, il refusait de rendre grâces à la grande déesse Ligée – la reine des sirènes. Il prétendait que les sirènes étaient aussi féroces et impitoyables que la mer, qu'elles prenaient plaisir à la destruction, et peu à peu il avait totalement cessé de vénérer les grands dieux. Au lieu de quoi, il faisait des offrandes de sang à sa divinité aquatique, Eusia.

Je n'étais même pas convaincue qu'Eusia existait réellement, étant donné que les livres d'histoire que j'avais lus ne mentionnaient pas son nom. Pourtant, Némée semblait très pieux ; il rassemblait sa cour pour pratiquer une offrande avant de prendre d'importantes décisions, à l'ouverture de la saison de pêche, lors des baptêmes. Et avant les mariages, pour que les fiancés puissent solliciter la bénédiction de la divinité. Depuis toute petite, on m'avait forcée à donner mon sang. Refuser ce présent à Némée et sa divinité était puni de mort.

— Le tailleur a apporté la robe de mariée, dis-je à Agatha. Némée a demandé que je la porte pour le rituel.

Je me traînai péniblement jusqu'à la vasque d'eau pour y nettoyer mes ongles. Les poils raides de la brosse meurtrissaient la pulpe de mes doigts, et un frisson parcourut ma colonne vertébrale endolorie.

— Imogène, je me disais qu'on pourrait discuter, cria Agatha depuis la penderie. Hier soir, j'ai pu parler au roi Théodore…

Elle revint dans la chambre, une chemise propre et la robe de mariée en dentelle noire drapées sur les bras. Elle se figea en me regardant enfin. Ses grands yeux s'emplirent d'inquiétude, de l'expression féroce et sororale qu'elle affichait comme une armure chaque fois qu'on me faisait du mal.

— Dis-moi ce qui s'est passé.

Soudainement, j'étais redevenue une adolescente. À treize ans, je m'étais plongée dans un bain de sel qu'avait préparé pour moi une bonne fraîchement recrutée et qui ignorait qu'elle aurait dû éviter le sel. Une pulsation aiguë avait envahi ma poitrine au contact de l'eau salée. Mon corps s'était embrasé. Agatha m'avait sortie de là à la seconde où j'avais crié son nom. Elle avait posé sur moi le même regard qu'aujourd'hui, m'avait enveloppée dans une serviette et frictionnée pour nettoyer ma peau de l'eau saumâtre. « Je suis comme toi, Immy, avait-elle chuchoté. Une sirène arrachée à la mer. L'eau salée attise le manque. Évite-la tant que tu peux. »

Agatha m'avait protégée. Avec elle pour confidente, je n'étais plus aussi seule. Alors j'avais refoulé dans les profondeurs la face hideuse de ma vraie nature. Et la veille, aveuglée par mon désir insolent, je l'en avais tirée de nouveau. Je l'avais laissée aspirer l'air goulûment.

— Imogène ?

L'œil exercé d'Agatha détaillait mon allure débraillée : mes boucles brunes formaient des nœuds encore piqués d'épingles, ma chemise de nuit chiffonnée pendait de travers sur mes épaules, une tache de sang maculait ma hanche.

— Imogène !

Ma gorge se noua, je jetai mes bras autour de son cou, froissant la robe qu'elle avait apportée.

— Oh mes dieux ! souffla Agatha.

Elle me serra contre elle, ses mains posées dans mon dos appuyèrent sur les plaies ouvertes causées par mes ailes, et je poussai un gémissement de douleur. Lorsqu'elle s'écarta, ses paumes étaient rougies de sang frais. Comprenant soudain la situation, elle se mit à parler précipitamment.

— Comment ? On doit partir, tout de suite. Il faut qu'on descende de cette montagne…

On frappa un coup insolent à la porte. Tous mes poils se hérissèrent.

— Imogène !

La voix d'Evander me narguait à travers le bois massif.

« Qui est-ce ? » mima Agatha. À grands gestes, je lui fis signe de se cacher.

Un coup sourd.

— Ouvre-moi, Imogène. Sinon je force la porte.

— Agatha, chuchotai-je, enferme-toi dans ma penderie. N'en sors pas, quoi que tu puisses entendre.

Elle se redressa de toute sa hauteur avec un air de défi.

— Quoi ? Certainement pas !

— Chut ! Fais ce que je te dis, s'il te plaît !

Je me précipitai sur le fauteuil où j'avais passé la nuit afin de récupérer mon poignard.

— Vas-y, Agatha ! S'il devait t'arriver quelque chose, je ne me le pardonnerais jamais. Va ! Et ne sors pas.

Enfin, elle courut s'enfermer. Dès que j'entendis le *clic* du loquet, j'allai ouvrir la porte de la chambre. Le verrou crissa, les gonds gémirent, et je découvris Evander.

Il me toisait de toute sa hauteur, vêtu du manteau noir et du pantalon qu'il aurait dû porter la veille. Sa main reposait sur le pommeau en cuir de l'épée pendue à sa ceinture. Ses yeux d'ambre parcoururent mon corps et brillèrent d'une lueur amusée à la vue de mon poignard.

— Tu n'es pas encore prête ?

— Qu'est-ce que tu veux ?

Sans répondre, il entra en me bousculant, tout en détachant la ceinture de son fourreau, qu'il déposa avec révérence sur le lit avant de s'asseoir à côté. Il ressemblait à un mauvais augure, tout de noir vêtu, contrastant avec les tons pastel de ma tapisserie et la lumière matinale qui baignait la chambre.

— Ferme la porte, Imogène.

Cet ordre prononcé d'une voix impassible me fit frémir. Je claquai la porte sans le quitter des yeux.

— Verrouille-la et viens ici.

— Je t'ai demandé ce que tu voulais.

— Je ne te ferai pas de mal, Imogène. Verrouille la porte et approche.

Il se pencha pour ramasser la robe et la chemise propre qu'Agatha avait lâchées dans sa hâte.

— Laisse-moi t'aider.

J'étais une souris, et il jouait le jeu doucereux du chat avant qu'il plante les crocs dans sa proie.

— Je peux m'habiller toute seule.

Il me regardait presque comme la nuit dernière : dans ses yeux, le même feu, mais à présent traversé d'une ombre. Il avait vu la funeste créature en moi, et il en était changé. Nous en étions changés.

— Viens ici.

J'avançai d'un pas prudent. Quand je fus assez proche, il se pencha pour prendre ma main. Ses doigts puissants agrippèrent ma hanche et il m'attira entre ses jambes ouvertes. Je me raidis en sentant son bras entourer ma taille, me bloquer.

— J'ai toujours envie de toi, dit-il en me regardant dans les yeux. J'avoue que je suis… sous le choc. Mais Némée n'a pas besoin d'être au courant, murmura-t-il.

Posant les mains sur ses larges épaules, je le repoussai.

— C'est une ruse.

— Non, dit-il en refusant de me lâcher. Pas de piège.

Je tentai de masquer mon dégoût quand il déposa le plus tendre des baisers sur mon sternum.

— Je suis venu te demander pardon. Pour t'avoir blessée.

Il s'écarta et passa la main sur les taillades rouges que j'avais laissées sur son cou.

— Je ne comprends pas, dis-je, désorientée. C'est impossible que tu veuilles encore de moi. Tu assassines celles de ma race. Ce sont tes ordres. Pourquoi souhaiterais-tu m'épouser, sachant ce que je suis vraiment ?

— Parce que j'ai appris à… t'aimer.

Je sursautai. L'amour, je n'avais jamais espéré le connaître. Je ne l'avais jamais éprouvé. J'avais lu de merveilleuses histoires d'amour ; j'avais écouté les confidences de bonnes aux joues rougies, au regard enfiévré par un doux palefrenier ou un beau soldat. Et toujours, l'amour m'était apparu comme une chose douce et persistante. L'amour était extravagant, parfois stupide, voire dangereux, mais jamais teinté de terreur, comme celle que j'éprouvais en cet instant ou celle qu'avait ressentie Evander la veille, quand j'avais fait couler son sang.

— Tu as grandi loin de tes sœurs, poursuivit Evander. Tu n'as rien en commun avec elles. Tu es docile. Et ce mariage a des avantages pour moi. Connais-tu le pacte de sang des sirènes ?

J'en savais assez. Une sirène est liée à la mer et à l'air. Son pouvoir et l'instinct qui la pousse à noyer les humains sont renforcés par la proximité de ces deux éléments. Le pacte de sang émousse cet instinct. Il protège la personne liée à la sirène de l'attrait irrésistible exercé par les autres sirènes. Le couple lié par le pacte est contraint de se protéger mutuellement à tout prix. Mais ici, sur la montagne, j'étais juste une femme. Mes instincts et mon pouvoir étaient pratiquement morts.

— Le pacte est douloureux, dis-je. Et il est inutile. Ce qui s'est passé la nuit dernière ne se reproduira pas.

J'éviterais le vin, et Evander se laverait avec soin après ses sorties en mer.

Il leva une main et me saisit par le menton en articulant lentement :

— Je ne veux pas d'une femme capable de me tuer.

— Le pacte de sang est un acte de haute trahison.

— J'ai dit que Némée n'avait pas besoin de l'apprendre.

Il me lâcha et défroissa la robe. Me prenant par les hanches, il me fit pivoter jusqu'à ce que je lui tourne le dos. Puis il fit glisser ma chemise de nuit tachée de sang sur mes épaules, et elle tomba à mes pieds. L'air frais sur mon corps nu me donna la chair de poule. Il caressa du bout des doigts mes omoplates meurtries.

— Tu sais que si tu étais au bord de l'eau, ces blessures auraient cicatrisé presque instantanément ? Je pourrai t'y emmener, quand nous serons liés par le sang.

J'étais déroutée par tout ce qu'Evander savait sur celles de mon espèce et que j'ignorais. J'imaginai ses mains trempées de leur sang, son visage maculé d'éclaboussures rouges.

— Le roi Némée ne m'autorise pas à quitter le fort.

Et je n'étais pas sûre d'en avoir envie.

Les lèvres collées à mon oreille, il murmura :

— Tu n'appartiendrais plus à Némée, Imogène. Tu serais à moi.

Je me baissai pour ramasser ma chemise, puis me dirigeai vers le divan où mon corset avait atterri la veille au soir. Je passai les bretelles.

— Aide-moi, dis-je d'une voix tremblante. Némée nous en voudra à mort si nous sommes en retard pour le rituel.

Evander s'exécuta, me rejoignant d'un pas lent.

— Qui d'autre est au courant ? demanda-t-il en commençant maladroitement le laçage.

Chaque cordon serré me faisait horriblement souffrir. Je me retins de regarder du côté de ma penderie. Je me serais coupé une aile plutôt que de révéler qu'Agatha avait vécu des années avec mon secret.

— Personne.

— Bien, dit-il en tirant sur un lacet, le corset tailladant ma peau meurtrie. Comme ça ? demanda-t-il en resserrant encore les cordons.

— Oui.

Frémissant sous la douleur, j'enfilai la robe noire. Evander attacha les boutons brillants dans mon dos. Devant le miroir, je passai la main dans mes cheveux pour les démêler et me pinçai les joues pour leur donner un peu de couleur. Mes yeux d'un brun doré me renvoyaient un regard vide, vitreux.

— Il y a un problème, dis-je.

Il fit la moue, détaillant les courbes de mon corps d'un œil jaloux.

— Lequel ?

— Le pacte de sang ne peut être réalisé que si mes ailes sont sorties. Je n'avais jamais mué avant la nuit dernière. Je ne sais pas si je pourrai le refaire.

La nuit dernière avait été un tourbillon étrange de vin, de sel et de peau enflammée.

Je le scrutai dans le miroir tandis qu'il ajustait son manteau, et qu'il prononçait avec une indifférence glacée :

— On fera comme pour les exécutions.

— Les exécutions ?

— J'apporterai de l'eau de mer et j'en remplirai tes poumons grâce à un siphon. Ça provoque la mue.

Il se dressa devant moi, si proche que je dus renverser la tête en arrière pour le regarder dans les yeux. Il se pencha ensuite pour embrasser mon cou. Deux fois. Ses lèvres me firent l'effet d'un étau emprisonnant ma gorge.

L'écrasant.

Me condamnant au silence.

4

Ni la profusion de tentures en velours ni l'abondance de bois poli ne pouvaient dissimuler la réalité : la salle de rituel de Némée était souterraine, taillée dans la montagne. L'humidité stagnante et les toiles d'araignée dans les coins étaient inamovibles. Des bougies luisaient dans leurs chandeliers de fer, diffusant une lumière énigmatique.

Evander me donnait le bras, il ralentit quand nous parvînmes au cœur de la vaste caverne au plafond bas.

— Je dois escorter le roi depuis ses appartements. Ne bouge pas d'ici, dit-il.

Il s'éclipsa, et la tension de mes épaules se relâcha.

Nous étions arrivés en avance, précédés néanmoins par quelques courtisans qui se saluaient joyeusement. Leurs voix résonnaient entre les murs de pierre tandis qu'ils échangeaient des récits croustillants sur le banquet de la veille. Leurs rires tonitruants me donnaient la sensation d'étouffer. Je fis lentement le tour de la salle, me sentant comme un animal en cage. Dans les recoins les plus reculés, les statues des grands dieux et déesses autrefois dressées dans la haute-cour prenaient la poussière. Leurs faces avaient été martelées quand j'étais encore une petite fille, mais je pouvais les distinguer grâce aux objets qu'ils tenaient entre leurs mains.

Milton de Della abritait au creux de sa paume des vers à soie, et un lièvre était calé sous son bras, pour représenter son pouvoir sur les bêtes. Panos de Varya se dressait fier et droit, une liane fleurie enroulée autour de sa jambe, grimpant sur son épaule et enveloppant sa main de marbre. Je remarquai les lignes élancées de son corps, qui me rappelaient celles de son petit-fils, le roi Théodore. Panos avait possédé le pouvoir de la vie – d'une simple pensée, il faisait reverdir les plantes mourantes, réparait les chairs mutilées. Diantan d'Hera – la grande déesse de l'artisanat – portait au creux de son bras un marteau et un rabot. La ligne de plomb qui pendait jadis de sa main s'était rompue depuis longtemps, décomposée en poussière que je foulais du pied. Bâtisseuse prolifique, elle était capable de fabriquer précisément ce qu'elle imaginait. Jesop de Gos était étendu sur le flanc, sa tête barbue séparée de son corps. Il possédait le pouvoir de la mémoire qui, combiné à la durée de vie quasi immortelle d'un dieu, fournit à Leucosie ses premiers ouvrages d'histoire, de généalogie et de folklore.

Dans le coin le plus misérable de la salle se tenait la grande déesse Ligée. Ses délicates ailes de marbre gisaient à ses pieds, en morceaux. Sa tête avait disparu, mais son corps était puissant, drapé dans une pièce d'étoffe qui semblait ondoyer derrière elle dans une brise éternelle. La crête d'une vague venait lécher ses pieds nus. Les autres dieux disaient qu'elle possédait le pouvoir de la mort – mais ils se trompaient.

Elle contrôlait le vent et la mer.

D'un murmure mélodieux, elle pouvait éteindre une tempête ou lui donner naissance. Elle se servait de son pouvoir pour remplir les filets de poissons ou venir au secours des navires lors des batailles. Et quand on lui faisait du tort, elle attirait les coupables vers une mort brutale par noyade.

Je contemplais sans me lasser ce qu'il restait d'elle.

— Lady Imogène, murmura une voix à côté de moi.

Je me retournai. Le roi Théodore, tout raide de colère, me jetait des regards féroces. Je fis la révérence.

— Bonjour, Majesté.

— Quel est cet endroit ? demanda-t-il en observant tour à tour les dieux profanés.

Les grands dieux – les divinités de Leucosie, faits de sa terre et de ses eaux – ne requéraient pas d'offrandes. On ne les vénérait pas dans le ventre stygien de la terre.

— C'est la salle de rituel du roi Némée, Majesté, répondis-je d'une voix affaiblie par la honte. C'est ici que sa cour offre son sang à sa divinité.

— Vous vous adonnez aussi à cette pratique ? dit-il. Vous donnez votre sang à... à qui ? à quoi ? s'enquit-il d'un air dégoûté.

La divinité aquatique à laquelle je m'apprêtais à donner mon sang n'était pas une grande déesse ni une descendante de l'une d'elles. À en croire Némée, elle était née sans pouvoir. Comme le roi lui-même. Elle avait forgé son propre pouvoir grâce à la magie noire, illégale.

— Oui, Majesté. L'offrande est faite à Eusia. Refuser est puni de mort.

Le regard cinglant qu'il me jeta était éloquent : le risque de mourir ne m'absolvait pas.

Une main rude se posa au creux de mes reins.

— Tout va bien, chérie ? demanda Evander en fixant d'un œil noir le roi Théodore, qui le considéra avec un mépris assassin.

La salle s'était peuplée. À l'autre extrémité, le roi Némée était à présent assis sur un trône de bois, vêtu du même manteau écarlate qu'il portait pour le banquet.

— Tout va très bien, merci, répondis-je en me laissant guider par Evander.

Au centre de la pièce, une courtepointe noire en velours avait été étendue sur le sol poussiéreux. Deux coupes taillées dans l'os étaient posées dessus. À côté, une paire de lames d'obsidienne, courtes et acérées, et un petit tas de bandages blancs. Le rituel des fiançailles.

Machinalement, je caressai du pouce les cicatrices qui boursouflaient la paume de ma main gauche. Je m'étais entaillée avec cette lame un nombre incalculable de fois.

— Imogène, m'interpella Evander en me secouant. Tu m'as entendu ?

Je fis non de la tête.

— Qu'est-ce qu'il voulait, cet imbécile ?

— Il voulait en savoir plus sur cette salle… et sur le rituel.

Le capitaine poussa un grognement agacé en rajustant son manteau.

— As-tu décidé ce que tu allais demander à Eusia ?

Evander n'avait jamais participé au rituel, puisque seuls les membres de la cour du roi y étaient obligés. Il avait l'air impatient, étudiant avec intérêt les instruments posés à ses pieds.

— Je n'ai rien à lui demander, répondis-je. Je me contente de prononcer la prière rituelle.

Une prière qui me tordait le ventre, car Némée offrait le sang de ses courtisans à sa divinité bien-aimée afin qu'elle exauce son vœu le plus cher : vider la mer de toutes les sirènes.

— Et toi, que lui demanderas-tu ?

Evander répondit du tac au tac :

— Le pouvoir.

Le pouvoir. Sa réponse me déconcerta.

— Tu n'en as pas encore assez ?

— Tu parles de mon titre et de mon épée ? dit-il avec un ricanement lugubre. Je mène une vie de domestique, au service d'un autre. Je veux quelque chose qui soit à moi. Qu'on ne puisse pas me prendre.

Peut-être n'étions-nous pas si différents. Après la nuit dernière, après avoir senti une telle puissance tiner dans mes veines, moi aussi j'aspirais au pouvoir. À la liberté, à la possibilité de choisir mon destin, à la sécurité qu'il pouvait offrir. Si j'étais au bord de l'eau, je commanderais à la mer et aux vents, comme la grande déesse Ligée avant moi. Ceux qui voudraient me faire du mal, je les entraînerais par mon chant jusqu'à une tombe noire et sans fond. Si j'étais au bord de l'eau, j'exercerais une influence sur l'homme debout à mon côté.

Plus que cela : je pourrais le contrôler complètement.

L'assistance fit silence lorsque le roi Némée se racla la gorge.

— Nous souhaitons des relations cordiales et apaisées entre nos royaumes.

Il s'adressait d'une voix bourrue aux souverains présents – la reine de Della et Gos, le roi d'Hera et le roi Théodore.

— Depuis des années, l'île de Seraf s'est efforcée d'obtenir la reconnaissance et le respect. Nous avons le droit de vénérer les dieux de notre choix. Et nous avons le droit de demander la bénédiction d'une divinité qui apporte de vraies réponses.

Son ton de défi fit courir un frisson glacé dans l'assistance.

Némée poursuivit.

— Aujourd'hui, les fiancés adresseront leur prière à Eusia. Puisse-t-elle leur offrir ce qu'ils demandent. Capitaine Ianto, Lady Imogène. À genoux.

Les courtisans avaient reculé contre les murs grossiers de la salle, leurs visages désormais plongés dans la pénombre. Evander et moi, face à face, posâmes un genou à terre, chacun devant sa coupe. Evander tournait le dos au roi ; quant à moi, j'avais une vue parfaite sur Némée, assis au bord de son trône, une lueur démente dans les yeux.

Mais c'était le roi Théodore qui captait mon regard.

Debout à côté du trône, il avait l'air de bouillir. Un pli profond lui barrait le front et il serrait les dents à s'en briser la mâchoire. À la lumière vacillante des bougies, je distinguais ses yeux verts, son regard furibond rivé sur moi.

Il émanait de cet homme une grande puissance, elle irradiait de son corps, de ses muscles noueux. Succédant à l'humiliation qu'il m'avait infligée plus tôt, un accès de colère me traversa. Il ne savait pas ce que c'était de devoir se plier à la volonté d'autrui. On ne l'avait jamais forcé à donner quelque chose de lui-même contre son gré. Je lui rendis son regard noir, soudain furieuse qu'il ait considéré mon désir de survivre comme impardonnable.

— Commencez, ordonna Némée d'une voix de stentor.

Evander s'entailla la paume d'un geste vif. Son sang s'écoula comme du vin et goutta dans la coupe. Il murmura sa prière puis me fixa dans les yeux. Une mèche de cheveux blonds retomba sur son front.

— Imogène, dit-il entre ses dents, sur un ton menaçant.

Je n'eus même pas le temps de brandir mon poignard. Il se saisit brutalement de mon poignet et le tordit pour tourner ma paume vers le ciel. La lame noire mordit dans ma chair, mon corps tressaillit sous la douleur fulgurante.

Du coin de l'œil, je vis le roi Théodore s'approcher, mais je gardai le regard fixé sur le sang rouge qui s'écoulait de ma paume, imprégnant la dentelle noire de ma manche. Evander me tint la main au-dessus de la coupe.

— Prononce la prière, ma chérie.

Je tentai de parler, malgré l'amertume et le dégoût que je m'inspirais, malgré la colère brûlante qui me tourmentait. Toute ma vie, j'avais cru que me montrer docile et obéissante me donnerait de la force, m'offrirait la sécurité. Au lieu de quoi, ça m'avait rendue fragile. Je m'étais muée en une créature facile à briser d'un claquement de doigts, à la merci d'hommes comme Evander. Quand je prononçai enfin les mots, ce fut d'une voix chevrotante.

— Je donne au sable. Je donne à l'eau.

La dernière partie de la prière m'arracha la bouche, comme à chaque offrande.

— Écoutez ma prière, entendez mon appel. Que la mer soit purifiée.

Lorsque mon sang cessa de couler, Evander me caressa doucement le poignet puis prit un bandage dans le tas et l'enroula autour de ma main. Comme cela paraissait facile pour lui de me couper puis de me soigner. De mêler son devoir barbare et son affection. Je détournai les yeux et, comme s'il était aimanté, mon regard vint se fixer de nouveau sur le roi Théodore.

Il s'était approché si près que la pointe de ses bottes cirées touchait le velours noir sur lequel nous étions agenouillés ;

ses yeux semblaient ne voir que moi. Les joues empourprées par la colère, il tonna d'une voix profonde comme l'orage qui raréfia l'atmosphère.

— Combien de sang lui as-tu pris, Némée ?

Les courtisans retinrent leur souffle, guettant la réaction du roi. Même Evander s'était figé, la main posée sur la garde de son épée.

— Depuis deux décennies, je prends le sang de ma cour tout entière pour l'offrir à Eusia, mon garçon, répondit Némée en souriant.

— Je parlais de son sang à *elle*.

Pourquoi ?

Une tension dangereuse flottait entre les deux hommes, un non-dit que je n'arrivais pas à déchiffrer ; pourtant je sentais qu'en son cœur pourrissant, il était question de mon être – de mon sang.

Némée éclata d'un rire rauque et lugubre.

— Ça te travaille, hein ? Tu t'en poses, des questions ! Je prends son sang depuis qu'elle est enfant. Depuis qu'elle m'appartient, railla Némée en se rasseyant.

Avant que je puisse analyser les paroles de Némée, le roi Théodore balança un coup de pied dans les coupes d'offrande posées entre Evander et moi. Elles se renversèrent, projetant du sang sur mon visage et éclaboussant son manteau couleur crème. Je tombai sur les fesses en essuyant le liquide chaud et poisseux qui coulait sur mes joues et dans mes yeux, tandis que la foule s'agitait brusquement. Les épées tintèrent quand les gardes les tirèrent de leurs fourreaux. Les femmes poussèrent des gémissements ; les hommes se mirent à crier. Je luttai pour me dépêtrer de ma robe et me relever, hypnotisée par la bravoure qu'affichait le roi Théodore au milieu des épées et du tintamarre.

Les gardes de Némée l'encerclèrent, Evander me poussa en arrière, m'écartant du centre de la pièce. Le roi Théodore fut aussitôt entouré de ses propres gardes, mais les armes restèrent muettes. Couvrant le tumulte, Némée rugit :

— Tu ne peux pas défaire ce qui a été fait, imbécile ! Mais j'espère que tes efforts te coûteront la vie.

Evander, interposé entre les deux rois, me cria :

— Imogène, va t'enfermer dans ta chambre. Maintenant !

Les courtisans gloussaient et se poussaient du coude à la vue des deux souverains prêts à en venir aux mains. Je me frayai un chemin à travers la foule jusqu'à l'escalier aux marches raides et inégales. Le mur de pierre était froid, mais j'y appuyai ma main bandée pour me hisser hors du ventre de la montagne, débouchant dans la lumière éclatante du hall d'entrée de Fort Linum. Les grandes portes étaient ouvertes sur la haute-cour, comme toujours quand il faisait beau. J'allais me diriger vers mes appartements, mais je m'arrêtai en chemin.

Dehors, le ciel était encombré de nuages qui ondulaient comme des vagues grises. Les montagnes étaient enveloppées d'une brume bleuâtre. Le monde paraissait si vaste, sans limites, et je n'avais pas envie d'être enfermée entre quatre murs, prisonnière accommodante. Je voulais sortir. J'éprouvai un pitoyable sentiment d'euphorie lorsque, contrevenant à l'ordre qui m'avait été donné, je franchis le seuil du fort.

La cour était un large cercle entouré de hautes colonnes blanches. Au centre se trouvait une grande pierre de forme oblongue, imprégnée de couches successives de sang ancien. Je la dépassai, ma robe noire traînant derrière moi, et m'approchai du bord de la falaise. Au-delà des sommets, à travers la brume, je devinais à peine l'étendue mouvante de la mer. J'inspirai longuement, profondément, en m'imaginant pouvoir humer son odeur. Qu'elle pouvait emplir mon être à nouveau, comme la veille. La nuit dernière, j'avais été une vision redoutable. J'avais semé la terreur dans le cœur d'Evander. Je l'avais forcé à me supplier. J'avais fait couler son sang.

— Imogène !

La voix dure et grinçante du roi Némée résonna derrière moi. Il franchit les portes du fort, suivi de ses gardes qui formaient un implacable mur de lames et d'armures. Evander se tenait au milieu. Il avait retiré son manteau d'apparat dans la mêlée, sa chemise était froissée, son col défait. Il avait dans une main sa coupe rituelle, dans l'autre, son épée. La déception que je lus dans son regard me pétrifia.

Les joues de Némée étaient marbrées de rouge et luisaient de transpiration. Ses yeux ternes se posèrent sur moi.

— Majesté, dis-je en effectuant une révérence. Tout va bien ?

Il poussa un grognement éraillé.

— Cette saleté d'enfant-roi ! Qu'il pourrisse au fond de la mer.

Brandissant la coupe rituelle encore humide de sang, il empoigna ma main comme une anguille se saisit de sa proie et en arracha le bandage.

— Il s'imagine en roi bienveillant, ajouta-t-il.

Du pouce, il appuya sur les bords de ma plaie, rouvrant la blessure.

— Mais ce n'est pas la bienveillance qui fait la puissance d'un roi, n'est-ce pas, Imogène ?

Ses yeux brillaient de méchanceté. Des postillons s'accrochaient à ses lèvres comme des dents blanches et pointues à mesure qu'il parlait. Je gémis tandis qu'il écrasait les os de ma main.

Sous l'effet de la douleur, mon esprit quitta mon corps. Il flottait au-dessus de moi, entendait mes plaintes et voyait mes larmes.

— Arrêtez, s'il vous plaît !

Enfin, il relâcha la pression, sans toutefois libérer ma main.

— Peu importe la puissance du sang du souverain. Peu importe que ce souverain soit bon, juste ou magnanime. Ce qui compte, c'est qu'il soit capable de conserver ce qui est à lui, par tous les moyens, dit-il en embrassant le dos de ma main. C'est facile d'être bon quand on est béni de ces foutus dieux. C'est seulement quand on est humble, quand on n'est rien - comme je l'étais - qu'on apprend à se constituer son propre pouvoir. Et avec ce pouvoir, on prend ce qu'on nous a si longtemps refusé.

Il me fixa un long moment, la coupe pleine de mon sang à la main, avant de tourner les talons pour emprunter l'escalier qui menait à la route de montagne. Ses gardes le suivirent, et je sus exactement où il se rendait.

À la mer. Pour offrir mon sang à sa divinité. Pour constituer son propre pouvoir.

Evander s'attarda un instant avant de descendre.

— Je t'ai ordonné d'aller dans ta chambre.

— J'avais besoin d'air…

— Je m'en fiche. Je ne courrai pas le risque que tu sois blessée.

Je ne relevai pas l'ironie de sa déclaration au vu de ma main meurtrie, qu'il avait lui-même entaillée.

— Il n'y avait pas de danger…

En un battement de cils, il fut sur moi, sa main serrant douloureusement ma mâchoire.

— Ça suffit !

Il posa les lèvres sur les miennes, mais ça n'avait rien d'un baiser. Plutôt un coup de fouet déchirant ma chair.

— Va dans ta chambre.

Un deuxième baiser, comme une laisse serrée autour de ma gorge.

Il s'éloigna sans un regard en arrière, convaincu que j'obéirais. Un pacte de sang entre nous le forcerait à me protéger, mais son idée de la protection consistait en des portes verrouillées, des besoins étouffés, et la soumission de mon corps et de mon esprit. Un pacte le renforcerait, alors qu'il me réduirait à rien – je deviendrais la source, et lui, la rivière que j'alimenterais jusqu'à me tarir.

Il fallait que je parte. Que je quitte cette montagne, cette île, sous peine de voir périr tout ce qui me tenait en vie.

À l'intérieur, les courtisans étaient tout excités. Je m'arrêtai au sommet de l'escalier principal et les observai, penchée sur la balustrade. Ils émergeaient de la salle de rituel et se rassemblaient au milieu du hall. Ils se racontaient la bagarre des rois, les yeux vitreux et les joues rougeaudes, comme s'ils venaient de se goinfrer d'un repas trop gras. C'était facile pour eux de trouver ces deux rois divertissants : ils ne risquaient pas d'être broyés entre les deux.

Le sang avait séché sur ma joue et me tiraillait la peau. Je devais au plus vite me laver, bander ma main, retrouver Agatha. Je lui raconterais tout. Je reconnaîtrais qu'elle avait raison depuis le début en ce qui concernait ces maudites fiançailles et je la supplierais de m'aider à m'enfuir.

Une rumeur s'éleva. Cris et murmures. Cliquetis d'hommes en armes. Je me penchai de nouveau à la balustrade. Le roi de Varya remontait de la salle du rituel. Debout devant la porte de l'escalier, avec son manteau pâle maculé de sang et son air sévère, il ressemblait à une idole de pierre. Le grand hall se tut et se figea dans une immobilité révérencieuse.

Comme je l'enviais !

Il pouvait imposer le silence simplement en entrant dans une pièce. Il commandait le respect et la crainte sans prononcer un mot. Il ne cédait pas devant la barbarie de Némée, contrairement à moi. Il m'apparut clairement qu'il était différent, plus grand que Némée et Evander, qui se battaient pour des miettes. Non, la grandeur du roi de Varya trouvait sa source en lui-même.

L'évidence me frappa comme la foudre. Elle me fit redresser le dos, relever le menton.

Ce n'était pas l'aide d'Agatha qu'il me fallait pour m'évader de Fort Linum.

C'était celle du roi de Varya.

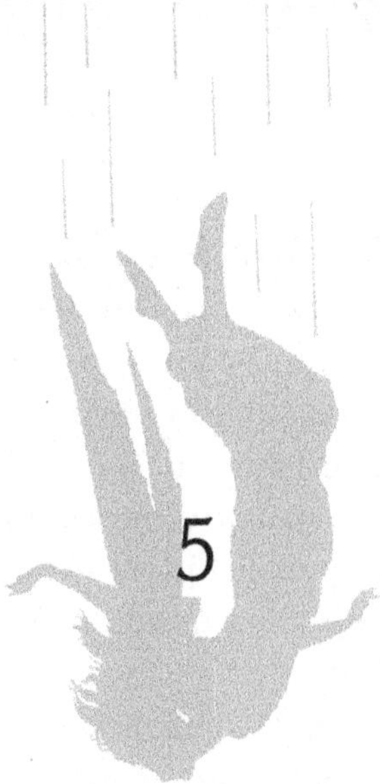

5

Le roi Théodore traversa le hall à pas lents, et la foule s'ouvrit comme la mer Rouge pour le laisser passer. Sa chambre était située au même niveau que la mienne et, connaissant Némée, il avait dû le loger dans les pires quartiers que le fort avait à offrir. Une petite pièce pleine de courants d'air au coin nord-est, dont les pierres extérieures croulantes subissaient les assauts du vent.

Flanqué de son escorte, Théodore grimpa l'escalier. Chacun de ses gestes était nanti d'une grâce athlétique. Lorsqu'il parvint sur le palier, nous nous trouvâmes face à face, et devant son regard médusé, je pris conscience du choc que devait produire mon allure. Ma robe de mariée noire et austère, mes cheveux bruns décoiffés par le vent, du sang étalé sur mes joues et mouchetant ma poitrine telles de sinistres taches de rousseur. Il me considérait encore avec une désapprobation qui frôlait l'aversion, mais quand ses yeux se posèrent sur ma main blessée, que je tenais serrée contre moi, il afficha un air inquiet.

Peut-être qu'il m'aidera. Peut-être qu'il dira oui.

— Peut-on se parler ? demandai-je en chuchotant.

Il demeura figé pendant ce qui me parut une éternité, mais il finit par acquiescer avec réticence, puis poursuivit son chemin vers sa chambre. Impossible de ne pas percevoir la tension qui crispait son corps, la colère qui laissait une sorte de sillage derrière lui. Il était exactement comme Némée l'avait décrit : hautain, honorable, plein d'une vertueuse indignation, mais à l'inverse de Némée je ne souhaitais nullement briser ces qualités.

Je voulais les utiliser.

La foule encombrant le hall commença à se disperser. Certains sortirent dans la haute-cour tandis que d'autres se dirigeaient par petits groupes vers la salle du trône. Je traversai le long couloir sur des jambes raffermies par l'espoir. Quatre soldats varyans montaient la garde devant la porte du fond. Leur armure dorée luisait dans la lumière qui pénétrait par une fenêtre étroite. L'un d'eux m'ouvrit, et après l'avoir remercié j'entrai dans la chambre d'un pas hésitant.

Un feu crépitait dans la petite cheminée. La porte se referma derrière moi en grinçant. La pièce était spartiate : un lit, une chaise près de l'âtre, une seule fenêtre devant laquelle se tenait le roi Théodore, me tournant le dos.

— Il y a un linge et de l'eau près de la porte, dit-il.

— C'est inutile, Majesté, merci.

— Lavez-vous rapidement. J'attendrai.

Je ravalai mes protestations et me nettoyai le visage avec le linge, qui finit tout taché de traces roses. Quelque chose dans le geste, dans l'injonction qu'il m'avait faite de laver le sang qu'il avait lui-même versé sur moi, me donnait un sentiment d'insignifiance aussi pénible que celui que je ressentais aux côtés Némée. Un sentiment qui se consolida en colère.

Je finis de me laver puis toussotai pour attirer son attention.

— Parlez, dit-il.

— Majesté, je vous remercie pour le temps que vous m'accordez.

— Non, me coupa-t-il en croisant les mains dans le dos. Parlez-moi de ce qui vous amène ici.

— Je… Je suis venue solliciter votre aide.

Il poussa un long soupir.

— C'est Agatha qui vous envoie, n'est-ce pas ?

— Pardon ? Non. Agatha ignore ma présence ici. Pourquoi m'enverrait-elle ?

Enfin, il se tourna vers moi. La lueur du feu soulignait la finesse de ses traits, son nez droit, le dessin de sa mâchoire et de ses pommettes. Il était d'une beauté envoûtante, encore rehaussée par la rage qui l'animait.

— Elle est venue me voir hier soir, après le banquet. Elle m'a dit que vous deviez impérativement quitter le fort avant votre mariage.

— Je l'ignorais. Vous a-t-elle dit… Vous a-t-elle expliqué pourquoi ?

Le royaume de Varya était pacifique. Les sirènes y vivaient parmi les vieilles familles varyanes. Pourtant, l'idée que quiconque soit en possession de mon secret alors que j'étais encore sur le sol de Seraf m'emplissait d'une terreur abjecte.

— Oui. Mais je n'ai pas été surpris d'apprendre que vous êtes une sirène. Je vous l'ai dit : je vous connais.

Cette assurance désinvolte me chiffonnait. J'avais envie d'en savoir plus, de lui demander comment il me connaissait, mais son regard perçant m'arrêta. Il détailla la forme de mes yeux, de mon nez, de ma bouche, s'attarda un moment sur mes lèvres et parut soudain ailleurs.

— Majesté, dis-je doucement pour le tirer de ses pensées. Quelle réponse avez-vous donnée à Agatha ?

Il cligna des yeux, toussota.

— En dépit de mes nombreuses inquiétudes concernant votre situation, je lui ai dit non.

— Non ? Puis-je vous demander pourquoi ?

— Premièrement, vous n'aviez pas l'air de vouloir quitter le fort.

— Pardonnez-moi, mais comment pouvez-vous prétendre savoir ce que je veux ?

— Lady Imogène, j'ai des yeux pour voir. Et, bien que cette union me paraisse incongrue – une sirène clandestine et son chasseur –, vous n'avez pas lâché votre fiancé d'un pouce, hier soir. Et le capitaine a passé la moitié de la soirée à vous lécher le cou.

— Le capitaine a aussi passé la moitié de la matinée à m'exposer son projet de me forcer à conclure un pacte de sang avec lui. Vous avez vu l'aisance avec laquelle il m'a tailladé la main dans la salle de rituel. Son absence totale de scrupules à me faire du mal.

À ces mots, sa colère flamba de plus belle.

— Agatha sous-entendait hier que votre identité réelle était tenue secrète – que vous vous donniez beaucoup de peine toutes les deux pour qu'elle le demeure. Comment le capitaine sait-il ce que vous êtes ?

— Il… l'ignorait jusqu'à la nuit dernière.

— Avant ou après le banquet ?

— Après.

— Dites-moi clairement ce qu'il en est, exigea-t-il, sa patience visiblement à bout.

J'hésitai, et il me foudroya du regard. Je m'étonnais moi-même de vouloir si ardemment modifier sa piètre opinion de moi.

Il s'avança vers moi et me toisa de toute sa hauteur.

— Répondez-moi ou bien sortez d'ici.

— J'ai mué, dis-je subitement. Sous ses yeux.

— Comment est-ce possible ? Le pouvoir des sirènes est lié à la mer. Vous ne devriez pas être capable de muer si loin de l'océan.

— J'ai... Il y avait... du sel de mer... sur sa peau.

— Sur sa peau ?

— Oui. Et je l'ai... disons... goûté.

— Goûté, répéta-t-il, écœuré. Êtes-vous donc dépourvue à la fois d'honneur et de toute maîtrise ? Vous donnez votre sang librement... et maintenant ça ! Faut-il que vous soyez lâche pour demeurer dans cet endroit maudit, pour vous plier à tous les caprices de Némée ! Vous êtes idiote d'épouser un homme dont le métier consiste à vous tuer.

À ces mots, je vis rouge, et la voix cinglante de Némée résonna dans ma tête. *C'est facile d'être bon quand on est béni des dieux.*

— Comment osez-vous ? m'indignai-je, les poings serrés. J'appartiens à Némée. Qu'aurais-je dû faire ? Lui dire que je préférerais ne pas me marier ? Dites-moi, comment traiteriez-vous un sujet qui se rebellerait contre votre autorité, Majesté ? Je me suis mutilée pour survivre ici. Vous n'avez aucune idée de ce que j'ai enduré...

— Vous auriez dû partir il y a bien longtemps.

— Oui. J'aurais dû. Et aujourd'hui, j'essaie. M'aiderez-vous ?

— Donnez-moi votre main, dit-il subitement après un long silence.

— Pardon ?

— Laissez-moi soigner cette coupure.

Dans ma colère, j'avais complètement oublié ma main blessée, mais lui, non. Il possédait le pouvoir de vie du grand dieu Panos, le pouvoir de faire croître et de réparer. À contrecœur, je lui tendis ma main.

— Ce n'est pas ce genre d'aide que j'attends de vous.

— Je sais. La coupure est profonde, déclara-t-il après avoir inspecté la plaie.

— Oui.

— Ça fera une nouvelle cicatrice, je ne peux pas l'empêcher. Je suis désolé.

On ne s'était jamais excusé auprès de moi avec tant de sérieux. Je répondis avec prudence, tentant de masquer mon étonnement.

— Je ne suis pas assez stupide pour croire que j'en sortirai indemne, Majesté. Qu'est-ce qu'une cicatrice de plus parmi toutes les autres ?

Il me jeta un regard curieux, et aussitôt après ses mains se mirent à chauffer. Une chaleur solaire, venue du plus profond de son être. Ébahie, j'observai la chair autour de l'entaille commencer à se réparer.

— Ce serait la guerre si Némée apprenait que je vous ai aidée à vous enfuir.

Lentement, ma peau se referma, comme on coud deux pièces de tissu : un maillage de chair pâle dont les sutures se faisaient de plus en plus fines à mesure que la chaleur qu'il déversait sur moi se répandait.

— Pardonnez-moi, mais vous n'aviez pas l'air très déterminé à préserver la paix entre vous deux. Chacun de vos gestes, chaque mot que vous avez prononcé ont été des provocations. Pourquoi êtes-vous venu ici, réellement ?

Il étudia le résultat de son intervention. La plaie n'était plus qu'une mince ligne blanche tracée sur le relief de mes vieilles cicatrices.

— Comme vous l'avez deviné, je suis venu apprécier par moi-même l'état de ce lieu. Contempler les horreurs de Seraf. Constater jusqu'où Némée poussait la cruauté. J'éprouve une haine profonde à l'égard de cet homme.

— Alors arrachez-moi à son emprise. Rien ne l'atteindra autant que de perdre ce qu'il considère comme lui appartenant.

— C'est bien ce que je crains. J'ai un royaume à protéger. Une guerre le mettrait en péril.

— Vous êtes venu constater par vous-même sa cruauté et vous ne comptez rien y faire ? S'il existe une personne à Leucosie qui a le pouvoir de mettre un terme aux horreurs qui se pratiquent ici, c'est pourtant vous !

Théodore sembla batailler intérieurement. Les paroles qu'il prononça avec douceur suintaient la pitié.

— Son travail de sape pour vous rabaisser a été décidément très efficace.

À ces mots, je perdis toute force. Je me sentis nue, malade et humiliée, luttant pour dissimuler ma détresse.

Théodore retourna à la petite fenêtre.

— Je vous enverrai de l'aide. Je pars demain – je ne souhaite pas assister à votre mariage. De retour chez moi, j'élaborerai un plan pour vous sortir de Seraf. Mais ça prendra du temps. Personne ne doit savoir que je suis impliqué dans votre fuite.

— Je ne peux pas attendre. Le mariage a lieu demain soir. Le temps que vous m'envoyiez du secours, le capitaine Ianto nous aura déjà liés par le pacte. Comment le quitterai-je, quand ce sera fait ?

Il ajusta son manteau taché de sang, et on aurait dit qu'il revêtait une armure. Il me regarda de haut.

— Il existe des élixirs pour rompre ce genre de pacte, dit-il en affichant une sévérité royale. La réponse convenable à ma proposition généreuse est : « Merci, Majesté. »

— Si vous attendez que je vous remercie de me donner l'occasion de souffrir, vous ne valez pas mieux que le roi Némée, *Majesté.*

Sa réaction outrée me procura une réelle satisfaction. J'ouvris la porte brutalement et elle claqua contre le mur.

— Hors de ma route ! criai-je à l'un des gardes qui me bloquait le passage.

La panique menaçait de m'engloutir. La chambre d'Agatha était située à l'étage du dessous. Je croyais pouvoir garder mes esprits le temps de m'y rendre, mais alors que je m'éloignais des quartiers du roi Théodore dans le long couloir, mes forces m'abandonnèrent.

Deux soldats de Némée, sanglés dans leur sinistre armure noire, se tenaient devant la porte de ma chambre. Leur casque ne laissait paraître que le bas de leur visage. Le plus jeune des deux, dont le menton était criblé de boutons rouges et de cicatrices, poussa du coude son comparse en m'apercevant.

— Elle est là.

Le plus vieux me gratifia d'une petite courbette.

— Dans votre chambre, Milady.

— Vous n'avez aucun droit de me donner des ordres, dis-je d'un air d'autorité, alors que mon cœur battait à tout rompre. Je suis la pupille du roi.

— Vous êtes la dame du capitaine, maintenant, marmonna le jeune soldat à la face grêlée. Et il ne me loupera pas si vous n'êtes pas dans cette chambre à son retour.

— Je refuse d'être prisonnière sous mon propre toit.

Je poursuivis mon chemin, mais il tendit un bras noueux et me souleva sans effort. Je hurlai tandis qu'il me portait à l'intérieur de la pièce. Je me débattis violemment, mais il se contenta de me jeter sans cérémonie sur mon tapis avant de m'enfermer à double tour.

— Je vous ferai écorcher vif pour cet outrage ! criai-je en tambourinant sur le bois massif.

— Pardonnez-moi, Milady, dit le garde sans émotion. Ce sont les ordres du capitaine.

6

Les gardes restèrent plantés devant ma porte tout l'après-midi. Personne n'entra. Ni Agatha, ni Evander.

Je me lavai le visage et les cheveux à l'eau froide puis enfilai une chemise propre et un peignoir. Pendant ce temps, je réfléchissais aux moyens de m'évader. Peut-être existait-il des passages secrets que je n'avais pas découverts à l'époque où j'étais une gamine curieuse qui explorait le fort ? De sombres et tortueux tunnels qui me conduiraient au pied de la montagne... Cependant, sans surprise, je ne trouvai nulle porte dérobée sous les tapisseries de ma chambre. Nulle galerie encombrée de toiles d'araignée dissimulée au fond de ma penderie.

Alors que le soleil entamait sa lente descente, je restai étendue sur mon matelas à fixer le plafond, tandis qu'un trou béant s'ouvrait dans mon ventre, un gouffre horrifique où disparaissait tout espoir.

On frappa trois coups à ma porte. Je me redressai vivement. Le soldat à la figure grêlée ouvrit et laissa entrer Agatha. Ses cheveux étaient détachés et en désordre, ses boucles brunes formaient un halo autour de son visage blême. Elle tenait à la main une bougie.

— J'ai le droit de rester jusqu'à l'extinction de la bougie.

La gorge nouée, incapable de parler, je tapotai le matelas à côté de moi pour l'inviter à me rejoindre. Sa robe était froissée, et elle serrait sur ses épaules étroites un châle tricoté. Elle s'avança en silence, attrapa un livre sur ma table et le plaça au pied de mon lit. Elle posa dessus la bougie puis tira les tentures du lit avant de s'installer à côté de moi. On attendit que la porte soit refermée pour parler.

— Le roi Théodore est venu s'entretenir avec moi, chuchota Agatha.

— Il t'a dit que j'étais une idiote ? Que j'étais lâche et que tout était ma faute...

— Chut... Non. Il m'a rapporté votre conversation. Il a dit qu'il élaborerait un plan pour te libérer.

— Il a dit que ça prendrait du temps. Du temps que je n'ai pas.

— Il te fera sortir, dit Agatha avec assurance. Je lui fais confiance.

— Explique-moi pourquoi. Quand tu l'as connu, il n'était qu'un gamin. Il a dû changer depuis l'époque où tu étais sa gouvernante. C'est un fringant souverain plein de grands principes. Comment en es-tu venue à quitter son service pour atterrir ici ?

Elle hésita avant de parler.

— Quand j'ai rencontré le roi – le prince, à l'époque –, il avait environ sept ans. J'en avais seize et je suis tombée amoureuse d'un jeune soldat de la garde royale. Au bout d'un moment, nous avons décidé de nouer un pacte de sang. En secret. Juste tous les deux, une nuit, devant le feu.

Son ton prit des accents mélancoliques, et je me demandai si elle revoyait mentalement ce souvenir à la lueur des flammes.

— Lorsque le roi Athan, le père de Théodore, découvrit l'affaire, il ordonna que le pacte soit rompu.

— Rompu ? Mais vous vous aimiez !

— Si seulement l'amour suffisait à renverser la volonté d'un roi… Par la suite, j'ai quitté Varya et suis venue à Seraf. Au moment où je faisais voile vers l'île, on ne savait pas encore que Némée avait commencé à chasser les sirènes.

— Je vois… Et tu l'aimes encore ? Ton soldat.

— C'était il y a vingt ans, Imogène.

— Réponds-moi.

Elle nia mais refusa de croiser mon regard. Je souris.

— Eh bien, quand mon futur époux m'aura attachée à un lit ou au mât d'un navire et que je n'aurai plus droit à une servante, j'espère que tu quitteras cet endroit et que tu iras le retrouver.

— Imogène. Je connais Théodore. Il va t'aider.

— Avait-il déjà ce côté impérieux et hautain, ou est-ce une qualité qu'il a développée en grandissant ?

Agatha gloussa.

— C'était un gentil garçon. Par contre, je me souviens qu'il réclamait constamment des morceaux de sucre.

— Beurk, écœurant.

— Imogène, reprit Agatha à voix basse. Les échos qui me parviennent de Varya décrivent tous un souverain généreux. Il a le sens du devoir chevillé au corps.

Je haussai un sourcil. Fort Linum était très éloigné de Port Helris et de la ville la plus proche, Stowand. Les informations au sujet de Varya et de son roi que mentionnait Agatha ne pouvaient venir que de loin. Or la communication avec le reste de l'archipel était difficile, le courrier ne nous arrivait que de façon sporadique et aléatoire.

— Qui t'a raconté ça ?

Agatha fronça son nez mutin, et ses joues s'empourprèrent.

— Pourquoi tu poses la question ?

— C'est juste un détail étrange et très spécifique, « le devoir chevillé au corps ». Comment es-tu au courant ?

— J'ai des amis qui m'écrivent.

— Au sujet du roi de Varya ?

Elle rougit encore, et je compris.

— C'est ton soldat, n'est-ce pas ? Il t'écrit encore ?

Agatha frissonna avant de prendre mes mains dans les siennes.

— Il est ici. Il commande les troupes de Théodore, à présent.

— Il est ici ? Tu l'as vu ?

Elle hocha la tête, l'expression adoucie mais déterminée.

— Je lui ai aussi demandé s'il pouvait nous aider, mais… Pas maintenant. C'est trop dangereux. Je t'en prie, tu dois croire que le roi Théodore tiendra sa promesse en temps voulu.

— D'ici là, je serai liée à Evander. Ce sera trop tard pour s'enfuir. Que se passera-t-il si je suis enceinte quand il mettra enfin en œuvre son plan ? Et si je ne suis plus qu'un cadavre ?

— Arrête. Morte, tu ne serais d'aucune utilité au capitaine. Et tu ne seras pas enceinte, j'y veillerai. C'est l'affaire de quelques mois, Imogène. Ensemble, on réussira à tenir encore quelques mois, non ?

— Tu me vois bien plus forte que je ne le suis réellement.

Agatha jeta ses bras autour de mon cou et me tins serrée contre elle. Alors je m'autorisai à pleurer tout mon soûl, à gros sanglots. Je hoquetais encore quand elle reprit la parole.

— Un jour, murmura-t-elle en me caressant les cheveux, tu auras une vie épanouie. Un foyer, si tu le souhaites. Et ton horizon ne se limitera plus à ces pierres, ces montagnes et ce bout de ciel. Je serai avec toi quand tu toucheras la mer pour la première fois. Tu sentiras le sable entre tes orteils, le goût salé sur ta langue, et tu éprouveras une joie inimaginable, je te le promets.

Nous restâmes blotties l'une contre l'autre à regarder la bougie se consumer. Lorsqu'elle s'éteignit, Agatha m'embrassa sur le front et sortit de la chambre. Il faisait noir comme dans un four. Je fermai mes yeux gonflés par les pleurs et m'enfonçai dans le matelas, flottant un moment entre la veille et le sommeil – dans un espace intermédiaire où les draps de mon lit se muaient en écume et les larmes dans ma bouche en vagues.

Les heures s'écoulaient lentement, on était au milieu de la nuit. Les marmonnements et piétinements des gardes dans le couloir s'étaient tus. Je me demandais s'ils étaient partis ou s'ils dormaient. Je tirai les tentures, sortis du lit et, sur la pointe des pieds, allai écouter à la porte.

Je n'entendis que le sang battant à mes tempes, mais demeurai ainsi longtemps, guettant un souffle, un pas, n'importe quel son. Enfin, je posai la main sur la poignée…

Et me figeai.

Un bruit de bottes dans l'escalier. Un pas lourd loin en bas, mais qui se rapprochait. Puis toute une troupe grimpant les marches en cadence – des soldats. Je reculai et me jetai sur mon lit au moment où la porte s'ouvrit.

— Ma chérie, réveille-toi, murmura Evander.

Il écarta les tentures, une bougie à la main.

— Suis-moi.

Sa chemise grise chiffonnée dépassait de son pantalon. Il n'était pas rasé et son front luisait de sueur. La lueur de la bougie projetait des ombres étranges sur son visage. J'ouvris la bouche pour protester, mais il m'intima le silence d'un doigt posé sur ses lèvres puis me prit par la main pour me sortir du lit.

— Enlève ça, chuchota-t-il en tirant sur le cordon de mon peignoir.

Je croisai les bras sur ma poitrine.

— Non. Qu'est-ce que tu veux ?

Un éclat de lumière révéla une sorte de mince pipe courbe calée sous son bras.

— Qu'est-ce que c'est que ça ?

Avant qu'il réponde, un effluve d'air iodé frappa mes narines et je sus ce que le capitaine apportait : le siphon. Celui qu'on utilisait pour forcer une sirène à muer avant qu'on l'exécute. Le piétinement des soldats emplit le couloir. Comme des fourmis, ils entrèrent dans la chambre en file indienne, chacun portant deux seaux d'eau.

D'eau de mer.

Je n'avais jamais rencontré la mer – pas réellement –, mais je la connaissais. Elle faisait partie de mon sang, de mes os. J'étais née d'elle et j'y retournerais.

Les hommes d'Evander pénétrèrent dans mon cabinet de toilette. Avec de forts clapotis, ils vidaient leurs seaux dans ma baignoire, l'un après l'autre, au moins une douzaine, et je les observais, sidérée.

Evander posa la bougie, dénoua le cordon à ma taille, retira mon peignoir, me laissant ma chemise de nuit. Il s'empara du siphon, affichant un air déterminé : poings serrés, mâchoire volontaire. Il s'avança vers le cabinet de toilette.

— Viens.

— Je ne veux pas.

Il s'arrêta, me jeta un regard menaçant.

— Je n'ai plus besoin de vous, dit-il à ses hommes. Vous pouvez y aller.

Ils obéirent, la porte se referma sans un bruit, et Evander tira le verrou.

— Ne me regarde pas comme ça, grinça-t-il en lâchant le siphon qui tomba sur le tapis en laine avec un bruit mat. Comment oses-tu, toi, me regarder comme si je te dégoûtais ?

Une digue céda en moi et la colère que j'avais tenté de refouler éclata.

— C'est moi qui te dégoûte ! Je le vois dans tes yeux, à ta façon de me toucher.

L'air salé imprégnait la pièce. J'en avalai une grande bouffée et quelque chose vibra dans ma poitrine. Une corde pincée.

— Tu ne peux pas m'aimer. Tu sembles au contraire aimer me faire du mal…

— Le pacte y remédiera, cracha-t-il.

— Non. Il te forcera seulement à me protéger. Il ne changera rien à ma nature ni à ta haine. Je resterai ce que je suis, et tu seras juste malheureux parce que, au fond… Au fond, tu rêves de me tuer.

Ses yeux d'ambre jetaient des éclairs. Il se baissa pour ramasser le siphon et s'avança sur moi d'un pas menaçant jusqu'à ce que nos poitrines se touchent.

— Si je voulais te tuer, mon amour, ce serait déjà fait.

Un frisson de dégoût me parcourut, tandis qu'il levait une main et m'empoignait par les cheveux.

— Je t'aime depuis si longtemps. Tu le savais, non ? Je t'aimais bien avant de supplier le roi de m'accorder ta main. Bien avant de t'avoir touchée. Ç'a été un choc, ta mue, en effet. Mais à sa façon énigmatique, Eusia a répondu à ma prière en te donnant à moi. Ton sang dans mes veines me rendra invulnérable. L'attrait des sirènes ne sera plus une menace. Mes hommes me considéreront comme un dieu. Je ne pourrai jamais t'en vouloir de m'offrir ça, Imogène, susurra-t-il à mon oreille.

J'eus un haut-le-cœur, un vertige. J'avais l'impression de tomber dans un trou sans fond et tout mon corps se crispait avant l'impact. Toucher le capitaine me révulsait, mais je m'accrochai à son cou dans l'espoir de freiner ma chute.

— S'il te plaît, ne fais pas ça, je t'en supplie.

Pour toute réponse, il me souffla son haleine chaude au visage. Ni excuse, ni remords, ni regret, mais un soupir de déception, car j'étais incapable de comprendre ce dont lui était persuadé : que ce pacte était bon pour nous deux. Il se baissa, passa un bras autour de mes hanches et me souleva aussi facilement que si j'avais été une enfant. Il me jeta sur son épaule et me porta dans le cabinet de toilette.

— Non ! criai-je en frappant son dos de mes poings furieux. Pose-moi tout de suite !

Dans le cabinet, l'air était saturé d'iode. J'en aspirai une goulée quand Evander me reposa. L'eau de mer qui emplissait la baignoire scintillait dans la faible lumière dispensée par une lampe à huile laissée là par un des soldats. Si j'avais été seule, je me serais glissée dans le bain de mon propre gré, pressée que l'eau me donne le sentiment d'être redoutable.

— Je le mérite, Imogène.

D'une poigne brutale, il me saisit les bras et me fit pivoter, déchira le dos de ma chemise jusqu'à la taille, libérant l'espace pour mes ailes. La panique me brouillait l'esprit. Pétrifiait mes membres. Son corps chaud collé contre mon dos, il professa :

— Je serai le capitaine que les sirènes ne peuvent pas noyer, et tu vivras bien et en sécurité ici, loin de la mer, là où tes instincts ne peuvent te souiller.

Ce fut l'instinct qui me ranima soudainement. Qui envoya mon bras vers l'arrière, qui recourba mes doigts en griffes et fit pivoter mon corps. Mes ongles labourèrent la peau de son front. Des entailles apparurent sur son visage bronzé, une goutte de sang coula de ses cils telle une larme écarlate.

Il grogna entre ses dents mais ne me frappa pas. Ses bras musclés enserrèrent les miens, les clouant contre mes flancs.

— Ce sera bientôt fini.

Il me poussa en arrière sur le rebord de la baignoire en bois. J'émis un cri quand il me plongea dans l'eau. Pas à cause du froid ou du choc de mon dos heurtant le fond, mais de la sensation d'embrasement que provoqua le contact avec l'eau de mer.

Ma panique s'évapora. J'avais l'impression qu'un million de minuscules dents se creusaient un passage en moi, à travers tendons et os, jusqu'à ma moelle, pour y apporter l'eau. Pour lui redonner la place qui lui revenait de droit.

Tout se brouilla autour de moi, alors même qu'à mes pieds Evander plongeait la pipe dans la baignoire et plaçai sa bouche sur l'extrémité émergée. Il aspira jusqu'à ce que l'eau de mer se mette à couler à l'intérieur du siphon, puis recracha. D'une main brutale, il m'appuya sur la nuque, me forçant à approcher ma bouche au bout du siphon. Le métal meurtrissait mes lèvres. Du liquide coula sur mon menton. Il m'écrasait le visage entre ses doigts.

— Ouvre la bouche.

Malgré tout, je voulais goûter à cette eau. Je voulais qu'elle m'inonde. Je desserrai la mâchoire, la pipe heurta mes dents. L'eau salée se déversa sur ma langue, dans ma gorge, emplit mes poumons. Ils se firent lourds, se déployèrent dans ma poitrine. Je ne clignais pas des yeux. Je ne bougeais plus. Je me contentais de le fixer.

L'horreur déforma les traits d'Evander.

— Imogène ?

Il porta un regard inquiet sur moi en voyant l'eau ressortir en mince filet par ma bouche.

La noyade est une brûlure, et je l'attendais, avant de me souvenir que je ne pouvais pas me noyer. Au lieu de quoi, de nouveau cette sensation étrange de pincement entre mes côtes. Une étincelle rageuse allumée en mon cœur, qui grandit, grandit encore jusqu'à ce que la corde nouée en moi se mette non pas à vibrer mais à pulser comme une artère, propulsant une puissance boueuse, huileuse comme du pétrole, noire et malsaine jusque dans mes tripes.

Elle se déversa dans mon corps comme un magma et, lorsque sa chaleur atteignit mon dos, mes ailes déchirèrent ma peau et se déployèrent. Mes ongles s'allongèrent pour former des serres aux pointe noires.

Perçant le bourdonnement du pouvoir, une voix résonna, si basse que je crus l'avoir imaginée. La voix de l'eau était frêle, lointaine, telle une brise murmurant à mon oreille, luttant pour se faire entendre.

Te voilà, ma chérie. J'ai attendu si longtemps.

Je tressaillis. Evander retira le siphon d'entre mes lèvres et brandit le poignard qui pendait un instant auparavant à sa ceinture. Il comptait m'entailler, comme lors du rituel, et me lier à lui pour toujours.

Non, non, non !

À cette idée, le magma qui brûlait en mon cœur fut chauffé à blanc. Soudain, Evander s'immobilisa, ses paupières tombèrent et ses muscles se relâchèrent. Le poignard glissa de sa main, heurta le bord de la baignoire et tomba au sol avec un tintement métallique. Je recrachai l'eau que j'avais avalée et, comme s'il obéissait à un ordre muet, Evander se leva et entra dans le bain.

Le sang tambourinait dans mes oreilles, une pulsation noire cognait dans mon ventre. Mon essence s'échappa de mon corps et observa Evander qui s'immergeait. Malgré sa grande taille et l'étroitesse de la baignoire, il réussit à se placer au-dessus de moi, passa un bras dans mon dos ailé. Avec révérence, il déposa un baiser sous mon œil.

Dans un recoin de mon cerveau, je trouvais étrange qu'il entre dans le bain avec moi. Qu'il ait lâché son poignard. Son corps était aussi raide qu'un cadavre, mais il respirait régulièrement. Son souffle effleurait ma bouche, telles des vagues tièdes léchant la grève avant de se retirer.

Le domaine d'une sirène est le vent et la mer, et sa respiration semblait ne faire qu'une avec la mienne.

Alors je lui pris son souffle.

La bouche entrouverte, j'aspirai son air jusqu'à vider ses poumons. Son visage rougit, il plongea la tête sous l'eau et la posa sur ma poitrine. Je fus prise d'un désir impérieux de le noyer. Je voulais que sa poitrine s'emplisse d'eau comme la mienne, et au moment où j'en formulais le souhait, il inspira l'eau de mer. Son nez et sa bouche en furent inondés. Connaissant les chemins qu'emprunte l'eau, je pouvais sentir son accumulation dans ses organes.

Son corps lourd fut agité de spasmes.

À mesure que les battements de son cœur ralentissaient, le flux de lave en moi s'apaisait. Il s'étiola puis cessa complètement, me laissant avec la sensation d'avoir trop mangé sans être rassasiée. Maintenant que j'avais goûté à un si grand pouvoir, je comprenais mieux pourquoi Evander l'avait poursuivi avec une telle avidité. Lorsqu'il fut gorgé d'eau et inerte, je repris mes esprits. Le silence régnait dans le cabinet de toilette, la flamme de la lanterne était stable. Je repoussai l'épaule d'Evander qui pesait lourdement sur moi.

— Non, grands dieux, non !

La panique reprenait le dessus. Un instant, je souhaitai pouvoir me noyer moi aussi. Je laisserais son poids m'écraser, je boirais l'eau salée à grandes goulées et, avant qu'un voile noir ne tombe devant mes yeux, je verrais, comme si c'était réel, tout ce que j'avais toujours désiré.

Le corps d'Evander se fit encore plus lourd, oppressant ma cage thoracique et m'arrachant à ma rêverie d'une mort idyllique.

Celle qui m'attendait serait bien plus cruelle.

7

Arc-boutée contre le poids mort d'Evander, les dents serrées, je poussai de toutes mes forces, en même temps que défilaient dans mon esprit les atrocités que me feraient subir les gardes de Némée en guise de châtiment. J'avais troqué une menace contre une myriade d'autres. La voix du roi Théodore résonna dans ma tête : *Vous êtes idiote d'épouser un homme dont le métier consiste à vous tuer.*

Les yeux d'Evander, ouverts et désormais aveugles, affleuraient à la surface de l'eau. Des vaisseaux éclatés veinaient de rouge le blanc de l'œil, comme des traces de sang dans la neige. J'eus la nausée. De nouveau, je tentai de soulever son épaule, me tortillant pour essayer de me dégager. Soufflant, haletant, jurant, je finis par y parvenir et roulai enfin hors de la baignoire, sur le tapis moelleux du cabinet de toilette.

L'eau de mer ruisselait de mon corps, ma chemise déchirée me collait comme une seconde peau trop blanche dont il était temps de me séparer. Mes cheveux pendaient telles des cordes noires sur mes épaules. Je regardai le cadavre d'Evander, tordu et trop grand pour la baignoire, et soudain je compris que je me fichais totalement de ce que pouvait penser de moi le noble, bon et juste roi de Varya. Je ne songeais qu'à une chose : je voulais vivre, et il était le seul à même de faire en sorte que ce soit possible. Il m'avait déjà refusé son aide – mais il existait d'autres moyens de le convaincre.

Mue par une détermination nouvelle, je me dirigeai vers la porte de ma chambre, titubant sous le poids étranger de mes ailes. À cette heure, presque toutes les torches du couloir devaient être éteintes faute d'huile, mais je n'avais pas passé en vain mes nuits à explorer le fort quand j'étais gamine. Je connaissais par cœur le nombre de pas qui menaient jusqu'au bout du couloir.

Obéissants, les hommes d'Evander avaient cessé leur surveillance devant ma porte, mais depuis l'extrémité nord du couloir me parvenaient un cliquetis d'armures et les marmonnements des gardes du roi Théodore. Il en avait amené six. Étant donné le degré d'animosité entre lui et le roi Némée, on pouvait supposer qu'il en garderait au moins trois pour veiller sur son sommeil.

Ça ne m'empêcha pas de me hâter dans leur direction, laissant derrière moi une traînée humide sur le sol.

Je ne savais pas comment contrôler le pouvoir sombre et terrifiant qui avait pris possession de moi – peut-être était-ce lui qui me gouvernait ? Je me rappelais seulement avoir volé le souffle d'Evander et je murmurai une prière fiévreuse dans l'espoir que mon pouvoir rendrait les sentinelles du roi Théodore tout aussi malléables.

Par la fenêtre, j'aperçus une grosse lune brillante dont la lumière semblait couler dans le couloir comme du mercure, éclairant les gardes. Ils étaient trois. Le plus proche de moi gronda et tenta de tirer son épée en me voyant.

L'instant d'après, il s'écroulait au sol, inerte. Cette fois, je l'avais senti : un leurre chaud et muet, jailli de ma gorge comme la ligne d'un pêcheur. Le deuxième garde tituba comme en rêve jusqu'à l'autre bout du couloir, tandis que le troisième m'ouvrait obligeamment la porte de la chambre du roi Théodore.

Les gonds firent un boucan de tous les diables, grinçant affreusement quand la porte se referma. Le roi Théodore ne broncha pas. Il ne subsistait dans l'âtre que des braises qui projetaient des ombres profondes et une lueur de rouille sur le lit.

Le roi, étalé en travers du matelas, paraissait très grand. Un bras replié au-dessus de sa tête, l'autre reposant sur son torse ; une longue jambe échappée de sous les couvertures donnait à voir une peau dorée, des poils noirs sur un mollet parfaitement galbé, un genou puissant, une cuisse musclée. Il portait une simple chemise de nuit blanche et rien d'autre. Sa poitrine se soulevait régulièrement.

J'agirais vite : entailler sa paume et la presser contre ma propre plaie. Un pacte de sang était aussi simple que cela à réaliser, mais je n'arrivais pas à bouger. Il avait l'air si doux dans son sommeil, débarrassé des regards acérés et des commentaires cinglants dont il me gratifiait généralement.

Ce que je m'apprêtais à faire était mal. C'était une trahison cruelle de l'envisager, mais je m'exhortais mentalement à aller jusqu'au bout. Je voulais seulement vivre. Il ne restait que quelques heures avant la découverte inévitable du cadavre d'Evander. Avant ma mise à mort certaine et atroce. L'eau qui trempait mes cheveux et ma chemise sécherait rapidement et à ce moment mes ailes se replieraient sous ma peau.

C'était maintenant ou jamais.

Tendue comme une corde de violon, je m'approchai du lit, posai un genou sur le matelas, me figeai quand il grinça sous mon poids. Mes cheveux gouttèrent sur les draps. Retenant mon souffle, je m'entaillai légèrement la paume avec une de mes serres puis tendis la main pour saisir celle de Théodore, mais avant même que je le touche, il réagit. Il me prit le poignet, sa main comme un étau, avec un grondement sourd il me tira en avant si fort que je tombai sur lui. Je sentis une pointe de métal mordre dans la peau de mon cou.

— C'est Imogène, sifflai-je. C'est moi. S'il vous plaît, ne me tuez pas.

— Imogène ? dit-il d'une voix encore endormie, en abaissant son poignard. Qu'est-ce que vous fichez ici ?

Emmêlés dans les draps, nous roulâmes maladroitement pour nous séparer. Il alluma la bougie sur la table de chevet et la pièce s'illumina.

Comme avec Evander, je me retrouvai à nu devant le roi Théodore. Il me contempla. La forme de mes ailes, repliées contre mon dos, mon visage transi de peur, les courbes de mon corps sous ma chemise trempée.

Je me préparais à sa réaction de dégoût, à ce qu'il me jette au sol et tente de m'étrangler, mais il se contenta de m'observer avec une sorte de stupeur incrédule. Les secondes s'étirèrent, puis il finit par fermer les yeux. Il s'empara d'une couverture et me la tendit. Je la serrai sur ma poitrine.

Soudain, il parut prendre conscience de la situation et du danger qu'elle représentait. Il brandit son poignard.

— Vous êtes couverte d'eau de mer.

Le sous-entendu était clair : il était en grand péril. Sur l'océan, les sirènes étaient dangereuses, elles noyaient et éviscéraient ceux qui tentaient de leur nuire. Je secouai la tête.

— Je ne suis pas ici pour vous faire du mal.

Sa méfiance était palpable. Lentement, je posai ma main sur la sienne, celle qui tenait le poignard, et tournai la pointe de l'arme vers mon sternum.

— Vous avez ma parole.

La tension de ses épaules se relâcha légèrement, mais il maintint le poignard en position. Sa voix était aussi profonde que la nuit.

— Dites-moi ce qui s'est passé.

— Je dois quitter Fort Linum cette nuit, dis-je d'une voix tremblante. Tout de suite.

— Ce n'est pas une réponse. Comment êtes-vous entrée ?

— Je... Je ne sais pas exactement.

Ce n'était pas un mensonge. Le pouvoir qui avait pris possession de mon être soumettait le monde à ma volonté, mais je ne lui avais rien demandé. J'avais souhaité accéder librement à cette chambre ; j'avais souhaité qu'Evander cesse de me faire souffrir. Et ce pouvoir poisseux et atroce s'en était chargé.

— Votre garde m'a ouvert la porte.

— Ça m'étonnerait beaucoup.

La pointe de l'arme appuya sur mon ventre, pas très fort, mais assez pour me figer.

— Répondez-moi.

— J'ai tué le capitaine de Némée.

Il était bouche bée.

— Vous avez tué votre fiancé, et ensuite vous vous êtes précipitée chez moi ?

— Il a pris un siphon, comme on le fait pour les exécutions, et il a empli ma poitrine d'eau de mer. J'ai mué, alors il est entré avec moi, et je l'ai noyé...

— Chut, silence ! intima-t-il en posant un doigt sur ma bouche.

Il planta le poignard dans le matelas, et sa main descendit de ma bouche à mon menton.

— Que voulez-vous dire par « il est entré avec vous » ?

— Dans la baignoire, chuchotai-je en le regardant droit dans les yeux. Il a demandé à ses hommes de remplir une baignoire avec de l'eau de mer, il m'a forcée à y entrer et après...

— Vous avez chanté ? Pour le noyer ?

— Chanté ? Non. Il est entré dans le bain, il s'est allongé sur moi et j'ai... je ne sais pas comment. J'ai pris l'air de ses poumons.

Il me lança un regard qui me glaça le sang. Un regard épouvanté, comme s'il ne pouvait imaginer d'acte plus monstrueux. Un regard qui me donna l'impression que le matelas se dérobait sous mon poids, que les murs s'effaçaient, que j'errais seule dans l'univers en fonçant vers ma mort.

— Vous avez tué votre fiancé, répéta-t-il dans un chuchotement effaré, et ensuite vous venez ici me supplier de m'enfuir en pleine nuit avec vous ?

— Non, dis-je froidement, n'ayant plus rien à perdre. Je suis venue me lier à vous par un pacte de sang.

— Vous avez perdu la tête.

— Peut-être. Mais la seule défense qu'il me reste, c'est votre protection, et vous me l'avez refusée.

— Je n'ai pas refusé, j'ai dit que j'avais besoin de temps.

— On me torturera. On me donnera aux hommes d'Evander pour qu'ils fassent de moi ce que bon leur semblera avant de me trancher la gorge.

Le silence s'étirait, j'étais sur des charbons ardents, jusqu'à ce qu'il daigne enfin parler. J'aurais préféré qu'il m'insulte, qu'il me maudisse et me méprise, tout plutôt que l'absence totale d'émotion qu'il afficha.

— C'est ce qui arrive aux meurtriers dans un lieu tel que celui-ci.

Le désespoir me transperça, mais je refusai de partir sans avoir au moins essayé de le convaincre.

— Il l'avait mérité. Si j'avais été mariée et liée à lui, c'est moi qui serais morte. Il m'aurait tuée à petit feu, à force de cruauté quotidienne.

Je me levai, abandonnant la couverture, et m'avançai vers la porte en frissonnant. La mort guettait au-delà, et je me demandais si je devais l'attendre dans ma chambre ou aller à sa rencontre. Peut-être vaudrait-il mieux me présenter devant les gardes du fort, ailes déployées, et être tuée d'une flèche en plein cœur.

— Arrêtez.

Théodore poussa un long soupir et se leva. Sa chemise de nuit blanche était froissée et pendait de travers sur ses épaules, lui descendant jusqu'aux genoux. Il me fixa d'un regard intransigeant, mais adopta un ton plus doux que jamais auparavant.

— Laissez donc cette porte.

Après un rapide coup d'œil sur mon état de semi-nudité, il ramassa la couverture et me la lança.

— Et couvrez-vous, grands dieux !

Quand j'eus bien serré la couverture autour de mes épaules, il s'approcha, tout près, m'enveloppant d'une vague de chaleur.

— Qu'est-ce que c'est ? demanda-t-il en effleurant du bout du doigt une égratignure que j'avais au menton.

— Un souvenir du siphon de mon cher fiancé, j'imagine.

— Ça saigne, dit-il en secouant la tête d'un air de regret. Je vous l'ai dit, vous aider maintenant provoquerait une guerre.

— Oui, je sais, dis-je tandis que des larmes brûlantes coulaient sur mes joues. Je ne suis pas une imbécile, contrairement à ce que vous semblez croire. J'ai conscience des possibles répercussions. Je comprends parfaitement pourquoi vous m'envoyez à la mort.

— Taisez-vous, s'il vous plaît.

— Pardon ?

— Taisez-vous.

D'un geste vif, il prit mon visage en coupe entre ses mains.

— Je vais vous soigner ça.

Il inclina ma tête en arrière, dégageant mon menton ensanglanté et, sans se départir de son air furieux, il referma la plaie grâce à son lumineux pouvoir.

Ce fut rapide, sa chaleur présente et aussitôt disparue, mais nous demeurâmes tous deux immobiles pendant un long moment.

Finalement, il laissa retomber ses mains.

— Vous aviez réellement l'intention de nous lier par le pacte ? demanda-t-il d'une voix bizarrement atone.

— Oui. Je suis fatiguée d'être sans cesse dominée et soumise, dis-je en faisant un pas vers la porte. Mais vous aviez raison, je suis trop lâche pour me sauver moi-même…

— Faites-le.

— Je vous demande pardon ?

— Liez-nous, dit-il. La guerre contre Némée est inévitable. On ne peut pas le laisser commettre impunément tant d'atrocités. Débuter ce conflit avec le meurtre de son capitaine et l'enlèvement de sa pupille, ce n'est pas idéal, mais je crois que c'est tout de même préférable à l'autre option.

Je restai interloquée.

— L'autre option étant ma propre mort.

— Oui. Donc j'accepte de passer ce pacte de sang avec vous.

— Mais pourquoi ?

— Il est hors de question que je monte sur un navire avec vous à moins que je ne sois immunisé contre vos leurres.

Je rougis.

— Admettons.

— J'y pose néanmoins trois conditions.

— Je vous écoute, dis-je, soudain méfiante. Quelles sont-elles ?

— Vous reniez Némée et vous me jurez allégeance en tant que votre nouveau souverain. Ensuite, lorsque nous arriverons à Varya, vous vous rendrez aussitôt chez l'enchanteresse pour accomplir le rituel qui rompra le pacte de sang.

J'avais conscience que s'il me demandait de me couper la main et de la donner en pâture à son chien avec le sourire, je m'exécuterais.

— D'accord.

J'attendis prudemment qu'il énonce la troisième condition. Théodore était un roi rusé, au regard acéré comme une lame de rasoir et à l'esprit tout aussi affûté. Il exigerait quelque chose de ma part, quelque chose de bien plus important qu'une génuflexion et qu'une longue marche pour briser notre pacte.

— La troisième ?

Il farfouilla dans une malle posée au pied de son lit. Il en sortit un pantalon de couleur sombre, une chemise blanche. Il se pencha vers l'âtre et remit des bûches sur les braises rougeoyantes.

— Quand vous reviendrez de chez l'enchanteresse, vous accomplirez une tâche de mon choix.

Une sonnerie d'alarme retentit dans ma tête. *Une tâche de son choix.* Je l'observai d'un regard circonspect fouiller de nouveau dans la malle. Il passa en revue quelques papiers, d'autres petits objets calés entre les vêtements, et je compris qu'il décidait quoi brûler. Notre fuite serait trop rapide pour qu'il puisse emporter tous ses effets.

— Quelle tâche ?

Il évita mon regard.

— Je ne sais pas encore, dit-il, puis il jeta une liasse de papiers dans le feu et enfila son pantalon. Vite, Milady, vos cheveux commencent à sécher. Vos ailes ne vont pas tarder à se replier et nous aurons loupé notre chance.

Il retira sa chemise de nuit pendant que je détournais les yeux.

— Acceptez-vous mes conditions ?

En toute justice, j'aurais dû accepter. J'aurais dû tomber à genoux et baiser ses pieds pour le remercier d'être prêt à s'entailler la main et à nouer ce pacte. Et s'il exigeait que je prenne le risque d'y perdre la vie, la sécurité et la perspective d'avoir un jour mon propre foyer, j'aurais dû répondre « Avec joie ». Le roi me jeta un regard dubitatif, comme s'il ne comprenait pas mon hésitation, et je pensai : *Il ne sait pas ce que c'est d'exister purement pour le bon plaisir d'autrui.*

L'idée de me soumettre aux caprices sans limites d'un autre roi, de lui devoir obéissance, de ne pas m'appartenir complètement me plongeait dans le désespoir.

— Je suis prêt à risquer ma vie, fulmina-t-il, à mettre mon royaume en péril pour que vous puissiez quitter saine et sauve cet endroit…

Ses mots allumèrent une étincelle dans mon esprit, une soudaine prise de conscience. Aucun roi juste et bon – aucun roi avec *le sens du devoir chevillé au corps* – ne ferait quelque chose d'aussi stupide. Un roi aussi vertueux et puissant que Théodore me laisserait, moi, la pupille orpheline d'un roi vicieux et sans envergure, mourir ici parce que son règne l'exigeait. Bien sûr, me refuser son aide lui vaudrait sans doute une pointe de culpabilité, il aurait même peut-être la faiblesse de regretter la mort d'une jeune femme qui souhaitait si ardemment vivre, mais jamais il ne proposerait un tel marché.

— Votre décision, Lady Imogène ?

À la lueur du feu, il paraissait aussi dur et imposant qu'une statue. Je devinais en lui la forme de son ancêtre. Le grand dieu Panos était fort et indomptable. Il n'avait pas besoin de moi. Et je n'avais rien à offrir. Mais je le revis dans la salle de rituel de Némée, rendu furieux à la vue de mon sang. Il m'avait dit comme une certitude : « Je vous connais. »

Qui crois-tu que je sois ?

Tout à coup, je me demandai si cette faveur qui paraissait disproportionnée n'était pas en fait parfaitement équilibrée.

— J'accepte vos conditions, Majesté, dis-je en levant le menton. Mais si vous deviez trahir ma confiance, je jure qu'une fois notre pacte rompu je…

— Vous me menacez ?

— J'ai peu de raisons de me fier aux hommes qui promettent de bien me traiter en échange de mon obéissance.

Il concéda la validité de mon argument d'un haussement de sourcils.

— Finissons-en avant que vous ne causiez accidentellement ma mort.

Je m'accroupis pour profiter de la chaleur de l'âtre. Théodore, au lieu de me rejoindre, se dirigea vers la porte et fit entrer les trois gardes un à un. Tous me considérèrent d'un air alarmé, et Théodore les fusilla du regard.

— Où est le commandant Mela ?

Son commandant. Celui d'Agatha ! Les gardes demeurèrent immobiles, leur expression indéchiffrable, puis l'un d'eux, penaud, baissa les yeux en expliquant :

— Il nous a demandé de le remplacer à son poste. Il allait voir une femme.

Je n'aurais pas cru que l'humeur du roi pouvait empirer, mais il s'assombrit un peu plus et sa voix prit des accents lugubres.

— Trouvez-le.

— Il doit être au premier étage, intervins-je. Quatrième porte sur la droite.

Théodore se tourna vers moi.

— Agatha ?

Je hochai la tête.

Il se passa une main sur le visage, puis exposa avec précision le plan d'évasion.

— Réveillez les gardes qui ne sont pas de service, et avant de revenir ici, passez par la chambre de Lady Imogène. Vous y trouverez un mort dans une baignoire d'eau de mer. Prenez un peu de cette eau et apportez-la-moi. Et pour l'amour des dieux, ne laissez pas ma porte sans surveillance.

Les hommes de Théodore sortirent de la pièce, et il tira le verrou de la porte avec un soupir d'agacement qui m'était sans doute destiné. Vinrent ensuite un susurrement de linge froissé, un cliquetis métallique, mais je n'y prêtai pas attention, hypnotisée par la bague de fiançailles encore à mon doigt. Une sensation pesante m'écrasait.

— Moi aussi, j'ai une condition à poser.

Théodore vint s'asseoir devant moi, son poignard dans une main et dans l'autre un monceau de soie verte.

— Ce n'est pas à vous de poser des conditions. C'est moi qui vous accorde une faveur, répliqua-t-il en jetant la pile de vêtements sur mes genoux. Enfilez ceci quand vos ailes auront disparu.

Je lui lançai un regard déterminé.

— Agatha vient avec nous.

Il fit tourner entre ses doigts le pommeau du poignard. Secoua la tête.

— C'est trop dangereux. Vous n'avez pas besoin que votre gouvernante vous accompagne et, contrairement à vous, elle est parfaitement capable de quitter cette île par ses propres moyens.

Ma gorge se noua. Il avait raison. Je m'inclinai, défaite, et tendis la main devant moi, révélant la coupure superficielle que je m'étais infligée avant qu'il se réveille. Les cicatrices dessinaient de pâles lignes sinueuses sur ma paume. Sans se démonter, Théodore prit ma main pour passer un doigt sur la coupure et la peau racornie, avec une douceur qui me fit grimacer.

— Moi aussi, j'ai une certaine affection pour Agatha.

Il avait dit ça comme s'il s'excusait, d'une voix mouillée de remords.

Quand il approcha le poignard de ma paume, je me crispai. M'entaillerait-il profondément ? Me soignerait-il aussitôt après ou bien me ferait-il attendre ?

— Prenez-le, dit-il en plaçant le poignard dans ma main libre. J'ai entendu dire qu'un pacte de sirène est une expérience douloureuse. Le temps que le corps s'ajuste.

Je hochai la tête. J'avais entendu la même chose.

— Ne vous dégonflez pas maintenant, Majesté.

Il esquissa un rictus. Je me coupai légèrement, d'un geste rapide, puis entaillai de même la main de Théodore. En même temps, nous prîmes une grande inspiration et pressâmes nos paumes ensanglantées l'une contre l'autre. Mon cœur cognait à tout rompre, mais je me concentrai sur la chaleur poisseuse qui collait nos mains.

Théodore poussa un gémissement. Son visage exprima un mélange de souffrance et de plaisir. Ses muscles trépidèrent, ses joues et son cou se couvrirent de sueur. Renversant la tête en arrière, il tenta d'étouffer une plainte.

Je retins mon souffle et attendis. Attendis encore. Après avoir atteint un paroxysme, la douleur de Théodore reflua et son corps se détendit. Il me lança un regard étonné.

— Que ressentez-vous ?

Je haussai les épaules.

— Rien.

Et puis la vague m'emporta.

Son sang me fit l'effet d'une lumière cosmique ; éblouissant, bouillonnant, il se rua dans mes veines, le long de mes bras et à la jugulaire. Il me calcinait de l'intérieur à mesure qu'il se répandait dans mon corps. Je me cambrai sous la douleur, et quand elle me transperça le ventre, un voile noir tomba sur mes yeux et je poussai un hurlement effroyable.

Théodore plaqua une main sur ma bouche ; comme ça ne suffisait pas, il me tint la tête serrée contre lui, étouffant ma plainte contre son torse.

— Chut ! Silence, me dit-il à l'oreille. Imogène, arrêtez.

Mais c'était impossible. J'avais l'impression d'être déchirée de l'intérieur. Le fil incandescent qui me traversait était si tendu que je crus qu'il allait céder, lacérant mon cœur, et que j'allais mourir ici même, dans les bras du roi Théodore. Je me cramponnai à ses épaules, à son dos, et peu à peu, trop lentement, la souffrance s'amenuisa. Le pacte me pesait sur le ventre, émettant une légère chaleur, je haletais en gémissant, cherchant mon souffle.

Théodore m'observait, abasourdi.

— Vous allez bien ? Il faut qu'on y aille. Dites-moi que ça va.

Je confirmai d'un hochement de tête.

— Non, fit-il d'une voix rauque en me secouant doucement. Dites-le. Je veux vous entendre le dire.

Son inquiétude me concernant était palpable, tel un courant rapide et profond, et je sus que le pacte avait pris. C'est ainsi qu'il agissait : il forçait les deux parties à se protéger mutuellement. Je sondai son regard, tout en m'efforçant de masquer les sensations étranges qui m'assaillaient. J'avais le ventre retourné. Je crus que j'allais vomir.

— Ça va.

Sous l'effet du pacte, mes ailes étaient rentrées sous ma peau, laissant sur mes omoplates des plaies suintantes. Théodore m'aida à garder l'équilibre, détournant le regard pendant que j'abandonnais la couverture et retirais ma chemise de nuit trempée. Il ne vit pas les blessures causées par mes ailes. Taisant ma douleur, j'enfilai le peignoir de soie verte et en serrai le cordon à ma taille.

Un léger coup frappé à la porte me fit sursauter. Théodore laissa entrer ses soldats, qui cette fois étaient six, la garde au complet. L'un d'eux portait un vase pris dans ma chambre – l'odeur d'eau de mer me chatouilla les narines.

À leur suite, échevelée, les joues rosies et les lèvres gonflées par les baisers, venait Agatha.

Théodore la dévisagea d'un air ulcéré.

— Bonjour, Agatha.

Il fusilla du regard l'homme de haute taille qui affichait une expression suffisante à côté de ma servante.

— Lachlan, je vais t'étriper.

— Oui, je sais, répondit celui-ci. Agatha m'a informé qu'elle venait avec nous.

Théodore s'adressa à moi en faisant la grimace.

— Vous êtes décidément bénie des dieux, ce soir, n'est-ce pas ? Donnez-le-lui, ordonna-t-il ensuite au soldat en désignant le vase.

Je le serrai sur mon cœur et me tins droite sous le regard maussade du roi. Ce regard d'encre, perçant, d'une intensité rare, rendait étouffant l'air froid de la pièce.

— Vous avez trompé la vigilance de mes hommes, Milady, faites de même avec ceux de Némée.

8

Les soldats du roi Théodore se déplaçaient tels des spectres, rapides et silencieux. Même le faible cliquetis de leur armure ne perçait pas la quiétude ténébreuse de Fort Linum.

Nous descendîmes en file indienne l'escalier menant au grand hall, désert à cette heure de la nuit. Dehors, les vents remontaient la vallée, accrochant au passage la saillie du fort, leur plainte semblable à celle d'une femme agonisante. J'essayai de ne pas y voir un mauvais augure.

Théodore me précédait, Agatha me suivait, et je portais le vase d'eau de mer avec les précautions d'une mère pour son nourrisson. C'était cette eau qui devait me permettre d'user de mon pouvoir contre les gardes de Némée.

Agatha chuchota derrière moi.

— Tu étais dans la chambre du roi. Tu portes son peignoir. Tu es trempée d'eau de mer. Raconte-moi ce qui s'est passé.

La soie humide du peignoir en question collait aux plaies ouvertes de mon dos. Mes longs cheveux couvraient les taches de sang.

Je la regardai par-dessus mon épaule.

— Je te promets de te faire tout le récit une fois qu'on sera à bord du navire, saines et sauves. Mais je t'en prie, ne commence pas à paniquer quand je le ferai.

Ses yeux lancèrent un éclair.

— Paniquer ? Pourquoi je paniquerais ?

— Grands dieux, Agatha !

Elle se mordit la lèvre, ravalant son inquiétude et ses questions.

Une émotion trouble s'empara de moi à l'idée de me confesser auprès d'Agatha. La honte et la fierté de ce que j'avais fait subir à Evander s'entrelaçaient en moi comme une deuxième colonne vertébrale. En passant devant la salle du trône, je repensai à l'inscription gravée sur son mur. *Le monstre est toujours occis.* Je revis la face livide du capitaine, ses lèvres bleuies, et un doute m'envahit. Peut-être étais-je aussi monstrueuse qu'il l'avait été. Peut-être finirais-je par être occise à mon tour.

Le commandant de la garde du roi Théodore, Lachlan, nous regroupa quand nous atteignîmes les portes monumentales.

— Il n'y a jamais de sentinelles postées dans la haute-cour. Elles sont toujours rassemblées devant les écuries et les casernes situées au pied de l'escalier de la montagne, dans la basse-cour, dit-il tout bas. Il faudra que vous usiez de votre pouvoir pour nous permettre de franchir cet obstacle. Nous avons besoin de chevaux pour regagner le navire du roi, amarré à Port Helris, en passant par la route de la montagne.

Ma bouche s'assécha. Je fus prise de tremblements, sous l'effet du choc ou du froid, impossible à dire. Luttant contre ces tremblements, j'adressai un signe de tête à Lachlan pour lui signifier que j'avais compris.

Le soldat qui menait la marche entrouvrit la grande porte, juste assez pour qu'on puisse passer de profil et, un par un, nous nous faufilâmes hors de Fort Linum, tel un serpent silencieux. Le vent avait dégagé le ciel où brillaient une grosse lune et un semis d'étoiles. Elles éclairaient les pierres blanchâtres d'une lueur bleutée irréelle. Serrées l'une contre l'autre, Agatha et moi restâmes cachées dans l'ombre de la muraille, tandis que les six gardes se déployaient dans la haute-cour, épée à la main, pour inspecter les ombres projetées par les grandes colonnes.

Théodore se planta face à moi.

— Jurez-moi allégeance maintenant, murmura-t-il. Avant de quitter le domaine de Némée et devant témoin. Comme ça, il ne pourra pas prétendre qu'on vous a volée à lui.

Je fis la moue et resserrai ma prise sur le vase.

— Vous ne croyez pas sérieusement que ça fera une différence à ses yeux ? Et comment le saura-t-il ? Il réagira de la même façon, quoi qu'il en soit.

— Moi, je fais la différence. Je ne veux pas qu'on puisse m'accuser d'avoir enlevé la pupille d'un roi en pleine nuit, je ne veux pas de cette souillure sur mon règne. Étant donné ce que je viens de faire pour vous ce soir, vous pouvez bien mettre un genou à terre, c'est la moindre des choses.

Je le défiai du regard le temps de trois battements de cœur. Ils me soulevaient l'estomac, ces royaumes et les règles ineptes qui les façonnaient. Je n'avais pas envie de m'égratigner les genoux sur le gravier. Je n'avais pas envie de troquer le joug d'un souverain contre celui d'un autre. Je refusais l'obligation d'honorer, de me soumettre, d'obéir à un homme qui ne me rendrait pas la pareille. Et pourtant, c'était dans l'ordre des choses.

Je me tournai vers Agatha et lui fourrai le vase dans les bras.

— Tiens-moi ça.

Ayant établi que la voie était libre, les gardes nous rejoignirent et formèrent un mur autour de nous. Lachlan nous houspilla, visiblement agacé :

— Vite, vite, faites vite, s'il vous plaît.

Je le gratifiai d'un regard glacial. Puis, à contrecœur, je m'agenouillai. Le gravier était aussi coupant que prévu.

— Que voulez-vous que je dise ?

Le roi paraissait dur et sévère, me considérant de haut, son nez et son front saillant dans la lueur opalescente de la lune.

Lachlan répondit pour lui.

— Improvisez.

Une bourrasque nous enveloppa, ébouriffant mes cheveux humides. Je dégageai une mèche collée à ma joue et fixai sur le roi des yeux courroucés.

— Je renie le souverain de l'île de Seraf.

Une nouvelle rafale souffla. Froide et sifflante, elle m'arracha des larmes, assourdit mes paroles, me fit frissonner.

— Je... Je jure allégeance...

Théodore s'agenouilla à son tour devant moi, les yeux rivés aux miens, et toutes mes pensées s'envolèrent. Il était assez proche pour m'entendre chuchoter. Son geste m'emplit de confusion.

— Vite, dit-il.

Je cherchai dans ma mémoire le serment interminable et lugubre que j'avais prononcé devant le roi Némée dans mon enfance.

— Moi, Imogène Nel, je jure allégeance au roi Théodore Ariti de Varya. Je… J'essaierai de vous honorer en paroles et en actes, en pensée et dans ma volonté. Devant Eusia… Non. Devant les grands dieux, où qu'ils soient, j'en fais le serment.

Il eut un rictus incrédule.

— Vous « essaierez » ?

— Oui, je le jure.

Il m'adressa un regard dur et m'aida à me relever. Je ne pouvais plus dissimuler mes tremblements, et Théodore tenta de les calmer en posant les mains sur ma taille. Agatha nous observait, stupéfaite, en me rendant le vase.

— Quoi ? demandai-je.

Elle secoua la tête en clignant des yeux.

Le groupe se scinda en deux. Théodore et moi, accompagnés de quatre gardes, descendîmes l'escalier menant à l'écurie et à la grille d'entrée. Agatha resta en arrière avec Lachlan et le sixième garde. Au bord de la première marche, ma vision se brouilla devant la pente abrupte plongée dans l'obscurité.

— C'est par ici que vous avez pénétré dans le fort ?

— Oui, répondit Théodore, qui me prit le coude en me voyant chanceler. Les marches sont inégales. Certaines sont très étroites. D'autres bien plus hautes que la normale.

— Il doit y avoir un autre passage. Némée n'a pas pu obliger tous ses invités à grimper cet escalier.

— Milady…

— Je vais renverser l'eau. Je ne vois pas plus loin que le bout de mon nez dans ces ténèbres, je vais louper une marche, renverser l'eau et on va tous mourir à cause de moi.

— C'est possible, dit-il sans la moindre émotion. Mais si vous n'avancez pas, la mort – la vôtre, la mienne, celle d'Agatha – est certaine.

Derrière nous, le vent hurlait autour du fort tel un avertissement plaintif. Je n'avais pas envie de mourir ici, dans ce lieu qui m'avait diminuée et effrayée. Je me redressai, le dos droit sous le regard scrutateur de Théodore, cet homme qui croyait me connaître – et qui m'avait traitée de lâche. Ajustant ma prise sur le vase, je descendis la première marche.

Je progressais trop lentement. Tâtant de mon pied nu le bord de chaque marche, je descendais à pas comptés avec l'aide vigilante de Théodore, persuadée que je n'aurais plus jamais chaud. Mes dents claquaient bruyamment. Mon corps était agité de secousses de plus en plus violentes. Le peignoir de soie me fouettait les jambes. Sur une marche particulièrement étroite, je m'arrêtai, tentai de calmer mes tremblements.

Théodore, qui était plus bas, se retourna vers moi, et l'inquiétude que je lus dans ses yeux me noua l'estomac.

— Ah, bon sang de bons dieux ! grommela-t-il. Venez ici.

Il tendit les bras comme s'il voulait me soulever.

Je reculai.

— Que faites-vous ?

— Majesté, chuchota le garde derrière moi. Il faut avancer.

— Une minute, râla Théodore. La dame est en train de mourir de froid. Elle a besoin de se réchauffer.

— Vous ne proposez tout de même pas de me réchauffer vous-même, si ?

Son sang coulait dans mes veines mais l'idée qu'il me touche, qu'il colle son corps contre le mien me paraissait bien trop intime.

Il se passa une main sur le visage.

— Les autres personnes présentes sont harnachées de métal, donc si, c'est moi ou rien.

Les gardes qui ouvraient la marche remontèrent jusqu'à nous.

— On n'est qu'à mi-chemin, Majesté. Que voulez-vous qu'on fasse ?

Théodore m'observa un instant.

— Partez devant. Allez voir ce qui nous attend en bas. Si vous pensez que les gardes de Némée sont trop nombreux, revenez. Sinon, cachez-vous dans les rochers. On vous rejoint dans un instant.

Il se tourna vers les deux gardes postés derrière moi.

— Attendez-nous dix marches plus bas.

Quand nous fûmes seuls, Théodore laissa échapper un soupir exaspéré.

— Je vais bien, dis-je, alors que je tremblais comme une feuille.

C'était idiot, je le savais, de refuser son aide.

— C'est clair, marmonna-t-il, les mains sur les hanches. Mais ce fichu pacte de sang m'empêche obstinément d'ignorer vos tremblements. Vous avez froid. Vous avez peur…

— Ne vous avisez pas de me traiter de lâche encore une fois…

— J'ai dit que vous aviez peur, c'est tout. Moi aussi j'ai peur.

À la lueur de la lune, je distinguais la sincérité qui adoucissait son regard.

Je ne répondis rien. Je n'arrivais pas à décider si le fait que lui, un roi descendant d'un des grands dieux, avait aussi peur que moi était un réconfort ou aggravait la situation.

— Dites-moi ce qu'il vous faut.

De nouveau, cette voix dépourvue d'émotion, grave et déterminée. Mais ses yeux ne mentaient pas.

— Il faut que je cesse de trembler.

Il hocha la tête et me tendit la main. Elle était chaude, calleuse au niveau des paumes et au bout des doigts. Guidée par cette main secourable, je descendis sur la large dalle où il m'attendait. Il nous tourna face à la roche, légèrement concave, nous abrita dans le creux qu'elle formait, se plaçant derrière moi, dans mon dos. Nous n'échangeâmes pas un mot pendant qu'il rassemblait mes cheveux mouillés sur mon épaule, ni quand il m'attira contre lui, dans sa chaleur. Mon corps se raidit lorsque mon dos toucha son torse. La peau meurtrie de mes épaules me faisait souffrir, mais rapidement la chaleur de son corps apaisa la douleur. Il passa un bras autour de mes épaules, et ce fut comme si un rayon de soleil fleurissait sur ma clavicule. Lentement, prudemment, il entoura mon ventre de son autre bras, en dessous du vase.

— Ne le renversez pas, chuchotai-je, comme s'il ne prenait pas déjà mille précautions.

J'avais l'impression qu'il ne respirait pas tandis qu'il me serrait tendrement contre son corps. Mes muscles agités de spasmes formaient un contraste aigu avec son calme apparent. Je sentais chaque courbe et chaque creux de son torse, de son ventre. Le contact de ses cuisses contre les miennes. La gêne m'envahit. Si je pouvais deviner les détails intimes de sa silhouette, il pouvait certainement en faire autant avec la mienne.

Il parla à voix basse, ses lèvres frôlant mon oreille.

— Votre dos. Pourquoi vous ne m'avez pas dit que vous étiez blessée ?

— C'était le moindre de nos soucis. Ça fait à peine mal, comparé au pacte.

— Je ne peux pas guérir ces plaies, avec la soie collée dessus.

On resta un moment à écouter le vent, et mon corps imita bientôt l'immobilité rassurante de Théodore. Il s'adossa à la roche, je me laissai aller contre lui et, pendant un court instant, fermai les yeux pour m'imaginer allongée sur le ventre au soleil. Ses rayons pénétraient sous ma peau, traversaient mes muscles pour atteindre le cœur de mon être. Le pacte de sang brillait dans mes tripes.

— Vous êtes prête ?

La voix de Théodore me tira de ma rêverie. Je me redressai.

— Oui.

Trop pressée de me dégager, j'eus un mouvement maladroit, le bras du roi accrocha le vase au passage, renversant un peu d'eau qui m'éclaboussa.

— Désolée.

L'eau me procura une sensation étrange.

Dans la baignoire, elle avait électrisé ma peau avant de s'infiltrer jusqu'à la pulsation sombre et régulière qui vit au centre de mon être. À présent, l'eau semblait contraindre ce même espace. Comme si quelque chose en moi était sur le point de se fracturer, comme si la source de mon pouvoir était désaccordée.

Théodore posa les mains sur mes épaules.

— Qu'y a-t-il ?

Je ne répondis pas, ne souhaitant pas mettre des mots sur ce que j'avais ressenti, et repris la descente. C'était plus facile avec la chaleur de Théodore qui m'enveloppait encore, mais elle était aussi pesante. Chaque gentillesse, chaque faveur était une dette qu'il me faudrait rembourser, et je lui devais déjà tant…

Rapidement, avec une agilité nouvelle, je dévalai les marches sans son aide. Ses bottes raclaient les dalles de pierre derrière moi tandis qu'il s'efforçait de suivre ma cadence. Nous rejoignîmes le premier soldat varyan, accroupi au détour d'un virage. Je m'abaissai à son niveau, et Théodore vint s'agenouiller à côté de moi.

Nous pouvions maintenant observer la basse-cour. Un large portail s'ouvrait dans un mur de pierres sèches entourant un enclos, et au-delà se trouvait une écurie bien entretenue. Des torches brûlaient de part et d'autre de l'entrée et du portail. Luttant contre les rafales de vent, leurs flammes vacillantes éclairaient la clairière par intermittence. Quatre soldats montaient la garde. Ils discutaient et riaient ensemble, mais les bourrasques emportaient au loin le son de leur conversation.

— Il n'y en a que quatre ? demandai-je en chuchotant.

— Quatre ici. Six autres gardent l'entrée de la route de montagne.

Il pointa du doigt une zone d'ombre entre deux impressionnants piliers rocheux. À leur base, encore des torches dont la faible lumière révélait un petit groupe de soldats de Némée, revêtus de leur armure noire comme la nuit.

Je retins mon souffle. J'étais rongée par l'inquiétude. J'avais peur d'être de nouveau prise de tremblements, et incapable de nous mener sains et saufs au pied de cette montagne, d'assurer la sécurité de Théodore.

— Il faut y aller, insista son garde, impatient. Leurrez les hommes les plus proches. Ensuite, j'irai chercher le reste de l'escorte.

Dit comme ça, ça paraissait simple, mais j'eus soudain l'impression que c'était insurmontable. Je ne maîtrisais pas mon pouvoir. Il était comme une motte de glaise, et moi, une artiste inexpérimentée. La forme qu'il avait adoptée ce soir n'était pas due à mon talent, ni à ma compréhension de son fonctionnement. Je regardai le vase d'eau de mer. Et si ça ne suffisait pas ? Et si, frissonnante et paralysée par la peur, j'étais incapable de nous épargner une fin brutale et sanglante, tout cela parce que j'étais trop pleutre pour affronter une mort que j'avais méritée ?

— Imogène.

Entendre mon prénom dans la bouche de Théodore calma le flux de mes pensées.

— Je suis juste derrière vous, ajouta-t-il.

Sans un mot, je renversai lentement l'eau du vase sur ma poitrine, mes épaules. Elle imbiba la soie verte et s'imprégna sur ma peau. Instantanément, le fil qui me traversait se mit à vibrer en même temps que revenait la sensation étrange de fracturation. Je fermai les yeux, me concentrai pour dépasser cette sensation. Mon cœur battait à tout rompre, ma respiration s'accéléra. Enfin le pouvoir huileux s'écoula lentement entre mes côtes. La peau ensanglantée de part et d'autre de ma colonne vertébrale sembla s'étirer sous la pression de mes ailes, mais par un intense effort de l'esprit, je les empêchai d'émerger pour me concentrer sur mon but. Je formulai mentalement le vœu de leurrer les soldats, et la noirceur tapie dans mes tripes jaillit dans ma gorge.

Je me levai et descendit d'une marche.

Théodore m'attrapa la main.

— Soyez prudente.

— Oui, Majesté.

Je dus me forcer à quitter sa proximité rassurante, à dépasser ses hommes accroupis, à descendre les dernières marches irrégulières. Les cailloux qui couvraient le sol de la clairière mordaient dans la plante de mes pieds. Le froid ne me faisait plus trembler, mais à chaque pas je me sentais un peu plus mal. Je serrai les dents, m'efforçant de dominer la sensation de tiraillement qui me tordait le ventre, et m'arrêtai devant les soldats de Némée, au bord du cercle lumineux projeté par les torches.

Le premier garde qui m'aperçut sursauta. C'était le garçon à la figure grêlée qui m'avait enfermée dans ma chambre un peu plus tôt. Inclinant la tête, je l'examinai de plus près. Il avait l'air encore plus jeune sans son casque noir, avec ses joues rebondies et ses cheveux en bataille. Il amorça un geste pour tirer son épée, mais elle resta au fourreau : un leurre muet avait jailli de ma gorge.

Ses traits se convulsèrent : ses yeux bruns s'exorbitèrent, ses joues prirent une vilaine teinte cramoisie. Le vent tomba subitement. Les flammes des torches s'élevèrent droites dans l'air de la nuit. Les gardes restants succombèrent à mes leurres avant même d'avoir émis un son. L'un après l'autre, les quatre hommes s'étouffèrent en convulsions avant de s'écrouler en un tas immobile.

Mes yeux se mouillèrent de larmes. Un haut-le-cœur me souleva l'estomac. Je n'avais pas eu l'intention de les tuer.

Un cri résonna depuis l'accès de la route de montagne. Les gardes postés là-bas m'avaient repérée. Ils se rassemblèrent, et je fus prise de panique à la vue de leurs épées, de leurs poignards, de leurs arbalètes. J'appelai de mes vœux l'obscurité afin que nulle flèche ne puisse m'atteindre, et un coup de vent souffla les torches. Je m'avançais vers les hommes, me concentrant de nouveau sur mon pouvoir de leurre, quand une explosion de douleur me vrilla les tripes. Je gémis, pressai une main sur mon ventre sans interrompre ma marche sur les soldats qui avançaient eux aussi.

Ils étaient assez proches, désormais, pour que mon pouvoir les atteigne, mais ils ne se figèrent pas. Malgré le jaillissement de mon leurre, leurs corps ne s'effondrèrent pas. Plissant les yeux dans le clair de lune, essayant d'ignorer l'emballement de mon pouls, je vis qu'ils n'étaient que ralentis. Ils se mouvaient comme dans une eau épaisse. La douleur dans mon ventre augmentait de seconde en seconde. Mâchoire crispée, je tentai de toutes mes forces de repousser les soldats.

— Imogène !

La voix angoissée de Théodore perça les ténèbres et me paralysa.

Pourtant les soldats de Némée continuaient d'avancer d'un pas laborieux qui n'enlevait rien à leur aspect barbare : babines retroussées, épées brandies. Je reculai en trébuchant, m'efforçant de maintenir la distance entre eux et moi, mais la douleur se répandait dans mon corps comme de l'encre dans de l'eau. J'atterris sur les fesses. J'entendis le gravier crisser derrière moi tandis que les hommes de Théodore se précipitaient à mon secours. Un cri m'échappa quand je vis qu'un des gardes de Némée était sur le point de m'atteindre. M'écorchant les mains sur les gravillons, je tentai de m'enfuir à quatre pattes, mais la brûlure atroce de mes tripes me ralentissait.

Mon estomac se contracta comme si j'allais vomir, puis une douleur fulgurante me traversa la cuisse. Le soldat de Némée se dressait au-dessus de moi, son épée entaillant ma jambe avec lenteur. Je sentais la lame froide déchirer mon muscle, ouvrir ma chair en deux.

L'un des hommes de Théodore accourut, faisant gicler des cailloux sous ses bottes. D'un mouvement incroyablement rapide, il leva son épée et l'abattit sur le bras tendu du soldat. Un craquement mouillé à vous soulever le cœur retentit. Une plainte gutturale. La lame avait tranché le bras proprement, au coude. Le membre, l'épée qui m'avait blessée encore serrée dans son poing, me tomba sur le ventre, un sang noir gicla sur mon peignoir de soie déjà trempé.

Le reste de la troupe de Théodore surgit à ce moment-là, tailladant sans difficulté les soldats ennemis qui se mouvaient au ralenti. Des grognements de douleur s'élevèrent, il y eut le bruit immonde des lames tranchant les chairs, et un par un les hommes de Némée tombèrent. L'instant d'après, Théodore était à mon côté et me relevait.

La douleur dans mon ventre s'évanouit aussitôt.

Il dégagea mes cheveux de mon visage, posa les mains sur mes épaules, me scruta pour évaluer les dégâts.

— Ça va aller. Ça va aller, répétait-il sans cesse, le front barré d'un pli soucieux, son visage inondé de sueur affichant une expression terrifiée.

Il essuya les larmes sur mes joues, puis se baissa et écarta un pan du peignoir pour examiner ma jambe.

— Oh mes dieux !

Il me souleva dans ses bras et courut vers l'écurie, murmurant à mon oreille :

— Je vais réparer ça. Vous n'aurez même pas de cicatrice.

— Je me fiche d'avoir une cicatrice, sifflai-je, agacée par son mensonge. Emmenez-moi loin de cette montagne, c'est tout ce que je demande.

Il me hissa sur un cheval et monta en croupe derrière moi.

DEUXIÈME PARTIE

LA SURFACE

9

Je ne rêvais pas souvent. Quand c'était le cas, les images étaient fragiles, fracturées, floues. Comme si je les voyais depuis une grande hauteur à travers un voile de nuages.

Mais à présent, mes rêves étaient d'une précision macabre.

Une femme sans visage flottait à la surface de la mer, son corps ballotté par les vagues bouillonnantes. Elle était nue et chauve. À la place de ses yeux, des orbites vides et brûlées. Quelque chose nageait en dessous d'elle. Loin dans les profondeurs que la lumière du soleil n'atteignait jamais. Tel un monstre gigantesque à l'estomac rabougri, la créature fouillait les abysses frénétiquement, poussée par une faim griffue et insatiable. Ses yeux laiteux étaient veinés de rouge. Sa peau, visqueuse et marbrée par la pourriture.

Mais son pouls était puissant. Il vibrait dans l'eau et dans l'air. Un battement régulier de désespoir. De manque.

Enfin, le monstre sous-marin remonta avec délices vers la surface. Il percevait la chaleur de la femme qui la quittait peu à peu, et désirait s'en repaître.

Juste avant qu'il soit sur elle – juste avant de me réveiller – la vérité m'apparut : j'étais la femme ; j'étais l'eau ; j'étais le monstre.

J'ouvris les yeux dans une lumière trouble et ambrée. Je ne bougeai pas. J'en étais incapable. Mon corps me semblait encore flotter sur les vagues, mais il vibrait à présent d'une douleur si intense qu'elle m'empêchait même de gémir.

Je tournai la tête sur la fraîcheur de l'oreiller. Le sommeil s'accrochait à mes paupières comme une toile d'araignée, mais je distinguais le décor de la grande pièce où j'étais étendue. Quelques lanternes ouvragées pendaient au plafond, trouant l'obscurité. Tout était doré. Les parois, les lianes décoratives gravées dans les poteaux du lit, le divan. Plissant les yeux, je tentai d'identifier la silhouette dressée à l'autre bout de la chambre. Sa carrure à la fois puissante et svelte. La chevelure brune, les yeux plus sombres encore.

Je clignai des paupières, et le roi de Varya prit forme. Une mèche noire tombait sur son front soucieux. Il fouillait dans une boîte pleine de flacons en verre, et tandis que je l'observais, la mémoire me revint. L'étrange douleur au ventre qui m'avait mise à genoux dans la cour gravillonnée de la montagne de Némée. La souffrance abominable causée par l'épée qui avait tranché ma jambe au ralenti. Théodore me serrant contre lui tandis qu'on descendait de la montagne, montés sur un cheval volé. Le mouvement saccadé m'avait tiré de l'inconscience par intermittence, et je me rappelais la chaleur du pouvoir de Théodore qui se déversait sur ma cuisse blessée, sa voix douce m'encourageant à ne pas fléchir, à ne pas lâcher ma prise sur le pommeau de la selle.

Le lit vacilla, tangua, et je compris que nous étions à bord du navire. Je naviguais sur la mer. Je la sentais jusque dans mon corps, à travers la douleur, à travers le goudron et le bois.

— On a réussi, dis-je d'une voix éraillée avant d'ajouter, l'instant d'après : Je vais vomir.

Aussitôt, Agatha fut à mon chevet, tenant une bassine vide sous mon menton. Je vomis dans la bassine, toussai, tressaillis sous la douleur renouvelée. Théodore s'approcha avec la boîte de médicaments à la main. La nausée qui me tordait l'estomac s'apaisa.

— C'est le pacte de sang qui te rend malade, expliqua Agatha en me passant une main dans les cheveux. Il faut un moment pour qu'il se stabilise.

— Combien de temps ?

— Deux jours, répondirent en même temps Lachlan et Agatha.

Le commandant était assis à un bout de la table, occupé à affûter un poignard sur une pierre à aiguiser. C'était un homme sec mais imposant, aux épaules larges, à la peau marron clair et aux cheveux châtain doré, coupés court. Les coins de sa bouche s'incurvaient légèrement vers le haut, et une lueur espiègle brillait dans ses yeux.

Agatha paraissait agacée.

— Si tu m'avais dit que tu avais réalisé un pacte de sang avec le roi de Varya avant de te jeter au-devant d'une horde de gardes armés jusqu'aux dents, j'aurais pu te prévenir que tu serais malade. J'aurais pu t'expliquer que vous deviez rester à proximité l'un de l'autre jusqu'à ce que le pacte se stabilise. Au lieu de quoi, tu ne m'as rien dit et tu as failli te faire tuer.

— Agatha, grognai-je, c'est bon, j'ai compris la leçon. La prochaine fois que je me lie dans l'urgence avec un roi pour m'enfuir de chez moi, je m'assurerai d'avoir passé en revue le moindre détail avec toi. Sous réserve que tu ne sois pas en pleine partie de jambes en l'air.

Lachlan ricana, et Agatha le gratifia d'un regard qui aurait dû le changer en statue de sel.

— Ne t'inquiète pas, grinça-t-elle, s'adressant plutôt à Lachlan qu'à moi, ça ne se reproduira pas.

Elle s'écarta du lit, la bassine entre les mains, les joues empourprées. J'eus un accès de culpabilité en notant la tension palpable entre les deux amants. Je me demandai ce qui s'était passé entre eux depuis leurs récentes retrouvailles.

Je tentai de m'asseoir, de trouver un moyen discret d'interroger Agatha, mais je ne réussis qu'à gémir.

— Ne bougez pas, ordonna Théodore. Vous allez rouvrir la plaie. Elle n'est pas encore complètement guérie.

Je soutins son regard glacial. Pendant qu'on descendait de la montagne, il avait su se montrer gentil, attentionné. Il avait gardé une main posée sur mon dos pour me réchauffer. Il m'avait considérée presque avec compassion quand j'étais effrayée. À présent, toute cette chaleur avait disparu. Il était aussi froid et distant qu'une statue de marbre.

Un grondement de tonnerre emplit soudain la cabine.

— Qu'est-ce que c'est ?

— Des canons, dit Lachlan, sans lever les yeux de son poignard. On les apprête dans l'éventualité hautement probable que Némée lance sa flotte à nos trousses. Vous savez, vu que son capitaine a été assassiné et que sa pupille a été enlevée dans la nuit.

Le regard dur de ses yeux noisette et son ton sarcastique ne laissaient aucun doute : Lachlan n'avait pas une haute opinion de moi.

— Si je ne le connaissais pas si bien, poursuivit Lachlan entre deux tintements métalliques produits par la lame sur la pierre, je pourrais croire que vous essayez d'abuser de la bonté de Théo. Il a toujours été sensible aux demoiselles en détresse.

Agatha se laissa tomber sur le divan.

— La ferme, Lach.

Théodore le gratifia d'un regard assassin, mais Lachlan se contenta de hausser les sourcils. La pierre à aiguiser résonna de nouveau.

— Abuser de sa bonté ? m'étonnai-je.

C'était presque comique d'imaginer quelqu'un d'aussi implacable et intimidant que le roi de Varya réduit au rang de victime.

Lachlan me dévisagea comme si j'étais demeurée.

— Pour devenir reine.

— Reine ? Que voulez-vous… ? Je ne comprends pas.

La voix grave de Théodore se fit douce, chargée d'une sorte de tension assourdie.

— Les mariages ne se font pas sous la forme d'un pacte de sang sur l'île de Seraf, Lach. Elle ne savait pas.

— Les mariages ! Nous sommes mariés ?

Je les regardai tour à tour tous les trois. Théodore se frotta un œil.

— Admettons, fit Lachlan, visiblement irrité. Mais vous, vous saviez. Et vous avez accepté. Et maintenant, aux yeux des grands dieux, vous avez épousé une fugitive, juste avant de rencontrer votre fiancée.

— Votre *quoi* ?

Un courant de jalousie inexplicable se rua dans mes veines comme un poison. Je ne comprenais pas les émotions qui me traversaient : cette jalousie vénéneuse et irrationnelle, l'instinct irrépressible de prendre la défense du roi contre Lachlan.

— J'ai donné ma parole à Sa Majesté : je ferai rompre le pacte. J'irai chez l'enchanteresse dès que j'aurai foulé le sol de Varya.

L'air parut se raréfier. Lentement, Agatha releva la tête. Lachlan fit claquer bruyamment son poignard sur la table.

— Tu vas aller chez l'enchanteresse ? Pour une rupture ? dit Agatha avec un frisson d'effroi.

La désolation qui l'accablait soudainement me glaça le sang.

— Oui.

La voix d'Agatha trembla d'indignation.

— Majesté…

Levant une main, Lachlan jeta sur Théodore un regard soupçonneux, un rictus de colère aux lèvres.

— Attendez. Vous n'allez pas réellement l'envoyer chez l'enchanteresse, si ? Vous ne feriez pas ça. La rupture aura lieu en sécurité, au palais.

Le torse puissant de Théodore se soulevait au rythme accéléré de sa respiration, mais son visage n'exprimait que son impassibilité habituelle.

— La rupture aura lieu dans la hutte de l'enchanteresse.

— Non ! Certainement pas !

Agatha bondit sur ses pieds, se dressa devant le roi tel un soldat dépenaillé, farouche et indomptable. Ses boucles brunes formaient autour de son visage un halo sauvage embrumé d'écume. Sa robe était déchirée et pleine de boue.

Théodore la transperça du regard.

— Agatha, tu dépasses les bornes.

— Je vous demande pardon, dans ce cas, mais je n'ai pas l'intention de m'arrêter là. Je vous en supplie, Majesté, vous ne pouvez pas l'envoyer là-bas.

— Agatha…, tempéra Lachlan, radouci, en tendant la main vers elle.

— Non, répéta-t-elle obstinément. Il ne peut pas faire ça. Dis-lui, plaida-t-elle auprès de son amant. Dis-lui qu'il n'a pas le droit de faire ça.

Des larmes tremblaient dans sa voix. Je n'avais jamais vu Agatha dans un tel état. Je voulais la consoler, lui prendre la main, mais en me redressant sur le lit, je m'aperçus que j'étais nue. Je tirai vite les couvertures sous mon menton. Mille questions me vinrent à l'esprit, des visions cauchemardesques, effroyables de cette enchanteresse et de son rituel de rupture se déposèrent comme des pierres au creux de mon ventre.

— Dis-moi ce qui ne va pas. Cette enchanteresse, elle est dangereuse ?

Agatha me considéra, bouche bée.

— Dangereuse ? répéta-t-elle avant de s'en prendre à Théodore. Vous devriez avoir honte !

Le roi se figea dans une immobilité muette terrifiante, mais Agatha poursuivit.

— Quand votre père nous a ordonné, à Lachlan et moi, de rompre notre pacte de sang, il nous a envoyés chez l'enchanteresse avec quelques vivres et deux chevaux, rien d'autre. J'ai failli mourir dans cette hutte moisie.

Le souvenir sembla l'écraser. Ses épaules s'affaissèrent, sa voix se brisa.

— L'élixir de rupture… Il noircit le sang et le fait rejaillir par le nez, les yeux, la bouche. La douleur du pacte n'est rien comparée à celle de la rupture. Lachlan est resté à mon chevet, impuissant, à me regarder me vider de mon sang sur une couche crasseuse, sans guérisseur, pendant que l'enchanteresse tournait en rond dans sa fumée infâme.

Un silence lourd nous enveloppa. Finalement, Théodore parla entre ses dents serrées.

— Je ne suis pas mon père. Je sais combien l'enchanteresse est redoutable. C'est pourquoi Lady Imogène sera accompagnée par une escorte de gardes et un guérisseur du palais.

— Je vous supplie d'envoyer plutôt un coursier, implora Agatha, le visage baigné de larmes. Qu'il rapporte l'élixir de rupture au palais. Que le rituel se déroule sous votre protection. Vous êtes le guérisseur le plus puissant de Leucosie.

Théodore paraissait de plus en plus tendu. Il baissa les yeux sur les flacons posés sur la table.

— Je ne peux pas.

Agatha, consternée, pleurant désormais à chaudes larmes, s'écria :

— Vous ne pouvez pas ?

Je me sentis couler. Comme si le nouveau joug que j'avais endossé en mettant un genou à terre devant le roi de Varya se resserrait, entamant mes chairs, m'accablant de son poids.

Les yeux de Lachlan brillaient de colère.

— Théo, je crois...

— Vous pouvez nous laisser, tous les deux. Maintenant.

L'ordre cingla tel un fouet. Agatha chancela comme si on l'avait frappée en plein visage. Elle tourna les talons et sortit en trombe de la chambre. Lachlan s'attarda le temps d'adresser à son roi un dernier regard accusateur.

— J'aurais cru que vous, en particulier, sauriez prendre de meilleures décisions. Sur tous les plans.

Il se dirigea d'un pas lourd vers la porte de la cabine, qu'il claqua derrière lui.

Immobile dans le silence revenu, Théodore se pinçait l'arête du nez. Les secondes s'écoulèrent, tendues, puis au bout d'un long moment il prit deux flacons sur la table et vint à côté du lit. Il retira le bouchon de l'un avec les dents et le cracha par terre.

— Buvez ceci.

J'aurais préféré être debout et habillée plutôt qu'étendue nue dans le lit de cet homme, mais je mis dans ma voix tout le reproche dont j'étais capable.

— C'était cruel de votre part.

— C'était nécessaire. Buvez.

Soudain, la colère me prit. Maintenant les draps sur ma poitrine, je me redressai maladroitement en position assise. Une douleur aiguë me perça la cuisse et un liquide chaud s'écoula sur ma peau.

— Je ne boirai pas, dis-je en repoussant le flacon. Vous m'avez piégée. Pourquoi ne pas m'avoir dit que rompre notre pacte pouvait me tuer ?

— Je ne vous ai pas piégée. Vous ne comprenez pas la complexité…, commença-t-il avant de s'énerver d'un coup. Bon sang ! Vous m'avez obligé à prendre des décisions impossibles, à commettre des choses que je n'aurais jamais imaginées, et vous me traitez encore comme si j'étais le méchant !

— Je ne vous ai obligé à rien ! Vous étiez d'accord.

— Vous croyez vraiment que j'avais le choix quand vous êtes entrée par effraction dans ma chambre, toute trempée et munie d'ailes… Vous saignez. Pour la dernière fois, buvez ce remède et laissez-moi refermer correctement cette blessure. On pourra se crier dessus après.

Une tache rouge grandissait sur les draps, aussi vite que ma colère. Fixant un regard noir sur le flacon qu'il tenait à la main, je demandai :

— Qu'est-ce que c'est ?

— Du népenthès. Ça atténue la douleur, dit-il sur un ton égal.

Ça m'agaçait qu'il soit si calme.

Le népenthès ne réduisait pas que la douleur. Il émoussait aussi les facultés. Je n'en avais jamais avalé plus que quelques gouttes diluées dans une tasse de thé. Je supposai qu'un plein flacon me plongerait dans un sommeil encombré de rêves dont je ne m'éveillerais pas avant des heures. Effrayée à cette idée, je secouai la tête.

— Pas de népenthès. Allez-y.

Théodore me regarda comme si j'avais perdu la raison, mais s'agenouilla au bord du lit et attendit que j'extirpe ma jambe de sous les couvertures. Ce seul mouvement m'arracha une plainte. Ma cuisse était une charpie de chair sanguinolente. Seule une mince couche de peau, que je supposai être l'œuvre de Théodore, avait empêché le saignement de reprendre. Quand j'avais remué, elle s'était déchirée.

— Tenez ça, ordonna-t-il en me fourrant le flacon de népenthès dans la main. Vous allez changer d'avis.

Ensuite, il posa une main tiède sur mon genou. Il déglutit et observa ma cuisse, dénudée jusqu'à la courbe de ma hanche. Il ne bougea pas.

Je tapai du poing sur le matelas.

— Qu'attendez-vous, grands dieux ?

Il ouvrit la bouche, la referma, finit par demander :

— Je peux vous toucher ?

— Vous me touchez déjà.

— Je dois vous toucher ici.

La blessure s'étirait vers l'arrière de ma cuisse, jusque sous mes fesses.

— Oh, pour l'amour du ciel, oui. Touchez-moi.

Pendant un instant, nos regards se défièrent, pleins de colère, d'inquiétude, exaspérés. Finalement, il posa une main ferme sur ma hanche, me coupant le souffle. Il ne voulait pas me faire mal, mais sa paume était ardente, agacée et tendre tout à la fois. J'expirai longuement tandis que sa main glissait jusqu'au bord de ma blessure, traçant un sillage de chair de poule.

— C'est votre dernière chance.

— Allez-y.

Il n'hésita pas. Rabattant d'un geste habile la bande de peau, il appliqua ses mains devenues presque brûlantes sur la plaie. Je poussai un hurlement et vidai le flacon de népenthès d'un trait.

— C'est bien ce que je pensais, marmonna Théodore tandis que ses mains chauffaient de plus en plus.

Les yeux fermés, je sentis le népenthès se diffuser dans mon corps. Il rogna la douleur et coupa aussi les fils ténus de ma colère.

— Vous viendrez avec moi, prononçai-je d'une voix étrange. Chez l'enchanteresse.

Ce n'était ni une question, ni un ordre, ni une prière mais un peu de tout cela mélangé au népenthès.

— Je vous ai déjà dit que je ne pouvais pas.

— À cause de votre chère promise, rétorquai-je sèchement en ouvrant les yeux.

Il soutint mon regard, et je craignis que ma voix ait trahi ce désir imbécile de le garder comme un trésor que je n'oserais jamais m'approprier.

— Oui. Dès notre arrivée à Varya, je vais rencontrer l'impératrice d'Obélia et sa fille, que je dois épouser prochainement. Voilà pourquoi je ne peux pas venir avec vous.

Il serra plus fort ma jambe et une nouvelle vague de chaleur irradia la peau qui cicatrisait. Je me redressai sur un coude et demandai :

— Et pourquoi refusez-vous d'y envoyer un coursier ?

Il ne leva pas les yeux.

— Parce que vous n'y allez pas seulement pour la rupture. Vous devez également recueillir une prophétie.

Je le fixai, sceptique. Ses mots, ses ordres, tout ce qu'il dissimulait… ça me donnait le vertige. Pourtant, malgré la fureur et la peur qui m'étouffaient, je ne pouvais m'empêcher de remarquer combien le roi Théodore était beau, tragiquement beau. Saleté de népenthès. Je fermai de nouveau les yeux.

— Une prophétie, dis-je d'une voix pâteuse. C'est votre troisième condition ?

— Pas exactement.

— Alors rien ne m'y oblige.

— Au contraire.

Irrité, il se leva et alla se laver les mains dans une bassine d'eau propre. Il y trempa un linge, l'essora et revint nettoyer le sang qui maculait encore ma jambe désormais guérie.

— Parce que je suis votre roi et que vous m'avez juré allégeance. Et parce que la troisième condition, que vous avez déjà acceptée, dépend de la prophétie.

D'un geste vif, j'agrippai son avant-bras musclé. Je le tirai brusquement à moi, assez proche pour sentir son haleine sur ma joue.

— Je sais que vous ne vous êtes pas lié à moi par pure philanthropie royale. Vous l'avez fait pour obtenir quelque chose en retour. Quelque chose, j'imagine, que personne d'autre que moi ne peut vous fournir. Je refuse de mener la même existence que précédemment, à satisfaire les caprices d'un roi qui entend se servir de moi. J'ai prêté serment, certes, mais je n'hésiterai pas à vous renier et à quitter votre royaume, alors même que mon sang coulera encore dans vos veines. Je laisserai sans remords notre pacte vous harceler d'un tourment incessant à mon sujet, jusqu'à ce que votre crâne se couvre de cheveux gris, si vous me traitez comme une bonne qu'on peut houspiller à loisir. Si vous souhaitez une rupture, si vous voulez que je recueille une prophétie afin d'accomplir votre troisième condition, vous devez à votre tour accepter mes termes.

En dépit de ma diction hasardeuse, mon propos ne manquait pas de mordant. Théodore me fixait sans ciller. Je n'étais pas certaine qu'il respire. Son beau visage demeurait indéchiffrable, mais un léger pli de la bouche trahissait son courroux. Je me demandai si on lui avait déjà parlé de la sorte, et attendis qu'il me réprimande pour avoir osé. Mais son regard perplexe se détacha simplement de mes yeux pour se poser sur mes lèvres. Une respiration. Deux. Trois. Puis il dégagea son bras.

— Plus tard, grinça-t-il. Quand vous ne serez plus sous l'effet du népenthès, nous… négocierons.

Il se dirigea vers une commode encastrée dans la paroi et sortit d'un tiroir une chemise de nuit blanche qu'il balança sur ma jambe propre et cicatrisée. Il ne restait plus de la blessure qu'une mince ligne argentée de peau neuve.

L'air maussade, il fit le tour des lanternes pour en régler la luminosité au plus bas.

— Une règle : si par hasard vous vous réveillez avant moi, vous avez interdiction de quitter cette cabine sans moi.

Il alla verrouiller la porte à l'aide d'une petite clef qu'il rangea dans la poche de son pantalon. Mon cœur battait la chamade, le brouillard qui voilait mon esprit se fit plus dense, je regardai l'ombre de son corps puissant se pelotonner sur le divan.

— Bonne nuit, Lady Imogène.

J'enfilai maladroitement la chemise de nuit avant de retomber sur l'oreiller. Les bras de Morphée m'attendaient, mais je ne pouvais m'empêcher de les imaginer munis de mains griffues à la peau visqueuse, comme celles du monstre de mes rêves. J'avais l'impression de le sentir serpenter dans la mer, loin au-dessous, d'entendre rugir son cœur. Un gémissement d'épouvante emplit mon esprit au moment où je tombai enfin dans un profond sommeil.

10

La robe posée au pied du lit était taillée dans la soie la plus fine que j'aie jamais vue, bleu cobalt. Elle avait le parfum caractéristique des vieilles armoires, et les plis incrustés dans le jupon indiquaient qu'elle avait été oubliée un long moment dans quelque recoin, mais il ne faisait aucun doute que c'était un vêtement d'un prix considérable. Je suivais du doigt les points de broderie décorant le corsage, lorsque mon regard tomba sur ma bague de fiançailles.

La grosse pierre si rare scintillait. Elle rapporterait peut-être assez à la vente pour m'offrir une nouvelle vie. Des vêtements neufs et un logement modeste. Les vieilles robes du roi et sa bonne volonté ne dureraient qu'un temps.

Je serrai les lacets de la robe sur mon ventre et les nouai en papillon au niveau du décolleté généreux. Elle m'allait à la perfection, et je ne m'étonnais même pas que Théodore l'ait su d'avance. « Bâtard », marmonnai-je, sans trop savoir si c'était adressé à Théodore et sa robe parfaite ou à Némée et sa robe torture.

Énervée, je lissai la jupe froissée et ravalai un flot de bile. C'était la nausée qui m'avait tirée d'un sommeil peuplé de cauchemars. À la teinte d'or chaud que prenait la lumière se déversant à travers les immenses fenêtres, je compris que j'avais dormi longtemps.

De longues minutes s'écoulèrent, je ne pus grignoter qu'un petit bout de pomme en faisant les cent pas, avant d'aller vomir dans la bassine le peu que j'avais avalé. Ensuite, je retournai près de la porte de la cabine dans l'espoir que Théodore s'en revienne et m'apporte en même temps un peu de soulagement. La lumière dorée s'assombrit peu à peu. Je regardais par la fenêtre la mer scintillante ondoyer et se rider. L'écume hantait la crête des vagues, apparaissant et disparaissant au gré de la houle. Fascinée, je me demandais si je devais l'aimer ou la craindre. Si je devais me reconnaître dans sa versatilité, son appétit bouillonnant et sans limites. Dans le fait qu'il me soit impossible de savoir réellement ce qui rôdait dans ses profondeurs.

Un haut-le-cœur me tira de mes pensées.

« Crétin prétentieux, marmonnai-je en m'essuyant la bouche. Au moins, toi aussi tu es malade, où que tu sois. »

Ayant constaté que la porte était verrouillée, je tirai le rideau de velours vert qui pendait devant sa partie vitrée et me figeai.

Le vitrail représentait une sirène planant au-dessus d'une côte rocheuse et d'un navire couvert de lianes. Cette représentation n'avait rien de menaçant. Au contraire, elle semblait avoir été un objet d'adoration. Ses ailes noires étaient largement déployées. Des rayons de verre jaune l'illuminaient depuis le ciel. Par contraste, le navire paraissait minuscule, plongé dans l'ombre.

J'admirai l'œuvre un long moment avant de me mettre à tambouriner sur la porte.

— Laissez-moi sortir !

Une forme floue bougea derrière le verre teinté. Le verrou cliqueta. La porte s'ouvrit sur Lachlan. Il paraissait encore plus grand que la veille. Ses joues s'étaient couvertes d'une barbe de deux jours. Ses yeux jaune-vert veinés de brun me considéraient d'un air inquisiteur. Je le saluai d'un « Pouah ! »

Lachlan haussa un sourcil.

— Moi non plus, ça ne me réjouit pas de vous voir, mais à la guerre comme à la guerre, d'accord ?

— Où est le roi ?

— Au travail.

Je jetai un coup d'œil derrière moi au bureau encombré de papiers, poussé contre le mur à l'opposé du grand lit. Puis à la longue table de bois poli sur laquelle deux plateaux étaient posés : le petit déjeuner et le déjeuner qu'on avait servis pendant mon sommeil.

— Pourquoi il ne travaille pas ici ?

— Théo tient à son intimité.

— Je vous en supplie, il faut que cette affreuse nausée cesse. S'il vous plaît, allez le chercher.

Lachlan me considéra d'un air inflexible, et je sus qu'il n'en ferait rien.

— J'espère qu'il vomira partout sur ses papiers, sifflai-je. Très bien. Et Agatha, alors ? Où est-elle ?

L'attitude de Lachlan changea du tout au tout. Ses épaules s'affaissèrent et il poussa un long soupir.

— Elle s'est enfermée dans sa cabine.

— Que lui avez-vous fait ?

— Vous êtes sûre que ce n'est pas plutôt à cause de vous ? Entre le meurtre, le fait que vous ayez presque réussi à vous faire tuer et le fait que vous ayez volé un roi…, répliqua-t-il en faisant mine de compter mes péchés sur ses doigts. On tirerait la tronche pour moins que ça.

Nous nous défiâmes du regard un instant.

— Soit, dis-je en croisant les bras sur la poitrine. Je veux bien concéder que j'aie pu contribuer à sa mauvaise humeur, mais seulement si vous me dites ce qu'il se trame entre vous.

— Il ne se trame rien du tout.

— Menteur !

Un nouvel accès de nausée me précipita vers la bassine où je vomis de la bile, encore et encore, jusqu'à en avoir mal aux côtes. Alors que je m'essuyais la bouche avec un linge, j'entendis la porte se refermer à double tour.

Lachlan marcha jusqu'au divan et se laissa tomber sur les coussins.

— Je ne mens pas. Il ne se passe rien entre nous, à mon grand désespoir.

— Mais hier soir, vous aviez clairement l'air de vous être embrassés.

— En effet. Elle m'a aussi enguirlandé pour lui avoir écrit trop souvent, bien qu'elle ait toujours répondu à mes lettres. Selon elle, je ne l'ai pas laissée « tourner la page » et nous ne sommes plus « compatibles », alors qu'à mes yeux, on était plutôt très compatibles hier soir, donc je ne sais pas quoi penser de tout ça.

— Bienvenue au club, dis-je avant un énième haut-le-cœur.

Il ricana, puis me gratifia d'un regard de pitié.

— Vous êtes liée depuis presque un jour entier. Plus qu'une journée à tenir.

— Je ne me considère pas comme particulièrement rancunière, commençai-je en cherchant sur l'étagère où s'alignaient les flacons de verre un remède susceptible de me soulager. Mais j'espère que le roi est roulé en boule et qu'il souffre le martyre à l'heure qu'il est.

— Menteuse, lança-t-il d'un ton malicieux. Je sais pertinemment que vous êtes tous deux dévorés d'inquiétude l'un pour l'autre. La seule raison qui le retient loin de vous, c'est que les contrats qu'il étudie le rongent avec des dents plus acérées que les vôtres.

Je soulevai les flacons à tour de rôle pour lire les étiquettes, faisant tinter le verre.

— Des contrats ! Pas des projets guerriers ou autre chose de plus confidentiel ? Pourquoi donc ne les étudie-t-il pas ici ?

— Ce sont des contrats de mariage.

La morsure de la jalousie me fit serrer le poing sur un flacon.

— Pourquoi serais-je importunée par ses contrats de mariage ?

Lachlan eut un rictus cruel.

— Vous ne l'êtes pas ?

Un long silence s'étira avant que je finisse par céder.

— Si, je le suis. Mais je ne comprends pas pourquoi.

— C'est le pacte de sang. Il vous fait croire que vous êtes la personne la plus à même de prendre soin de lui. D'assurer sa sécurité. L'idée qu'il épouse quelqu'un d'autre devrait vous rendre folle.

— Mais qu'est-ce qui pousse donc les gens à désirer un pacte de sang ? m'exclamai-je tandis qu'une nouvelle crampe me tordait l'estomac. Je ne peux imaginer d'arrangement plus insupportable. C'est comme si on me battait avec un bâton jusqu'à ce que je… vomisse.

Lachlan se leva et ouvrit un petit cabinet dissimulé dans le mur recouvert de feuille d'or. Il en sortit une carafe en cristal et versa dans un verre une bonne rasade d'une liqueur couleur de miel.

— Eh bien, c'est très agréable quand on aime la personne à qui on se lie. Ou du moins quand on supporte de se trouver dans la même pièce.

Ses yeux pétillaient de malice. C'était à la fois charmant et exaspérant, et je comprenais qu'Agatha puisse être tiraillée par des sentiments contraires envers un tel homme. Il leva son verre comme pour porter un toast.

— Hélas, ce n'est pas le cas en ce qui vous concerne.

— Et cela vous réjouit, n'est-ce pas ?

— Non, dit-il en revenant s'asseoir sur le divan. Cela m'amuse vaguement. Théodore est si bon. Ces dernières années, il s'est plié à toutes les règles, chaque minute de chaque jour. C'est assez divertissant de le voir se débattre. Malgré les conséquences, ajouta-t-il en me lançant un regard lourd de sens.

— Je vois.

Je renonçai aux potions cordiales, dont la plupart étaient additionnées de népenthès, et me dirigeai à mon tour vers le cabinet à liqueurs.

— Vous êtes sûre que c'est raisonnable ? demanda Lachlan.

— Ça atténuera peut-être l'anxiété, dis-je en me servant un verre.

— Ou bien ça fera empirer votre nausée.

— Impossible.

Je bus une grande gorgée avant de fixer Lachlan droit dans les yeux.

— Vous dites que le roi s'est plié aux règles « ces dernières années ». Que faisait-il auparavant ?

— Oh, non ! Je ne vous révélerai aucun détail intime le concernant.

Il éclata d'un rire franc et chaleureux, et je souris malgré moi. Il me plaisait. Il me plaisait pour Agatha. Contournant le divan, je m'assis sur la table basse devant lui.

— Je plaiderai votre cause auprès d'Agatha.

Il s'immobilisa, un intérêt soudain brillant dans ses yeux noisette.

— S'il vous plaît ! Je ne trouve pas une seule faille dans son armure. Je n'arriverai pas à croire qu'il me traitera bien si je ne déniche pas un petit quelque chose, un détail qui le fasse tomber de son piédestal de perfection.

Ma détresse était trop aiguë pour que je parvienne à la masquer. Lachlan se cala contre les coussins et me scruta par-dessus le bord de son verre, tapotant le cristal du bout des doigts.

— Très bien.

— Très bien ? Vous êtes d'accord ?

— Je le suis. Vous n'avez pas l'air de comprendre à quel point vous l'avez déjà déstabilisé, mais je veux que vous plaidiez en ma faveur auprès d'Agatha.

Carrant les épaules, je le regardai droit dans les yeux.

— Vous pensez réellement que je l'ai forcé, n'est-ce pas ? Vous pensez que je l'ai volé sciemment.

Il haussa une épaule.

— Il a dit que vous vous étiez glissée dans son lit, en pleine nuit, à moitié nue. À tout le moins, vous vous êtes montrée très persuasive.

Sous mon regard assassin, il finit par concéder un petit rictus de défaite.

— Bon, d'accord : je crois sincèrement qu'il a accepté ce pacte de son plein gré. Écoutez, je refuse de lui nuire. Je l'aime comme un frère, alors n'abusez pas.

Il réfléchit à ce qu'il pouvait me révéler, tout en promenant son regard dans la pièce, qui se posa finalement sur la robe bleue froissée que je portais. Il s'illumina.

— Trouvé !

Lachlan posa les coudes sur ses genoux, et je me penchai en avant.

— Quand Théo était un tout jeune roi, il y a environ six ans de cela, il avait transformé ce navire en croisière des plaisirs quelque peu décadente. Ça a duré deux ou trois ans. Il embarquait les plus belles femmes, ses meilleurs vins et des hommes de sa cour, et il faisait des ronds dans l'eau du coucher au lever du soleil. C'est de là que vient votre robe. Quelqu'un l'a oubliée. Je n'ai aucune idée de ce que la pauvre femme portait en descendant du bateau.

Je baissai les yeux sur la soie bleue qui sentait le renfermé.

— « Quelque peu décadente ». C'est tout ? Pas complètement débauchée. Ou ignoblement immorale. Il avait dix-neuf ou vingt ans, non ? C'est un comportement tout à fait normal pour un jeune roi. Que voulez-vous que je fasse de cette information ?

Lachlan eut un grand sourire.

— Ça le hante. Ça lui fait honte. Il considère que c'était un gaspillage massif et scandaleux des ressources de la Couronne, et depuis il s'échine à tenter de rectifier son image auprès de son chancelier des finances. À l'entendre, on pourrait croire qu'il a tué un innocent de ses propres mains.

— Le sens du devoir chevillé au corps.

— C'est ça. Maintenant, vous allez dire à Agatha que je n'ai fait que penser à elle depuis la dernière fois que je l'ai vue, et si elle m'y avait autorisé, je serais venu à Seraf pour l'enlever sans hésiter une seconde.

— Elle vous l'a interdit ?

Il hocha la tête.

— Je soupçonne que son refus de quitter l'île avait quelque chose à voir avec vous.

Je perçus une touche de ressentiment dans le ton légèrement accusateur.

— Mais c'est la vérité ? Que vous n'avez cessé de penser à elle au cours des vingt dernières années ?

Il vida son verre et fit la moue. La sincérité de sa voix me surprit.

— J'ai eu de nombreux amants au fil des ans. Femmes et hommes, tous intelligents et d'une grande beauté. Tous bien meilleurs que ce que je méritais. Mais une seule lettre d'Agatha, et me voilà plus vivant, plein d'espoir, de paix et d'euphorie qu'avec mille caresses de tous les autres.

— Je lui dirai ça.

— S'il vous plaît, n'en faites rien. Dites-lui plutôt la première version.

— Je broderai un peu des deux. Je tairai ce qui concerne tous les amants et amantes.

Il hésita, se gratta le menton et finit par hocher la tête.

— Vous n'avez pas vomi depuis un moment.

Je regardai mon verre et haussai les sourcils, espérant avoir trouvé un remède, lorsque la porte de la cabine s'ouvrit à la volée. Théodore entra.

Je me raidis. Il était livide, deux profondes rides barraient son front, témoignant d'un malaise persistant. Debout sur le seuil, serrant contre son flanc un gros dossier de cuir plein de papiers, il me regarda puis, désignant ma robe, énonça sur un ton monocorde :

— Elle est à votre taille.

— Oui. Elle vous plaît ? demandai-je en rassemblant le jupon sur mes genoux. J'ai de la chance que vous l'ayez gardée sur ce navire toutes ces années, ajoutai-je d'une voix trop enjouée.

Théodore nous scruta tour à tour, Lachlan et moi, et une rougeur subite empourpra ses joues pâles.

— Pardon ?

Lachlan roula des yeux en entendant le ton mordant de Théodore.

— Bonne chance, chuchota-t-il en se dépêchant de sortir.

Avant de refermer la porte, il se retourna un instant.

— Si vous voulez tous les deux un peu de répit, puis-je vous suggérer une embrassade ? Un pacte de sang nécessite un certain degré de proximité, surtout le temps qu'il se stabilise.

Malgré sa tentative de garder son sérieux, il était évident que la situation le réjouissait. Il disparut avant que je puisse lui lancer mon verre à la figure.

Au lieu de quoi, je le reposai sur la table. Je me sentais vaguement coupable d'avoir embarrassé Théodore. Peut-être pourrais-je user de mon charme pour revenir dans ses bonnes grâces. Je me mis sur mes pieds, légèrement étourdie par l'alcool et le manque de nourriture, et l'observai, menton levé. Même si je n'avais rien bu, la pièce m'aurait donné l'impression de pencher. Le roi de Varya produisait cet effet sans le vouloir. Il aspirait l'air autour de lui, faisait courber sous mes pieds le plancher rigide. C'était presque douloureux de le contempler, lui, sa beauté, sa raide autorité. Ça me donnait envie de m'enfuir.

Comme je ne le pouvais pas, je lui offris un sourire et, désignant du menton le dossier calé sous son bras, je demandai :

— Qu'est-ce que c'est ? Vous voudrez que je signe un document officiel une fois que vous m'aurez enfin révélé la troisième condition ?

— Ce ne serait pas une mauvaise idée, mais non. Ce sont les contrats envoyés par l'impératrice d'Obélia, détaillant les conditions de mon mariage avec sa fille.

— Oh !

Contournant le divan, je m'approchai de lui, un sourire doux flottant encore sur mes lèvres. Le nœud dans mon estomac se relâcha et je poussai un bref soupir de soulagement. Le roi me fixait avec une intensité désarmante.

— Vous avez... hâte ? De rencontrer votre fiancée ?

Je regrettai aussitôt d'avoir posé la question.

Il réfléchit un instant.

— Pour être honnête, non. Mais l'enthousiasme n'est pas nécessaire. C'est un mariage qui sera profitable à mon royaume et qui correspond en tous points à ce que l'on attend de moi.

— Et si elle est affreuse ?

Il haussa les épaules comme s'il n'y avait jamais songé.

D'un côté, je lui enviais cette capacité à se priver de tant de bonheur, d'un autre, je le plaignais presque.

— Avez-vous au moins vu un portrait de cette femme ?

— Oui.

J'attendis en vain qu'il développe.

— Eh bien..., dis-je en optant pour la légèreté, si un jour il vous prend l'envie de fuir vos responsabilités, je pourrai peut-être vous donner quelques conseils sur comment se débarrasser d'une fiancée indésirable.

Il secoua la tête et s'éloigna pour aller poser les contrats sur son bureau, mais je le vis sourire. Un vrai sourire qui creusa une fossette dans sa joue et fit pétiller ses yeux verts. Il avait les dents blanches et régulières, et je me surpris à le reluquer comme une écervelée.

— C'est si difficile à imaginer, pour vous ? demanda-t-il en plaçant le dossier dans une boîte en bois poli qu'il ferma avec une petite clef d'argent. De faire son devoir et d'en tirer satisfaction ? Je n'ai pas besoin d'une femme belle et charmante. Je n'ai pas besoin qu'elle soit mon amie. Rien de tout cela ne profitera à mon royaume.

— Et vous êtes votre royaume ? Vous n'avez besoin de rien qui lui soit inutile ?

Il posa une fesse sur le coin de son bureau et croisa les bras, m'observant avec son éternelle expression indéchiffrable.

— Comme quoi, Milady ?

— Comme…

Comme la passion, l'humour ou l'amitié, eus-je envie de dire sans y parvenir. Mon esprit se troubla sous son regard scrutateur. Je joignis les mains sur ma jupe froissée.

— Vous ne m'avez pas répondu, dis-je doucement : elle vous plaît, ma robe ?

Il me considéra, ses lèvres se retroussant en un rictus sans joie, me détailla longuement de la tête aux pieds.

Je retins mon souffle pendant que ses yeux verts poursuivaient leur inspection.

— Vous êtes ravissante.

Malgré l'admiration qui perçait dans sa voix, ça ne ressemblait pas à un compliment.

Je me mordis la joue, agacée par le sentiment de déséquilibre qu'il produisait sur moi.

— Je ne sais pas si vous pensez ce que vous dites.

— Je pense toujours ce que je dis, Milady. Ce que vous ne pouvez saisir, c'est ce que je sous-entends. Vous êtes ravissante. En d'autres circonstances, j'apprécierais sans doute de dîner avec vous, de me laisser divertir par votre esprit, mais les choses étant ce qu'elles sont, votre beauté et votre charme sont comme des moucherons que je dois chasser de mes yeux pour conserver ma lucidité. Vos qualités ne m'intéressent pas. Elles ne comptent pas, car votre rôle et votre pouvoir les surpassent.

Le silence s'étira entre nous, aussi noué que mes tripes. Je demeurai parfaitement immobile, lui refusant le plaisir de me voir diminuée, tel l'insecte nuisible qu'il décrivait, alors que c'était sa propre suffisance qui m'irritait.

— Mon rôle et mon pouvoir, dis-je d'une voix glaciale. Et quels sont-ils donc ?

Pour une fois, une émotion traversa son visage, mais je n'arrivais pas à la définir. Sans dissimuler son trouble, il inspira profondément et souffla lentement.

— Votre rôle, la raison pour laquelle j'ai accepté de me lier à vous, est de m'aider à traquer et tuer Eusia, la divinité aquatique du roi Némée. Et votre pouvoir me porte à croire que vous en êtes capable. Ce leurre muet que vous possédez est un pouvoir divin. Il va bien au-delà de celui d'une sirène ordinaire.

Le sang battait à mes tempes. Un vertige me prit.

— Un pouvoir divin… Non. Vous… Non…

Il abandonna son ton acerbe et sembla soudain s'adresser à une créature effarouchée sur le point de tout saccager.

— Je crois que vous êtes la fille de la grande déesse Ligée.

Mille pensées m'assaillirent. Théodore disant qu'il me connaissait. La statue de la grande déesse Ligée dans la salle du rituel, dont la face avait été martelée. Je cherchai un appui sur le dossier du divan.

J'avais déjà donné ma parole à Théodore, c'était désormais mon devoir de l'honorer. Quitte à en mourir.

— C'est impossible, couinai-je.

La nausée due au pacte s'était calmée, mais je me sentais quand même mal.

— Vous avez son visage.

— C'est pour ça… C'est pour ça que vous me regardez de cette façon, n'est-ce pas ?

J'avais besoin d'air, besoin de bouger. Les genoux flageolants, je me précipitai vers la porte et sortis en courant sur le pont. Il grouillait de matelots.

Je slalomai entre les membres de l'équipage, mes pieds claquant sur les planches humides. Le ciel flamboyait, le vent salé me fouettait les joues. Une écume fine m'enveloppait telle une douce pluie d'été, caressant ma peau, mouillant la soie de ma robe. Je courus droit de la poupe à la proue.

Derrière moi, la voix de Théodore tonna.

— Tout le monde à l'entrepont ! Immédiatement !

Je n'entendis que le bruit des bottes tandis que l'équipage s'exécutait. Le capitaine du navire répercuta l'ordre du roi, houspillant les matelots. Je me penchai par-dessus le bastingage et fixai mon regard brûlant sur la mer. Malgré l'effroi qu'elle m'inspirait et même si je redoutais le monstre qu'elle pourrait faire de moi, je préférais son terrible mystère à ce dont Théodore paraissait si certain.

Il me rejoignit à pas lents.

— Lady Imogène…

Je fis volte-face, déchaînant ma fureur.

— Espèce de crétin ! Sale égoïste sournois ! C'est encore une de vos ruses pour m'avoir à votre botte et vous servir de moi.

Le vent ébouriffa ses cheveux, gonfla les pans de sa chemise noire.

— Non. C'est pour cela que je vous envoie recueillir la prophétie chez l'enchanteresse, dit-il d'une voix égale. Elle vous révélera la vérité.

— Que vous importe que j'y croie ou non ? Je possède ce pouvoir, que je ne contrôle absolument pas, cela dit. Pourquoi ne pas vous contenter de me forcer à l'utiliser, sans vous soucier qu'une prophétie vous donne raison ?

— Je ne souhaite pas vous forcer à quoi que ce soit…

— Comme c'est généreux de votre part ! Merci, Majesté. Vous voulez que j'aie *envie* de me lancer dans la chasse périlleuse d'une puissante divinité parce que c'est mon devoir divin. Et qu'y a-t-il de plus satisfaisant que de l'accomplir ? Qui ne voudrait pas mourir en héroïne au service de son bon roi ? Je n'ai aucun désir d'être comme vous, dis-je en pointant un doigt rageur contre son torse. De m'évider complètement au bénéfice d'autrui en appelant ça de la noblesse.

Il me regardait, pétrifié. On n'entendait que le bruit du vent claquant dans les voiles, les vagues s'écrasant contre la coque du navire. La sensation de pincement revint dans ma poitrine, sous mon sternum, et j'aurais voulu pouvoir l'extirper de mon corps. Théodore et moi demeurâmes face à face, un gouffre béant entre nous deux. Je ne voyais aucun moyen de le combler.

Je n'essayai pas de retenir mes larmes qui coulaient maintenant abondamment. Théodore paraissait hébété.

Impuissant. Il cligna des yeux plusieurs fois ; en proie au vertige, il ouvrit et referma la bouche sans rien dire.

— C'est quoi, votre problème ? demandai-je entre deux sanglots.

Il secoua la tête.

— Je... Je ne sais pas quoi faire de vous.

Je repoussai d'un geste rageur les mèches collées à mes joues humides.

— Bien sûr que si. Vous m'envoyez à la mort...

— Arrêtez. Non, plaida-t-il en se cachant le visage dans les mains un instant. Là, maintenant. Avec vous, en pleurs, devant moi...

Je me tournai vers l'horizon, vers le soleil rouge qui déclinait. Je tentai de reprendre contenance, de calmer ma respiration. Le navire tanguait et roulait, et même moi j'étais consciente que l'équipage devrait bientôt revenir à son poste pour maintenir le cap. Une ultime inspiration d'air salé.

— Encore un jour et le pacte se stabilisera. Alors on pourra tous deux en profiter pour mettre un peu de distance entre nous, dis-je en contemplant les derniers rayons du soleil.

Sans un regard pour Théodore, je repris le chemin de la cabine royale, mais il m'attrapa le poignet au passage. Je lui lançai un regard furieux, il posa sur moi des yeux à l'expression insondable.

— Une embrassade, dit-il.

— Une *quoi* ?

Il me tira par le bras, m'obligeant à faire un pas vers lui.

— Lachlan a dit qu'une embrassade, une certaine proximité, atténuerait les symptômes.

S'il n'avait pas eu l'air aussi sérieux, si son cou ne s'était pas empourpré, j'aurais cru qu'il plaisantait. J'aurais éclaté de rire face à une suggestion aussi ridicule, si je n'avais pas eu l'impression que mon cœur était sur le point d'imploser.

— Vous me détestez.

— Je ne vous déteste pas...

— Vous m'avez traitée de moucheron.

— Imogène. J'aimerais trouver le moyen d'apaiser vos tourments dans l'immédiat. C'est tout ce que je peux vous offrir pour l'instant.

Je repensai à notre évasion, quand il me tenait contre lui pour calmer mes tremblements, comme le pacte avait semblé briller au fond de mon ventre. Je me rappelais sa silhouette, son cœur battant contre mon dos. Le seul souvenir de ces instants me donnait des frissons.

J'étais pleine de désirs inavouables et je soupçonnais que ce serait toujours le cas. Aussi sûr que j'étais faite de chair et de sang, d'os et de mer, je l'étais tout autant de désir. L'assécher comme une humeur maligne ne servirait à rien, mais pour cette fois, avec cet homme en particulier, je pouvais refuser d'être le jouet de mes pulsions.

— Je ne veux pas d'embrassade, murmurai-je.

Lorsqu'il me relâcha, mon poignet était froid. Tête haute, je traversai de nouveau le pont dans toute sa longueur, Théodore dans mon sillage. Minée par un sentiment de vide, de désespoir, je tentai de me raccrocher à cette vérité : saisir ce que je désirais ne m'avait jamais menée à rien de bon.

11

Un jour et demi plus tard, accoudée au bastingage, je regardais au loin le port de Panos, vers lequel le navire se frayait un passage dans une baie encombrée. J'avais hâte de retrouver la terre ferme et un sommeil profond, sans rêves, de ne plus être ballottée par les vagues inclémentes. Depuis ma dispute avec Théodore, je ressentais un malaise persistant, et ce fichu pincement dans ma poitrine ne me laissait aucun répit.

Agatha se tenait à mes côtés, une moue soucieuse crispant sa bouche. Théodore traînait dans les parages, derrière moi. Il marchait de long en large, de la proue à la poupe et retour.

Notre pacte de sang n'était toujours pas stabilisé.

— Je crois que quelque chose cloche, me dit Agatha en se penchant pour que le roi ne puisse pas nous entendre. Vous ne devriez plus être malades.

Je contemplais la mer. L'eau était si claire qu'on en voyait le fond. De petits groupes de poissons filaient ici et là, telles des flèches d'argent. Les taches de couleurs vives du corail éclaboussaient le sable blanc.

— Tu n'en sais rien. Ça ne fait même pas trois jours.

— Et comme je te l'ai déjà dit, ça ne devrait en prendre que deux.

— Tu as réalisé ton pacte il y a bien longtemps. Peut-être ta mémoire te joue-t-elle des tours.

— C'était deux jours.

Elle n'en démordait pas. Puis elle réfléchit.

— Encore que notre pacte était différent du vôtre. Nous n'avons jamais été séparés pendant ces deux jours. Nous..., hésita-t-elle en me jetant un bref regard en coin. Nous étions le plus souvent... ensemble.

— Ensemble ?

Il me fallut une seconde pour comprendre le sous-entendu, et alors je grimaçai.

— Par les dieux du ciel ! On peut en conclure que c'est parce que nous ne sommes pas assez ensemble, que nous souffrons encore ?

— Vous pourriez...

Agatha jeta un coup d'œil à Théodore par-dessus son épaule avant de se retourner vers moi. Elle haussa les sourcils de façon suggestive.

— Non. On ne pourrait pas, m'indignai-je. M'envoyer me faire torturer pour un rituel de rupture l'intéresse plus que de coucher avec moi.

— N'empêche... Vous ne pouvez pas rester malades indéfiniment. Je ne pense pas qu'il dirait non, conclut-elle à voix basse.

— Tu te rends compte de ce que tu proposes ! Et je suis certaine qu'il dirait non. Il ne me voit que comme un fardeau superflu.

— Et moi, je parierais le contraire.

Ce qu'elle suggérait était absurde. Théodore et moi avions à peine échangé quelques mots depuis qu'il m'avait révélé la tâche que j'aurais à accomplir. Depuis qu'il m'avait avoué penser que j'étais la descendante d'une grande déesse. Ça aussi, c'était ridicule. Je connaissais mon histoire. J'étais une orpheline de noble naissance. Némée m'avait recueillie à cause de la richesse de ma famille. Rien de plus. Pourtant, malgré cette certitude, la croyance de Théodore m'avait laissée désemparée. Agitée, j'effleurai de mon pouce les cicatrices accumulées sur ma paume.

— Tu crois qu'il a raison ? demandai-je à Agatha. Tu crois que mon pouvoir est semblable à celui de la grande déesse Ligée ?

Agatha fixa son regard sur la mer. Sur les petits bâtiments blancs blottis autour des quais. Sur ceux qui s'étalaient plus loin, parsemant les collines verdoyantes de Varya. Elle poussa un soupir.

— Elle fut la dernière survivante des grands dieux, mais je ne l'ai jamais vue. Par contre, je connaissais toutes les histoires concernant son pouvoir. Les marins disaient que la mer les appelait, mais c'était l'attrait de Ligée qu'ils éprouvaient dans leurs os. C'était son appel qui hurlait muettement à leurs oreilles. Elle pouvait tous les anéantir sans lever le petit doigt. Ils lui adressaient leurs prières, la suppliant de remplir leurs filets, quémandant des mers calmes. Et elle accordait ses bienfaits, selon son bon plaisir.

— Mais moi, je ne peux rien faire de tout ça.

— Pas maintenant. Pas encore… qui sait ? dit-elle en posant sur moi un regard plein d'espoir. Le pouvoir de chaque dieu est différent, mais c'est toujours le descendant le plus illustre qui le maîtrise avec le plus d'aisance. Je suis obligée de chanter pour leurrer ; toi, non. Et le roi n'a pas besoin de toucher pour guérir les blessures ou faire croître les plantes.

— Attends… Comment ça ?

— Quoi ?

— Chaque fois qu'il m'a soignée, le roi m'a touchée.

— Ah ? Tiens donc…, fit-elle avec un sourire entendu. Je me demande bien pourquoi…

Je fermai les yeux. Le vent cingla de nouveau, soufflant la brume salée dans mes yeux, dans mes narines. Elle aurait dû me calmer, au lieu de quoi elle attisait le bourdonnement désagréable au fond de ma poitrine. J'observai Théodore par-dessus mon épaule. Il se tenait à environ dix pas de là – plus loin et nous serions tous deux malades –, resplendissant dans toute sa gloire. Sa couronne de laurier d'or trônait sur ses boucles brunes. Son grand manteau marron était précisément ajusté, épousant son torse puissant, sa taille mince. La cape couleur émeraude retenue par deux broches sur ses larges épaules flottait au vent. Que le diable l'emporte ! Je détournai le regard.

Une fine brume s'était posée sur la cité portuaire de Voros, voilant le soleil à peine levé. Une partie de la ville était protégée par des remparts, aux coins desquels se dressaient de petits postes de guet en pierre. Des lianes fleuries recouvraient la muraille, l'enserrant dans une cage de verdure. Je suivis des yeux la ligne des remparts jusqu'à la péninsule où était érigé le palais de Genevreer. Malgré le brouillard, il étincelait, avec sa roche d'un blanc crémeux et son toit de tuiles couleur de cendre. Même à cette distance, je pouvais voir les fameuses lianes fleuries de Varya ramper sur ses murs comme un réseau de veines sombres sur un corps pâle.

La cité grouillait de vie et la terre était fertile, toutes richesses dues au pouvoir de Théodore. Je ne m'étais jamais sentie aussi minuscule.

— Agatha, je n'y arriverai pas. Je suis incapable de contrôler mon pouvoir. Je ne possède rien, je n'ai aucun moyen de me protéger. Je serai seule…

Elle prit ma main dans la sienne.

— Je t'ai dit que je serais avec toi. Je te l'ai promis. Tu ne seras pas seule.

On resta ainsi, main dans la main, tandis que le navire poursuivait sa course vers les quais. Je regardais la mer turquoise se rider et écumer quand tout à coup une énergie inconnue me traversa. Ce qui bourdonnait dans ma poitrine se mit à tirailler, à tambouriner sauvagement, de plus en plus fort. Je posai une main sur mon ventre. C'était comme si la corde tendue en mon cœur s'était multipliée, et toutes étaient pincées par une main venue des profondeurs.

Traversant les vagues indolentes, mon regard plongea vers le fond de l'eau. Il était différent. Plus de sable blanc, ni de coraux colorés. Il était maintenant couvert de rochers noirs et tordus. Penchée par-dessus le bastingage, je plissai les yeux et eus un mouvement de recul en réalisant qu'il s'agissait de cadavres.

Des cadavres innombrables. Leurs membres inertes étaient emmêlés comme les brins d'une étoffe tissée. Je poussai un cri lorsqu'un bras grêle apparut sous la coque du bateau. Suivi d'une épaule blanche fantomatique, à moitié décomposée. Puis du corps tout entier. Une femme. Sa chevelure noire ondulait autour de sa tête tel un feu ténébreux. Elle était morte, j'en étais certaine, flottant sans vie quelques mètres sous la surface.

Puis elle bougea.

Elle se mit à nager avec la grâce d'une créature vivante. Comme si l'eau lui était familière, comme si c'était son élément. Elle remontait vers la surface, juste en dessous de moi, ses yeux noirs rivés aux miens.

Son visage était blême, ses mâchoires parsemées de bernacles qui formaient des motifs aussi délicats que de la dentelle. Elle était pourtant bien morte. C'était la mer qui lui donnait sa consistance. Elle flottait sur le dos, ballottée par les vagues. Un varech coriace s'était intriqué aux bords pourrissants des trous percés dans son torse. Un tentacule fibreux crevait sa poitrine, juste au-dessus du cœur, s'enroulant sur son épaule et maintenant son bras en place au niveau de l'articulation. Des lambeaux de chair avaient été arrachés à son visage, à ses membres, mais ses yeux sombres me voyaient.

Ses lèvres putréfiées formèrent deux mots en silence.

Chez toi.

Je hurlai lorsque deux mains puissantes m'agrippèrent et me tirèrent en arrière, loin du bastingage. Je l'avais presque enjambé. Théodore me reposa sur le pont et me serra si fort à la taille que j'arrivais à peine à respirer. Le regard qu'il posa sur moi était enflammé de terreur.

— Grands dieux ! Vous n'avez pas entendu Agatha vous crier de faire attention ?

Agatha, toute pâle, une main serrée sur sa gorge, affichait elle aussi un air effrayé.

— Non. Il y avait…

Dans ma poitrine, les tiraillements s'étaient calmés, revenus à leur bourdonnement initial. J'étais si glacée, si tétanisée par la peur que je jetai mes bras autour du cou de Théodore. Je m'en voulais de chercher du réconfort auprès de lui, mais il était si calme, si chaud. L'instant sembla s'étirer, comme un fil de miel, puis il m'entoura de ses bras. En soufflant doucement, il s'abandonna contre moi. Ce fut comme si un cierge s'éclairait en moi : le pacte, étincelant au fond de mon ventre. À son oreille, je murmurai :

— J'ai vu une femme, au fond de l'eau.

— Une nekgya, dit-il en reculant pour mieux me regarder dans les yeux. Elles chassent dans les eaux à proximité des îles.

— Que chassent-elles ?

Dans ses yeux brilla quelque chose entre la pitié et la méfiance, puis il me serra de nouveau contre lui. Il répondit d'une voix lourde de remords :

— Les sirènes.

Le carrosse cahotait sur les pavés bleus de la route qui serpentait entre des arbres touffus aux feuilles d'un luxuriant vert printanier. Les rameaux ployaient sous de grandes fleurs rouges au cœur semblable à un globe d'or pur. Je me souvenais à peine d'avoir débarqué du bateau ou longé les quais pour rejoindre la voiture étincelante qui nous attendait, mais je me rappelais Théodore. Il m'avait guidée tout le long du chemin, une main posée en bas de mon dos, proche et attentionné. À présent, j'étais assise à côté de lui, et en face, gardant un silence gêné, se trouvaient Lachlan et Agatha.

— Elles chassent les sirènes, dis-je, encore sous le choc, le regard perdu sur le paysage qui défilait par la fenêtre. Agatha, tu savais ? Pourquoi ne m'en as-tu pas parlé ?

Elle ouvrit des yeux ronds, mais Lachlan la devança.

— Vous êtes consciente qu'Agatha aussi a vécu loin de la mer pendant près de vingt ans, n'est-ce pas ? Vous n'êtes pas la seule à avoir été enfermée à l'écart du monde.

Agatha se crispa.

— Je n'ai pas besoin que tu me défendes, commandant Mela.

Lachlan se frotta le menton.

— Ne m'appelle pas comme ça, s'il te plaît.

— C'est ton titre.

— C'est impersonnel.

— Justement, persifla Agatha avant de s'adresser à moi. Et toi... j'ai essayé de t'enseigner tout ce que je savais. Tu as oublié comment tu me faisais taire chaque fois que je tentais de t'apprendre quoi que ce soit qui concerne notre espèce ?

Je blêmis. Il m'avait été difficile d'assimiler les détails d'une existence que je pensais ne jamais connaître. Chaque anecdote qu'elle partageait avec moi, il me semblait devoir en faire le deuil, une petite mort après l'autre. L'ignorance avait été moins douloureuse.

— Et quand j'ai quitté Varya, poursuivit-elle pour sa défense, les nekgyas étaient très peu nombreuses. Je n'avais entendu parler que d'une ou deux attaques. Je n'en avais jamais vu. Je ne savais pas que les eaux étaient à ce point infestées.

Théodore ajouta :

— Les attaques sont de plus en plus effroyables. Elles commencent à s'en prendre aussi aux Varians maintenant.

Un frisson glacé me parcourut.

— Et vous n'avez rien pu faire contre elles ?

— J'essaie.

Son ton, son expression me donnèrent à la fois envie de le maudire et de me taire immédiatement.

— Il y a pour l'heure d'autres sujets plus pressants dont nous devons discuter. Comme la négociation avec l'impératrice. Elle est déjà arrivée. J'ai vu son navire dans le port.

Lachlan adressa un regard navré à Théodore.

— Eh bien, votre pacte ne s'est toujours pas stabilisé. Vous allez devoir emmener Imogène avec vous pour votre entrevue avec l'impératrice.

Théodore se passa lentement une main sur le visage.

— Tu connais l'importance de sa flotte, de ses troupes… Les contrats qu'elle a envoyés couvrent un vaste périmètre et nécessitent une discussion sérieuse. Si je déboule dans cette réunion du Conseil avec… une femme comme Imogène à mes côtés…

— « Une femme comme Imogène » ! Vous n'êtes pas obligé de m'insulter alors que je suis assise juste à côté de vous.

Théodore pinça les lèvres.

— Grands dieux ! Je ne vous insulte pas. Je dis juste que l'impératrice considérera comme un affront, envers elle et envers sa fille, que je vienne aux négociations avec une femme d'une beauté aussi exceptionnelle.

Je rougis.

— Oh.

Lachlan et Agatha nous observaient, stupéfaits. Finalement, Lachlan s'exprima avec une prudence inhabituelle.

— Je suis votre bras droit. Qu'elle entre avec moi, et vous n'aurez qu'à dire qu'elle est votre cousine, impatiente de rencontrer sa future parente.

Je lui lançai un regard noir. Je n'étais pas du tout pressée de rencontrer la princesse d'Obélia, la fiancée de Théodore. Cette seule idée faisait se tordre de jalousie le pacte qui vivait dans mon ventre.

Il me rendit mon regard.

— Il faudra être aimable.

Théodore soupira et leva les yeux au ciel.

— Bon sang !

— Je partage le sentiment de Sa Majesté. Amener son enquiquinante femme actuelle pour qu'elle rencontre sa future épouse est une très mauvaise idée.

— Vomir sur l'impératrice d'Obélia serait bien pire, rétorqua Lachlan.

Agatha allait dans son sens.

— Lachlan a raison.

— Merci.

— Tais-toi ! fit Agatha, lèvres pincées, ses yeux se posant tour à tour sur le roi et sur moi.

Elle affichait l'expression qu'elle adoptait toujours avant d'entamer une discussion un peu vive. Je retins mon souffle alors qu'elle prenait une grande inspiration.

— Majesté, commença-t-elle d'une voix sucrée. Nous devons aussi parler de votre volonté d'envoyer Imogène chez l'enchanteresse.

Théodore ferma les yeux.

— Pas aujourd'hui, Agatha.

— S'il vous plaît, laissez-moi m'exprimer, Majesté, dit-elle avant de poursuivre sans attendre sa permission. Je suis prête à l'accompagner dans son périple. C'est assez misérable de votre part d'exiger qu'elle se rende sur place, mais même avec un convoi composé de soldats, d'un guérisseur et de moi-même, elle sera en danger.

À ces mots, Lachlan sembla contenir une colère froide.

— Où veux-tu en venir ? répondit Théodore, tous ses muscles contractés.

Agatha croisa les bras d'un air hautain.

— Dans l'éventualité où votre pacte ne se stabiliserait pas, ce qui paraît hautement probable vu que ça fait presque trois jours, j'aimerais savoir si vous êtes prêt à l'accompagner vous-même ?

Théodore la fixait, bouche bée.

— Le pacte va se stabiliser.

— Qu'est-ce qui vous dit que ce sera le cas ? le défia Agatha. La nausée devrait durer deux jours. Les histoires parlent toujours de deux jours. J'imagine que quelque chose cloche, je ne sais pas quoi, mais peu importe : comment supporterez-vous de vous trouver aux extrémités opposées de l'île ? Vous serez tous les deux malades comme des chiens et fous d'inquiétude.

Au moment exact où le palais se matérialisait dans le brouillard et où les roues du carrosse crissaient sur le gravier de la vaste allée centrale, je perçus chez le roi de Varya quelque chose qui me mit mal à l'aise : la panique.

Un détail infime. Si subtil que je doutais qu'Agatha l'ait remarqué – contrairement à Lachlan. Sa bouche forma une ligne dure alors qu'il regardait la poitrine de Théodore se soulever à un rythme légèrement accéléré. Je sentis une tension supplémentaire s'abattre sur le roi. Un éclair de peur agrandit ses beaux yeux une fraction de seconde, et mon cœur bondit.

Lachlan se pencha en avant et lui tapota le genou.

— On en reparlera plus tard, dit-il avec un sourire décontracté qui masquait chez lui aussi un trouble nouveau. On est arrivés, donc si vous le voulez bien, concentrons-nous sur la première tâche ardue de la liste, déclara-t-il en frappant dans ses mains. Allons rencontrer votre fiancée.

12

Nous sortîmes du carrosse sous les yeux d'une kyrielle de domestiques et de soldats, tous impeccablement alignés. Théodore gravit en premier les larges marches du palais, marmonnant des salutations à l'assemblée d'officiels regroupés près de la porte. Les yeux baissés, je ne lâchais pas Agatha d'une semelle. J'avais le sentiment aigu de ne pas être à ma place devant tant d'opulence. J'étais décoiffée et échevelée. Je ne portais ni chemise, ni corset, ni chaussures. Heureusement, ma robe était assez longue pour dissimuler mes pieds nus.

Nous ralentîmes le pas en pénétrant dans l'immense hall d'entrée, où Théodore fut abordé par une femme élancée portant une pile d'enveloppes sur un plateau d'argent. Je regardais autour de moi, découvrant mille détails étincelants.

Le plafond orné de fresques et de dorures. Les escaliers de marbre noir, l'un menant à l'aile est, l'autre à l'aile ouest. De pâles statues des grands dieux, leurs beaux visages sévères intacts, bordaient les balustrades. Leurs yeux aveugles étaient farouches, leur chevelure relevée sur leur tête, leur corps puissant drapé dans des flots d'étoffe sculptée. Je cherchai Ligée, en vain. Ils portaient des cierges, éclairant l'estrade, nous regardant de haut avec le même air d'autorité et de suffisance qu'affichait si souvent Théodore.

Personne n'aurait pu douter qu'il était un dieu.

Lachlan se tourna vers moi.

— Ne vous laissez pas intimider. C'était une bande de têtes de mule violentes et lubriques. Vous ne serez pas dépaysée.

Agatha fit claquer sa langue, leurs regards se croisèrent et s'attardèrent. Lachlan la considérait avec une tendresse douce-amère. Machinalement il posa une main sur son cœur comme s'il le faisait souffrir.

— Mes appartements sont les mêmes, Agatha.

À quoi elle répondit par un hochement de tête minimaliste, avant de me prendre par le bras.

Tête basse, Lachlan gravit l'escalier ouest quatre à quatre puis disparut dans la pénombre du palier.

— Qu'est-ce que tu fabriques ? grondai-je Agatha. Tu l'aimes encore. Et il t'aime encore.

Elle roula des yeux.

— Lachlan aime tout le monde. Et tout le monde l'aime. Il est charmant et bien trop spirituel.

— Les opposés s'attirent, dis-je. Je crois qu'il est blessé que tu sois prête à le quitter une nouvelle fois.

— J'ai essayé de lui expliquer. Je lui ai dit que j'irai aussi avec toi quand le roi t'enverra chasser Eusia.

Je me raidis. C'était une tout autre histoire. Il n'y avait aucun moyen de savoir jusqu'où m'entraînerait la traque d'Eusia, mais ce serait certainement dangereux.

— Tu ne peux pas venir avec moi, Agatha, dis-je fermement. Je ne suis même pas sûre d'être à la hauteur de la mission, et tes pouvoirs sont plus faibles que les miens. Je refuse que tu prennes le risque d'être blessée. Je ne me le pardonnerais jamais.

Elle ouvrit la bouche, mais je ne la laissai pas parler.

— S'il te plaît. Tu t'es occupée de moi si longtemps. Tu as renoncé à tant de choses pour moi. Tu devrais rattraper le temps perdu, à présent.

— Je ne sais pas comment.

Elle avait l'air désemparée. Je n'étais pas la seule à avoir été arrachée à mon ancienne vie, ni à devoir en commencer une nouvelle. Égoïstement, j'étais contente d'être accompagnée pour affronter cette réalité terrifiante.

Une voix joviale retentit dans le hall.

— Majesté ! Quel plaisir de vous retrouver !

Un homme corpulent au sourire éclatant s'avança vers le roi. Il avait le visage rond, la peau lisse et marron foncé. Ses yeux malicieux étaient animés de reflets ambrés.

Il s'arrêta devant Théodore et s'inclina solennellement.

— L'île de Seraf était-elle telle que nous le soupçonnions ?

Théodore fronça les sourcils.

— Elle nous réservait quelques surprises.

— Tiens donc ? L'impératrice et la princesse sont arrivées il y a bientôt deux jours. Elles ont apprécié un peu de repos et quelques promenades dans les jardins, mais je pense qu'il serait sage d'entamer directement les négociations.

Théodore hocha la tête.

— Merci, Eftan. Tout se passe bien avec elles ?

Le large sourire s'affaissa à peine. Il adoucit sa voix tonitruante.

— L'impératrice est une femme… exigeante. Je propose de tenir la réunion dans la Salle du Jardin. J'envoie des domestiques préparer la table. La princesse, en revanche, est adorable. Une chance, n'est-ce pas ? conclut-il sur un air de connivence.

Théodore poussa un grognement bien peu policé.

— Et qui sont ces jeunes femmes ? demanda Eftan en se dandinant d'un pied sur l'autre, une main posée sur son ventre.

Théodore chercha ses mots.

— Voici… Lady Imogène Nel. Elle…

Renonçant à trouver une explication à ma présence, il désigna vaguement Agatha.

— Et voici l'ex-femme du commandant Mela, Agatha. Elle fut ma gouvernante autrefois. Peut-être te souviens-tu d'elle.

Eftan parut faire un effort de mémoire.

— Ma foi, oui. Agatha. Je crois en effet me rappeler, dit-il tandis qu'un sourire amical arrondissait un peu plus ses joues rebondies. Je vais vous trouver à toutes les deux des chambres confortables. Veuillez me suivre.

— Chancelier, c'est un plaisir de vous revoir, répondit Agatha en rougissant. Y a-t-il des chambres libres près des appartements du commandant Mela ?

— Il me semble que oui.

Il fit signe à une servante, qui entraîna Agatha dans l'escalier ouest. Elle m'adressa un sourire hésitant avant de disparaître.

— Eftan, dit Théodore, je peux te parler ?

Il s'approcha du petit homme et se pencha pour chuchoter à son oreille. Eftan se tenait très droit, immobile, puis il me lança un bref regard condescendant.

Je ravalai un grommellement.

Eftan s'inclina révérencieusement devant Théodore.

— Je comprends, Majesté.

Il se tourna vers moi sans croiser mon regard, s'inclina, et me gratifia d'un « Bonne journée » un peu sec. Puis il pivota sur ses talons et sortit du hall, ses bottes claquant à pas rapides sur le marbre.

— Que lui avez-vous dit ?

— Je lui ai dit de veiller à ce que les navires de guerre et l'armée de terre se préparent à une attaque de Seraf. Et je lui ai dit que vous dormiriez dans ma chambre pour le moment.

— Oh. Lui avez-vous dit pourquoi ?

— Je le laisse tirer ses propres conclusions. Elles seront probablement moins pires que la vérité.

Il retira d'un geste brusque sa couronne et s'engagea dans l'escalier est.

Je relevai ma jupe et trottinai derrière lui.

— Il va s'imaginer que je suis votre maîtresse, et juste au moment où votre fiancée vient d'arriver...

— Comme je le disais : ça vaut mieux que la vérité. Le pauvre homme ferait une attaque s'il apprenait que vous m'êtes liée par le sang.

Nous parvînmes à un long couloir, bordé de grandes fenêtres donnant sur des jardins fleuris, des dépendances couvertes de lianes, et plus loin, au-delà des falaises, la vaste étendue scintillante de la mer. La moquette était épaisse et douce, mais j'aurais donné n'importe quoi pour une paire de chaussures. Pour un corset et des sous-vêtements à ma taille. Pour un bain chaud.

Théodore ouvrit en grand la porte au bout du couloir.

— Après vous, Milady.

Il se tint raide, dos au chambranle, m'observant d'un air sévère, le menton levé. Au moment de franchir le seuil, je m'arrêtai. L'espace réduit entre nous était chargé d'électricité.

— Vous m'avez en horreur, n'est-ce pas ?

Il soutint mon regard, son expression comme toujours indéchiffrable, mais sa respiration s'accéléra. Tout comme la mienne. Puis il désigna la chambre.

— Entrez.

C'était une pièce aussi vaste et luxueuse que je m'y attendais. Sur le haut plafond à caissons étaient peintes les lianes fleuries de l'île. Sans surprise, l'espace tout entier était décoré de nuances de vert et d'or. Au centre se dressait un lit à baldaquin encore plus majestueux que celui sur le navire. Il était large, on y accédait par quelques marches, de lourdes tentures de velours étaient suspendues entre les colonnes. Devant une cheminée au manteau richement sculpté se trouvait un divan de taille imposante, mais il était trop loin du lit. Il nous faudrait le traîner plus près si nous voulions dormir sans être malades.

Je sursautai quand la porte claqua derrière moi. Théodore, l'air sombre, traversa la chambre tout en déboutonnant son manteau qu'il jeta sur le dossier d'une chaise.

— Ne vous éloignez pas, dit-il en entrant dans la salle de bains.

Je m'approchai et entendis le clapotis de l'eau.

Je pris le temps d'étudier plus attentivement la chambre du roi. Il y avait une pile périlleuse de livres sur sa table de chevet, le dernier ouvert face vers le bas pour garder sa page. Un délicat verre en cristal et une bouteille de vin étaient posés à côté. Un bureau aussi encombré que celui du bateau se trouvait devant les baies vitrées. Dans un vase, parmi le désordre, de grandes fleurs couleur de lilas. Je brûlais de m'approcher et d'examiner les papiers posés sur le bureau. Je me surpris à m'interroger sur la forme de son écriture. Était-elle anguleuse et pleine de piques, comme son attitude envers moi ? Ou peut-être laissait-il la chaleur caressante qu'il dissimulait si bien s'insinuer dans ses cursives ?

On frappa à la porte.

— Oui, qu'est-ce que c'est ? cria Théodore.

Il sortit de la salle de bains, torse nu, sa peau dorée constellée de gouttes d'eau. Il se sécha les cheveux et le visage avec une serviette pendant que je contemplais, muette, son corps puissant. Son torse tonique et musclé arborait une toison noire. Ses abdominaux sculptaient son ventre, jusqu'au creux de ses hanches.

— C'est la couturière, Majesté, prononça une voix éraillée de l'autre côté de la porte.

— Entrez.

Théodore posa sur ses larges épaules la serviette humide. La porte s'ouvrit et une femme courbée, à la chevelure noire striée de blanc, entra. Théodore lui sourit.

— Bonjour, Antheia. Ça faisait longtemps, n'est-ce pas ?

La vieille femme gloussa avec l'innocence d'une jeune fille. Elle poussait laborieusement un portant à roulettes où étaient accrochées des robes. Elle s'arrêta et s'inclina en une révérence bancale.

— Relevez-vous, voyons, fit Théodore en accentuant son sourire, qui creusa une fossette dans sa joue gauche. Laissez-moi vous aider, dit-il en lui prenant le portant pour le rouler jusqu'au centre de la pièce. Je suis désolé de vous presser, mais la dame doit être habillée rapidement. Quelque chose de discret, si vous le voulez bien.

La vieille femme me jeta un coup d'œil avant de s'avancer vers le portant en traînant les pieds.

— Discret ! s'exclama-t-elle, ses yeux sombres pétillant. Dommage. Je vais voir ce que je peux faire.

Théodore me regarda et son sourire s'effaça.

— Allez, me dit-il avec un geste vague avant de s'en retourner vers la salle de bains.

— Je pense que vous aviez tort.

J'avais parlé à voix basse au moment où il me dépassait. Il s'arrêta, assez près pour que je puisse humer sur sa peau le parfum de son savon au vétiver. Ses yeux verts m'interrogeaient.

— Vous m'avez traitée de moucheron, mais vous vous trompiez. Je suis plutôt un moustique. Un nuisible dont vous ne pouvez pas vous débarrasser, et je prends, je prends, je prends…

Je retirai de mon doigt la bague de fiançailles et la lui tendit.

— Prenez. En guise de paiement. Je refuse qu'on me fasse l'aumône, et je ne veux pas m'endetter davantage auprès de vous.

Son regard me transperça, amplifiant le sentiment de vide qui creusait ma poitrine.

— Un moustique, dit-il, et le coin de sa bouche s'incurva légèrement.

L'effort me coûta, mais je relevai le menton.

— Vous vous moquez de moi ?

Il secoua la tête, mais je ne le laissai pas parler et tentai de lui fourrer la bague dans les mains.

Il reprit son sérieux.

— Je n'ai pas besoin de votre bague.

— Ce n'est pas la question.

Je faillis m'en tenir là, mais je ne sais pourquoi, je voulais qu'il comprenne.

— Ma subsistance, ma protection ont toujours dépendu de ce que je pouvais fournir en échange. C'était le cas avec Némée, avec Evander. Ça l'est avec vous. Agatha est la seule qui ait jamais pris soin de moi avec une loyauté sincère, et pourtant même elle s'occupait de moi en échange d'un salaire.

Il adopta un air grave.

— C'est terminé, alors.

Je ne comprenais pas.

— Qu'est-ce qui est terminé ?

Il replia mes doigts sur la bague, sa main chaude enveloppant la mienne et la repoussant en geste de refus.

— Les transactions. On a passé un accord, certes, mais c'est terminé. Je vous offre ma protection, aujourd'hui, parce que je choisis de le faire.

Ses mots me tranquillisèrent autant qu'ils me troublèrent.

— Mais pourquoi ?

Il ne répondit pas. Un long moment, son regard resta plongé dans le mien, puis il se posa sur la vieille couturière.

— Antheia vous attend.

À peine une heure plus tard, Théodore et moi descendions l'escalier monumental menant au grand hall. Il était très élégant, dans un costume clair, sa couronne de nouveau posée sur ses boucles brunes, mais son humeur s'était encore assombrie.

Je lui coulai un regard en coin.

— Qu'est-ce qui ne va pas, cette fois ?

— J'avais demandé à Antheia quelque chose de discret.

La robe qu'elle avait choisie pour moi était en effet tout sauf discrète. Elle me rappelait un tableau représentant des cerisiers en fleur que j'aimais beaucoup, vu dans un livre trouvé dans le bureau de Némée. L'étoffe de satin était du rose le plus pâle, le plus délicat, à peine plus soutenu au niveau de l'ourlet. Les manches en mousseline de soie presque transparente étaient fluides et resserrées aux poignets. Le corsage, décolleté, ajusté, s'ouvrait sur une large jupe qui ondoyait comme des rides sur l'eau à chacun de mes pas.

— C'est tout ce qu'elle avait à ma taille.

Nous parvînmes à la dernière marche et prîmes sur la droite pour nous engager plus loin dans les vastes salles du rez-de-chaussée.

— Un seul compliment, ça vous arracherait la bouche ? sifflai-je entre mes dents. On est coincés l'un avec l'autre, et ce fichu pacte refuse de se stabiliser, et je suis toute seule. Loin de mon foyer.

— Cet endroit n'était pas un foyer. Un foyer, c'est un lieu où l'on est en sécurité.

— C'est aussi un lieu où votre présence est désirée, rétorquai-je avant de bafouiller. Je ne dis pas... Je n'ai pas besoin que ce palais devienne un foyer pour moi. Il ne le sera jamais. Mais parfois vous me donnez l'impression que je suis tellement insignifiante que vous pourriez m'écraser comme une fourmi. Vous pourriez au moins me dire que cette robe me va bien, que je suis jolie.

Quelque chose comme du remords brilla dans ses yeux.

— Je suis désolé, bredouilla-t-il. Vous êtes... Vous êtes une suite d'embuscades sans fin, et je dois encore trouver mes marques.

— Une suite d'embuscades ?

L'espace d'une seconde, ses traits s'adoucirent, ses lèvres charnues s'entrouvrirent, mais ça ne dura pas.

— Oui.

J'eus un rire amer.

— Grands dieux ! Même vos excuses sont des reproches.

Je tournai les talons, me réfugiant dans l'ombre du grand escalier.

Le bruit de ses pas résonna derrière moi.

— Imogène. Vous voulez un compliment ? Vous êtes éblouissante. Vous...

— Ça alors !

Je restai pétrifiée devant l'alcôve sombre sous l'escalier. Là, spectrale dans la lueur des bougies posées à ses pieds, se dressait une statue de la grande déesse Ligée.

Je m'approchai avec révérence.

Sa chevelure ondoyait, comme soufflée par une bourrasque éternelle. Son corps de pierre était représenté drapé dans une étoffe fluide qui couvrait l'un de ses seins et entourait ses hanches. Les ailes déployées dans le dos, elle tendait une main, paume visible, les doigts recourbés comme si elle voulait attirer – ou maudire – ceux qui la contemplaient.

J'étudiai la ligne de son nez un peu rond. Sa bouche charnue, son menton légèrement pointu. Ses yeux, petits et fixes, perçaient le néant droit devant elle. Je détaillai son corps aussi – ses membres minces et musclés, sa taille fine prise entre une poitrine et des hanches généreuses.

Mon portrait craché, taillé dans la pierre.

Je sentis derrière moi la présence immobile et muette de Théodore. Des larmes brûlantes emplirent mes yeux.

— Allez vous faire voir !

Je m'adressais à Ligée. Et à Théodore. Et à Némée, aussi. Je tendis le bras pour toucher les doigts froids de la statue, et mes larmes se mirent à couler. J'avais toujours désiré le pouvoir – le droit de choisir ma vie, celui d'être en sécurité. Mais ce pouvoir… son poids écrasant m'empêchait de respirer.

Théodore souffla derrière moi. Je m'essuyai les joues, ne voulant pas qu'il me voie pleurer, mais les digues avaient rompu. Quelque chose en moi s'était déchiré, et tout ce que j'avais cru être vrai – qui j'étais, d'où je venais –, l'espoir fragile et stupide que je pourrais un jour me construire une vie à moi, tout était en train de fondre et de me glisser entre les doigts.

La main de Théodore se posa dans mon dos, sa chaleur s'infiltra en moi, le pacte crépita dans mon ventre, mais cela ne fit que redoubler mes sanglots.

— Ne pleurez pas, me pria-t-il doucement en me passant un bras autour des épaules. Pas maintenant.

Je reniflai.

— Elle… me ressemble tellement.

— Je sais.

Il tira un mouchoir de sa poche. D'un doigt, il me releva le menton, puis essuya mes joues. Sa voix était si apaisante, si incroyablement égale qu'elle me donnait envie de hurler.

— Respirez. Plus tard, vous pourrez gémir à loisir et casser mes affaires si ça vous fait du bien. Mais n'arrivez pas à la réunion du Conseil dans cet état.

Je fermai les yeux, inspirai profondément.

— Je dois aller voir l'enchanteresse.

Si j'étais la descendante d'une grande déesse, si son pouvoir coulait dans mes veines et que je devais en assumer la responsabilité, alors il me fallait des réponses. Il me fallait une prophétie.

Théodore continuait de tamponner mes joues.

— Une chose à la fois, d'accord ?

Un bruit de bottes claqua sur le marbre à côté. Lachlan toussota.

— Qu'est-ce que vous lui avez fait ?

— Elle a vu la statue, répondit Théodore.

Lachlan portait une veste noire élégante, des médailles étaient épinglées sur sa poitrine. Il leva les yeux sur la statue de la déesse, puis les abaissa sur moi.

— Oh, merde ! jura-t-il avant de s'approcher, de me poser une main sur l'épaule et de m'entraîner un peu plus loin. J'imagine que vous êtes sous le choc. Cependant, je vous conseille de ne pas vous tenir si près du roi quand vous êtes en public.

Il lança un regard désapprobateur à Théodore, qui ne me lâchait pas des yeux.

Une émotion étrange l'avait saisi. Il avait l'air tout à la fois vidé, terrifié et furieux. Et malgré moi, je n'arrivais pas non plus à le quitter des yeux.

— Théo !

La voix de Lachlan sonna comme un avertissement. Il me prit le bras, me tapota la main et tenta un trait d'humour, démenti par le ton grave et le regard inquiet qu'il nous jeta.

— Du nerf, par les dieux ! Il paraît que l'impératrice a des crocs à la place des dents.

13

La Salle du Jardin n'avait pas le charme désuet qu'on aurait pu croire.

C'était une immense salle de bal sur deux niveaux, fermée d'un côté par un mur entièrement vitré qui donnait sur un jardin de fleurs impeccablement tenu. Les trois murs restants étaient peints du sol au plafond, les différents panneaux reflétant les couleurs enchanteresses des fleurs. Quatre énormes lustres en cristal pendaient, diffusant une lumière dorée et aussi scintillante que la mer au-delà des falaises. Une longue table formait la colonne vertébrale de la pièce, et son seul mobilier. Elle était chargée de fruits – en beaucoup trop grande quantité – et d'assez de carafes d'un vin couleur améthyste pour soûler un régiment.

Comme prévu, j'entrai au bras de Lachlan. Théodore nous précédait et, arrivé à la table, il se servit un verre de vin. Il le descendit d'un trait, sans rien perdre de sa prestance. Lachlan m'éloigna autant que possible de Théodore et emplit deux verres.

— Vous en faites une tête.

Je portai la main à ma joue.

— Qu'est-ce qu'il y a ?

— Vous êtes rouge comme une pivoine. Respirez. Efforcez-vous d'avoir l'air sereine plutôt que terrifiée par le bouleversement brutal de votre vie entière.

Il me tendit un verre.

Je bus une grande gorgée de vin, appréciant sa caresse sur ma langue et sa chaleur joyeuse dans mon ventre. C'était le meilleur que j'aie jamais goûté.

— Un petit conseil, murmura Lachlan en me lançant un regard pénétrant par-dessus le bord de son verre. Quoi qu'il y ait entre vous deux… il n'y a pas de mal à vous faire du bien, mais si vous vous faites prendre, ce sera terrible. Je vous en supplie : soyez discrets.

Je pris un air offusqué.

— Agatha vous a parlé ?

— Pas de ça.

— Par les dieux ! m'indignai-je avant de boire une nouvelle gorgée de vin. Il n'y a rien entre nous.

— Imogène, dit-il en adoptant un ton de sagesse. Il n'y a rien de plus insidieux que le déni.

Je n'eus pas le temps de rétorquer car Eftan faisait son entrée, chargé d'une pile impeccable de dossiers en cuir noir. Lorsqu'il me vit, son sourire disparut aussitôt. Il ouvrit et referma la bouche comme un poisson, cligna des yeux.

— Oh ! Je ne m'attendais pas… à vous voir… ici.

Lachlan me désigna de sa main libre.

— Chancelier, connaissez-vous la cousine éloignée du roi ? Je vous présente Lady Imogène Nel.

Eftan haussa les sourcils.

— Sa cousine ? Ah, bon.

Il posa bruyamment la pile de dossiers sur la table, tira un mouchoir de sa veste pour se tamponner le front et la bouche et finit par dire :

— Bonjour. Ou re-bonjour.

J'inclinai la tête poliment puis jetai un coup d'œil à Théodore. Il se tenait en bout de table, son verre de nouveau plein à la main. Il avait observé la conversation de loin, le visage dénué de toute expression. Il marmonna :

— Bontés divines…

Deux serviteurs en livrée ouvrirent les battants de la grande porte. Je posai mon verre sur la table. Trois femmes firent leur entrée, toutes aussi brillantes et pâles que du givre en hiver. L'impératrice d'Obélia se distinguait par sa seule prestance. Grande et charpentée, elle se déplaçait dans la pièce avec une autorité raffinée, comme s'il avait suffi d'une simple signature pour que la salle, le jardin et tout le reste lui appartiennent. Elle portait une robe de velours bleu nuit. Sa peau était diaphane, si bien qu'on devinait les veines mauves sur ses tempes. Ses cheveux blancs comme neige, longs et raides, retombaient sur ses épaules. Sur sa tête reposait une lourde couronne de diamants. À son cou, un collier assorti à la couronne, serti de pierres énormes. Des lèvres minces, et rouges comme si elle avait mangé une poignée de mûres.

Je fis une profonde révérence tandis que Théodore et elle se saluaient.

— Théodore Ariti.

L'impératrice avait une voix flûtée et mélodieuse, un accent légèrement chantant. Son salut était amical, mais elle ne sourit pas.

— Vous ressemblez à votre père. En plus beau, cela dit, ajouta-t-elle avec un gloussement rauque. Je suis sûre que cela devait l'irriter au plus haut point.

Théodore esquissa un demi-sourire. Je ne le connaissais pas depuis longtemps, mais tout de même assez pour voir que la mention de son père le mettait mal à l'aise.

— Bonjour, Nivala. C'est certain que j'étais une source d'irritation constante pour lui. Je vous prie d'excuser mon arrivée tardive, ajouta-t-il, toujours charmant et courtois. Je vous remercie d'être venue jusqu'ici.

— C'est un mariage avantageux pour tous. Il est nécessaire que cette alliance soit conclue dans les règles et avec soin.

Théodore acquiesça puis se tourna vers la jeune femme menue qui se tenait en retrait.

— Princesse Halla.

Il prononça son nom avec une intonation enchanteresse qui fit se tordre de jalousie le pacte au fond de mon ventre. Lui prenant la main, il l'attira plus près de lui.

— Vous êtes encore plus ravissante que votre portrait.

Et c'était vrai, elle était parfaitement ravissante. Tout le contraire de moi. J'avais la peau d'un brun doré et les cheveux ondulés châtain foncé, alors qu'elle était blonde et pâle. Ses boucles presque blanches chatoyaient, couronnées d'un mince diadème serti de perles et de diamants. Elle était grande, comme moi, mais anguleuse, aiguë comme un éclat de glace. Elle était vêtue de blanc, comme toutes les futures mariées à Obélia. Je ne pouvais imaginer sa silhouette frêle et éthérée engloutie par le noir aride que portaient traditionnellement les fiancées leucosiennes.

Ou peut-être n'en avais-je pas envie.

Elle sourit à Théodore, et ce fut comme si le printemps desserrait l'étau de l'hiver. Ses joues roses comme des fleurs, ses yeux bleus comme le ciel clair, sa petite bouche ourlée comme une rose. Théodore lui fit un baisemain. Ça ne dura qu'une seconde, mais l'image de ses lèvres s'écrasant sur la peau de cette main s'imprima désagréablement dans mon esprit. Lachlan me poussa légèrement du pied et je pris conscience que je grimaçais. Je tentai de forcer un sourire, mais il s'effondra aussitôt et je pris mon verre pour avaler une lampée de vin.

L'impératrice alla s'asseoir à l'autre extrémité de la table, à la place d'honneur, manifestement prête à passer aux choses sérieuses.

— Bon. Commençons, vous voulez bien ?

La troisième femme, dont la tenue était moins fastueuse, plaça devant chacun un exemplaire des contrats et discuta à voix basse avec Eftan de quel point devait être abordé en premier. Lachlan tira un siège pour moi puis s'assit à côté, remplissant mon verre au passage. Au moment où les négociations étaient sur le point de débuter, l'impératrice sembla brusquement remarquer la présence d'autres personnes dans la pièce.

— Qui sont ces gens ?

— Vous connaissez mon chancelier, dit Théodore en désignant Eftan. Voici mon bras droit et commandant de marine, Lachlan Mela. Et ma cousine, Lady Imogène Nel.

L'impératrice posa sur moi son regard froid.

— Nel ?

Je croyais Théodore indéchiffrable, mais comparé à l'impératrice, il était positivement exubérant. Elle était aussi insensible qu'un mort, et ni son ton ni son expression ne révélaient rien de ses pensées.

Je lui offris malgré tout un sourire chaleureux et respectueux.

— Oui, Votre Altesse Impériale.

Sans ajouter un mot, elle se tourna vers sa servante et se saisit du premier contrat, qu'elle parcourut rapidement.

— Ah, oui. Nous devons aborder la question de la différence de nos religions.

— Les stipulations que vous avez exposées sont acceptables, dit Théodore. Je ferai construire un pavillon où la princesse pourra vénérer sa sainte. Je ferai même planter un jardin tout autour.

Je me concentrais sur les montagnes de grappes de raisin posées devant moi, pour tenter d'oublier la façon dont il m'avait regardée dans le hall.

— Bien, bien, fit l'impératrice distraitement. Passons aux cérémonies de mariage, qui diffèrent également. Une offrande de sang est nécessaire pour qu'une union obéliane soit reconnue.

Je me raidis, mon pouce frottant d'instinct les cicatrices de ma paume.

Théodore se tortilla comme s'il percevait mon malaise.

— Je me méfie des offrandes de sang. Cela dit, si vous me donnez plus de détails, je suis ouvert à l'idée de me plier à une cérémonie obéliane, prononça Théodore avec précaution. Mais elle sera la reine de Varya, une reine leucosienne, il est donc nécessaire que la princesse Halla se plie aussi à la cérémonie traditionnelle du pacte. Afin que le mariage soit considéré comme valide dans mon royaume et qu'elle puisse être couronnée.

— Parlez-moi de cette cérémonie du pacte, dit l'impératrice. Quel pouvoir Halla recevra-t-elle lorsque la cérémonie sera accomplie ?

Je me rappelai soudain les leçons d'autrefois. Parce que Théodore et moi étions de la lignée des grands dieux, notre pacte de sang nous permettait de partager notre pouvoir.

Je bus une longue gorgée. Par-dessus le bord du verre, j'accrochai un instant le regard de Théodore.

— Un pacte de mariage est une simple entaille, généralement sur les paumes du couple, expliqua-t-il. Les deux coupures sont pressées l'une contre l'autre. Vous ne sentirez aucune douleur, princesse, à part le tranchant du couteau. Les sangs se mélangent pour former un lien symbolique. Dans le cas de la princesse, comme les Obélians ne sont pas du même lignage et ne possèdent pas de sang divin, elle n'héritera d'aucun pouvoir. Elle restera celle qu'elle a toujours été.

L'impératrice dodelina de la tête d'un air déçu.

— Alors pourquoi s'infliger ce rite ?

Théodore s'assit plus droit, une pointe d'agacement transparaissant dans sa voix, qui se fit plus autoritaire.

— C'est une tradition divine, empruntée aux sirènes et adoptée par l'archipel tout entier.

L'impératrice fit claquer sa langue.

— J'ai entendu parler de royaumes leucosiens qui l'ont abandonnée. Je ne vois pas pourquoi…

— Un seul royaume a abjuré nos dieux et nos traditions, rétorqua Théodore. Et nous ne sommes pas alliés.

Le regard de l'impératrice s'étrécit.

— Je vois.

— Princesse Halla…

La douceur déférente qui teintait la voix de Théodore me serra le cœur. J'étais mortifiée mais je devais bien le reconnaître : je voulais qu'il me parle sur le même ton.

— Seriez-vous d'accord pour nouer un pacte leucosien ?

Halla sourit de toutes ses dents.

— Oui. Tout à fait d'accord, oui.

Elle avait le même accent chantant que sa mère, et dans sa petite voix il était presque sirupeux, comme un fil de barbe à papa.

L'impératrice tapota la main de sa fille. Elle lui parla à voix basse, mais j'entendis quand même.

— Modère ton enthousiasme, Halla, c'est vulgaire.

La princesse ne réagit pas.

Théodore se racla la gorge.

— Je voudrais faire remarquer que je n'ai rien vu dans ces contrats qui détaille les modalités selon lesquelles Halla montera sur votre trône le moment venu. Peut-être ces détails pourraient-ils...

— Ce n'est pas un oubli, répliqua l'impératrice, et un rictus mauvais tordit ses traits un instant avant qu'elle l'efface. Halla n'est pas mon héritière.

Théodore inclina la tête, perplexe. Même Lachlan se tortilla sur son siège.

— Pardonnez ma présomption, dit Théodore. Si votre fille unique n'est pas l'héritière du trône, puis-je demander qui l'est ?

Ce fut Halla qui répondit d'une voix humble, mais claire.

— Ce sera notre premier enfant.

Théodore déglutit, scruta tour à tour l'impératrice et la princesse.

— Très bien.

Le pacte au fond de mon ventre protesta vertement.

L'impératrice Nivala souffla et l'air de la pièce sembla se dégager.

— Tout cela étant réglé, il nous reste à parler du calendrier. La traversée en bateau a été abominable. Nous nous passerons des deux mois de fiançailles habituels, le mariage aura lieu dans deux semaines. Je ne veux pas que Halla soit obligée de faire deux fois de plus ce long voyage.

Théodore se figea, excepté son index qui tambourinait nerveusement sur la table.

L'impératrice sourit comme on tire lentement un poignard de sa gaine.

— Y a-t-il un problème ?

— J'avais compté sur deux mois de fiançailles, commença Théodore, gardant un calme remarquable. Je ne peux pas garantir qu'un festin et une cérémonie puissent être organisés en deux semaines. Les invités n'auront pas le temps de venir.

L'impératrice haussa les épaules.

— Elle a une robe. Vous avez du vin. Vous avez un lit pour consommer l'union. Vous voulez ce mariage, n'est-ce pas ?

Le sang-froid de cet homme était fantastique, son austérité, parfaite, sa maîtrise de ses émotions, implacable.

— Bien sûr.

Mes dieux ! Le pacte – ma stupide jalousie – déclencha quelque chose de primaire en moi. Un désir impérieux d'entraîner Théodore loin d'ici, de déchirer les contrats, de faire savoir à tous qu'il était à moi se rua dans mon corps comme un sang brûlant.

— Néanmoins, poursuivit Théodore sans se démonter, il existe des traditions…

— Vous vous méprenez quant à mon ton conciliant, Théodore, avertit l'impératrice en adoptant une voix plus dure. Ce n'était pas une suggestion.

Théodore se figea. Lachlan se redressa, en alerte, et je me rappelai que Théodore avait mentionné l'importance de la flotte et des troupes d'Obélia. L'impératrice faisait une excellente alliée et une ennemie cauchemardesque.

— Majesté.

Eftan s'exprima avec une courtoisie toute diplomatique, tout en adressant un signe de tête comminatoire à Théodore : il le faut.

Théodore s'éclaircit la voix.

— Je serai peu présent d'ici au mariage, mais j'accepte le délai de deux semaines.

Tout à coup, je n'étais plus si sûre que me vider de mon sang par les yeux, le nez, la bouche dans un rituel de rupture serait pire que la situation présente. À cause du pacte, l'idée que Théodore épouse la princesse me répugnait davantage que celle de me faire étriper par le nombril. Il fallait que j'aille trouver cette enchanteresse au plus tôt.

Je repris du vin, la réunion s'étirait interminablement, entre les clauses concernant les enfants légitimes et illégitimes, les tarifs douaniers, et le marchandage autour du montant des frais de représentation royale de Halla. Pendant ce temps, le pacte hurlait au fond de moi : Non, non, non ! Enfin, quand j'eus atteint la conclusion que le vin pétillant ne suffirait pas à atténuer mon calvaire, je tendis le bras pour saisir la plume qu'Eftan avait posée sur la table, ce qui me valut un regard noir de la part du chancelier. Je trempai la pointe dans l'encre, griffonnai un mot sur un bout de papier et le glissai devant Lachlan.

Il le lut puis chuchota :

— Certainement pas !

— Je ne tiens plus, murmurai-je à mon tour. Ça ne va pas nous tuer. Il s'en sortira très bien.

— Vous tiendrez bien encore quelques heures. Vous le devez.

— Non, je ne dois rien. J'ai accepté les trois conditions de ce crétin. Ceci n'en fait pas partie.

Aller voir l'enchanteresse, en apprendre plus sur ma mère et faire rompre notre pacte, voilà à quoi j'avais dit oui. Je me levai brusquement, et tous les yeux se tournèrent vers moi. Je fis la révérence.

— Je vous prie de m'excuser, mais je suis trop malade pour rester en votre compagnie.

— Oh, fit la princesse Halla en portant une main délicate à sa gorge. J'espère que vous vous remettrez vite.

— Merci…

Je m'interrompis, le regard attiré par ses doigts pâles ou plutôt par la grosse pierre grise qui brillait à son cou juste au-dessus de sa main. Elle était identique à celle que je portais au doigt.

— Votre collier, dis-je en tournant ma bague pour en dissimuler la pierre dans ma paume. Il est original. Et charmant.

Son sourire printanier resurgit.

— Oh, oui. Un spinelle. On ne les trouve qu'à Obélia. Ils sont très rares.

— En effet, très rares, confirmai-je en faisant une nouvelle révérence, avant de m'adresser à Théodore. Si vous voulez bien m'excuser, Majesté.

— Imogène, vous ne pouvez pas partir, dit-il, les yeux brillants de colère. Restez.

— Je suis désolée, Majesté, dis-je en posant une main sur mon ventre, à l'endroit où le pacte hurlait sa révolte. Je souffre trop. J'ai besoin…

— D'une promenade dans le jardin, intervint Lachlan en se levant pour prendre mon bras. Un peu d'air frais vous fera du bien.

Je tentai en vain de dégager mon bras.

— Je n'ai pas envie d'une promenade dans le jardin, commandant.

— Si, vous verrez, dit-il tout en lançant un regard entendu à Théodore, qui fulminait. D'ailleurs, je propose que nous allions tous faire un tour. Vous pourriez montrer votre jardin favori à votre fiancée, Majesté. Nous discutons depuis des heures. Il serait sage de faire une pause.

Le soleil au zénith était éblouissant, faisant resplendir les fleurs roses, rouges et jaunes.

Lachlan me tenait fermement par le bras, nous marchions dans l'allée de gravier quelques pas derrière Théodore et la princesse.

J'observais Halla déambuler gracieusement dans le jardin, une main effleurant les pétales duveteux des fleurs au passage.

— Vous pouvez me lâcher, commandant. Je ne vais pas m'enfuir.

— Je n'ai jamais vu menteuse moins convaincante.

— Je n'étais pas dans mon état normal. L'idée qu'eux deux… Ce fichu pacte doit être rompu.

Lachlan m'adressa un regard suspicieux mais ne dit rien.

Théodore et Halla ralentirent pour admirer une grande fontaine qui gargouillait au centre du jardin, ce qui nous obligea à les imiter. L'eau dansait sur les muscles sculptés et les ailes déployées de trois sirènes stoïques. La lumière jouait dans la fine brume d'eau, dans les gouttes qui ruisselaient des coudes et des plumes.

Halla la contempla avec émerveillement et s'avança lentement vers moi.

— Lady Nel, vous avez grandi ici ? Quelle enfance enchantée ! Cet endroit sort tout droit d'un conte de fées.

Théodore et Lachlan, légèrement en retrait, attendaient ma réponse dans un silence tendu.

— Oh, non, Altesse, dis-je tout en cherchant une réponse adéquate. J'ai... J'ai grandi dans le Nord.

— Ah, j'imagine que le Nord d'ici n'est pas aussi froid que le Nord de chez moi.

Je ne savais pas grand-chose du Nord de Varya, mais j'étais à peu près sûre qu'il n'y avait pas de vallées enneigées là-bas.

— Il y fait bien plus doux, en effet, dis-je avec un sourire forcé.

La princesse était absolument adorable. Théodore et elle semblaient bien assortis. Un élancement me transperça sous les côtes.

— J'espère que vous vous sentez mieux, dit-elle d'une voix légère et mélodieuse. C'était long, tout ce temps assis sur une chaise dans cette pièce.

— En effet, acquiesçai-je. Vos contrats de mariage sont assez exhaustifs. Êtes-vous toujours aussi minutieuse dans l'élaboration de vos plans, Altesse ?

— Oh, c'est l'œuvre de ma mère.

Ses yeux bleus prirent un air lointain. Elle plongea les doigts dans l'eau ridée de la fontaine, envoya quelques gouttes valser d'une chiquenaude.

— C'est une planificatrice-née.

— Elle a l'air d'avoir pensé à tout, dis-je, en dissimulant tant bien que mal mon irritation sous un sourire faux en espérant que ça suffirait.

Halla s'assit sur le rebord de la fontaine. Elle parlait plus bas, une émotion vibrant dans sa voix.

— Ça, on peut lui faire confiance. Je suis sûre que vous ne comprendrez pas, mais c'est un peu un choc. De quitter son foyer pour un autre où tout vous est étranger, où il n'y a ni amis, ni paysages, ni odeurs qui vous soient familiers. Je suis reconnaissante à ma mère, et à Sa Majesté, d'avoir pris en considération mon bien-être.

Elle adressa à Théodore un regard de gratitude, et il inclina la tête d'un air royal. La blessure que j'éprouvai alors ne venait pas du pacte. C'était de la jalousie pure et simple.

— Lady Nel, que pouvez-vous me dire du roi ?

Elle se pencha d'un air de connivence, sans toutefois rencontrer mon regard : le sien demeurait fixé sur Théodore, cils papillonnants, sourire étincelant. Grands dieux ! Elle essayait de le séduire.

— J'imagine que vous le connaissez mieux que la plupart des gens, comme vous êtes cousins.

Je me passai une main sur le front en émettant un rire gêné.

— Sa Majesté et moi n'étions pas vraiment proches.

— Je ne peux pas le croire. Il a choisi de vous faire venir pour cette rencontre. Il doit tenir à vous, n'est-ce pas, Majesté ?

Théodore baissa les yeux sur ses bottes cirées.

— Bien entendu.

— Vous voyez, dit Halla avec un geste gracieux de la main pour m'encourager. Racontez-moi tout ce que vous savez.

Lachlan se gratta le cou et m'adressa un regard qui devait sans doute signifier « Bonne chance ».

Pour gagner du temps, je m'assis à mon tour sur le rebord de la fontaine et interrogeai Théodore du regard.

— Seulement des choses gentilles ?

La question sembla le prendre de court. Il sourit, presque nerveusement. Un sourire large, plein de fossettes et de dents blanches. Je ne pus m'empêcher de l'admirer.

— Si ça ne vous dérange pas trop.

Je pris une grande inspiration, soufflai lentement puis me tournai vers Halla.

— Il est très riche.

Elle gloussa comme si j'avais fait une blague. Je réfléchis intensément et ce qui me vint fut le souvenir de sa main protectrice posée dans mon dos, ses doigts m'effleurant le menton, son mouchoir essuyant mes joues mouillées.

— Il est très observateur. Et attentionné, quand il le veut.

Mon regard se tourna involontairement vers Théodore. Vers la soudaine chaleur qui emplissait ses yeux. Il avait les mains croisées dans le dos, le soleil soulignait les traits de son beau visage, et je me sentis obligée de parler, sans pouvoir m'arrêter.

— Il est doux, dis-je en le fixant dans les yeux. Et quand vous avez le sentiment d'avoir été battue et malmenée, si vous le laissez faire, il sait être votre ancre.

Je détournai le regard, et nous demeurâmes tous les quatre silencieux un moment, écoutant le chant des oiseaux et le clapotis de l'eau. J'eus rapidement trop chaud. Je haussai les épaules et ajoutai à l'intention de Halla :

— C'est tout ce que je peux vous dire.

— C'est déjà beaucoup. Merci.

Surgissant de derrière les buissons en fleurs, Eftan nous rejoignit.

— L'impératrice demande qu'on reprenne le travail sur les contrats. Elle vous attend à l'intérieur, Majesté.

Théodore hocha la tête, et tous repartirent vers le palais. Je restai assise au bord de la fontaine, le ventre noué. Théodore s'arrêta.

— Lady Nel, vous vous joignez à nous ?

— Non, Majesté. Je ne crois pas.

Ses yeux s'arrondirent de façon presque imperceptible.

— Partez devant, dit-il à Lachlan et Hella.

Ils s'éloignèrent, Lachlan tout raide, Halla tout à fait insouciante.

Théodore fit un pas dans ma direction et se dressa de toute sa hauteur.

— Vous devez venir.

— Je ne peux pas. Ce pacte me met dans un état de panique quand je suis assise à cette table à écouter ces discussions interminables. Et dans cette nouvelle vie, ce nouveau lieu, je refuse d'être soumise et maltraitée. Je dois aller trouver l'enchanteresse tout de suite. Je dois recueillir ma prophétie…

— Maltraitée ?

— Oui.

— Non.

— Comment ça, non ? C'était votre plan depuis le début. Rompre le pacte pour que vous puissiez me congédier.

— Ça, c'était avant…

— Avant quoi ?

— Avant de savoir que ce pacte ne se stabiliserait pas. Avant de savoir que j'allais me marier dans deux semaines.

Il faisait les cent pas, et je l'observais, sans savoir quoi dire. Puis il s'immobilisa devant moi.

— Venez assister à la fin de la réunion, et j'irai avec vous.

Surprise, je demandai :

— Chez l'enchanteresse ?

Gêné, il ajusta sa veste avant de confirmer d'un signe de tête.

— Encore une transaction, alors ?

Il grimaça comme si j'avais dit un gros mot, mais c'était la vérité. Encore un marché. Encore un sacrifice en échange d'une gentillesse.

— De toute façon, vous ne pouvez pas venir avec moi. L'impératrice est ici. Et votre très jolie fiancée, et ces contrats ridicules...

Une ride de remords creusa son front.

— J'ai prévenu que je m'éclipserais d'ici au mariage.

C'était vrai. Je me demandais pourquoi il avait dit ça, comment il avait su à l'avance.

— Cela ne change rien, elles seront offensées...

— J'offrirai des bijoux à la princesse. Ferai tirer des feux d'artifice dans la baie pour elle...

Je ricanai.

— Bien sûr. Quelle femme ne se laisserait pas distraire par des babioles brillantes...

— Vous voulez que je vienne, oui ou non ?

— Oui.

— Alors je viens.

Il se tenait parfaitement immobile, me fixant avec le même regard que lorsqu'il avait essuyé mes larmes au pied de la statue de Ligée.

— Bien.

Malgré ma colère, je m'en voulais d'avoir le souffle court, d'être prise au dépourvu.

Il déglutit.

— Bien.

Il tourna les talons et se dirigea vers le palais, mais j'eus le temps de remarquer la rougeur de ses joues. Sa respiration trop rapide. Minuscules éclairs d'émotion qu'il n'arrivait pas à contrôler. Il s'arrêta, me regarda par-dessus son épaule et dit d'une voix rauque :

— Si vous souhaitez rester dans le jardin, je vous y autorise. J'irai quand même avec vous chez l'enchanteresse.

Ne sachant quoi répondre, submergée de gratitude, je repris le chemin qui menait au palais, rattrapant Théodore.

— On devrait se dépêcher. Le devoir nous appelle.

14

Moins de deux heures plus tard, aux écuries, dans une stalle baignée de soleil, j'étais occupée à fourrer dans une sacoche de selle les pantalons et chemises de rechange prêtés par Théodore. Il s'était donné beaucoup de mal pour les plier en carrés bien nets et les nouer en paquets serrés avec de la ficelle.

Les palefreniers avaient été congédiés et, en face de moi, renfrogné et nerveux, Théodore était en train de harnacher un cheval. Je le regardais tirer d'un coup sec sur des sangles, ajuster la selle, l'air maussade, la mâchoire crispée.

Son humeur s'était assombrie à l'instant où nous avions regagné la Salle du Jardin pour replonger dans ces contrats interminables. Il s'était renfermé un peu plus à chaque nouvelle clause abordée, se mordant la joue, tambourinant des doigts sur la table polie. Je m'imaginais qu'il regrettait sa décision de m'accompagner chez l'enchanteresse, et que seul son exaspérant honneur l'empêchait de revenir sur sa parole.

— Agatha et Lachlan viendront-ils nous dire au revoir ? demandai-je, agenouillée dans la paille propre.

— Oui, dit-il sans se détourner de sa tâche.

— Vous allez bien ?

— Oui.

— Oh, merveilleux, ironisai-je en fixant la dernière sacoche à l'aide d'un nœud bien serré. Vous avez l'air en pleine forme. J'espère que vous ne comptez pas bouder durant tout le voyage. J'ai bien conscience que vous regrettez votre décision de m'accompagner. Inutile d'en faire étalage.

Théodore se retourna brusquement, me transperçant du regard. Je soulevai les sacs pour les lui donner, et il m'arracha le premier des mains.

— Vous croyez avoir tout compris de moi, n'est-ce pas ?

Il avança d'un pas, saisi par une émotion soudaine. Un autre pas, il posa sur mon ventre une main puissante et me fit reculer contre la cloison de la stalle. J'en eux le souffle coupé.

— Voulez-vous savoir ce qui m'ennuie réellement, Imogène ?

Je réussis à hocher faiblement la tête.

— Je ne regrette pas ma décision, mais je le devrais.

Il appuya sa main plus fort, comme s'il voulait m'empoigner. Notre pacte rayonnait d'une chaleur délicieuse, s'étirant comme un chat au fond de mon ventre.

— Je vous ai traitée de moucheron, et je m'en veux pour ça. C'est moi, l'insecte. Un papillon de nuit. Et vous êtes la lune. Qui m'appelle, qui m'attire. Mais je ne pourrais pas vous atteindre sans me détruire moi-même. Tout ce que je peux faire, c'est prier pour que le jour se lève. Vous comprenez ? demanda-t-il avec un regard implorant. Je fais de mon mieux pour garder mon sang-froid, garder mes distances, mais tout ce que vous faites semble destiné à contrecarrer mes efforts.

Mon cœur battait la chamade. J'aurais été moins étonnée s'il s'était arraché la peau du torse pour me montrer les organes redoutables qui palpitaient en dessous. Mais cela, sa main sur mon ventre, sa proximité, sa confession ouverte...

— C'est une plaisanterie ?

Il était si proche que j'aurais pu l'embrasser en me dressant sur la pointe des pieds.

— Par les dieux, si seulement c'était le cas...

Mon irritation flamba face à son mécontentement. Je pointai mon doigt sur sa poitrine musclée, puis le saisis par la chemise.

— Vous parlez du désir comme si c'était une maladie. Comme si je vous avais contaminé. Comment osez-vous me le reprocher ? Comme si je vous avais piégé, ou qu'il était moralement vil de désirer. Je suis peut-être l'objet de votre désir, je n'en suis pas la source.

Théodore cligna des yeux, tenta de digérer ma réprimande puis se redressa avec effort. Il laissa retomber la main posée sur mon ventre, ce que je regrettai aussitôt. Je lâchai sa chemise, mais nous restâmes tout proches, nos regards aimantés.

Il y avait bien quelque chose entre nous, en fin de compte, caché sous la discorde, les frictions. Je n'aurais su dire si c'était le pacte qui attisait notre attirance, mais je brûlais de le savoir. De faire sauter son vernis glacial, de le mettre à nu, de l'explorer. À sa façon de me regarder, je pensais qu'il désirait peut-être la même chose.

Il recula, se tourna de nouveau vers le cheval pour attacher la deuxième sacoche.

— Pardonnez cet écart. Ça ne se reproduira pas.

Seul le mur auquel j'étais adossée me permettait de tenir debout. Théodore était si prompt à se renfermer. Comme par magie, son trouble, son émotion avaient disparu instantanément.

On entendit un froissement sur la paille, et Agatha fit son apparition. Vêtue d'une robe neuve couleur de blé, elle portait un panier plein de paquets de nourriture et de bouteilles de vin.

— Vous voilà, dit-elle en nous dévisageant tous les deux, tour à tour. Tout va bien ?

— Oui, oui.

Son regard se durcit devant mon mensonge.

— Majesté, dit-elle à Théodore. La princesse Halla est ici. Elle aimerait vous dire au revoir.

Théodore redressa les épaules, mais avant qu'il puisse sortir de la stalle, Halla avait rejoint Agatha. Ses cheveux blonds étaient relevés en un chignon serré retenu par des épingles serties de saphirs. Sa robe en mousseline de soie bleu pâle était parfaitement assortie à ses yeux.

Elle fit une révérence, sourit gracieusement.

— Je voulais vous souhaiter bon voyage, Majesté.

Théodore ne répondit pas mais il s'avança et lui fit un rapide baisemain.

Halla remarqua ensuite ma présence avec étonnement.

— Je n'avais pas réalisé que Lady Nel vous accompagnerait dans votre visite à vos capitaines de guerre.

Théodore me jeta un coup d'œil avant de lui répondre :

— Sa famille vit près d'une des bases militaires.

— Ça tombe bien, alors, dit-elle avec un sourire forcé avant de se hisser sur la pointe des pieds et de déposer un baiser langoureux sur la joue de Théodore. J'attendrai votre retour avec impatience.

Théodore se contenta de hocher la tête.

Après un dernier coup d'œil dans ma direction, Halla quitta les écuries, la tête basse. J'éprouvai une pointe de culpabilité, mais j'en fus distraite par l'arrivée de Lachlan qui apportait des nécessaires de couchage et des provisions supplémentaires. Je notai au passage le regard méfiant qu'il posa sur Théodore et moi.

— Aide-moi à charger tout ça, Imogène, demanda Agatha en désignant les paquets de nourriture et le deuxième cheval qui attendait d'être harnaché.

Elle commença à remplir un sac pour le fixer sur la croupe de ma monture. Après avoir jeté un coup d'œil derrière elle, elle me chuchota :

— Laisse-le t'aider.

Je tirai sur ma ceinture. Le pantalon que j'avais emprunté à Théodore était trop grand et formait des plis désagréables au niveau de ma taille. L'étoffe de laine me grattait les hanches et les cuisses.

— Je ne vois pas de quoi tu parles, dis-je distraitement.

— Écoute-moi. Vous semblez tous les deux décidés à continuer ce bras de fer stérile, mais ça ne rendra que plus difficile ce qui vous attend. Laisse-le t'aider. Laisse-le te réconforter et prendre soin de toi. L'enchanteresse et ses rituels sont dangereux. Si tu tentes de te débrouiller seule, je crains que tu n'en reviennes pas.

— Agatha… Je ferai de mon mieux.

Accepter l'aide du roi serait difficile maintenant que j'avais conscience de ce qu'il lui en coûtait et du ressentiment que ça lui inspirait.

Je coulai un regard en direction de Théodore. Il portait une chemise marron propre mais maculée de vieilles taches, un pantalon rapiécé, des bottes râpées : selon lui, il valait mieux adopter une apparence modeste pour traverser les Terres sauvages de Varya. Même sans ses plus beaux atours, il avait fière allure. En fait, je le préférais ainsi : avec ses cheveux qui ondulaient librement dans la lumière et ses vêtements usés qui épousaient la ligne de ses muscles.

Agatha me regardait en silence.

— Je te préviens, finit-elle par dire, ce ne sera pas une rupture nette.

— Qu'est-ce que tu entends par là ?

Elle murmura, le front soucieux :

— Je vois ce qu'il y a entre vous. C'est conflictuel et compliqué, mais il y a quelque chose.

Je me mordis la lèvre, déterminée à éviter le sujet, et rentrai l'ourlet de ma jupe trop grande dans mon pantalon.

L'expression d'Agatha se mua en pitié inquiète.

— Tu as peut-être réussi à te convaincre du contraire, mais je ne suis pas dupe. Et Lachlan non plus.

— Qu'est-ce que ça peut faire ? C'est un roi. Et moi… Je suis quoi ? Une orpheline et une meurtrière. Il va épouser une belle princesse avec qui il est parfaitement assorti. Et même si les circonstances étaient différentes…

Le souvenir malvenu d'Evander noyé dans ma baignoire me traversa l'esprit. Je me frottai les yeux, comme pour effacer cette image.

— Théodore me ramènera vivante de chez l'enchanteresse parce que c'est son devoir. Ensuite, je ferai mes adieux et partirai accomplir ma dernière tâche.

— Imogène…

Je ne la laissai pas finir et sortis de l'écurie dans la cour, où Théodore et Lachlan avaient amené le premier cheval. Agatha souhaitait extraire mes émotions de l'endroit où elles étaient enfouies comme s'il s'agissait de pierres précieuses dignes d'être examinées avec soin, mais je préférais les laisser enterrées bien profond. Tout plutôt que de compliquer encore les choses.

— Sommes-nous prêts ?

— Presque.

Lachlan me dépassa pour aller chercher le deuxième cheval.

Dans la cour baignée de lumière, Théodore m'ignorait complètement. Il avait sombré dans une forme d'abattement impassible aussi rigide qu'un exosquelette.

Je me dandinai, mal à l'aise.

— On ne devrait pas manger avant de partir ? demandai-je dans une pauvre tentative pour alléger l'ambiance.

Théodore testa la sangle en tirant dessus d'un coup sec.

— Vous pourrez manger à cheval.

Je fus tentée de lui retourner sa mauvaise humeur. Je levai le menton – mais renonçai. Peut-être... peut-être que si je devenais comme de l'eau – si j'épousais la courbe de ses émotions, si je l'érodais – on survivrait tous deux à la semaine à venir.

— Bonne idée, répondis-je d'une voix douce.

La mâchoire de Théodore se décrispa. Il mit le pied à l'étrier et d'un mouvement gracieux monta en selle.

Agatha se tenait à mon côté.

— Prends garde à toi.

— À la semaine prochaine, lançai-je.

Ma monture était une jolie jument toute noire. Je me plaçai de côté et tentai d'imiter Théodore, mais une fois ma botte dans l'étrier je restai bloquée.

— Je... Je ne suis jamais montée à cheval seule.

Lachlan poussa un soupir d'agacement.

— Et c'est maintenant que vous le dites ?

Il s'approcha et me tira par la manche, tout en me parlant tout bas.

— Soyez patiente avec Théo. Il a aussi peur que vous. Peut-être plus.

— Peur de quoi ? Ce n'est pas lui qui doit subir le rituel de rupture.

Son regard s'assombrit, soudain grave.

— Ce sera à lui de vous le dire. Quand il sera prêt.

Il m'avait fait contourner ma monture pour m'arrêter à côté de celle de Théodore. Je lui jetai un regard paniqué.

— Que faites-vous ?

— Désolé, dit Lachlan en tapotant le genou de Théodore d'un air compatissant. Théo vous donnera une leçon d'équitation.

— Non. Non, merci…

Mais Lachlan mettait déjà mon pied dans l'étrier puis me hissait en selle, devant Théodore. Maladroitement, je passai une jambe par-dessus le pommeau et me calai contre le roi. Nous étions affreusement crispés tous les deux.

Agatha grimaça en nous regardant, tandis qu'un sourire malicieux étirait les lèvres de Lachlan. Il claqua deux fois la croupe du cheval et annonça :

— Il y a du rab de vin dans les sacoches.

Les rênes de ma jument dans sa main, Théodore nous mena hors de la cour de l'écurie et jusqu'à la route qui traversait les jardins les plus éloignés du palais. Une brume de mer formait des volutes au-dessus du domaine royal. Je me tenais très droite, tous mes muscles contractés.

Théodore parla par-dessus mon épaule.

— Vous êtes trop tendue.

Je sentais son corps pressé contre le mien, son torse et son ventre chauds, mes fesses qui épousaient la courbe de son entrejambe.

— Étant donné vos efforts pour maintenir une saine distance entre nous… Il me paraît déraisonnable de se détendre vu notre position.

— C'est vraiment si difficile pour vous de vous concentrer sur notre objectif plutôt que sur nos corps ?

— Pardon ? Qu'est-ce que vous sous-entendez ? demandai-je en me retournant à demi.

— Rien, dit-il très vite. Concentrez-vous sur le cheval, c'est tout.

Avec un grommellement, je fis de nouveau face à la route.

— Crétin.

Il me parla à l'oreille d'une voix grave.

— Tenez-vous droite. Laissez vos hanches fonctionner naturellement. Vous devez sentir l'équilibre et le rythme du cheval.

Je soupirai et fis de mon mieux. On poursuivit notre chemin sur la route de terre battue qui menait du domaine royal jusqu'au pré parsemé d'arbres qui s'étendait au-delà. Peu à peu, je parvins à relâcher mes muscles.

Théodore poussa un grognement approbateur.

— Mieux.

Cet encouragement fut prononcé d'une voix de basse légèrement haletante, et un frisson d'excitation me parcourut. Je fermai les yeux, fatiguée de moi-même.

La piste était plus accidentée et le roi tapota deux fois ma hanche pour me rappeler de suivre les mouvements du cheval. J'obéis en serrant les dents. Lorsqu'il augmenta l'allure de l'animal et que je commençai à perdre l'équilibre, il passa un bras autour de ma taille.

— Je vous tiens.

Il nous maintint au trot, nos corps serrés l'un contre l'autre par son bras puissant. Cette intimité faisait battre mon cœur, et je me demandai quelles pensées détestables traversaient l'esprit de Théodore. Petit à petit, je m'adaptai à l'allure plus rapide et réussis à conserver ma position et mon équilibre.

— Prenez les rênes, ordonna Théodore en me les mettant entre les mains.

Je nous guidai le long d'une route de terre qui serpentait, bordée de petites fleurs jaunes. Elles se balançaient sous le vent, comme dansant au rythme d'une mélodie sautillante inaudible. Je souris en les admirant, captivée.

— Elles sont si jolies, dis-je à voix basse.

— Ce sont des mauvaises herbes.

— Grands dieux ! Ça n'empêche qu'elles sont jolies !

Il garda le silence. La piste s'éloigna des fleurs pour traverser un pré verdoyant. Je regrettais d'avoir cédé à la colère, même si ce n'était pas ma faute : ce type était un snob d'une étroitesse d'esprit exaspérante. Quelques instants plus tard, à ma grande surprise, il se pencha en avant, sa joue effleurant mes cheveux.

— Vous avez raison, dit-il sur un ton d'excuse. Elles sont jolies.

J'aurais voulu voir son visage, ses yeux. J'aurais voulu voir combien ils changeaient quand sa voix se faisait douce. Je continuai néanmoins de fixer la route, mais cet instant acheva de dénouer mon corps. Malgré moi, je m'abandonnai contre lui, et nous accordâmes notre rythme à celui du cheval comme si nous avions fusionné.

Nous avions traversé la moitié du pré quand Théodore tira sur les rênes. On s'arrêta, et je retins mon souffle quand je compris pourquoi. Je le sentais, long et dur, tendu contre mes fesses.

Nous restâmes pétrifiés une fraction de seconde. Mon corps tout entier s'était embrasé, mais je fis de mon mieux pour en doucher la flamme. Sans dire un mot, je mis pied à terre maladroitement. Lorsque mes pieds touchèrent le sol, je levai les yeux sur Théodore. Il était tout rouge, lèvres pincées, et je fus tentée de le laisser se dépêtrer de sa honte. Au lieu de quoi, feignant la déception, je déclarai :

— Vous auriez dû rester concentré sur le cheval.

Il lâcha les rênes de ma jument et éperonna sa monture.

Je ne pus m'empêcher de sourire.

— Vous ne m'attendez pas ?

Le pacte commençait à regimber.

— Je plaisantais !

Je grimpai tant bien que mal en selle et réussis par miracle à faire avancer ma jument.

Bientôt, j'eus mal partout. Mon esprit se troubla, envahi par un maelström de craintes, de questions, de pensées importunes qui tournaient en boucle, m'entraînant dans leur spirale infernale. Même la beauté stupéfiante du paysage ne parvenait plus à m'apaiser.

Théodore cheminait devant, nos chevaux se suivant de près.

— Vous êtes déjà allé chez l'enchanteresse ? demandai-je.

— Une seule fois.

Le ton indiquait clairement qu'il n'en dirait pas plus. Il refusait de parler, mais ce silence envenimé me rongeait.

— Et ? Est-ce aussi terrible que ce que raconte Agatha ?

Il ajusta sa position sur la selle. Laissa le silence s'étirer au point que je crus qu'il ne répondrait pas. Puis :

— Oui.

Un effroi glacé m'étreignit. Mes doigts crispés sur les rênes étaient tétanisés. Je cessai de poser des questions. J'observai les épaules contractées du roi et jurai entre mes dents. C'était énervant, mais Agatha avait toujours, toujours raison. L'idée qu'elle puisse aussi avoir raison en ce qui concernait le roi et moi, à savoir que ce qui couvait entre nous risquait de me meurtrir à jamais, était trop affreuse pour l'envisager. Je voulais me libérer de lui totalement. Des jours à chevaucher ainsi avec Théodore, terrifiée et réduite au silence, me feraient perdre la raison.

— Si on s'expliquait franchement, hein ?

J'attendis sa réaction. Il finit par me jeter un regard interrogateur.

— Si on vidait notre sac ? Tout ce qui contribue à votre humeur de chien. Tout ce qu'on déteste l'un chez l'autre, tous nos griefs, afin qu'une fois le pacte rompu, on soit vraiment purgés l'un de l'autre.

Théodore émit un sifflement et se tut encore quelques foulées. Puis :

— Ça me paraît une très mauvaise idée.

Nous traversions alors un vignoble, une brise tiède venue de la mer soufflait entre les larges feuilles de vigne. Je haussai la voix pour couvrir le bruit du vent.

— Vous avez peur ?

Ce fut efficace. Il inspira profondément et ralentit sa monture jusqu'à ce que nous cheminions côte à côte. En me regardant en coin, il déclara :

— Je commence.

Je carrai les épaules, prête à encaisser les coups.

— L'absence de tout sens des responsabilités chez vous me stupéfie, dit-il. Je n'arrive pas à comprendre comment une personne aussi captivante, fille d'une puissante déesse, a pu se contenter de vivre planquée dans les montagnes comme un chat paresseux et bien nourri. Comment vous avez pu accepter d'épouser ce capitaine. Vous aviez l'air carrément impatiente ! Pendue à son cou, à l'embrasser en public alors qu'il n'avait rien fait pour mériter votre affection. Et le pire, c'est que pour une raison que je ne m'explique pas, je suis envieux de ce salaud. Il tuait les sirènes, et vous étiez malgré tout prête à vous offrir à lui, et ça me ronge. Je n'arrive pas à comprendre pourquoi vous refusez d'affûter votre pouvoir, de le mettre au service des autres. Pourquoi vous ne faites rien pour revendiquer le trône perdu du royaume de votre mère. Vous êtes lâche. Et égoïste. Vous avez donné votre sang et prié pour la destruction de votre propre espèce. Vous ne vous préoccupez que de ce qui vous touche directement. Vous manquez de force de caractère, de vision, et pourtant…

Il serra les dents pour s'empêcher d'en dire plus.

Blessée, vexée, humiliée, je tentai de souffler pour reprendre le contrôle mais ma gorge était trop nouée.

Il poursuivit, sans pitié.

— Quand j'étais enfant, j'admirais sans réserve cette statue de la déesse Ligée. J'allumais des cierges à ses pieds et priais pour qu'elle me donne le courage dont parlaient les légendes et les chansons. Puis je vous ai vue, son portrait craché, et j'ai... je voulais... Ce fut une cruelle déception de découvrir que vous n'étiez qu'une jolie coquille vide lui ressemblant.

Indifférents, les chevaux marchaient sur la route poussiéreuse tandis que je m'efforçais de calmer ma respiration hachée. Au bout d'un long moment, Théodore se risqua à me regarder. Je gardai les yeux fixés devant moi.

— À mon tour, dis-je quand j'eus retrouvé la parole. Vous êtes un crétin prétentieux. Vous êtes tellement confit dans votre vertu que vous êtes devenu insensible et renfermé. Vous manquez d'empathie. Envers moi. Envers quiconque n'a pas eu la chance d'avoir dès le berceau des choix, du pouvoir, de l'or, comme vous en avez bénéficié. Votre ridicule sens du devoir ne fait pas de vous quelqu'un de meilleur que moi. Il vous condamne à une vision simpliste, tout noir ou tout blanc, et à une cécité partielle en ce qui me concerne. Ce qui me démolit, c'est que malgré vos leçons de morale, votre côté buté, et bien que vous m'ayez traitée sans ménagement, je persiste à espérer que vous me voyiez telle que je suis réellement. Que vous admettiez que si mon courage n'est pas le même que le vôtre ou que celui de Ligée, ça ne veut pas dire que j'en suis dépourvue. Vous voulez me contrôler, et en cela, vous n'êtes pas meilleur que Némée. Je vous ai entendu rire une seule fois, et c'était pour vous moquer de moi. Je ne vous ai vu adresser un sourire sincère qu'à votre couturière. Bon sang ! Vous croyez que le simple fait de me trouver attirante pourrait souiller votre nom illustre. Et vous craignez par-dessus tout que vos hagiographes futurs mentionnent votre virilité. Oh, non ! Le grand roi divin Théodore ne connaît pas les tourments maléfiques du désir. Il habille les jolies de femmes de sacs de jute...

— C'est bon, fit Théodore d'une voix navrée.

— Non, je n'ai pas terminé. Une bonne partie de jambes en l'air vous ferait du bien. J'espère que votre future femme appréciera vos chastes baisers, vos étreintes rigides et les feux d'artifice que vous ferez tirer pour elle dans la baie, parce que c'est la seule chaleur qu'elle obtiendra de vous.

J'étais animée d'une colère vigoureuse et je tenais à ce qu'il le sache, mais j'avais craché une demi-vérité. J'avais déjà perçu de la chaleur chez Théodore, plusieurs fois. Alors même que je parlais, le souvenir de sa main puissante posée sur mon ventre m'emplissait d'une douloureuse sensation de manque.

Renfrogné, Théodore repassa devant. Nous traversâmes une succession de vignobles sans prononcer un mot. Le soleil poursuivit sa course dans la courbe du ciel et quand il déclina sur l'horizon, Théodore fit halte au bord de la route.

Les dents serrées, il mit pied à terre et fourragea dans la besace fixée à la croupe de son cheval. Il en sortit une bouteille de vin, la déboucha, but une longue gorgée.

— Vous vous sentez mieux après notre discussion ?

Passant la jambe par-dessus l'encolure de ma monture, je descendis de cheval et poussai un grognement en mettant pied à terre.

— Non. Je me sens encore plus mal. Vous aviez raison, c'était une très mauvaise idée.

Il avala une nouvelle lampée puis s'approcha, trop près, et je me raidis.

— Tenez.

Il me toisait d'un regard brûlant, attendant que je prenne la bouteille. Je bus à grands traits, mes yeux aimantés aux siens. C'était le même vin que celui que j'avais goûté dans la Salle du Jardin. Pétillant et sucré. Je bus encore.

— Il est bon.

— Merci.

— C'est vous qui l'avez produit ?

Il confirma d'un hochement de tête.

— Les raisins viennent d'un vignoble qu'on a traversé tout à l'heure. C'est moi qui m'en occupe.

— Vous savez cultiver la vigne ?

Il sourit, malgré la peine qui troublait encore son regard.

— Oui. Peut-être qu'on ajoutera ça aux panégyriques qu'on écrira sur moi, dit-il avec une ironie lugubre. Le roi Théodore, chaste viticulteur.

Je lui rendis son sourire.

— Lachlan m'a dit que ça n'avait pas toujours été le cas. Il m'a raconté vos nuits de fête sur votre bateau plein de femmes.

Théodore éclata de rire. Un rire rauque et ténébreux dont le son me pétrifia.

— Ça ne m'étonne pas de lui. Saleté de Lachlan !

Ses joues s'étaient empourprées et un rictus débauché tordait ses lèvres. Il jeta un coup d'œil au ciel qui s'assombrissait, aux petits nuages qui le recouvraient peu à peu comme des écailles.

— À moins de deux kilomètres d'ici, il y a une petite maison de gardien. Elle est ouverte aux voyageurs et aux ouvriers agricoles. On peut dormir là-bas ce soir.

J'acquiesçai et un frisson d'impatience me parcourut. Quand je tentai de lever ma jambe courbatue pour remettre le pied à l'étrier, je glissai et manquai de tomber, mais Théodore me rattrapa par-derrière, ses mains me saisissant à la taille. Il affermit sa prise comme s'il allait me soulever, au lieu de quoi il se pencha à mon oreille. Sa main droite remonta le long de mon corps jusqu'à ce que les jointures de ses doigts effleurent le bombé de ma poitrine.

— Si je vous avais connue à l'époque...

— Oui ?

Je ne pouvais plus respirer. Il fronça les sourcils et pinça les lèvres, comme s'il renonçait à prononcer les mots qui lui brûlaient la langue.

— Dites-moi, insistai-je.

Lentement il écarta les doigts, comme s'il voulait toucher la plus grande surface possible de mon corps.

— Je vous aurais vénérée, dit-il d'une voix grave et voilée. Je vous aurais étendue sur mon lit comme une déesse sur son autel et je me serais agenouillé devant vous. Et après, longtemps, très longtemps après...

Il m'attira contre son torse et je fondis. Mon nez effleurait son menton.

— Je vous aurais remerciée de m'avoir déchiqueté avec vos jolies serres.

Brusquement, il s'écarta. Il me hissa en selle si vite que la tête me tourna. Un guttural gémissement de frustration m'échappa, me faisant rougir. Il me regarda avec un sourire insolent.

— Vous êtes un goujat et un crétin.

— Oui, je sais, dit-il en gloussant.

Il se mit à cheval, fit claquer sa langue, et les deux montures se mirent en marche sur la route. Pour la première fois, son corps était détendu, ses épaules tombant naturellement dans une forme de relâchement que je n'avais jamais vue chez lui.

— Vous avez l'air très content de vous, fis-je remarquer.

— C'est naturel quand on arrache ce genre de gémissement à une femme.

Théodore laissait les chevaux aller d'un pas tranquille, et heureusement parce que chaque muscle de mon corps était endolori. Tout comme mon ego. Mais l'atmosphère entre nous était au moins dégagée, moins lourde de sous-entendus.

— Je ne vous aurais pas déchiqueté, dis-je au bout d'un moment en adoptant un ton faussement pudique. Je n'aime pas le gaspillage.

— Ah non ? dit-il en gloussant de nouveau. Et qu'auriez-vous fait ?

— Ce que ferait n'importe quelle déesse digne de dévotion.

Il me lança par-dessus son épaule un regard à la fois curieux, amusé et torride.

— J'aurais exigé que vous me vénériez une deuxième fois. Et une troisième.

Il se détourna pour dissimuler son sourire qui s'élargissait. Il contempla le ciel, comme emporté dans une rêverie agréable. Je crus entendre un gémissement satisfait vibrer dans sa poitrine.

Je passai le reste du trajet perdue dans mes propres rêveries.

15

Nous quittâmes la route principale pour gagner la maison de gardien, devant laquelle nous trouvâmes trois chevaux attachés à l'abreuvoir. Une petite charrette bien usée chargée de paquets et de provisions était garée dans la clairière. La modeste bâtisse au toit de chaume était dépourvue de porte, les fenêtres n'étaient pas vitrées. Le sol était fait de la même terre battue que la route. Un petit puits en pierre se trouvait à côté.

Un murmure de voix et de rires s'échappait de la maison.

Théodore tira sur les rênes et mit pied à terre. Sa main effleura le pommeau du poignard passé dans sa ceinture.

— Restez là.

Sa méfiance balaya la tiédeur rêveuse qui m'enveloppait encore.

Avant qu'il entre dans la maison, trois jeunes hommes en sortirent. Deux d'entre eux se ressemblaient comme des frères, petits et malingres. Ils me faisaient penser à des pointes de flèches typiques de Seraf, avec leurs cheveux noirs et leur nez pointu. Le troisième était grand et beau, boucles dorées, peau d'un brun chaud, yeux d'un vert très clair, pleins de gaieté. Tous sourirent.

— Il y a de la place à l'intérieur, annonça l'un des frères à Théodore. On va dormir dehors. Il fait doux.

Théodore leur adressa un regard renfrogné. Au même moment, le beau garçon leva les yeux sur moi et vint se placer à côté de ma monture.

— Vous voulez un coup de main ?

— Posez une main sur ma femme et vous la perdrez, gronda Théodore, alors qu'il enserrait fermement le manche de son poignard.

Le type ouvrit des yeux comme des soucoupes, leva les bras en signe de reddition.

— Je voulais juste me rendre utile.

Je jetai à Théodore un regard réprobateur, mais il l'ignora. Rageur et inflexible, il s'approcha et me tendit les bras pour m'aider à descendre de ma monture. Manifestement vexés, les hommes se retirèrent en marmonnant dans la petite clairière derrière la maison où on avait creusé un trou à feu.

— Qu'est-ce qui vous a pris ? grondai-je. Ils refuseront de partager leur feu avec nous, maintenant.

Il saisit l'outre de peau fixée au flanc de mon cheval et en retira le bouchon pour que je puisse boire.

— Comportez-vous comme si nous étions un couple marié heureux. Un rôle de composition, j'en ai conscience.

Je bus l'eau à grands traits.

— Pourquoi ? Qu'est-ce qui ne va pas ?

Théodore fronça les sourcils, posa une main sur son ventre, à l'endroit du pacte.

— Je ne les connais pas, et l'idée que ce type puisse vous toucher… C'est ce satané pacte. Vous voulez bien faire ça pour moi ? S'il vous plaît ? Restez près de moi.

S'ils s'imaginent que vous n'êtes pas ma femme, vous êtes en danger.

— Vous êtes jaloux, rétorquai-je, incrédule. Vous trouviez que ma réaction pendant les négociations des contrats était ridicule, mais c'est exactement la même chose.

— Non, pas du tout. Il s'agissait de l'impératrice d'Obélia…

— Vous voyez celui qui est beau ? le narguai-je, et Théodore lui jeta un coup d'œil furieux par-dessus son épaule. Cette nuit, quand vous dormirez, lui et moi nous irons faire l'amour dans les vignes, et au petit déjeuner le lendemain, vous pourrez nous écouter parler du sort de nos futurs enfants.

Il me fusilla du regard.

— Ce n'est pas très agréable à entendre, n'est-ce pas ?

— Non. En effet, concéda-t-il en marmonnant.

Nous attachâmes les chevaux à l'abreuvoir, Théodore ruminant sa mauvaise humeur. Muni d'un petit bol et d'un bout de tissu tirés d'une des sacoches, il m'emmena jusqu'au puits. Contournant le muret de pierre de façon à tourner le dos aux hommes assis autour du feu, il s'assit sur la margelle, puisa un peu d'eau dans le bol, y trempa le chiffon. Écartant largement les jambes, il me tira ensuite par la main pour que je me place entre ses cuisses ouvertes.

Je le fixai un instant – ses longs cils noirs, la pente de son nez, le dessin de ses lèvres.

— Que faites-vous ?

— Je fais comme si vous étiez ma femme.

Ses yeux étaient au même niveau que mon menton. Il leva une main doucement et, avec une tendresse insupportable, écarta les mèches de cheveux qui s'étaient échappées de ma tresse. Au passage ses doigts chatouillèrent mes oreilles, mes tempes. Je retins mon souffle quand il saisit ma tresse, l'empoigna, l'enroula autour de son poing et tira dessus légèrement de façon à me relever le menton, à lui offrir ma gorge.

Il poussa un grondement rauque de satisfaction en promenant son regard de mes lèvres à mon cou et plus bas. Des gouttes d'eau s'égaillèrent quand il essora d'une main le chiffon. Lentement, il le passa sur ma joue. Descendit le long de mon cou.

Je ravalai un gémissement.

— Vous n'êtes pas obligé de…

Il trempa de nouveau le chiffon avant de le passer sur ma peau rougie.

— Vous êtes couverte de poussière et de sueur, dit-il à voix basse, et un bon mari vous aiderait à vous nettoyer avant de vous nourrir et de vous mettre au lit, non ?

— Ce n'est pas ce que vous faites.

Le chiffon poursuivit sa course jusqu'à ma clavicule, à l'endroit où ma chemise était légèrement ouverte. Je fermai les yeux presque malgré moi. Je savais pertinemment qu'il voyait mes joues se colorer, mon souffle haleter.

— Vous vous vengez de ce que j'ai dit tout à l'heure. Vous me narguez.

— Je vous jure que non, ce n'est pas mon but, susurra-t-il, son haleine caressant ma peau comme une brise tiède. Mais je l'admets : j'aimerais ne pas me préoccuper de ce que vous pensez de moi.

Il essuya une goutte d'eau sur mon menton du bout du doigt, accrochant dans son geste ma lèvre inférieure.

— Plus que deux jours. Alors le pacte sera rompu, et vous vous ficherez totalement de mon sort.

Nos regards se rencontrèrent, il m'offrit un sourire malicieux, et mon cœur fondit.

— Croisons les doigts.

Ses yeux ne perdirent rien de leur éclat brûlant lorsqu'il recula et lâcha ma tresse. Entre nous, il brandissait le chiffon.

Nous avions atteint une frontière, et nous titubions tout au bord. Je songeai au plaidoyer de Lachlan et Agatha pour que je le laisse prendre soin de moi, pour que je prenne soin de lui. Malgré les emportements tumultueux de la semaine passée, Agatha était persuadée que quelque chose d'autre s'était tissé entre nous et épanoui comme une des lianes fleuries de Théodore. C'était du désir – une attirance physique – mais rien de plus. Rien de robuste ne pouvait croître dans de pareilles conditions, et si par le plus grand des hasards quelque chose avait germé, nourri par notre pacte de sang, nous nous apprêtions, dans deux jours, à le déraciner.

Je vidai le bol et le remplis avec de l'eau propre. Y trempai le chiffon et l'essorai. Je me perchai sur ses genoux, mes jambes fatiguées par la chevauchée me faisant souffrir.

— Donc nous avons établi que vous étiez autrefois, et pouvez l'être encore, concupiscent et viril. Mais moi, j'ai toujours eu peur.

La lueur torride de son regard s'atténua. Je me collai plus près de son torse, posai une main sous son menton pour le relever. Tandis que je lui nettoyais le cou, il posa une main sur la courbe de ma hanche.

— De quoi ?

— De tout. Quand j'étais petite, j'avais peur du noir.

— Comme tous les enfants.

Je mouillai de nouveau la guenille et ouvris le col de sa chemise, en en profitant pour admirer ses pectoraux puissants.

— Peut-être ma peur était-elle la même que celle d'un enfant ordinaire. Mais la noirceur de Fort Linum était différente. Elle était sinistre. Si noire, si épaisse, qu'elle semblait être un monstre en soi. Un monstre de chair. Parfois, j'oubliais l'heure, emportée par une lecture dans la bibliothèque, et ensuite il fallait que je traverse tout le fort pour rejoindre ma chambre. Quand enfin j'atteignais mon lit à l'étage en dessous, je pleurais et tremblais de tout mon corps.

Son pouce caressait ma hanche.

— Pourquoi vous ne dormiez pas dans la bibliothèque ?

Je passai le chiffon sur l'arête de son nez, sur sa joue.

— Je voulais être dans ma chambre. Dormir à l'abri d'un lieu qui n'appartenait qu'à moi.

— C'était courageux.

Il me regarda comme la première fois qu'on s'était rencontrés, comme s'il voulait passer en revue tous les éléments qui me composaient, mais cette fois il me scrutait de plus près. Plus en profondeur. Bêtement, j'espérais que cette fois ces éléments s'agenceraient en une forme plus plaisante à ses yeux.

Je me levai, jetai l'eau sale, essorai le chiffon puis jetai un coup d'œil en direction des hommes serrés autour de la flambée.

— J'ai faim. Vous allez devoir faire ami-ami pour qu'on nous laisse réchauffer un peu de nourriture.

Théodore se leva en grimaçant, s'essuya les mains sur son pantalon.

— Je vais préparer notre couchage d'abord.

— Nos couchages. Deux, séparés.

Il s'approcha, me prit le bol et le chiffon des mains.

— Un seul couchage. Il n'y aucun moyen que ce fichu pacte vous autorise à dormir loin de moi alors que nous sommes au milieu de nulle part avec trois inconnus qui dorment à côté.

La frontière sur laquelle nous nous tenions se brouillait, devenait poreuse. Je pouvais tout aussi bien dormir sur ma propre paillasse, sous ma propre couverture, à côté de lui. Et les hommes qui partageaient notre campement étaient tout à fait inoffensifs, occupés à rire et à se raconter de mauvaises blagues. Mais je ne pus me résoudre à faire valoir ces arguments.

J'étais bien égoïste, comme l'avait dit Théodore. Je balayai ma honte et hochai la tête.

— Très bien, un couchage dans ce cas.

De retour auprès des chevaux, j'aidai Théodore à sortir nos provisions de leur paquetage. La route par laquelle nous étions arrivés s'était élargie, traçant une bande entre la longue étendue de la plage et le bord des vignobles. Le ressac était lointain, mais je pouvais presque l'entendre dans la quiétude du soir tombant.

Théodore sifflotait en me tendant une paillasse et une couverture. La mélodie m'était familière, peut-être un air sur lequel j'avais dansé autrefois. Un air rapide et rythmé, mais il le sifflait au ralenti. Avec ses vieux vêtements, ses cheveux bruns ébouriffés par la journée de voyage, il avait une allure canaille qui lui allait bien. Je souris.

— Vous êtes différent en dehors du palais.

— Ah bon ?

— Je trouve, oui.

— Vous ne me connaissez pas depuis bien longtemps, dit-il avec un sourire sarcastique. Et si j'étais tout le temps comme maintenant et que nous nous soyons juste rencontrés dans des circonstances particulièrement éprouvantes ?

Je ris en attrapant une deuxième couverture.

— Je ne doute pas que m'avoir rencontrée ait nettement compliqué votre situation, mais je me demande si ce sont vos responsabilités qui vous rendent… si revêche. Toute cette pression que vous endossez… Vous avez l'air d'aimer la vie au grand air. Au soleil et dans la poussière. Et moi aussi, je crois que je vous préfère dans cet environnement.

Je contournai le cheval et me dirigeai à pas lents vers la cabane. Théodore me suivit. À sa façon de me fixer, difficile de savoir si ma remarque l'avait vexé ou s'il la prenait comme un compliment. Il me soulagea de mon chargement.

— Je suis désolée… Je ne voulais pas… Vous avez raison, je ne vous connais pas depuis très longtemps.

Il secoua la tête.

— Je vous trouve assez terrifiante, Imogène.

— Terrifiante ?

— C'est vrai que vous ne me connaissez que depuis peu, mais curieusement, vous m'avez plutôt bien cerné.

Il était d'une beauté bouleversante, debout devant moi, avec son air rugueux, battu par le vent et angoissé. J'avais envie de le toucher, de lisser les rides soucieuses qui creusaient son visage.

Il repartit vers la cabane, et avant de le suivre je contemplai un instant les vagues – et ce que je vis me pétrifia. Sur la ligne incertaine de l'horizon on distinguait quatre petits navires. À cette distance, ils n'étaient que des taches floues, mais quelque chose se noua dans mes tripes. Je retins mon souffle et traversai la route de terre en direction de la plage.

Le pacte s'agaça dans mon estomac à mesure que croissait la distance qui me séparait de Théodore.

— Imogène ? appela Théodore.

Mais je poursuivis mon chemin, sachant qu'il m'emboîterait le pas. Mes bottes s'enfonçaient dans le sable, mes muscles fatigués maudissaient ce sol mouvant. J'avais passé ma vie à admirer la mer de loin. Depuis ma fenêtre à Fort Linum un navire sur l'eau n'était rien de plus qu'un point déposé du bout du pinceau d'un artiste, mais si je les étudiais assez longtemps, j'arrivais à les distinguer. Et les plus faciles à reconnaître étaient les navires de Némée.

Le drapeau rouge, brodé d'une anguille, claquant au vent comme s'il ondulait dans la mer. Les voiles sombres, de la même couleur que le vin amer de Némée. Théodore me rejoignit, le pacte s'apaisa. Il vit ce que je voyais, et reprit aussitôt sa posture royale. Il rentra le menton, son regard se durcit.

— Le voilà.

Il n'y avait aucune surprise dans sa voix. Il était préparé, il savait que les hommes de Némée finiraient par venir. Moi aussi, mais je restai pourtant bouche bée, une terreur froide se tortillant en moi tel un serpent.

Némée était venu reprendre ce qui lui appartenait.

16

Je trébuchai dans le sable en me précipitant vers la cabane et les chevaux.

— On doit partir.

Théodore me suivait de près. Il m'attrapa le poignet et me tira par le bras pour que je m'arrête.

— Partir où ?

Je regardai de nouveau les navires menaçants de Némée.

— On doit chevaucher toute la nuit, rompre le pacte aussi vite que possible. Je dois fuir Varya. Mettre autant de distance que je le peux entre moi et les hommes de Némée.

Il posa une main sur ma joue, me força à le regarder.

— Vous avez besoin de sommeil. De manger. Je ne vous laisserai pas arriver chez l'enchanteresse fatiguée et affamée. Ça ne fera que rendre pires les effets de la rupture.

La peur m'avait saisie avec tant de force que j'avais du mal à comprendre son raisonnement.

— S'il vous plaît. Je vous en prie, encore quelques heures à cheval. Ensuite, j'essaierai de dormir, promis.

Il fronça les sourcils avant d'acquiescer.

— Encore quelques heures, d'accord. Ensuite, je vous nourrirai de force et vous attacherai à votre paillasse avec votre couverture.

Le menton tremblant, je hochai la tête.

Une fois en selle sur ma jument, mon corps endolori protesta âprement contre ma décision de poursuivre la chevauchée. La route se rétrécit au point que je pouvais toucher les vignes. J'effleurai du bout des doigts les feuilles douces qui s'agitaient dans la brise. Malgré les courbatures, j'étais rassurée d'être en mouvement plutôt que d'attendre sans bouger. L'étau qui s'était refermé sur mes côtes quand j'avais aperçu les navires se desserra un peu.

Nous longeâmes d'innombrables rangs de vignes, et au moment où le jour tombait, Théodore me jeta un coup d'œil par-dessus son épaule.

— Vous êtes fatiguée.

Je n'avais pas l'énergie de le contredire.

— Y a-t-il un endroit où dormir dans les environs ?

— Non. On va devoir bivouaquer entre les vignes, dit-il en s'engageant entre deux rangs.

Au bout, un petit bosquet d'arbres en fleurs formait une barrière entre le vignoble et le début de la plage. Le ciel était d'un bleu profond comme de l'encre. Nous mîmes pied à terre et attachâmes les chevaux. L'espace était exigu : je me faufilais entre nos montures et les poteaux pour récupérer mon couchage lorsqu'un rameau de vigne me chatouilla la joue. Je m'arrêtai.

— Majesté ?

Il rit.

— Appelez-moi Théo.

— Théo, repris-je, et prononcer son nom me procura une joie inattendue. J'ai besoin d'apprendre à contrôler mon pouvoir. Némée est trop proche. Ligée aurait été capable de nager vers le large et de couler sa flotte. Je devrais l'être aussi.

Il finit de dérouler une paillasse, fouilla dans une sacoche, en tira la viande séchée et le pain et me les passa.

— Je vous apprendrai à vous servir de mon pouvoir. Avec un peu de chance, ça vous aidera à mieux comprendre le vôtre. Demain matin. Une fois que vous serez reposée et rassasiée.

Il avait raison. J'étais complètement épuisée, mais mon cerveau continuait de mouliner. Je mordis dans le pain, m'enveloppai dans une couverture et m'allongeai sur ma paillasse, sur le dos, oubliant de manger autre chose. Théodore s'étendit à côté, à portée de main.

— Vous vous rappelez le collier de la princesse ? chuchotai-je en contemplant le ciel. Il est identique à ma bague.

— Sans doute une coïncidence.

— Hmmm.

C'était logique, et pourtant ce détail me turlupinait. Les vagues au loin se taisaient, les insectes chantaient, la brise agitait le feuillage au-dessus de nos têtes.

— Théo ?

— Oui, dit-il d'une voix déjà assoupie.

— Pourquoi y a-t-il un vitrail représentant une sirène sur votre bateau ?

— C'est à ça que vous pensez ?

Je roulai sur le côté pour lui faire face.

— Je suis d'habitude plus agréable comme compagne de lit. Mais là, je suis angoissée. Mon cerveau mouline à toute allure.

— D'accord. Venez.

Il se leva, traîna sa paillasse à la base du pied de vigne le plus proche. Je me redressai sur un coude.

— Que faites-vous ?

— On va commencer la leçon tout de suite. Je vais vous parler des sirènes. Et demain, vous me laisserez faire la grasse matinée.

Je le rejoignis et m'assis devant le pied de vigne.

— Vous m'avez plutôt l'air du genre à vous lever avec le soleil.

— Approchez-vous, dit-il en posant une main dans mon dos. Vous devez pouvoir toucher la base du pied.

Il me poussa gentiment en avant, et ce simple contact fit couler une vague de chaleur délicieuse dans tout mon corps. Elle apaisa le chaos de mon esprit.

— Bien, dit-il quand je fus assez proche. Et je me lève avec le soleil quand je suis reposé. Ce que vous, ma chère, rendez impossible.

Il me saisit le poignet.

— Plantez vos doigts dans la terre. Enfoncez-les.

Je grattai le sol compact jusqu'à trouver la fraîcheur.

— Ne bougez plus.

La nuit était douce, l'air léger et agréable. Je distinguais les traits de son visage au clair de lune, les pommettes hautes et la mâchoire dessinée. Les lèvres pleines. Les boucles désordonnées qui lui tombaient sur le front.

Je le reluquais sans vergogne, et il se délectait de cette attention. Il esquissa un sourire.

— La sirène sur mon bateau. C'est de ça que vous vouliez parler ?

Heureusement, l'obscurité masquait mon rougissement.

— Oui. La sirène.

— Quand mon père, Athan, était jeune, il est tombé amoureux d'une sirène. Auparavant, elle avait coulé l'un de ses navires. Il était furieux. Il était connu pour son tempérament colérique et il était allé trouver la sirène pour exiger une forme de dédommagement. Je ne suis pas sûr de comprendre son raisonnement – approcher une sirène de cette façon est dangereux –, mais son sale caractère et sa couronne lui donnaient une témérité imbécile. Sans surprise, lorsqu'il a interpellé la sirène, elle n'en a eu cure. Elle se fichait qu'il soit un prince et qu'il soit furieux contre elle. Il a prononcé de vaines menaces tandis qu'elle l'écoutait sans broncher.

Théodore se pencha pour vérifier la position de mes mains.

— Toujours dans la terre ?

Je hochai la tête.

— Bien.

Il poursuivit son récit.

— Évidemment, comme cette sirène n'en avait rien à faire de lui, mon père est tombé fou amoureux. Au bout du compte, et dieux merci je ne connais pas les détails, ils sont devenus amants. Ils l'ont été pendant des années. Il a fait bâtir un nouveau vaisseau et immortalisé sa bien-aimée dans ce vitrail. Mais mon père était le fils d'un grand dieu, et à mesure que le pouvoir de son père s'amenuisait et que le temps approchait pour lui de monter sur le trône, on le sommait d'épouser une fille de la noblesse. De produire un héritier. Et c'est ce qu'il a fait. Il a épousé ma mère et a eu d'elle des enfants qui n'ont pas survécu. Mais il a aussi gardé son amante en tant que maîtresse. Il l'exhibait, l'emmenait avec lui aux bals et aux dîners, la couvrait de présents qu'il n'offrait pas à ma mère. Ma mère la détestait. Elle haïssait probablement aussi mon père mais elle a eu la sagesse de ne jamais le montrer. Puis, un jour, la sirène de mon père a disparu, sans doute victime d'une attaque de nekgya. Je suis venu au monde environ un an plus tard.

Le gémissement de la brise emplit le silence. Je triturais la terre entre mes doigts.

— C'est horriblement triste. Pour votre mère, évidemment, qui a été si atrocement maltraitée. Mais pour votre père et sa sirène aussi. Ils s'aimaient mais n'étaient pas autorisés à être ensemble comme ils l'auraient voulu.

— Pour moi, ils ne sont pas les victimes de cette histoire, murmura Théodore avant de détourner le regard, plongé dans ses pensées. Lorsque le sang des grands dieux court dans vos veines, vous n'êtes pas censé obtenir ce que vous désirez.

— Qui vous a dit ça ? Certainement pas votre père.

— Non, il croyait l'inverse. Il pensait que son caractère divin lui donnait droit à l'accomplissement de ses moindres désirs. Ça l'a rendu insensible et égoïste. Blessant.

— Je vois. Donc vous vous êtes efforcé de devenir son opposé.

Théodore me reprit le poignet presque machinalement. Il caressa ma peau du bout de son pouce.

— À vous écouter, je n'ai réussi qu'à devenir exactement comme lui.

— Vous avez l'air bien meilleur que votre père.

Je sondai son visage dans la lueur argentée, guettant la trace d'une émotion, quelle qu'elle soit. J'étais soudainement persuadée que le connaître mieux me procurerait une sensation de satiété.

— Mais je comprends maintenant pourquoi je vous mets si mal à l'aise.

— Je ne dirais pas que vous me mettez mal à l'aise, Imogène. C'est tout à fait l'inverse. Malheureusement.

— Oh.

Il lâcha mon poignet et s'appuya sur ses mains posées derrière lui. D'une voix dangereusement haletante, je finis par demander :

— Combien de temps encore dois-je garder les mains dans la terre ?

Il me lança un regard perçant.

— Une semaine.

Je me figeai. Un sourire espiègle éclaira son visage.

— Vous êtes impossible, dis-je en lui lançant une motte de terre à la figure. Combien de temps comptiez-vous me laisser dans cette position ?

Il partit d'un grand rire. Je lui lançai d'autres mottes de terre.

— D'accord, dit-il en levant les mains en signe de reddition. D'accord, je suis désolé. Levez-vous.

Son rire résonna dans la nuit tandis qu'il m'aidait à me relever. Un bras puissant passé autour de ma taille, la chaleur palpable de son corps collée à mon dos. Ses doigts calleux se saisirent de mon poignet et étendirent mon bras vers une liane – pas trop près.

Collant sa joue à la mienne, il demanda :

— À quoi ressemble votre pouvoir ?

Mon corps se couvrit de chair de poule. Le pacte brasilla comme une bougie allumée. Je dus déglutir avant de pouvoir rassembler mes esprits.

— Ça commence comme une vibration de corde pincée, dis-je enfin.

— Où ?

— Ici.

Sa main libre reposait sur mon plexus solaire, et je la recouvris de la mienne.

— Mais elle croît en intensité et remonte dans ma gorge.

— C'est pareil pour moi, sauf qu'au lieu de gagner ma gorge, la vibration s'étend dans mes mains. Dites à la liane de s'enrouler autour de votre doigt.

— Je ne sais pas comment faire.

— Vous n'avez pas essayé.

J'eus un accès de trac à l'idée de rater. L'idée qu'il me voie échouer. J'inspirai profondément pour chasser l'anxiété. Il appuya sa main sur mon ventre d'un geste à la fois impérieux et encourageant.

— Soufflez, dit-il d'une voix douce comme la brume. Concentrez-vous. Essayez.

Avec son corps collé au mien, se concentrer était de l'ordre de l'impossible. Il était solide, inflexible, et j'étais obligée de contracter mes muscles endoloris pour éviter de me laisser aller contre lui. J'avais lutté vaillamment contre l'épuisement dû aux événements des derniers jours, mais à présent, cernée par la nuit et le corps de Théodore, je n'avais plus qu'une envie : céder.

La main qu'il tenait posée sur mon ventre s'échauffa sous l'effet de son pouvoir, et la vibration dans mon ventre débuta. J'ignorais si c'était lui qui l'avait déclenchée ou s'il m'avait simplement aidée à focaliser mon attention dissipée.

Une fois que j'eus ressenti le pouvoir, je dus lutter pour en conserver la maîtrise. Le cœur tambourinant, je fixai mon regard sur la liane mince comme un fil. Les dents serrées, je l'appelai à moi en formulant la pensée nettement dans mon esprit. Elle ne bougea pas. Théodore me serra plus fort. De nouveau, j'émis un ordre, une supplique. Deux fois, trois fois, j'essayai, et Théodore continua de me soutenir sans faillir. Enfin, alors que j'étais portée par une vague d'émotion, mon bras se mit à fourmiller, ma paume s'échauffa et le mince tortillon vert s'étira, avec une lenteur insupportable, jusqu'à ma main.

Il me chatouilla en s'enroulant autour de mon doigt comme un minuscule serpent.

J'eus un hoquet de surprise.

— Eh, pas mal ! s'exclama Théodore.

Je me tournai à demi dans ses bras pour lui sourire. Nous n'étions plus que chaleur et cœurs battants. Mes sens s'emmêlèrent en une masse inextricable – tous saturés de lui. Je laissai ma tête tomber sur son épaule.

— J'ai réussi !

Il lâcha mon poignet pour poser la main sur ma hanche et me regarda, émerveillé. Mes peurs, mon malaise étaient soudain relégués à des années-lumière.

Il frotta le bout de son nez contre le mien.

— Oui, vous avez réussi.

Lentement, je me dressai sur la pointe des pieds. Je sentais la chaleur de ses lèvres si proches des miennes… quand un hurlement à vous glacer le sang déchira la quiétude de la nuit.

Nous sursautâmes et nous séparâmes d'un bond. Le sanglot lancinant cessa, puis reprit une seconde plus tard. Théodore, les yeux écarquillés par l'effroi, se précipita auprès des chevaux et les détacha. Sans perdre une minute, il me mit en selle, enfourcha sa propre monture et partit au galop vers la bande d'oyats et d'arbustes qui formait une barrière entre nous et la plage.

— Restez près de moi, ordonna-t-il avant de s'engouffrer dans le fourré de hautes tiges.

Il se dirigeait vers la plainte, vers le danger, mais je n'arrivais pas à pousser suffisamment mon cheval.

— Imogène ! appela Théodore au moment où mon ventre se soulevait dans un haut-le-cœur terrible.

Enfin, ma jument passa au galop et franchit les hautes herbes. Mais nous étions encore trop loin : la nausée me tordait les tripes.

Nous avions débouché sur une longue plage de sable. Au loin, quelques huttes au toit en herbe formaient un grand cercle. Des torches brûlaient entre chaque hutte, vacillant dans le vent.

Théodore força l'allure sur le sable humide, son cheval filait au galop vers un groupe de villageois rassemblés à quelques pas des vagues. Ils regardaient tous quelque chose au centre de leur cercle, mais j'étais trop loin pour voir de quoi il s'agissait.

Lorsque je pus m'approcher, j'eus un frisson en découvrant leurs visages. Tous étaient frappés d'horreur. Au milieu du groupe, une femme – une sirène – était couchée sur le ventre, les yeux tournés vers la mer, une main tendue vers les flots. Elle hurlait. Sa robe ouverte dans le dos était trempée et lui collait à la peau, comme ses cheveux bruns collaient à ses joues. Un sang noir jaillissait à la racine musculeuse de son aile droite, retenue seulement par quelques tendons. La chair était déchiquetée, comme entaillée par les dents d'une scie.

Le temps que j'arrête ma jument, Théodore avait déjà sauté à bas de son cheval et se ruait auprès de la sirène. Je tombai sur le sable en mettant pied à terre, mes jambes trop faibles pour me soutenir.

— Imogène !

Théodore revint vers moi, submergé par l'inquiétude.

— Je vais bien. Allez-y !

Après une brève hésitation, il retourna s'agenouiller auprès de la sirène.

— Une nekgya ? demanda-t-il en posant les mains sur sa blessure.

Une détermination sans faille transparaissait dans ses yeux. Je le rejoignis à l'instant où il tirait son poignard de sa gaine.

— Il faut que j'ampute l'aile.

La main que tendait la sirène se mit à trembler. Je m'agenouillai devant elle pour la lui tenir.

— Il va s'occuper de vous.

Théodore était couvert de sang. D'une main ferme, il posa la lame à la base de l'aile. Je détournai le regard, le fixant dans les yeux de la sirène, agrandis par la terreur. Elle secoua la tête et murmura d'une voix tremblante :

— Ma fille.

— Votre fille ? Où ça ?

Son regard humide se tourna vers la mer et je compris.

— Elle est dans l'eau.

Je jetai un coup d'œil à Théodore, qui plongea le poignard dans le dos de la sirène, l'enfonçant profondément. Des mèches brunes trempées de sueur collaient à son front. Ses gestes étaient rapides et efficaces, malgré les hurlements de la sirène.

Concentre-toi. Essaie.

Je serrai la main de la sirène avant de la lâcher.

— Je vais la chercher.

La mer était calme. Je me levai pour lui faire face. Au loin, la lune éclairait un banc de sable qui séparait le lagon de la haute mer.

Trouve la vibration dans ton ventre, pensai-je en marchant vers le bord de l'eau. J'avais réussi à contrôler la petite liane ; je pouvais contrôler aussi la mer.

Après tout, elle m'appartenait.

J'avais de l'eau jusqu'aux chevilles, qui s'infiltra dans mes bottes et vint toucher la corde sensible au cœur de mon être. Elle se mit à vibrer, puis à pulser, puis je fus envahie par cet affreux pouvoir boueux. Il s'accumula dans ma gorge, et soudainement ce fut comme si je pouvais voir l'entièreté du lagon en esprit. Je me concentrai encore et sentis la légère houle qui ridait sa surface. Je percevais la présence de trois corps flottant dans ses profondeurs.

Un seul avait un pouls.

Les dents serrées, j'avançai dans l'eau, l'esprit tendu vers la faible vibration de ce cœur qui battait encore, puis, comme me l'avait enseigné Théodore, j'ordonnai au pouvoir qui circulait en moi de me ramener la fille.

— Imogène !

La voix de Théodore tonna, couvrant les gémissements de la sirène. Je me tournai pour le regarder. Il avait l'air enragé, les mains couvertes de sang et de sable, les traits déformés par une peur extrême. Il gardait les mains posées sur le dos de la sirène, occupé à arrêter l'hémorragie.

— Sortez immédiatement de l'eau, ou je vous jure que…

— Non, rétorquai-je d'une voix ferme. Je peux être utile.

Il secoua la tête, exaspéré.

— Dieux du ciel ! Faites vite !

La surface de l'eau bouillonna. Elle m'obéissait. Elle m'amenait la fille, mais tandis que j'attendais, la pulsation dans ma poitrine se mit à brûler comme si on m'avait déchiré la peau. Comme si quelque chose tentait de la contrer, de lutter contre moi. La douleur m'arracha un gémissement.

Depuis la rive, Théodore hurla mon nom.

J'écartai les jambes pour m'ancrer dans le sable alors que le corps porté par les vagues approchait. Soudain, il s'arrêta. La douleur déchirante s'enflamma dans ma poitrine. Je tentai de nouveau d'ordonner au corps de venir à moi, mais il ne bougea pas. Quelque chose émergea des vagues tout près.

Je ne pouvais plus respirer.

Des cris et des prières s'élevèrent du groupe de villageois.

Une nekgya se dressait devant moi, tenant dans ses bras le corps inerte d'une adolescente. La fille était tailladée de toute part, mais elle respirait encore.

La créature qui me l'apportait – la femme morte – avait de longs cheveux tout emmêlés qui formaient une tignasse de mèches semblables à des tentacules. Cette chevelure horrifique couvrait ses bras et son torse, serpentait dans la chair grise comme un fil dans une étoffe. Un petit oursin violet avait élu domicile dans l'une de ses orbites, mais l'œil restant me regardait avec un respect qui ne m'était pas étranger.

— Donne-la-moi, dis-je d'une voix chevrotante.

— Te voilà, ma chérie. J'ai attendu si longtemps.

Les mots furent prononcés par la bouche noirâtre de la nekgya, mais une deuxième voix identique les répéta dans mon crâne. Mon pouvoir me calcinait la poitrine.

— Qu'est-ce que tu dis ?

Ces mots. Je les avais déjà entendus.

Elle s'avança vers moi d'un pas sautillant, s'approcha jusqu'à déposer la fille dans mes bras. Elle plongea son regard dans le mien.

— Te voilà, ma chérie, répéta-t-elle lentement. J'ai attendu si longtemps.

Sous le choc, je reculai en trébuchant, sans lâcher la fille. C'étaient les mots exacts que j'avais entendus dans ma tête quand Evander m'avait plongée de force dans la baignoire.

La femme morte émit un rire stérile et crachotant, comme si elle avait de l'eau dans les poumons.

— N'aie pas peur. Toi et moi ne sommes qu'une, dit la nekgya. Liées par le sang que tu as offert. Liées par les mots. Nous ne pouvons pas nous faire de mal.

— Liée à toi ?

Je pensai aux cicatrices sur ma paume. Au sang qu'on m'avait forcée à lui offrir au cours des ans. Aux mots – la prière rituelle de Némée. Un frisson d'horreur glacée courut dans mes veines.

— Tu es Eusia.

La nekgya ne répondit pas.

Un autre corps émergea de l'eau à côté d'elle, et je reculai encore d'un pas. Sa chevelure était plus claire, couleur de sable humide. Sa peau avait un aspect gélatineux, presque transparent. Elle plongea ses grands yeux noirs dans les miens.

— Les corps sont réanimés par mon pouvoir, dit la deuxième nekgya d'une voix identique à celle de la première, identique à la voix dans ma tête. Et je suis animée par le tien, ma chère et généreuse fille. Te voilà. Le portrait de ta mère. J'ai attendu si longtemps.

17

D'un pas chancelant, je sortis de l'eau et regagnai le sable mouillé. La fille dans mes bras gémit, sa tête roula sur mes avant-bras, mais je ne pouvais détacher mon regard des deux nekgyas. Elles avaient fait demi-tour et s'avançaient de nouveau dans le lagon vers le large. De chaque côté de leur colonne vertébrale, on voyait deux nœuds grotesques de chair boursouflée.

Des moignons d'ailes.

Théodore m'avait rejointe. Il m'enleva la fille des bras, me parla d'une voix basse et autoritaire, mais je ne comprenais pas ce qu'il disait.

Je ne pensais plus qu'à la prière que j'avais répétée si souvent, au sang que j'avais versé. La honte mordit dans ma chair tel un cruel ardillon. Je tombai à genoux.

Liée à Eusia. À toutes les nekgyas. Voilà pourquoi elles ne m'avaient pas attaquée. Parce que c'était mon pouvoir qui courait dans leurs veines décomposées.

— Imogène, aidez-moi !

Théodore avait déposé la fille sur le sable derrière moi. Il appliqua les mains sur l'une des blessures de son bras, d'où s'écoulait un sang rouge. J'eus un hoquet de dégoût devant cette vision atroce. La mère rampa sur la plage pour être au côté de sa fille, me fendant le cœur. D'autres villageois s'étaient approchés, brandissant des torches.

Malgré la lumière incertaine, je voyais le regard que portait sur moi la petite foule. Méfiant. Soupçonneux. Je me relevai, les jambes encore flageolantes, et allai me placer près de Théodore, évitant le mépris de l'assistance, que pourtant je méritais.

Les mains tremblantes, je touchai une plaie béante sur le ventre de la fille et fermai les yeux. Les battements accélérés de mon cœur et mon propre pouvoir qui palpitait encore m'aidèrent à trouver celui de Théodore, à m'y accrocher. Il vibra le long de mon bras, échauffa la pulpe de mes doigts. Quand je retirai ma main de la blessure, les villageois poussèrent des exclamations de surprise.

J'avais guéri l'entaille, ne laissant qu'une petite cicatrice blanche.

La mère leva sur moi un regard stupéfait. Un homme derrière Théodore demanda :

— Qui est-elle, Majesté ? Une enchanteresse ? Une sorcière ?

La méfiance que je décelais dans leurs yeux était aussi limpide qu'un ciel sans nuages. La question agressive, suintant la peur, disait tout de l'effroi et de la répulsion qu'insufflaient les sorcières. Dans chaque royaume, on autorisait une seule enchanteresse, dont la pratique de la magie et des sorts était soumise à de lourdes restrictions. Que pouvais-je leur dire ? J'étais la fille de Ligée. Liée par le sang à la fois à leur roi et aux monstres qui les traquaient. Il était impossible d'expliquer qui j'étais, ce que j'avais fait sans déclencher l'ire de ces villageois.

Théodore garda son calme et déclara sur un ton posé :

— Elle est votre reine.

Je sursautai.

— Qu'est-ce que vous racontez ?

Il m'ignora, préférant soigner les dernières blessures de la fille.

— Votre fille s'en remettra avec du repos et des soins, dit-il à la mère encore sous le choc. Nous aurions besoin d'une hutte où passer la nuit, ajouta-t-il en s'adressant à une femme âgée qui se tenait là. Si vous voulez bien nous accueillir.

La requête mit en branle toute l'assistance présente sur la plage. Les villageois exprimèrent leurs remerciements et nous souhaitèrent la bienvenue. Quelques-uns se hâtèrent vers les huttes pour préparer notre arrivée. D'autres levaient haut leurs torches pour éclairer notre chemin.

— Vous êtes fou ? chuchotai-je. Qu'est-ce qui vous prend ?

Son visage était comme toujours impassible. Sans jamais se départir de son maintien royal, il alla laver dans la mer le sang qui maculait ses mains et ses avant-bras. Puis il me traîna derrière lui dans la direction des huttes, s'efforçant de conserver une certaine distance entre nous et la foule.

— Pas maintenant.

— Si, maintenant, insistai-je, accablée par la culpabilité. Je ne suis pas leur reine. C'est moi qui suis responsable de leur malheur. J'ai donné mon sang…

Il me tira fort sur le bras, poussa un grognement exaspéré, et l'instant d'après ses lèvres s'écrasaient sur les miennes. Elles étaient douces et chaudes, mais le baiser était d'une véhémence impérieuse. Il s'écarta juste assez pour me fusiller du regard.

Un gémissement mélancolique m'échappa.

— Qu'est-ce que...

Il me saisit par la nuque et parla tout contre mes lèvres.

— Je vous protège.

Il m'embrassa de nouveau. Cette fois avec douceur, ses lèvres rencontrant les miennes avec une lenteur douloureuse. Lorsqu'il rompit le baiser, il chuchota sur un ton sec et fiévreux :

— Par tous les dieux, vous ne savez pas quand la fermer.

Puis, aussi brusquement qu'il m'avait embrassée, il me prit par la main et m'entraîna jusqu'au village à grandes enjambées. Pour toute réponse, j'émis un soupir involontaire de protestation.

Une femme aux cheveux gris nous conduisit à une hutte spacieuse au sol de terre battue. Théodore m'intima d'y entrer avant de demander à ce qu'on s'occupe de nos chevaux. Je m'approchai de l'âtre pittoresque. Les yeux me piquaient, et je les fermai.

Théodore tira la porte et abaissa la barre en bois pour la bloquer. Puis il entreprit de fermer les volets et de verrouiller les trois petites fenêtres avant de me prendre à partie. Il fit un effort pour contenir le volume de sa voix, mais pas sa colère.

— Bon sang de bons dieux, Imogène ! Quand je vous dis « Pas maintenant », vous m'écoutez ! Les villages côtiers sont superstitieux et d'une dévotion fervente. Ils vénèrent sans retenue les grands dieux. Ils rejettent tout pouvoir qu'ils ne comprennent pas. Si vous n'étiez pas explicitement sous ma protection – si je n'avais pas affiché ostensiblement mon affection pour vous, ma confiance en vous –, ils s'en seraient pris à vous.

La chaleur de ses lèvres me parut soudain glacée. Voilà pourquoi il m'avait embrassée. J'avalai la boule qui bloquait ma gorge.

— Je l'aurais mérité.

— Ne dites pas ça.

— C'est à cause de ma couardise, de mon égoïsme que ces gens vivent dans la peur. C'est à cause de moi qu'ils sont enlevés et tués.

Théodore se lava le visage au-dessus d'une vasque d'eau propre.

— Parlez moins fort, Imogène.

Je me débarrassai de mes bottes mouillées, le contact de l'eau de mer faisant fourmiller ma peau.

— Ne soyez pas indulgent avec moi maintenant, Théo. Dites-moi quelle pleutre je suis. Dites-moi que je ne suis que l'ombre de ce que je devrais être. N'éprouvez-vous pas de dégoût envers moi et ce que j'ai fait subir à votre peuple ? À mon peuple ? Ne voulez-vous pas me purger de votre sang aussi vite que possible ? C'est à cause de moi que les nekgyas existent !

Il se tourna vers moi rageusement.

— Moins fort, grands dieux !

Dans ses yeux se reflétaient les flammes du foyer, comme pour souligner sa fureur muette. Il inspira pour tenter de se maîtriser et son regard se posa sur mes lèvres. Il s'approcha d'un pas. Puis d'un autre. Il inclina la tête comme s'il allait m'embrasser de nouveau.

— Je refuse de vous punir. Vous le faites très bien toute seule.

— Ça ne vous ressemble pas.

Malgré mon ton incisif, je ne pouvais nier l'attirance qu'il exerçait sur moi. Je brûlais qu'il m'apaise, me console et me consume, mais je m'obligeai à reculer.

— C'est un mensonge, dis-je. Quels que soient les sentiments que nous croyons éprouver l'un pour l'autre – cette explosion de chaleur dans nos ventres lorsqu'on se touche –, c'est une illusion créée par le pacte. Je suis telle que vous m'avez décrite : peureuse et irresponsable, et vous devriez me traiter comme je le mérite. Ne laissez pas le pacte vous retenir de m'infliger le même châtiment qu'à tout autre de vos sujets qui causerait du tort à votre peuple.

Il me considéra d'un air sombre, les sourcils froncés, la mâchoire bloquée.

— Vous voulez que je vous accuse ? Que je vous châtie ?

— Oui, murmurai-je, le cœur serré.

— C'est Némée que j'accuse, dit-il d'une voix furieuse. C'est Némée qui s'est servi de vous depuis votre enfance. Némée qui savait ce que vous étiez, et qui a instillé en vous la peur. Il vous a façonnée selon ses désirs. Et malgré ces mauvais traitements, vous n'avez pas abdiqué. Malgré lui, vous êtes encore en vie. Je mettrais ma main au feu que vous êtes plus courageuse et plus forte que n'importe quels grand dieu ou grande déesse.

Sans le vouloir, il avait élevé la voix, et ses paroles tonnaient dans la petite hutte, mais il se reprit et se tut. Son regard me transperçait de part en part. Il poussa un bref soupir. Un pas en avant, un autre, et il franchit de nouveau l'espace qui nous séparait. Il parla alors doucement, avec une certaine révérence dans la voix et dans les yeux, comme s'il formulait une prière.

— Vous êtes sans égale.

En dépit du poids de ma culpabilité, de ma honte, de ma terreur, l'espace d'un instant, il me donna un sentiment de légèreté.

— Non, je ne le suis pas…

— Je refuse de me disputer avec vous, Imogène. Pas ce soir.

Théodore passa lentement, très délicatement, un bras autour de ma taille. Entourant mes épaules de son bras, il me serra contre son corps.

Un soupir tremblant m'échappa. Je m'agrippai à lui, m'efforçant de calmer les battements de mon cœur.

— L'enchanteresse peut-elle rompre les deux pactes ? Le nôtre et celui qui me lie à Eusia ?

Il me caressa le dos, joua avec ma tresse emmêlée. Je m'abandonnai entre ses bras, posai la tête sur son épaule puissante. Une plainte haletante jaillit en moi ; je ne savais plus si la chaleur resplendissante qui irriguait mon être était due à notre pacte ou à mon désir. Je levai les yeux, regardai ses lèvres si proches, le regardai lui, si dur, si torride, si appétissant.

Nos souffles ralentirent et se mêlèrent, puis, sur une dernière expiration pleine de regrets, Théodore me libéra. Recula d'un pas. Il avait les joues empourprées, la bouche à peine entrouverte. Il rajusta sa chemise et désigna le petit châlit poussé dans un coin.

— Vous avez besoin de sommeil, Imogène.

Je regardai tour à tour le lit et Théodore. C'était de réconfort que j'avais besoin. D'oubli, de distraction. Je voulais me perdre en lui, qu'il réduise en cendres le fléau du désespoir qui grandissait en moi. La sensation de son corps contre le mien persistait sur ma peau. J'ouvris la bouche, ma langue formulait déjà les mots : « Venez vous coucher avec moi. Je suis lasse et désemparée, et vous avez le pouvoir d'y remédier. »

Mais je me retins.

Il me fixait d'un regard intense et indéchiffrable. L'idée qu'il me voie comme une créature mue par son seul désir, incapable de se contrôler, même après une nuit aussi horrible que celle-ci… « Vous êtes sans égale », avait-il dit. Je ne pouvais supporter qu'il me considère de nouveau avec mépris.

Je baissai les yeux.

— Bonne nuit.

Il y eut un long silence chargé. Il me gratifia d'un bref signe de tête, prit un coussin sur le châlit et s'installa devant l'âtre, recroquevillé sur le flanc.

— Bonne nuit.

Un gouffre se creusa dans mon ventre tandis que je me glissais sous les couvertures. Il me rongeait, menaçant de m'engloutir, et j'aurais voulu avaler une fiole entière de népenthès. J'aurais voulu traîner Théodore au lit avec moi par le col de sa chemise. Je fixai le plafond, écoutant sa respiration.

Nous ne trouvâmes ni l'un ni l'autre le sommeil avant longtemps.

Forçant l'allure de nos chevaux, galopant à bride abattue, nous avalâmes le reste du trajet en deux jours.

La nuit était tombée depuis des heures lorsque nous atteignîmes la rive nord de Varya et la grappe de petites îles rocheuses qui parsemaient la côte. Des bourrasques orageuses emmêlaient mes cheveux. Quelques gouttes de pluie froide me cinglaient les joues. Malgré les épreuves qui m'attendaient, j'étais soulagée d'être enfin arrivée.

Moulue, je mis pied à terre et marchai sur la plage de sable noir en direction du littoral chargé d'écume. Un étroit bras de mer séparait les petites îles – les Îlets sacrés – du reste de Varya. Sur l'îlet le plus grand et le plus proche, une silhouette noire se détachait sur le fond du ciel nuageux, une minuscule cabane.

— Comment traverse-t-on ? demandai-je à Théodore, qui avait attaché les chevaux à un arbre du bosquet derrière nous et fouillait dans les sacoches.

— Elle ouvre les eaux, dit-il d'une voix maussade.

— Combien de temps ça lui prendra ? Comment saura-t-elle qu'on est ici, dans le noir ?

Désormais si près du but, je ne maîtrisais plus mon impatience.

— On n'entre pas avant le lever du soleil.

— Pourquoi ?

— Parce que je refuse.

Sa voix était tranchante comme une hache affûtée. Il s'était immobilisé près de l'arbre où étaient attachés les chevaux, et malgré les ténèbres qui effaçaient les traits de son visage, je pouvais imaginer son expression rageuse. Je me figurais le malaise qui s'emparait de tous ses muscles, dans la froideur de la nuit pluvieuse. Je m'approchai de lui pour le regarder dans les yeux.

— Vous refusez… Vous m'avez fait galoper un jour entier et la moitié de la nuit, tout ça pour m'ordonner maintenant de poireauter sur cette plage en attendant le lever du soleil ?

— L'enchanteresse est dangereuse. Nous patienterons pour profiter de la sécurité accrue qu'offre le grand jour.

C'était un ordre royal, mais je le connaissais assez, à présent, pour remarquer la note de peur dans sa voix, pour comprendre que la raideur de son corps n'était pas due aux longues heures passées en selle, mais à quelque chose de bien pire.

— Que peut-elle me faire subir de nuit qu'elle ne pourrait pas me faire de jour ? Dans un cas comme dans l'autre, je vais souffrir. C'est vous qui ne voulez pas pénétrer dans sa hutte tout de suite. Expliquez-moi pourquoi.

Le silence n'était rompu que par le crépitement de la pluie et le fracas des vagues qui couvraient le bruit de sa respiration hachée. Des gouttes me tombèrent dans les yeux, coulèrent dans mon cou.

— Je dois nous abriter de la pluie, dit-il enfin.

— Vous changez de sujet, répliquai-je en croisant les bras. D'abord, dites-moi ce qui cloche. Vous n'avez pas posé un pied sur le sable. Pourquoi ?

— Laissez-moi construire un abri. Ensuite, nous pourrons parler.

— Soit.

Toujours efficace, il sortit d'une sacoche de la nourriture et une bouteille de vin, débarrassa le sol sableux des brindilles et des branches mortes qui l'encombraient. Son trouble restait toutefois perceptible à ses épaules contractées, à sa mâchoire crispée.

Un mouvement sur ma droite me fit sursauter. Une liane fleurie s'était désenroulée du tronc de l'arbre et restait suspendue en l'air. De nouveaux tendrons se mirent à pousser sur le rameau principal, comme autant de vers de terre se tortillant. Ils épaissirent et s'entrelacèrent jusqu'à former l'armature d'un petit dôme. Les feuilles s'élargirent, atteignant la taille d'une main, assurant la couverture de l'abri.

Des fleurs blanches s'épanouirent, qui émettaient une faible lueur dans la pénombre orageuse.

— Charmant.

Je me baissai pour ramper à l'intérieur de cet étrange nid au moment où un éclair zébrait le ciel. Théodore me suivit quand le tonnerre éclata au-dessus de nos têtes, si fort que je me couvris les oreilles de mes mains.

La chaleur de Théodore semblait rayonner dans l'abri, exhalant des odeurs de pluie, de terre fertile, de sueur et de poussière. L'espace était exigu, et Théodore était… imposant. Nous étions assis épaule contre épaule, serrés comme des sardines, et à travers l'étoffe mince et humide de nos chemises, sa peau me brûlait comme un fer rouge.

Je fermai les yeux un instant, le temps de respirer.

Bientôt, je sentirais son absence, et cette idée m'emplit de tristesse. Je me mordis la lèvre et tentai de me raisonner.

Le *plop* du bouchon de la bouteille de vin me tira de mes pensées. Théodore but au goulot, la tête renversée en arrière, tant et si bien que le cul de la bouteille cogna contre le plafond de liane. Il buvait à longs traits, comme s'il avait trouvé une source après une longue traversée du désert.

— Je suis au sec, dis-je en lui prenant la bouteille. Maintenant vous pouvez me dire ce qui ne va pas.

— Vous n'allez pas me lâcher tant que je n'aurai pas parlé, n'est-ce pas ? marmonna-t-il.

La petite pluie s'était muée en déluge rugissant. Je pris une gorgée de vin.

— Vous paniquez chaque fois qu'on mentionne l'enchanteresse. Avant notre départ, Lachlan m'a dit que vous aviez peur. Et voilà que vous tétez le goulot comme si vous vouliez siffler toute la bouteille d'un coup. C'est troublant. Et je n'ai pas besoin d'être troublée avant d'affronter le rituel. Donc, non, je ne vous lâcherai pas.

— Mon histoire ne fera qu'augmenter votre trouble.

— Vous ne vous en tirerez pas comme ça.

Il poussa un profond soupir. Ses doigts frôlèrent les miens quand il me reprit la bouteille pour avaler une lampée.

— La dernière fois que je suis venu ici, c'était il y a sept ans. Sur ordre de mon père. Il le cachait, mais mon père est né avec très peu de pouvoir. Et il n'était pas très doué pour se servir du peu qu'il possédait. Les dieux seuls le savent. C'était une grande honte, pour lui. Et aujourd'hui, je comprends pourquoi. Il était le fils unique d'un grand dieu. Tout le monde s'attendait à ce qu'il soit plus ou moins l'égal de son père. Moi, en revanche, j'ai hérité d'un grand pouvoir… comme son père à lui, ce qui a toujours été un point de discorde entre nous. Il m'a poussé à me maîtriser, à contrôler mon pouvoir. Malgré tous mes efforts, ce n'était jamais assez. Il m'a fallu des années pour comprendre qu'il m'enviait, ou pire encore. Quand j'ai eu vingt ans, il a décidé d'effectuer un rituel de transfert. Il voulait me donner le peu de pouvoir qu'il possédait, l'ajouter à celui que j'avais déjà, et me faire monter sur le trône. Il disait qu'il était indigne de la fonction, comparé à moi.

Théodore garda ensuite le silence si longtemps que je crus qu'il avait décidé de s'arrêter là. Je le poussai de l'épaule pour l'encourager à continuer.

— Je ne voulais pas être roi, finit-il par dire. Mais il m'a quand même traîné jusqu'ici, chez l'enchanteresse. Nous avons accompli le rituel.

Encore un long silence.

— Le rituel de transfert… provoque la mort du donneur.

J'eus un hoquet de surprise.

Il poursuivit d'une voix où perçait le chagrin.

— J'ai quitté cette hutte au milieu de la nuit, ayant vu mon père mourir dans d'atroces souffrances, muni d'une couronne et d'un pouvoir immense dont je ne voulais pas... et avec dans la poche une bouteille du poison de l'enchanteresse que j'avais dérobée. Le poison dont elle se sert pour ses prophéties et ses rituels.

Il plongea son regard dans la nuit, par l'ouverture étroite de notre abri, le fixant sur la sombre ligne de côte.

— Je ne pouvais pas emporter son corps. J'ai... J'ai bu toute la bouteille de poison, ici même, sur cette plage, alors que mon esprit était encore embrumé par les fumées rituelles.

Sans m'en rendre compte, j'avais agrippé sa jambe. Il me prit la main, la tourna paume vers le haut et caressa le réseau de cicatrices blanches qui y était inscrit.

— Des jours plus tard, je me suis réveillé dans une chambre inconnue. Un couple âgé – Hector et Antonia – m'a soigné et remis sur pied. Ils vivent non loin d'ici. Eftan a régné à ma place et m'a permis de rester quelques mois pour terminer ma convalescence. J'ai appris à fabriquer ce vin, dit-il en levant la bouteille. À cuisiner les plats des Terres sauvages de Varya. J'ai occupé mon temps à jardiner, à nettoyer les écuries, à faire la lessive. Je pleurais la mort de mon père. La perte de ma liberté. Mais paradoxalement, je n'avais jamais été aussi serein. Je rends encore souvent visite à ces gens. D'une certaine façon, ils sont devenus mes parents.

— Et à présent, vous êtes de retour ici, à cause de moi. Je suis désolée.

— Non, dit-il en secouant énergiquement la tête. N'allez pas chercher un surplus de culpabilité à endosser. J'ai fait un choix. J'ai accepté le marché. Nous ne savions ni l'un ni l'autre ce qui nous attendait. Et même si j'avais su…

Mon cœur se serra. Malgré ses belles paroles, je me sentais calculatrice, égoïste et méchante. Ne méritant absolument pas la compréhension et l'attention dont faisait preuve Théodore à mon égard. J'eus un mouvement de recul.

Son regard se durcit.

— Qu'est-ce qu'il y a ?

— Rien, dis-je tout bas. Je suis fatiguée.

— Imogène ?

Quelque chose en moi céda tout à coup.

— Je vais entrer seule dans la hutte de l'enchanteresse. J'irai chercher l'élixir, et ensuite on trouvera un lieu sûr où on pourra pratiquer le rituel de rupture sans elle.

Son beau visage, un instant plus tôt si doux, si tendre, fut déformé par une grimace.

— C'est une plaisanterie ?

— Non.

Je clignai des yeux plusieurs fois pour en chasser les larmes qui menaçaient. La pluie tambourinait sur notre abri de fortune. Il fronça les sourcils, sa mâchoire fut agitée d'un tic.

— Si vous croyez que je vais vous laisser entrer dans ce taudis toute seule… Qu'est-ce qui vous prend ? C'est votre idée tordue de la pitié ?

— Non.

— Vous êtes fâchée que je vous aie touchée ?

— Quoi ? Non.

Il s'immobilisa. Seule sa poitrine puissante se soulevait tandis qu'il me fixait d'un regard intense.

— Non ?

— Je suis… Je suis gênée. Vous avez pris grand soin de moi alors que je n'ai rien fait pour le mériter, et en retour, je vous ai fait du mal. Mais non, je ne suis pas fâchée que vous m'ayez touchée.

— Plus de transactions entre nous, vous vous rappelez ? chuchota-t-il. Vous le méritez parce que je le dis.

Lentement, il leva la main et effleura ma joue, mon cou. Je le laissai faire, savourant la douce chaleur de son contact.

— Vous m'en voulez de vous avoir embrassée ? Sur la plage, près du village.

Je fermai les yeux, revoyant la scène.

— Non.

Visiblement soulagé, il émit un grognement rauque de désir et, d'un seul geste vif, il me souleva et me plaça sur ses genoux. Il passa mes jambes autour de sa taille. Mon corps s'embrasa, il enroula un poing dans mes cheveux et tira dessus.

— Bien.

Un moment, nous demeurâmes dans cette position, son corps puissant serré entre mes cuisses, à nous fixer sans ciller. Son regard était torride ; son haleine chatouilla mes lèvres à fleur de peau. J'étais à deux doigts de le supplier lorsqu'il m'embrassa enfin.

Un baiser décadent, voluptueux, qui effaça totalement le monde.

Plus rien n'existait que la douceur de ses lèvres, la dureté de son corps, la chaleur langoureuse de sa langue. Ses dents griffèrent ma lèvre inférieure, m'arrachant un gémissement. Il ne faisait plus preuve d'aucune retenue, et pourtant, j'étais insatiable. Je roulai des hanches, et le son qu'il émit manqua me faire perdre la tête. Ses mains parcoururent mon dos, descendirent jusqu'à ma chute de reins, remontèrent le long de mes côtes et sur ma chemise dont il fit sauter les attaches lestement.

— Je veux vous contempler.

Il mordilla mon épaule, mon cou, le lobe de mon oreille avant de descendre le long de ma gorge vers ma poitrine à demi dénudée… quand soudain une eau glaciale envahit la hutte, me gelant les fesses et les cuisses.

Tous deux choqués par le froid intense, nous nous mîmes à trembler, le souffle court.

— Qu'est-ce que…

Dehors, le ciel gris sombre pâlissait sous la faible lueur de l'aube. L'orage grondait encore, mais à travers la pluie je distinguais la cabane au toit herbeux de l'enchanteresse, ainsi qu'une petite silhouette encapuchée debout sur les rochers, un bras tendu vers la mer. La vague qu'elle avait envoyée vers nous reflua en dessinant une grande courbe d'écume, comme si elle nous appelait.

Théodore agrippa mes épaules avec force et détermination, comme pour me garder avec lui.

Le soleil était levé. Il était temps de briser mes liens, de rompre mes pactes.

18

Debout au bord de l'eau, nous observions en silence la silhouette immobile de l'autre côté du bras de mer. Le ciel était encombré de nuées orageuses, imposantes et déchiquetées comme des pics rocheux. Elles me rappelaient les montagnes de Némée.

La respiration de Théodore était rapide, hachée. Si je posais la main sur son cœur, j'étais sûre que je le sentirais cogner tel un marteau de forge. J'étais trempée, j'avais froid mais sa chaleur, le contact de ses doigts, la douceur de ses lèvres enveloppaient encore mon corps. Me hantaient. Je priai pour que le rituel de rupture extirpe aussi ces sensations de mon être.

La silhouette leva le bras. Le mouvement était inhumain, à la fois saccadé et étrangement fluide, comme si elle était mue par autre chose que ses propres muscles et tendons. Un geste du poignet, et l'eau recula, à la manière d'une nappe qu'on tirerait doucement sur une table.

— C'est une sirène. Son père était varyan.

Théodore hocha la tête.

y – Mais elle n'est pas une déesse, si ? Comment peut-elle commander à l'eau sans la toucher ?

— Par la magie. Grâce à ses sorts, dit-il sombrement. Si une enchanteresse possède un pouvoir divin, elle peut l'amplifier par la magie. Mais là où notre pouvoir ne nous coûte rien, la magie a toujours un prix, un prix considérable.

L'eau s'était retirée suffisamment pour que nous puissions traverser, révélant les roches et les coquillages qui mouchetaient le fond marin. Nous ne bougeâmes ni l'un ni l'autre. Je levai les yeux vers lui. Admirai la ligne splendide de son profil. Son regard s'était voilé, perdu au loin. Je me demandai s'il pensait à sa dernière visite ici. Si son père et lui s'étaient tenus côte à côte, eux aussi, avant de traverser, le rude vent salé faisant larmoyer leurs yeux.

J'étais rongée d'inquiétude, comme un cadavre grouillant d'insectes. J'aurais préféré manger du sable plutôt que l'obliger à revivre cette expérience. À contrecœur, je fis un pas en avant, puis un deuxième. J'entendis derrière moi les bottes de Théodore grincer sur le sable, mais il s'arrêta presque aussitôt.

Je me tournai vers lui.

— Ça va aller ?

Il hocha la tête avec empressement. Il avait le visage fermé, les poings serrés. Je lui pris la main, il tenta de la retirer, mais je la tenais fermement. Avec douceur, j'ouvris ses doigts et lui caressai la paume. Il m'observait d'un air à la fois fasciné et triste.

— On a peut-être embrouillé les choses entre nous, tout à l'heure, mais ça… vous m'avez réconfortée, dis-je en entrelaçant nos doigts. J'aimerais vous rendre la pareille.

Il referma les doigts sur ma main et la porta à ses lèvres pour la baiser. Main dans la main, nous commençâmes la traversée.

— Vous imaginez qu'elle est une femme telle que vous, dit-il quand nous fûmes à mi-chemin. Il n'en est rien. Elle est vieille comme le monde et endurcie par les années. Elle n'est pas régie par ses émotions mais par ses poisons, sa magie. Ne commettez pas l'erreur de croire qu'elle sera honnête avec vous.

— Je m'en souviendrai.

Quand nous parvînmes sur la rive de l'îlet, la mer reprit lentement sa place derrière nous, léchant nos talons. Les rochers étaient escarpés et glissants, avec nos bottes mouillées nous trébuchions sur des algues vert vif, des galets et du sable humide. Enfin, nous atteignîmes l'espace dégagé devant la porte de la cabane.

Elle était gauchie et pendait à moitié de travers. Les larges interstices entre les planches avaient été comblés avec du goudron et des plantes séchées, les meneaux métalliques étaient depuis longtemps corrompus par la rouille, mais elle paraissait encore robuste. Je tendis le bras vers le verrou rudimentaire, mais interrompis mon geste.

La peur et l'impatience me retournaient le ventre, mais dans quelques jours je serais libre. Débarrassée des liens toxiques qui m'enchaînaient encore à mon ancienne vie – de mon pacte avec Eusia. Dans quelques jours, je pourrais débuter une nouvelle vie qui m'appartiendrait pleinement. Je serais délivrée des illusions du pacte de sang qui me faisait désirer un homme que je ne pourrais jamais avoir.

Lentement, je me tournai vers Théodore et touchai sa barbe de trois jours. Il appuya sa joue contre ma main.

Dans ses yeux, dans le pli sévère de sa bouche, on lisait l'appréhension qui le tourmentait.

— Pardonnez-moi, chuchotai-je.

Puis j'ouvris la porte de la hutte brusquement, me glissai à l'intérieur et la claquai derrière moi. Je trouvai un verrou, le fis coulisser, m'adossai au bois humide.

Théodore cogna sur la porte.

— Imogène !

Dedans, il faisait noir comme la nuit.

— Imogène ! Bon sang ! Ouvrez-moi ! cria Théodore en tambourinant contre la porte.

Une voix surgit du néant. Une voix de jeune femme, profonde, mélodieuse, suave. Son timbre était si enveloppant qu'il semblait vibrer au sein de ma poitrine.

— Te voilà, ma chérie. J'ai attendu si longtemps.

Une terreur abjecte me paralysa.

Théodore tambourinait de plus belle, faisant trembler le bois de la porte.

— Imogène ! Ouvrez cette foutue porte !

Manifestement, il tenta ensuite de l'enfoncer d'un coup d'épaule.

— Il va finir par défoncer ma porte, constata la jeune femme.

— Faisons vite, dans ce cas.

— Vite ? chantonna-t-elle. Oh, ma chérie, ce que tu es venue chercher demande du temps.

— Comment savez-vous ce que je viens chercher ?

— Tu ne sais pas qui je suis, n'est-ce pas ? roucoula-t-elle en faisant claquer sa langue. Je perçois ton pouvoir à travers la mer. Tout comme tu sens l'eau qui s'est infiltrée dans tes bottes. Je peux presque humer dans l'air le goût du sang divin qui coule sous ta peau juvénile. Ton sang s'est répandu dans la mer pendant des décennies. Je suppose que tu es ici parce que tu veux le récupérer.

— Je suis la fille de la grande déesse Ligée. Je veux savoir… ce qui s'est passé. Où elle a disparu. Et comment. Et je suis liée par deux pactes de sang. Je veux les rompre.

J'essayai de déglutir mais ma bouche était asséchée. Dehors, Théodore continuait de s'acharner contre la porte. Un bruissement dans le noir me fit tressaillir.

— Deux pactes ! Deux, c'est un de trop, personne ne te l'a jamais dit ? railla-t-elle avec un rire caustique. Ça t'a rendue malade ?

De nouveau, un raclement, un froissement dans l'obscurité. Un tintement léger, comme deux verres qui s'entrechoquent.

— Il me faut ton sang, d'abord, ma chérie. J'en ai besoin pour t'apporter les réponses que tu cherches. Et pour déterminer précisément quel élixir de rupture te donner.

Le dernier assaut de Théodore contre la porte avait fendu le bois.

— Ouvrez la porte, Imogène. Ne lui donnez pas votre sang hors de ma présence.

Elle eut un rire mélodieux, fredonna en minaudant.

— Tu es sûre qu'il veut une rupture ?

— Évidemment ! C'est pour ça qu'il m'a accompagnée. Le pacte de sang nous embrouille l'esprit, ajoutai-je.

— Embrouille ? Ce n'est pas le terme que j'emploierais pour décrire un pacte de sang. Le pacte est clair comme de l'eau roche : protéger. C'est tout ce qu'il exige.

Malgré la peur, je m'efforçais de garder mon sang-froid. C'était la seule façon de le protéger : l'empêcher d'entrer dans cette hutte, lui épargner la fumée de la sorcière et ses souvenirs traumatiques. Encore une fois, ce froissement, puis la jeune femme prononça d'une voix plongeant soudain dans les graves :

— Ton sang.

— Imogène ! suppliait Théodore.

— La préparation de l'élixir demandera plusieurs heures. La rupture elle-même peut durer des jours. Je crains que ma porte cède avant.

Ma respiration s'accéléra, et je grimaçai dans le noir.

— Allons, allons..., dit-elle sur un ton condescendant, comme si elle pouvait me voir.

Les ténèbres qui régnaient ici semblaient impénétrables : mes yeux ne parvenaient pas à s'y accommoder. Quelque part vers le centre de la pièce, trois globes se mirent à luire. Rien à voir avec la lumière dorée des bougies, c'était plutôt une clarté diffuse, assourdie, comme l'éclat d'une lanterne à travers la peau fine qu'il y a entre le pouce et l'index. À eux trois, les globes formaient une sorte de halo blême autour d'une figure centrale.

Elle était assise sur un monticule de lianes. Elle avait la prestance d'une femme jeune, droite et vigoureuse, à l'inverse de la silhouette voûtée que j'avais vue sur les rochers. Mais à mesure que la lueur gagnait en intensité, je découvris les lianes qui enserraient son torse, ses épaules et son cou, la maintenant d'aplomb. L'éclat jaunâtre des globes révélait la peau distendue de ses bras nus, brillait sur un crâne chauve et projetait des ombres grotesques sur les poches de chair lâche qu'elle avait sous les yeux. Des yeux vides, immobiles, blancs comme du lait de chèvre. Pourtant, je savais qu'elle me voyait comme en plein jour.

Je luttais contre mon instinct qui me criait d'ouvrir la porte.

— Tu es bien cruelle, me gronda-t-elle. Je sais que le temps et la magie ont fait de moi un monstre, mais tu n'es pas obligée de me regarder avec tant de dégoût. Ouvre la porte, Imogène. J'aimerais voir mon roi.

Sa voix avait pris une inflexion lascive – avide, possessive. Ma propre jalousie se manifesta aussitôt. Le pacte de sang flamba dans mes entrailles. Sans la quitter des yeux, je cherchai à tâtons derrière moi, trouvai le verrou et le tirai. La lumière grise de l'aube inonda la hutte.

— Bonjour, Théodore.

Elle s'adressait à lui comme à un amant, la voix chargée d'une ancienne intimité. La pulpe de mes doigts se mit à brûler tandis que mes ongles se muaient en serres.

— Comme tu as grandi ! Hier encore, un garçon au visage angélique ; aujourd'hui, à peine quelques années plus tard, un homme endurci ! Et toujours aussi beau.

Théodore ne me regarda pas. Il s'interposa entre l'enchanteresse et moi, et la salua d'une voix tranchante :

— Bonjour, Rohana.

— Oh, non. Tu m'en veux encore ? Après tout ce temps ?

Rohana fredonna un chant grave et étrange. Les notes s'élevaient dans la hutte comme des volutes d'encens, enivrantes, entêtantes. Un chant de sirène. Prise de panique à l'idée de ce que pouvait produire ce son sur Théodore, je l'attrapai par la chemise. Comme si ce geste dérisoire pouvait l'empêcher d'être attiré vers elle.

Il ne bougea pas.

— Pas cette fois, dit-il.

Je me demandai, furieuse, ce qu'elle avait bien pu lui faire subir.

Son chant se désagrégea en un gloussement affecté.

— Évidemment. Pas tant que tu bénéficies de sa protection. Es-tu bien sûr de vouloir renoncer à celle-ci ?

Rohana grimaça un sourire bestial, ses lèvres retroussées dévoilant des dents pointues tachées de bleu.

Il marqua une longue pause avant de répondre :

— Oui, je suis sûr.

— Dommage.

Les globes lumineux flottaient près d'elle, ils n'étaient constitués que d'air incandescent, épais. Le bruissement des lianes emplit la pièce : elles s'entrelacèrent, hissant l'enchanteresse sur ses pieds. Elles s'enroulèrent autour de ses jambes émaciées, de son châle râpé et taché, et la portèrent jusqu'à une coupe sculptée grossièrement qui semblait surgir du sol. Elle était taillée dans le roc de l'îlet, comme si la hutte avait été bâtie autour.

— Soit. Approche. Donne-moi ton sang et ton paiement. Et je t'offrirai mon conseil.

Lâchant la chemise de Théodore, je m'agrippai plutôt à son bras. Mon corps rechignait à verser une fois de plus mon sang dans une coupe de rituel.

— Qu'est-ce que vous en ferez ?

— Ça t'inquiète, n'est-ce pas ? Il serait temps ! Je me souviens de la première fois que j'ai goûté ton sang dans la mer. Tu devais être encore un nourrisson. Tu l'as versé généreusement, depuis.

Son rire avait changé, crissant et râpeux comme du papier de verre.

— Répondez à ma question.

— Je ne m'en repaîtrai pas comme le fait Eusia, ma chérie. Nous ne forgerons aucun lien. J'ai juste besoin d'une goutte pour te voir plus clairement. Pour savoir comment t'aider.

La tête me tournait. Je levai les yeux sur Théodore, les siens étaient déjà fixés sur moi. Son regard était grave, mais il m'encouragea d'un léger signe du menton. Ensemble, nous nous approchâmes de la coupe et de Rohana. Quelque chose craqua sous nos pas. Théodore garda les yeux fermement fixés devant lui, mais je baissai les miens vers le sol.

Des os. Des os humains. Et d'animaux. Le sol en était jonché. La lueur des globes dévoilait leurs formes jaunâtres, leurs extrémités brisées d'où la moelle semblait avoir été aspirée. Un gémissement jaillit de ma gorge. Théodore me prit le bras, le serrant contre son torse robuste.

Devant la coupe, je levai enfin les yeux et les plongeai dans ceux de Rohana. De près, son visage était encore plus répugnant. Les poches sous ses yeux, striées de blanc, étaient boursouflées. Elles mangeaient jusqu'à ses paupières inférieures, dont elles altéraient la peau délicate.

— C'est à cause de la fumée, dit-elle d'un ton brusque. Des centaines d'années de prophéties. Mes yeux étaient dorés comme les tiens, mes cheveux aussi soyeux, dit-elle avec amertume. On renonce toujours à quelque chose pour obtenir du pouvoir, non ?

Une liane se tordit et déposa un petit couteau à lame dentée dans la coupe vide.

— Ton sang.

Je lâchai le bras de Théodore et plaçai le couteau rustique sur le bord de la coupe. Plutôt que d'utiliser la lame, je plantai la pointe de ma serre dans la pulpe de mon doigt et appuyai jusqu'à ce qu'une goutte de sang tombe dans la coupe.

— À toi, mon roi, susurra Rohana.

Je pris la main de Théodore et lui infligeai la même piqûre. Il laissa tomber une goutte de sang. Deux autres tendrons serpentèrent jusqu'à nous, portant chacun une petite fiole de liquide noir.

— Buvez.

— Qu'est-ce que ça me fera ?

Sa voix était merveilleuse, son sourire, sinistre.

— Ça te fera flotter. Ça déliera ta langue et libérera ton esprit. Ça dénouera tes muscles afin que je puisse te connaître réellement. Je ne délivre pas de prophéties qui ne peuvent être accueillies. Tu dois t'ouvrir à moi, ma chérie. Tu dois me laisser entrer en toi.

Je n'imaginais rien de plus terrifiant. J'étais tétanisée, je me mis à trembler mais me forçai à prendre la fiole que me tendait la liane.

Théodore saisit la sienne et la serra dans son poing.

— Si la fumée la rend malade, tu ne la touches pas. Tu n'arracheras ni ses cheveux ni sa peau. Ta bouche putride ne touchera pas son corps. Elle ne te doit rien pour ta prophétie.

— Le paiement est obliga...

— Oui, je sais. Mais tu n'as aucun droit sur elle, elle ne t'appartient pas. Elle est à moi.

Rohana grimaça, montrant les dents.

— Plus pour longtemps, Majesté.

Le calme de Théodore était effrayant.

— Jure que tu ne la toucheras pas. Ou bien je te décapiterai moi-même.

Rohana le défia du regard un moment avant de signifier son accord par un bref hochement de tête. Théodore porta la fiole à ses lèvres et but. Je lui pris la main pour empêcher la mienne de trembler et bus à mon tour. Le liquide était épais, boueux, infect. Il tapissa ma langue, ma gorge. J'avalai, toussai, eus un haut-le-cœur, tentai de faire passer le breuvage infâme mais il refusait de s'écouler, épaississant encore. Théodore me serra la main tandis qu'une sensation de picotement envahissait ma poitrine. Un coup de tonnerre éclata dans ma tête. Je pressai une main sur ma tempe, souhaitant de toute mon âme que l'affreuse sensation s'apaise.

Une autre liane se dressa et vida le contenu noirâtre d'une troisième fiole dans la coupe qui avait recueilli notre sang. Le liquide siffla, bouillonna, puis Théodore lâcha ma main. Soufflant et bavant, il tomba à genoux et grogna de douleur. Je pris son visage entre mes mains. Sa peau était froide et moite.

— Théo ? Qu'est-ce qui ne va pas ?

— Malade, marmonna-t-il.

Puis il bascula en arrière, vers le sol jonché d'ossements. Je fis de mon mieux pour amortir sa chute, mais il était trop imposant. Je glissai et nous nous écrasâmes au sol dans un grand fracas d'os.

La douleur m'arracha un gémissement, mais ce fut le pacte de sang qui me releva, me dressa face à Rohana.

— Que lui avez-vous fait ? crachai-je à travers les volutes de fumée qui s'élevaient de la coupe.

— Il va bien, ma chérie, répondit Rohana en abaissant son visage vers la fumée. Il savait à quoi s'attendre.

— À quoi s'attendre ? m'insurgeai-je en me ruant sur elle, mais ses lianes me retinrent. Annulez tout !

Le breuvage commençait à faire effet sur moi aussi. Il me donnait la sensation de couler. Comme si le temps et le monde étaient soudain submergés par une eau épaisse, ondoyant lentement. Je clignai des yeux, mais ma vision se brouilla. Le visage de Rohana devenait flou.

— Je lui ai donné de l'hedera. Je ne peux pas « annuler ». Le paiement est obligatoire avant de commencer. La magie doit être nourrie, Imogène, et je connais très bien mon roi divin. Il préférera me payer tant qu'il est inconscient.

Elle émit un gloussement qui attisa ma fureur. Les trois globes s'éteignirent. Dans l'obscurité totale, on entendait bruire les lianes de l'enchanteresse, mais mes sens étaient trop saturés pour que j'arrive à déterminer sa position dans la pièce. À mes pieds, le corps de Théodore fut agité de spasmes.

Baissant les yeux, je vis une infime lueur jaune, un bras blanchâtre entortillé de lianes rampait sur le torse de Théodore. Rohana traînait son corps décrépit sur celui du roi. Ses doigts osseux se refermèrent sur la tignasse noire de l'inanimé comme si elle voulait l'arracher à pleines mains ; elle laissa courir ses lèvres sur sa joue, s'apprêta à lui mordre l'oreille, montrant les dents.

Sans réfléchir, je me jetai sur elle et plantai mes serres dans la peau distendue de son bras maigre. De l'autre main, je fendis sa tunique avant de plonger mes griffes entre ses côtes, lui arrachant un cri perçant. Rohana n'avait que la peau sur les os. Je la soulevai facilement et la jetai au sol de toutes mes forces avant de m'interposer entre elle et Théodore.

— Touche-le encore et je t'arracherai les membres un à un.

— Il doit payer. Le rituel a déjà commencé, la fumée est dans ma poitrine. Je dois remplacer ce qui est pris.

Sa voix s'était faite implorante. La fumée âcre, à l'odeur de pourriture, emplissait désormais la hutte et j'étouffais. Il me fallait encore récupérer mes élixirs de rupture. Et ma prophétie. Pourtant, j'étais trop consumée par la colère pour m'arrêter. J'enfonçai un peu plus mes serres.

— S'il te plaît, geignit-elle. J'ai besoin de chair.

De chair. Hors de question que je la laisse s'en prendre à lui.

Elle retroussa les lèvres en une affreuse grimace.

— Il existe un ordre, un équilibre que je maintiens. Me tuer le détruira. Si tu refuses de le laisser payer, alors c'est à toi de le faire, afin que je puisse continuer de remplir mon rôle.

— Je suis fatiguée de payer de mon corps pour que des monstres puissent continuer à vivre.

Mes serres raclèrent contre ses côtes, elle poussa un hurlement strident.

— Ne fais pas comme Eusia, ne tue pas ceux de ta race. Quel genre de monstre cela ferait-il de toi si tu m'enlevais aux gens dont je suis censée prendre soin ?

J'avais grandi en étant persuadée que j'étais un monstre. En ayant honte et peur de ce que j'étais. Mais malgré mes serres qui heurtaient les vieux os de Rohana, ce sentiment avait disparu. Je n'étais pas comme elle. Je ne le serais jamais.

— Que te faut-il exactement ? Combien de chair ?

— Seulement un petit bout, avec un peu de gras, répondit Rohana avec soulagement. Et des cheveux. Arrachés à la racine.

L'odeur doucereuse de la fumée pestilentielle révulsait mes poumons. Ça sentait la charogne faisandée, presque décomposée. Le breuvage qu'elle m'avait donné à boire faisait battre mes tempes, mais je réussis à retirer mes serres de sa chair.

— Ne bouge pas.

J'avais la langue aussi pâteuse que si j'avais bu une carafe entière de vin. Je me concentrai de toutes mes forces et parvins à arracher une mèche de cheveux sur ma nuque. Une liane s'étira langoureusement pour s'en saisir.

Sous le regard avide des yeux blancs de Rohana, je levai ma chemise. De la pointe d'une serre, je m'entaillai sous le nombril. La liane s'empara de la chair et la fourra dans la bouche de Rohana.

Tout son corps se relâcha, aussitôt rassasié.

Elle fut traînée par ses lianes jusqu'à la coupe ; à la lumière du globe solitaire, elle ressemblait à un cadavre. La fumée brune montait en spirales de la coupe, les lianes hissèrent l'enchanteresse et lui maintinrent le visage juste au-dessus. Un bruit de succion écœurant m'emplit les oreilles tandis qu'elle avalait les épaisses vapeurs brunâtres.

La fumée était maintenant si dense que je distinguais à peine la silhouette malingre. Plus je respirais, plus ma vision se brouillait. Je me déplaçai pour que Théodore soit protégé entre mes jambes, juste au moment où le dernier globe s'éteignit encore une fois. Dans le noir, j'avais l'impression de flotter.

La voix qui s'éleva alors n'était pas celle d'une jeune femme, mais celle d'une vieillarde, fluette et chevrotante.

« Il y a une couronne. Arrachée, arrachée, arrachée à la tête.

Il y a un pacte. Extirpé, extirpé, extirpé du sang.

La reine privée de sa divinité est étendue.

Le roi repose sous son aile, anéanti, brisé. »

Rohana émit un râle atroce qui s'étira de longues minutes.

« Ce qu'ils ont créé détruira l'ordre des choses. »

Je secouai la tête, l'interrogeai d'une voix rêveuse :

— Je ne comprends pas.

Rohana ricana dans le noir.

« Ce qu'ils ont créé apportera le chaos. La ruine. La mort. »

J'avais la sensation d'être désincarnée, perdue, ballottée par les vagues, malmenée par une houle furieuse. Je luttais pour saisir le sens de ses paroles, et un frisson me glaça le sang quand je compris.

J'étais la reine, privée de son pouvoir.

Et Théodore… le roi.

Anéanti, brisé, à cause de moi.

Et ensemble… un effroi terrible s'empara de mon corps tandis que mes pensées et mes peurs prenaient forme.

Ensemble, nous apporterions le chaos.

La ruine.

La mort.

19

Le temps bégaya. S'arrêta, peut-être. Je perdis conscience. Lorsque je revins à moi, j'étais allongée par terre, éclairée faiblement par un globe lumineux. À côté de moi, Théodore était toujours inanimé. J'entendais du verre tinter, la fumée siffler, les lianes ramper.

Avec difficulté, je levai le bras et posai la main sur le torse de Théodore. Sa respiration, bien que superficielle, était régulière. Je me redressai sur un coude et observai Rohana, penchée sur la coupe, son crâne chauve reflétant la lumière jaune et maladive.

— Parle, Imogène, dit-elle, ayant retrouvé sa voix de jeune femme. Je sais que tu en as envie.

— Je veux mes élixirs de rupture.

— Je suis en train de le préparer.

— J'ai payé pour deux.

— Tu n'en auras qu'un.

Je tentai de me lever, mais ses lianes se refermèrent sur mes mollets et mes poignets, me retenant au sol. Je me concentrai, essayant de trouver le pouvoir de Théodore malgré la confusion de mon esprit enfumé, mais j'étais trop malade, et elle, trop forte. Elle plongea ses horribles yeux brumeux dans les miens.

— Je peux rompre le pacte qui vous lie le roi et toi, c'est tout. Et quel dommage ! Vous allez si bien ensemble, vous êtes bien meilleurs à deux.

La tête dans un étau, j'eus un vertige.

— Qu'est-ce que tu veux dire ? criai-je. Et mon lien avec Eusia ? Le lien qui me prive de ma divinité. Tu m'as dit que je détruirais Théodore, que nous apporterions le chaos et la mort. Comment pourrions-nous être meilleurs à deux ?

Je me débattis contre l'emprise des plantes. Rohana émit un gloussement lugubre et desserra les lianes.

— Comme tu es jeune ! Si neuve, si brillante. Tu vois les choses d'un œil clair et frais. Mais laisse ta vision se brouiller, se troubler. Regarde vers les profondeurs.

Je me levai en grognant.

— Si c'est ta façon de me dire de chercher un sens caché à ta prophétie, va !

Elle se tenait parfaitement immobile, son corps fluet avachi contre la cage de lianes qui la soutenait. Elle plaça dans le tortillon d'une liane une petite fiole en verre et me l'envoya.

— Il est temps que tu t'en ailles. Ceci purgera ton sang du dieu-roi.

— Et qu'en est-il de mon lien avec Eusia ?

— Tu as créé ce lien grâce à un sort détestable, et c'est toujours à l'enchanteur qui jette le sort de le briser.

Au désespoir, je suppliai d'une voix faible.

— Que dois-je faire ? Comment ?

Une liane s'enroula sous son menton, inclinant sa tête pour elle. Ses yeux ne cillaient pas.

— Rentre chez toi.

Je fronçai les sourcils.

— Chez moi ?

La pièce sembla se mettre en mouvement : les lianes s'animaient toutes ensemble, comme un nœud de serpents verts elles rampèrent autour du corps de Théodore, le soulevèrent au-dessus des ossements et le déplacèrent de quelques mètres vers la porte gauchie.

Rentre chez toi.

Le pacte de sang palpita comme un cœur affolé, et je me précipitai au côté du roi. Je le touchai pour me rassurer à sa chaleur, j'effleurai sa pommette, la pente de son nez, le dessin de ses lèvres.

Chez moi.

L'expression était mouvante, son sens semblait muer à chaque seconde. Dans mon esprit encore embrumé par la fumée ensorcelée, elle tournait comme une toupie.

Puis je fus transportée. Soudain, je me trouvai dans mon ancien chez-moi. Dans la salle du trône blanche et glacée du roi Némée, transie jusqu'aux os. Je levai les yeux vers le mur, vers l'aile noire déployée qui y était accrochée.

Elle était identique aux miennes.

Le roi repose sous son aile, anéanti, brisé. Mon cœur se serra. *Ce qu'ils ont créé détruira l'ordre des choses.*

— Ce qu'ils ont créé... Ce que la reine et le roi ont créé..., chuchotai-je, cramponnée à l'épaule robuste de Théodore. Est-ce que Némée...

Rohana se mit à pouffer, et soudain la vérité m'apparut dans toute sa clarté écœurante.

— Némée est mon père.

— Bien vu, ma chérie.

Elle paraissait satisfaite de ma découverte, mais moi, j'étais anéantie. Les traits de Némée, les inflexions de sa voix, le souvenir du contact de sa peau me submergèrent comme une vague.

— Je ne suis pas…

Rohana se dressa devant moi. Ses doigts squelettiques me saisirent par le menton, me forçant à la regarder en face.

— Tu es ce qui apportera le chaos, la ruine et la mort. Tu es la source d'où jailliront la désolation et le bouleversement.

Au bord des larmes, je demandai :

— Et Théodore… Vais-je aussi détruire Théodore ?

Après tout, j'étais la fille de l'homme qu'il haïssait le plus au monde. Elle cligna des yeux plusieurs fois.

— Son pouvoir et son sens du devoir sont aussi incorruptibles que jamais. Et pourtant, il renoncerait à son trône pour toi.

— Non. C'est un bon roi, loyal…

— Le chaos. La ruine. La mort, chuchota-t-elle en montrant ses dents bleuies. Je peux te dire ce que je ferais si j'étais encore jeune et belle comme toi. Je le garderais. Je me servirais de son pouvoir et de son corps pour me protéger. Ta quête pour rompre ton pacte avec Eusia sera périlleuse. L'entreprendre seule serait une folie.

Ses lianes l'approchèrent encore de moi, mais j'étais trop abasourdie pour reculer.

— Maudite soit la guerre que je sens bouillonner dans l'eau. Tu es une reine-déesse. Empare-toi de ce que tu désires tant que tu le peux. Car un jour tu seras comme moi.

J'écartai sa main de mon visage. Elle éclata d'un rire aguicheur, détonnant complètement avec le monstre qui se trouvait devant moi, mais ses conseils me frappèrent en plein cœur avec une force enivrante.

Le garder. C'était ce que je voulais. À tout prix.

Malgré la destruction que me promettait Rohana, malgré l'absence d'un chemin tout tracé menant à un avenir à deux, je le désirais de toute mon âme. Mon estomac se souleva, mes yeux s'emplirent de larmes, mais je refusais de m'effondrer dans ce lieu infernal.

Des lianes entouraient encore le corps de Théodore. Je me concentrai sur son pouvoir en moi. Je posai les doigts sur les lianes, leur ordonnant de traîner le corps du roi jusqu'à la porte. Elles se mirent au travail avec réticence, obéissant de mauvaise grâce à mon faible pouvoir, mais je réussis à ce qu'elles le déposent assez près pour que je puisse ensuite le traîner dehors toute seule, au grand jour, à l'air libre.

Le ressac roulait contre les rochers de la côte. Je tentai de m'immerger dans le son, d'y trouver de l'apaisement, mais les mots de la prophétie me perçaient de toute part comme de minuscules aiguilles acérées, impossibles à ignorer. Je traînai Théodore plus loin sur la plage et claquai la porte de la cabane.

— Adieu, Rohana. Puisses-tu pourrir en enfer.

À la lumière du jour, l'état de Théodore paraissait bien plus inquiétant. Sa peau dorée avait pris une teinte terne et était couverte de sueur. Sa respiration faiblissait, à peine perceptible.

— Merde, merde, merde !

Je posai trois doigts sur son cou. Son pouls était laborieux. Je fermai les yeux et l'image de Némée s'imposa à moi. Je me revis sauter sur ses genoux quand j'étais une gamine.

Je me rappelai terreur que provoquait chez moi sa voix nasillarde. Les cadeaux dont il me couvrait quand il s'était montré particulièrement cruel : robes, bijoux et livres. Son pouce s'enfonçant dans ma chair pour en extraire le sang. L'expression absente, déroutante qu'il affichait quand il me regardait, comme s'il se perdait dans un lointain indicible. Je me demandai s'il pensait à ma mère dans ces moments-là. Ma mère – dont l'aile pendait au mur de son palais.

Prise d'une nausée subite, je vomis sur les rochers.

Toussant, crachant, je m'essuyai la bouche et me traînai à moitié sur le corps inerte de Théodore.

— Théodore. S'il te plaît.

Je frappai son torse de mon poing fermé.

— Théo. Réveille-toi.

Il poussa un grognement enroué. Je pris sa tête entre mes mains, le secouai.

— Théo. Lève-toi. Il faut qu'on retourne sur la rive.

L'eau dans le bras de mer avait monté. Les bourrasques de la tempête hérissaient sa surface de dents écumantes. Je me mis à genoux, tirai sur la main pesante du roi. Sa tête roula sur le côté.

J'eus un accès de panique si puissant qu'il me sembla que quelque chose en moi avait craqué. J'étais seule. Complètement seule, malmenée par la peur et la rage. Je me levai et marchai vers le bord de l'eau. Je fixai mon regard sur les vagues.

— Écoutez-moi, dis-je entre mes dents. Écoutez !

Le pouvoir crût dans mon ventre, je me concentrai pour l'entrelacer à la mer, les tisser ensemble en une étoffe indéchirable, jusqu'à ce qu'ils ne fassent qu'un.

À force, je réussis : quand j'inspirai profondément, les vagues enflèrent ; j'expirai, et elles refluèrent. Je leur ordonnai de s'apaiser, et les crêtes écumantes s'aplatirent. Un chemin d'eau lisse et calme s'ouvrit entre l'îlet de Rohana et le rivage de Varya. Je sentais les vagues au bout de mes doigts, prêtes à se plier à ma volonté. Sur un geste de ma main, la mer monta le long des roches dans ma direction.

L'eau grimpait doucement, toujours plus haut, jusqu'à venir rouler autour du corps de Théodore. Ses cils frémirent quand l'eau le toucha, mais il ne s'éveilla pas.

— Théodore ? Réveille-toi, s'il te plaît !

Je demandai à l'eau de se hâter. Elle le souleva tendrement, le porta au-dessus des rochers et dans le bras de mer désormais poli comme un miroir. Serrant l'élixir de rupture dans ma poche, je suivis dans son sillage, m'enfonçant jusqu'aux hanches, puis jusqu'au nombril, avant de me mettre à nager.

Théodore paraissait mort. Inerte, inanimé. Je nageai plus vite, commandai au courant de m'aider, et lorsque je touchai la terre ferme, je courus sur le sable et intimai aux vagues de porter Théodore au-delà de la plage, jusqu'à notre abri dans les vignes, là où nos chevaux étaient toujours attachés. Elles le déposèrent sur le sable noir où il demeura étendu, sa chemise blanche collant à sa peau. Il poussa une plainte, ouvrit les yeux péniblement.

Je tombai à genoux. Me forçant à sourire, je dégageai son front d'une mèche de cheveux.

— Théo. Je vais m'occuper de toi. Dis-moi comment aller chez Hector et Antonia. Tu peux me dire ça ?

Il ferma les yeux. Je lui tapotai la joue, et cette fois il les ouvrit assez grands pour que je distingue le vert de ses iris.

— La route, coassa-t-il avant de perdre de nouveau conscience.

Une goutte noirâtre coula de sa narine. Comme du pétrole. Comme du sang noir. Je l'essuyai et me penchai pour embrasser encore et encore ses lèvres froides. Il ne broncha pas.

Dans ma détermination à le sauver, je perdis toute notion du temps. Je me concentrai jusqu'à l'épuisement et parvins à ordonner aux lianes de l'abri de m'aider à installer le roi en travers de son cheval. Je montai derrière lui, m'efforçant de le maintenir en place, et empruntai la route, menant ma jument par sa longe.

Il pleuvait par intermittence mais je ne sentais rien. Pendant plus d'une heure, tandis que nous progressions dans la boue, je gardai le silence, une main posée fermement sur le dos de Théodore, comptant ses respirations et les battements de son cœur.

J'avais peur de ce qu'il adviendrait de moi si j'arrêtais de compter, de pousser les chevaux de l'avant.

Après un virage, une maison en bois, robuste, nichée dans un jardin luxuriant entouré d'une clôture, s'offrit à ma vue. Elle était peinte en blanc crème et les inévitables lianes fleuries grimpaient à ses murs.

Le jour déclinait. Je caressai l'épaule de Théodore.

— Si seulement tu pouvais me dire si on est au bon endroit.

Rapidement, je mis pied à terre devant le portail du jardin. En forçant, le verrou rouillé céda, et je menai les chevaux dans ce jardin. Sur une grande terrasse couverte, un vieil homme somnolait. Ses cheveux blancs aux boucles serrées contrastaient avec sa peau noire. Une petite pipe pendait dans sa main.

Je jetai un coup d'œil à Théodore, jeté comme un sac sur le dos du cheval, et mon ventre se noua d'inquiétude. Je toussotai.

— Excusez-moi.

L'homme sursauta, eut un petit hoquet et se redressa sur sa chaise.

— Oui ?

— Vous êtes Hector ?

Il avait des yeux couleur de jade, pleins de bonté, bordés de pattes-d'oie rieuses.

— Oui, c'est moi.

Il me scruta avec attention. Les vêtements sales et trempés. Ma tignasse emmêlée et humide. Son regard se durcit lorsqu'il aperçut le corps inanimé de Théodore.

— Qui transportez-vous ?

— Théodore, roi de Varya, dis-je à voix basse. Il est malade.

Les yeux écarquillés, Hector descendit de la terrasse, agile et vif pour un homme de son âge, et marcha à grands pas pour se porter au côté de Théodore. Il lui posa une main noueuse sur la joue.

— On va s'occuper de toi, mon garçon. On va te mettre au chaud et au sec, pour commencer.

Ensemble, nous le fîmes descendre de cheval puis, le saisissant sous les aisselles, nous avançâmes lentement vers la maison, moitié portant moitié traînant le roi inconscient.

— Et vous êtes ? demanda Hector en soufflant.

Ignorant le poids de l'élixir de rupture dans ma poche, je refoulai la honte qui me poussait à confesser tout ce que j'étais vraiment.

— Je m'appelle Imogène. Je suis la femme de Théodore.

20

Hector fit un faux pas, chancela, se rétablit.

— Sa femme ? s'exclama-t-il avant de crier vers la porte ouverte : Antonia ! puis de s'adresser de nouveau à moi : Théo nous l'aurait dit s'il s'était marié. Il nous aurait écrit.

— Notre union a été très rapide. Ça nous a surpris tous les deux.

Nous avions atteint la terrasse et hissions la masse imposante de Théodore en grimpant les quelques marches.

— Il m'a parlé de vous deux. Il m'a dit que je trouverais votre maison sur la route.

— Vous êtes allés chez l'enchanteresse ? demanda Hector en me jetant un regard inquisiteur.

— Oui, répondis-je avec prudence. Nous venions juste chercher une prophétie. Le breuvage rituel l'a rendu malade.

L'homme hocha la tête rapidement, visiblement alarmé. Nous franchîmes enfin le seuil du chalet. Je m'arrêtai, dégoulinant sur le tapis richement décoré qui occupait presque l'entièreté de la pièce principale. Il était d'une confection luxueuse, détonnant avec les lignes simples et les bois bruts de la maison, et je me demandai si Théodore le leur avait offert. Toute la maison, d'ailleurs, était un mélange d'objets rustiques des Terres sauvages et de pièces qui n'auraient pas déparé dans un palais.

La chaleur de ce foyer m'enveloppa comme une étreinte. Je raffermis ma prise sur Théodore. Des parfums de tisane, de fleurs coupées et les effluves d'un ragoût mijotant sur le feu flottaient dans l'air. Je respirai profondément.

Voilà. Voilà ce que je voulais. Et je ne l'aurais jamais.

— Par ici, dit Hector en nous guidant vers une porte à l'autre bout de la pièce. Antonia ? appela-t-il de nouveau. Mais où est-elle ?

Une grande femme, encore svelte et énergique pour son âge, ouvrit la porte de la chambre. Sa peau au teint olivâtre était mouchetée de taches de soleil. Ses cheveux blancs tressés étaient relevés et épinglés sur le dessus de sa tête. Elle n'avait d'yeux que pour Théodore.

— Je préparais le lit, dit-elle d'une voix fluette. Il a l'air mal en point.

Ensemble, on lui enfila des vêtements secs et on le mit au lit. Il avait marmonné et gémi alors que nous le manipulions. Sa peau était encore trop froide. Je lui passai une main dans les cheveux, m'efforçant tant bien que mal de démêler les nœuds humides qui s'y étaient formés. Je nettoyai le sable noir qui lui collait au front et aux joues, tandis qu'Antonia apportait du thé et qu'Hector faisait chauffer de l'eau pour un bain.

— Il y a des vêtements dans l'armoire, dit Antonia en me regardant pour la première fois.

Elle posa les yeux sur ma main qui caressait la tempe de Théodore, avisa la bague à mon doigt.

— Rien de luxueux, j'en ai peur, mais nous avons l'air à peu près de la même taille. Ils devraient vous aller. Majesté.

Le titre me fit grimacer.

— Je vous en prie, appelez-moi Imogène.

Elle me jeta un regard froid.

— Je reviendrai plus tard avec du bouillon pour lui et du ragoût pour vous.

Je n'avais pas l'énergie d'essayer de lui plaire. Je réussis tout juste à émettre un « Merci » poli.

Lorsqu'elle referma la porte de la chambre, le peu de forces qui me tenait encore debout me quitta. Mes épaules s'avachirent. Je sortis de ma poche l'élixir de rupture et le posai à côté des potions antidouleur sur la table de chevet. Regarder Théodore me faisait trop mal au cœur, aussi je me dirigeai vers la baignoire, retirai mes vêtements trempés, entrai dans l'eau brûlante et me mis à pleurer.

« Vous allez si bien ensemble, vous êtes bien meilleurs à deux. », avait dit Rohana.

De tout ce qu'elle m'avait dit, c'étaient ces mots qui roulaient comme un tambour assourdissant dans mon esprit. Je ne distinguais plus le pouls de mon cœur de la pulsation du pacte qui nous liait. Ils scandaient tous deux le même rythme : *garde-le, garde-le, garde-le.*

« Empare-toi de ce que tu désires tant que tu le peux. Car un jour tu seras comme moi. »

Je frissonnais malgré l'eau chaude et me couvris le visage de mes mains. J'avais envie de hurler, de tout casser autour de moi.

— Il y a de la place pour moi dans cette baignoire ? La voix pâteuse de Théodore me fit sursauter. Il avait tourné la tête sur l'oreiller et m'observait sous ses paupières lourdes.

Le nœud qui encombrait ma poitrine commença à se défaire. J'agrippai le bord de la baignoire et posai le menton sur mes mains. Lui offris un demi-sourire.

— Je crois que partager un bain avec un homme a perdu de son attrait depuis la dernière fois que j'ai essayé.

Il gloussa un rire douloureux, comme si la fumée de l'enchanteresse avait coagulé dans sa poitrine.

— Comment ça va ?

— J'ai mal partout.

— Antonia a laissé du népenthès. Je vais te l'apporter.

Je cherchai une serviette de bain et en trouvai une posée sur un tabouret – hors de ma portée. Théodore me fixait, une lueur amusée dans son regard fatigué.

— Ferme les yeux.

Un sourire malicieux tordit sa bouche.

— Tu plaisantes, marmonna-t-il. Quand tu as débarqué dans ma chambre à Seraf, avec ta chemise de nuit trempée et transparente, c'était pire que si tu avais été nue. J'y repense tout le temps.

— Ah bon ? Dans ce cas, tu n'as pas besoin de rappel. Ferme les yeux.

Il gémit et je ne pus retenir un rire.

— Tu es très fringant pour un homme au corps endolori et si faible.

Il fixa sur moi un regard sévère, tout humour ayant soudainement disparu de son expression.

— Goûter de nouveau à ce breuvage me rappelle la mort, Imogène. Toi, tu me rappelles que je suis en vie.

Un instant, je fus perdue, inondée de désir et d'espoir, paralysée par l'admiration qu'il manifestait à mon égard.

— Va te faire voir, Théo.

Je me levai d'un mouvement brusque, faisant gicler de l'eau, et tendis le bras pour attraper la serviette. À ma vue, Théodore émit une plainte gutturale, mais je me couvris rapidement, m'efforçant d'ignorer la chaleur subite née dans mon ventre sous son regard avide.

— Imogène, dit-il sur un ton d'alarme. Tu saignes.

Je baissai les yeux sur la tache rouge qui grandissait sur la serviette.

— Pourquoi saignes-tu ?

Je sortis de la baignoire.

— J'ai dû payer l'enchanteresse. Merci de m'avoir prévenue qu'elle exigeait le paiement en chair.

— Elle était censée se payer avec mon corps, dit-il, les sourcils froncés, en colère. Tu l'en as empêchée ?

— Évidemment que je l'en ai empêchée, idiot. Tu croyais que j'allais la laisser te ramper sur le corps et s'en repaître pendant que je regarderais sans rien faire ? Je l'ai presque déchiquetée.

— Ça alors ! Viens là.

— Ce n'est rien.

— Viens, insista-t-il en frappant le matelas de son poing. S'il te plaît.

Nous nous défiâmes du regard dans une atmosphère chargée d'électricité.

À pas lents, je m'approchai du lit et m'assis au bord. J'affichais un air serein, mais en moi des sentiments contraires se heurtaient violemment. Je me glissai plus près de lui, collant mon corps à son flanc, cherchant égoïstement le réconfort que son contact m'apportait. Il posa un bras lourd sur mes genoux et joua avec le coin de ma serviette.

— Que s'est-il passé ? demanda-t-il. Qu'a-t-elle dit ?

Je ne voulais pas répéter à voix haute un seul des mots prononcés par l'enchanteresse. J'avais envie de mentir, de retenir derrière la barrière de mes dents ce que j'avais appris, et de rester encore un peu avec lui à l'abri du monde. Je regardai l'élixir de rupture posé sur la table de chevet et la honte chassa mon désir.

— Elle ne peut pas rompre mon pacte avec Eusia, dis-je enfin. C'est à moi de le faire, je ne sais comment. Et de le faire vite. Tant qu'elle sera connectée à mon pouvoir, chaque jour des sirènes seront traquées et tuées. Ceci, c'est pour nous, conclus-je en lui montrant l'élixir.

Il ne dit rien. Je dus lutter contre la protestation inquiète de notre pacte.

— Quand tu seras suffisamment remis… je demanderai à Hector et Antonia si on peut effectuer la rupture ici. Le plus tôt sera le mieux.

Les mots sonnaient creux à mes oreilles. Un tic nerveux crispa sa mâchoire, il déglutit, mais son visage demeura comme toujours impassible.

— Parle-moi de la prophétie.

J'inspirai avant de réciter :

— « Il y a une couronne. Arrachée, arrachée, arrachée à la tête. Il y a un pacte. Extirpé, extirpé, extirpé du sang. La reine privée de sa divinité est étendue. Le roi repose sous son aile, anéanti, brisé. »

Je m'arrêtai, omettant le vers final.

« Ce qu'ils ont créé détruira l'ordre des choses. »

Il fronça les sourcils, mais quelque chose en lui sembla se dénouer, comme s'il s'était résigné à un sort tout tracé.

— C'est moi, le roi, n'est-ce pas ?

Je secouai la tête et parlai avec une conviction feinte :

— Non. Ce n'est pas toi.

Je reposai l'élixir de rupture et pris à la place la fiole de népenthès. Le bouchon fit un son creux en s'ouvrant. Je portai le flacon à ses lèvres et en versai le contenu dans sa bouche avant d'ajouter :

— Elle parlait de Némée.

Je savourais la façon dont il me regardait – avec des yeux avides, admiratifs – et me préparais à ce que ce regard change brutalement. Qu'il se teinte de dégoût comme celui d'Evander lorsqu'il avait découvert qui j'étais vraiment. Je posai la main sur son cœur, me concentrai sur ses battements.

— Némée… C'est mon père.

Ses doigts m'écrasèrent la cuisse, ses yeux s'agrandirent, mais je n'y vis pas la répulsion attendue. Juste une grande inquiétude.

— Grands dieux, Imogène ! Est-ce que… Comment tu te sens ?

J'en restai bouche bée : sa réaction me stupéfiait.

— Euh… Bien.

— Tu n'en as pas l'air.

Il me sonda du regard puis me prit la main et me tira vers l'avant jusqu'à ce que je me retrouve allongée sur lui. Le choc de la surprise m'avait rendue malléable et je fondis entre ses bras.

— Qu'est-ce que tu fais ? demandai-je, blottie contre son torse. Tu n'es pas… Tu ne me trouves pas repoussante, maintenant que…

Il pouffa.

— Désolé, Immy, murmura-t-il dans mes cheveux.

En l'entendant prononcer ce diminutif affectueux, je me redressai, étonnée. Il me regardait avec la même admiration, la même chaleur que l'instant d'avant.

— Tu es tout sauf repoussante. Si on décidait, ensemble, que nos pères ne détermineront pas qui nous sommes ou qui nous deviendrons ?

Hochant la tête avec gratitude, je fermai les yeux et me recouchai sur son torse, complètement soulagée. Le rythme de son cœur m'apaisait. Avec réticence, il desserra ses bras et je m'installai sur le matelas, à côté de lui. La joue sur son épaule, une jambe passée sur la sienne.

Du pouce, il caressait mon genou nu.

— Rohana a dit autre chose ?

Un accès de panique me traversa. Je n'avais ni la force ni le courage de tout lui dire. De lui avouer que j'apporterais la ruine. Qu'il risquait d'abandonner tout ce qui lui tenait à cœur à cause de moi. Son royaume ne survivrait pas à une guerre contre le continent d'Obélia, et si je tentais de le garder pour moi, comme l'avait suggéré Rohana, ce serait sûrement la guerre. Mériter la rancœur de Théodore m'anéantirait.

Je me blottis plus près de lui, sachant que je ne le devrais pas mais incapable de me retenir.

— L'aile de ma mère est suspendue au mur de Némée. Je me demande si c'est sa couronne à lui que Rohana a vue arrachée. Notre lien familial rompu. Je me demande…

— L'aile de ta mère… Il a suspendu l'aile de Ligée à son mur ? Tu songes à partir à la poursuite de Némée pour te venger ? Hors de question.

— Quand notre pacte sera rompu, tu te soucieras bien moins d'où je vais et de quel danger j'encours.

— Tu le crois réellement ?

Sa voix était plus dure que sa main, qui caressa doucement ma jambe, remonta et serra ma hanche à travers la serviette de bain.

— Si tu es blessée ou tuée, toutes les sirènes continueront à souffrir. Mon peuple aussi. Et le tien. Tu dois te protéger autant que possible. Retourner sur la montagne de Seraf pour affronter Némée au nom de la vengeance ne rompra pas ton pacte avec Eusia. On doit s'occuper de ça en premier.

Sa façon de me toucher, de me regarder me coupait le souffle. Il y avait un désir affamé dans ses yeux, comme s'il avait été aspiré et roulé par une vague meurtrière trop longtemps et qu'il aspirait avidement sa première bouffée d'oxygène.

— Comment ça, « on » ? demandai-je d'une voix tremblante tandis que ses mains se glissaient sous ma serviette.

Ses doigts effleurèrent ma hanche nue, et toutes mes pensées se muèrent en vapeur. Il caressa la courbe de mes fesses, le creux de ma taille. Ses joues reprenaient des couleurs et ses gestes devinrent fluides. Le népenthès faisait effet.

— Tu dois te reposer, chuchotai-je.

— Pas tout de suite.

Il m'attira sur lui, me manœuvra d'une main ferme jusqu'à ce que je me retrouve à califourchon sur son ventre. Le souffle lourd, je serrai ma serviette autour de mon corps et le regardai dans les yeux. Ils semblaient assombris par la drogue, pesants, mais brûlaient d'une ardeur inconnue. Il glissa les mains sous ma serviette et m'empoigna par les hanches.

C'était stupide – j'en avais conscience – mais le monde extérieur était trop brutal et toucher Théodore assourdissait ma souffrance, émoussait ma terreur.

— Dis-moi ce que tu veux.

Sa voix était chaude comme la braise. Avec une douceur infinie, il laissa ses doigts courir sur ma hanche et posa une paume brûlante sur l'entaille que j'avais au ventre. Lorsqu'il eut refermé la plaie, sa main remonta lentement, centimètre par centimètre, et s'arrêta entre mes seins, sur mon cœur meurtri.

— Tes rêves les plus fous.

Je respirais à peine.

— Je ne sais pas.

— Si, tu le sais.

Quand ses doigts frôlèrent ma poitrine, il émit un grognement guttural qui enflamma mon désir.

— Dis-moi.

Je fermai les yeux, cambrai le dos tandis qu'il se saisissait à pleine main de mon sein.

— Je veux un foyer, tranquille et où il fait bon vivre, murmurai-je, rougissant d'énoncer un rêve si banal. Où je sois en sécurité. Je veux rencontrer d'autres personnes comme moi pour me sentir moins seule.

La serviette se dénoua et tomba autour de ma taille. Il se redressa et colla nos corps l'un contre l'autre. La chaleur de son torse, sa dureté musculeuse m'arrachèrent un gémissement. Je ne bougeai pas, ses lèvres effleurèrent les miennes.

— Im', gronda-t-il contre ma bouche, et un frisson délicieux me traversa.

Puis il m'embrassa. Un baiser enfiévré, si plein de ferveur et de promesses qu'il me semblait tenter de vaincre l'impossibilité de mes désirs. Chaque coup de langue était comme une déclaration : je te donnerai tout ce que tu souhaites et bien plus encore. J'emmêlai mes doigts dans ses cheveux humides, je ne m'étais jamais sentie aussi divine qu'en cette seconde, mon corps mêlé au sien, accueillant avec avidité son ardeur généreuse. Et c'était bien plus que je ne méritais, au vu de ce qu'avait révélé Rohana.

« Le chaos. La ruine. La mort. »

Théodore promena ses lèvres douces sur mon menton, ma mâchoire, descendit le long de mon cou, et l'espace d'un instant l'effroi de la prophétie fut réduit à néant. Gagnée par sa fièvre, j'ôtai les boutons de sa chemise et la fis glisser sur ses épaules. Il me fit rouler sur le dos et voulut s'étendre sur moi, poussa un grognement de frustration parce que son corps endolori lui compliquait la tâche.

— Je maudirai les dieux jusqu'à sa mort : te voilà enfin nue dans mon lit et je peux à peine bouger.

Je ris et l'embrassai. Il me rendit mes baisers avec une détermination farouche, prenant possession de chaque centimètre carré de mon corps. Il mordilla mon téton, l'aspira entre ses lèvres, le suçota et le lécha, d'une main puissante il m'ouvrit les cuisses tout en déposant des baisers entre mes seins.

— Où est l'élixir de rupture ? marmonna-t-il tout en m'embrassant le ventre, puis plus bas.

Je clignai des yeux, tentant de reprendre mes esprits pour répondre.

— Il est là, dis-je en désignant les fioles sur la table de chevet. Le flacon noir.

Il laissa échapper un long gémissement au moment où il glissa un doigt en moi. Je renversai la tête en arrière, savourant la virtuosité de ce doigt parfaitement recourbé, ce début de va-et-vient. Il enfonça un deuxième doigt et ordonna :

— Jette-le au feu.

Je me redressai d'un coup.

— Quoi ?

Il leva les yeux sur moi, confus et perplexe, sans cesser les mouvements voluptueux de ses mains.

— Comment ça, quoi ?

— Attends. Arrête.

Il obéit et je le regrettai presque.

— Pourquoi je le jetterais au feu ?

Il me regarda comme si je parlais une langue étrangère.

— Parce qu'on ne rompra pas le pacte.

— Pourquoi pas ?

— Parce que si on le fait, tu ne pourras pas te protéger toi-même. Trouver Eusia et rompre le pacte qui vous unit est trop dangereux sans le secours de nos pouvoirs combinés.

Luttant pour reprendre mon souffle, je le considérai avec stupéfaction.

— Qu'est-ce qui t'arrive ? Il y a encore deux jours, tu n'aurais jamais dit une chose pareille. Tu ne l'aurais même pas pensée. Tu dois te marier dans moins de deux semaines. Notre pacte nous rend malades. Comment irais-je à la recherche d'Eusia si on ne peut pas être séparés de plus de dix pas ?

— Tu croyais que je te laisserais partir en chasse seule ?

Cette fois, je m'assis, remontant le drap sur mon corps nu. Les mots de Rohana résonnèrent soudain dans ma tête. « Il renoncerait à son trône pour toi. »

— Je n'ai pas besoin de te rappeler à ton devoir, si ? dis-je sèchement. Que fais-tu de l'impératrice ? De ta fiancée ?

Ses muscles roulèrent sous sa peau quand il se mit à genoux.

— M'assurer que mon peuple est en sécurité, c'est faire mon devoir. Et je n'ai signé aucun des contrats de l'impératrice.

— Mais tu as donné ta parole. La trahir maintenant, c'est t'exposer à des conséquences terribles. Je n'arrive pas à croire que je suis en train d'essayer de te convaincre de l'épouser, ajoutai-je ne me passant une main sur le visage.

Il avait l'air vaincu. Nos joues et nos corps étaient en feu, nos cheveux en bataille, les draps défaits et à moitié par terre.

— Je trouverai une solution.

— Tu as le cerveau embrouillé par la fumée de l'enchanteresse et notre trop grande proximité. Je ne suis qu'une lubie passagère que tu dois satisfaire.

Ses lèvres gonflées se tordirent en un rictus plein de sarcasme.

— Une lubie passagère ? C'est toi qui disais qu'une partie de jambes en l'air me ferait du bien, non ? Peut-être qu'ensuite je retrouverai ma lucidité.

— Théodore, ce n'est pas ce que je…

En grimaçant, il s'écarta et se coucha à l'autre bout du lit, me tournant le dos.

— Rien de tout ceci n'est idéal. Rien ne se passe comme je l'avais prévu. Ne laisse pas ton entêtement te tuer, Imogène.

— Mon entêtement ? Tu es injuste…

On frappa trois coups à la porte. Je remontai le drap jusqu'à mon menton et m'enfonçai dans les oreillers.

— J'apporte du bouillon, dit Antonia.

Je fermai les yeux, prise d'un vertige. D'une même voix maussade, nous répondîmes à l'unisson :

— Entrez.

21

Le soir venu, Théodore était suffisamment rétabli pour s'asseoir près du feu dans la pièce principale. Il avait encore des cernes sous les yeux et le teint pâlot, mais il était confortablement installé, les pieds surélevés, la tête appuyée au dossier de la méridienne, une tasse de thé à la main.

Depuis la conversation que nous avions eue au lit, nous n'avions échangé que quelques paroles tendues.

J'étais assise par terre devant l'âtre, le regard perdu dans les flammes, revivant la scène. Les doigts de Théodore caressant mon corps. Comme si ses baisers, ses mains n'étaient qu'un prolongement de son pouvoir, prenant racine malgré nos relations tumultueuses. Je lissai ma jupe en regrettant de ne pouvoir revenir en arrière, remonter le temps et le laisser m'entraîner avec lui dans l'oubli que nous désirions tous les deux. Ce souvenir avorté ne suffirait pas à étouffer l'horreur des tâches qui nous incombaient.

Mettre la main sur Eusia et la tuer. Rompre notre pacte. Trouver le moyen de faire payer à Némée ses mensonges et sa cruauté. Je coulai un regard vers Théodore. Il me regardait, les yeux mi-clos, sa poitrine se soulevant à un rythme juste assez rapide pour suggérer que lui aussi se souvenait.

Hector entra, les bras chargés d'un fagot.

— Ah, vous êtes debout tous les deux ! se réjouit-il avant de poser le bois à côté de la cheminée et de considérer Théodore en s'époussetant les mains. Je t'ai vu en meilleure forme.

— J'ai connu pire, ricana faiblement Théodore.

Hector eut un rire clair et sonore. Il m'offrit un grand sourire contagieux.

— Et vous… vous avez meilleure mine que quand vous étiez trempée par la pluie.

Il désigna la robe que je portais. J'avais enfilé une robe en lin toute simple prise dans l'armoire d'Antonia. Elle était brodée de minuscules fleurs couleur lavande et pervenche.

— Je reconnais cette robe. Elle vous va aussi bien qu'à Antonia en son temps.

Il se tourna vers sa femme, debout dans la cuisine en train de préparer un plateau de fruits, de pain et d'œufs durs, et alla l'embrasser sur la joue avant de se verser une tasse de thé.

— Tu es courant, Théo ? De l'attaque contre Ammos ?

— Quoi ?

— J'ai parlé avec le fils du boulanger qui en revenait. Ammos se trouve à une heure de marche, sur la côte, dit-il à mon intention. Trois navires ont attaqué le village, incendiant les maisons. Deux d'entre eux étaient sans pavillon. Des mercenaires, a dit le boulanger, mais le troisième venait de Seraf, sans doute possible.

J'eus un hoquet de peur. Théodore se redressa brusquement, renversant au passage son thé tiède sur la méridienne.

— Quand ?

Il se leva si rapidement qu'il chancela. Je bondis pour le soutenir.

— Il y a deux nuits, précisa Hector. Je suis désolé. Je croyais que tu savais, que c'était la raison de ta visite à l'enchanteresse. Pour y trouver conseil.

— Non, je l'ignorais.

Théodore avait l'air perdu, incapable de focaliser son attention. Il finit par aller fermer la porte d'entrée et la bloquer avec la barre en bois.

— Qu'est-ce que tu fais ? demanda Antonia en portant une main nerveuse à sa gorge.

— On n'est pas en sécurité, dit-il en allant ensuite fermer les volets de la fenêtre. C'est elle qu'ils cherchent.

Hector et Antonia me regardèrent avec la même stupéfaction.

— Qui ça, ils ? demanda Hector. Pourquoi recherchent-ils la reine de Varya ?

— Je ne suis pas la reine de Varya, dis-je, au désespoir, mais devant leur perplexité croissante, je tentai de m'expliquer. Enfin, si, mais pas par choix. Pas son choix. Il ne m'a pas choisie pour être reine, en tant que telle. Je… je ne sais pas ce que je suis.

Antonia croisa les bras et me fusilla du regard.

— Vous êtes mariés ?

— Oui, répondit Théodore en même temps que moi.

Il verrouilla une deuxième fenêtre.

— Imogène est une sirène. Nous avons noué un pacte de sang quand je l'ai aidée à s'évader du fort de Némée où il la gardait captive et la maltraitait. Cela fait des années que la guerre menace entre nos deux royaumes, cette évasion a fini par la déclencher.

— Oh, Théo ! Pourquoi as-tu fait une chose pareille ? Pourquoi ne pas avoir pris le temps de planifier ce genre d'opération ?

Théodore se raidit, vexé.

— J'ai bien essayé d'élaborer un plan !

Je fus submergée par la honte. La honte de mon impatience, de ne pas l'avoir écouté quand il me demandait d'attendre. Il me regarda, mais dans ses yeux je ne lus nul reproche, nul regret. Seulement une certitude tourmentée.

— Mais je ne pouvais pas la laisser là-bas… Imogène est la fille de la grande déesse Ligée et du roi Némée. Elle a le pouvoir de tuer le monstre qui persécute les sirènes. De toute façon, peu importait qui elle était… Je ne pouvais me résoudre à l'abandonner.

Une vague de chaleur monta dans ma poitrine, rosissant mes joues. « Il renoncerait à son trône pour toi. » Rohana avait raison. C'était déjà le cas.

Hector et Antonia m'observaient, bouche bée. Elle me fit aussitôt une petite révérence, tandis que j'ouvrais et fermais la bouche comme un poisson hors de l'eau.

Théodore, quant à lui, paraissait animé d'une détermination nouvelle. Il empila sur une assiette des fruits, du pain et des œufs, fit une bise à Hector et à Antonia, puis déclara :

— Il est probable que les navires ennemis aient repris le large en emmenant les hommes qu'ils avaient débarqués, mais dormez quand même avec votre épée à portée de main, on ne sait jamais… Barrez les fenêtres et la porte. Nous partirons demain à l'aube.

— Tu es encore trop malade…, commença Antonia, un doigt levé.

— Ton bouillon m'a complètement requinqué, rétorqua-t-il avec un sourire.

— Bon, je vais vous empaqueter des vivres pour le trajet, dans ce cas, dit-elle à contrecœur. Et Hector s'assurera que vos chevaux soient prêts pour le départ demain matin.

Les bras chargés de nourriture, Théodore se dirigea vers notre chambre. Il s'arrêta sur le seuil pour me regarder, et je vis briller dans ses yeux tout ce qui nous liait : le désir et la souffrance du moment qu'on avait partagé, la peur et l'incertitude des jours à venir. Sa voix agit sur moi comme un leurre, comme s'il se servait de mon propre pouvoir contre moi, si une telle chose était possible.

— Tu viens au lit avec moi ?

Sa requête me laissa désarmée, les jambes cotonneuses. Je souhaitai une bonne nuit à Hector et à Antonia avant de le suivre.

Seules quelques bougies brûlaient dans la chambre. Le feu dans l'âtre était réduit à l'état de charbon. Théodore posa les provisions sur la petite table poussée dans le coin. Je fermai la porte, tirai le verrou. Lorsque je me retournai, Théodore se tenait devant moi.

Il me toisait d'un regard impérieux. Les nouvelles concernant les navires de Némée, la nausée résiduelle due aux fumées de l'enchanteresse, tout se mua en paroles acerbes.

— Redis-moi, cracha-t-il sur un ton bourru, redis-moi que tu veux boire l'élixir de rupture. Que tu veux affronter la guerre et l'incertitude seule, sans moi. Sans la possibilité de te soigner toi-même, sans ma présence pour te protéger.

J'ouvris la bouche pour protester. Ce n'était pas du tout ce que je voulais. Je voulais le garder auprès de moi. L'idée de me séparer de lui m'emplissait d'une angoisse indicible. Mais je ne pouvais me résoudre à lui nuire davantage. À causer la ruine de son royaume juste pour satisfaire mes désirs. Je devais apprendre à assurer ma propre protection. Et si je devais payer de ma vie le fait de partir seule à l'aventure, au moins je ne l'entraînerais pas dans ma chute.

Devant mon silence, Théodore s'avança, m'acculant contre la porte.

— Si tu penses vraiment qu'il ne s'agit pour moi que d'une lubie, que tu n'es qu'une passade, alors allons-y. Passons la nuit ensemble, assouvissons ce désir réciproque puis procédons à la rupture afin de pouvoir poursuivre chacun notre route.

Il me releva le menton et approcha ses lèvres des miennes.

— Dis-le, Imogène.

De nouveau j'ouvris la bouche, essayai de former les mots que je devais prononcer. Je connaissais la totalité de la prophétie. Rester ensemble était absolument impossible, pourtant je n'arrivais pas à le dire.

Il attendit, les yeux rivés aux miens, sa bouche si proche que nos haleines se mêlaient.

— Dis-moi que ça – ce qu'il y a entre nous – n'est dû qu'à notre pacte.

Je ne pouvais plus respirer, j'étais paralysée. Enfin, je chuchotai :

— Tout est contre nous. Ceci, ce qu'il y a entre nous, se terminera, et ça se terminera très mal.

— Tu n'en sais rien.

Si. Je le sais.

Je fermai les yeux, le cœur serré comme dans un étau, sans réussir à prononcer les mots que ma conscience exigeait.

— Retournons d'abord au palais. On décidera à ce moment-là.

Il me lâcha le menton, fit deux pas en arrière, et nous fûmes de nouveau séparés par un gouffre.

— On devrait manger, dis-je d'un ton neutre. Et dormir.

Il acquiesça, masquant ses sentiments derrière une indifférence austère.

— Nous devons rentrer aussi vite que possible.

Le lendemain matin, le ciel était gris et bas, assombri par les nuages d'orage de la veille. Je donnai une pomme à mon cheval pendant que Théodore faisait ses adieux. La veille au soir, nous avions mangé en silence, assis dans le lit, adossés aux oreillers. Nous nous étions endormis presque instantanément, chacun de son côté du matelas. Lorsque nous nous étions réveillés, nos membres étaient emmêlés comme si nous avions tenté de fusionner pendant la nuit.

Nous nous mîmes en selle et partîmes sur le chemin boueux, dans une ambiance gênée et tendue. Les sabots des chevaux faisaient un bruit de succion à chaque foulée. Une bruine légère tombait par intermittence.

— Tu es assez reposé pour chevaucher toute la nuit ? demandai-je à Théodore.

— Oui, répondit-il froidement.

Nous avancions à bonne allure, et tout en chevauchant, je tentai de formuler un plan. Lorsque nous arriverions enfin au palais, Lachlan et Agatha sauraient raisonner Théodore. Nous accomplirions le rituel de rupture, nous libérant de ce pacte de sang vérolé, et je pourrais partir à la recherche d'Eusia pour rompre celui qui me liait à elle. Sauf que je n'avais aucune idée de l'endroit où la trouver…

Le jour baissait, le soleil n'était plus qu'une éclaboussure rouge vif à l'horizon. Les chevaux s'abreuvèrent à un ruisseau gonflé par l'orage pendant que Théodore et moi, perchés chacun sur un rocher, dévorions le pain et le fromage que nous avait donnés Antonia.

— Que sais-tu de la magie ? demandai-je. Des sorts de l'enchanteresse ?

Théodore secoua la tête, le regard perdu dans le vide.

— Pas grand-chose.

— Ça veut dire que tu en sais un peu quand même, répliquai-je, agacée.

Il daigna enfin poser les yeux sur moi, me gratifiant d'un regard noir.

— Je suis fatiguée de ta mauvaise humeur, crachai-je. Tu es furieux contre moi. Tu penses que c'est illogique et absurde de ma part de vouloir qu'on rompe le pacte. J'ai compris. Mais sois un peu adulte, et aide-moi à élaborer un plan, malgré nos différends, dis-je avant de mordre dans le pain et de mastiquer. Si j'arrive à comprendre comment fonctionne la magie, je trouverai peut-être un moyen de mettre la main sur Eusia et de la tuer. Elle se sert de la magie de la même façon que Rohana, j'imagine...

Théodore était rouge de colère, mais il parvint à se maîtriser.

— Je ne sais pas où elle a pu apprendre. L'enseignement de la magie est strictement réglementé. Une enchanteresse n'a le droit de prendre qu'une seule apprentie et seulement dix ans avant la fin de son mandat, concéda-t-il.

Il se leva et alla chercher sa jument au ruisseau pour la ramener sur la route. Je le suivis, l'esprit en ébullition.

— Combien de temps dure un mandat d'enchanteresse ?

— Quatre cents ans, dit-il en mettant le pied à l'étrier. Rohana est en fonction depuis deux cent soixante-dix-huit ans.

— Donc si je l'avais tuée, comme j'ai failli le faire, Varya aurait été privé d'enchanteresse à jamais ?

— Tout à fait.

Je me mis en selle en marmonnant.

— Où Rohana a-t-elle appris la magie ?

— Aucune enchanteresse d'aujourd'hui n'est assez âgée pour avoir été formée par la première enchanteresse, il me semble. Je ne me souviens pas de la date de sa mort. Les sorts sont transmis de génération en génération, mais Rohana et toutes les enchanteresses des autres royaumes créent aussi des sorts qui leur sont propres.

— Elles créent leurs propres sorts ?

Je supposais que le sort dont s'était servie Eusia pour nous lier était une de ses créations.

Théodore hocha solennellement la tête.

— Le rituel de transfert accompli par mon père : Rohana est la seule de tout Leucosie à savoir le réaliser, dit-il avant de se perdre un moment dans ses pensées. Mis à part qu'elle a été tuée – étripée, si je me souviens bien – pour l'usage qu'elle faisait de la magie, je ne sais pas grand-chose concernant la première enchanteresse. Les livres d'histoire sont peu diserts à son sujet. Elle a été exécutée à l'époque des Premières Années, lorsque les grands dieux étaient encore jeunes. C'est tout ce que je sais.

Nous descendîmes une colline et retrouvâmes les vignobles que nous avions traversés à l'aller.

— Rohana a dit que le pacte qui me lie à Eusia avait été forgé en ajoutant une dose de magie au pacte de sirène. Elle a dit que j'étais la seule à pouvoir le rompre. Mais je ne sais pas comment.

— Le rituel, dit-il après un instant de réflexion. La prière que te faisait réciter Némée. C'était quoi, déjà ?

— « Je donne au sable. Je donne à l'eau. Écoutez ma prière, entendez mon appel. Que la mer soit purifiée. »

Les mots laissèrent un goût amer sur ma langue.

— Un sort t'aurait rendue malade. Te sentais-tu mal après le rituel ?

— Non. Je ne ressentais pas grand-chose, en vérité, perchée sur la montagne. J'imagine que si j'accomplis ce rituel au niveau de la mer, je le sentirai.

La nuit tombait, emportant avec elle la dernière chaleur du jour. Je serrai autour de mes épaules le châle tricoté que m'avait donné Antonia.

— Tu as des livres sur la magie au palais ? Des écrits du grand dieu Jesop ?

— Oui, un certain nombre, répondit Théodore avec prudence. Mais leur accès est interdit.

— Tu veux dire interdit aux roturiers ?

— Non, dit-il d'un air penaud. Même moi je n'ai pas le droit de les prendre dans la bibliothèque souterraine.

Un vent mordant soufflait dans les rangs de vigne, me donnant la chair de poule.

— Qui ose te dire non ? demandai-je au roi avec un sourire sardonique. J'aimerais apprendre comment on fait.

Il eut un ricanement aussi lugubre que les ombres du crépuscule.

— Il y a dans ce sous-sol une ermitane extrêmement remontée qui ne laisse entrer ni moi ni personne d'autre.

— Eh bien, Majesté, dis-je en me redressant sur ma selle, votre ermitane ne m'a jamais rencontrée. Je suis experte dans l'art de faire faire aux gens ce qu'ils n'ont pas envie de faire, n'est-ce pas ?

Il me lança un regard de braise, esquissant un sourire. La chaleur de son petit rire fit reculer la froideur de la nuit.

— Que les grands dieux soient avec toi. L'ermitane est munie d'un bâton fort noueux avec lequel elle me frappait quand j'étais petit et que j'essayais de me faufiler dans sa bibliothèque.

J'éclatai de rire, mais rapidement l'affreux silence gêné qui avait accompagné le début de notre périple retomba entre nous. Théodore força l'allure et nous traversâmes d'interminables vignobles au grand galop. Vers minuit, je commençais à piquer du nez sur ma jument lorsqu'un fracas épouvantable me réveilla brusquement. Une cavalcade.

Théodore tira sur ses rênes.

— Holà !

Je ralentis à mon tour.

— Ça vient de devant ou de derrière nous ?

Avant qu'il puisse répondre, un cor retentit dans la nuit.

— Des soldats, dit Théodore avant de crier dans la pénombre. Au pas, devant ! C'est votre roi qui parle. Retenez vos montures !

La troupe de cavaliers apparut et ralentit, reformant ses rangs. Une petite calèche fermait la marche.

— Majesté ? cria une voix familière.

Lachlan, revêtu de son armure dorée, remonta le flanc de la petite troupe. Au clair de lune je discernais l'inquiétude et la tension qui marquaient son visage.

— Je pensais que vous seriez encore chez l'enchanteresse. Nous venions vous chercher.

— Que s'est-il passé ? demanda Théodore en se préparant au pire.

Mais Lachlan ne répondit pas. Au lieu de quoi, il me regarda d'un air moqueur.

— Vous avez l'air étonnamment en forme pour quelqu'un en plein dans les affres d'un rituel de rupture…

— Je… On n'a pas…

Théodore me coupa la parole.

— Je t'ai demandé ce qui s'était passé, commandant.

— Ammos a été pillé, dit Lachlan sombrement. Tout comme Notos, sur la côte ouest. Némée a doublé sa flotte en enrôlant des navires mercenaires. Plus que ce que nous avions anticipé. Il ne devrait pas avoir les moyens de les payer. L'impératrice n'est pas contente. Elle a envoyé des courriers appelant sa flotte à votre secours. Elle exige que vous ralliez les sirènes à votre cause, que vous les obligiez à se servir de leur pouvoir pour soutenir la marine. Qu'elles coulent la flotte ennemie afin que sa fille puisse devenir reine sans délai. Dites-moi que vous avez accompli le rituel de rupture, et qu'Imogène est juste particulièrement résistante.

Théodore était stoïque, comme toujours, assis droit sur sa selle sans broncher. Mais je percevais le déchirement qu'avait provoqué en lui le discours de Lachlan.

— Majesté ? insista Lachlan en nous regardant tous les deux tour à tour.

— Nous ne l'avons pas fait, dis-je. Pas encore. Nous… Il y a eu… des complications.

— Des complications ? répéta Lachlan avec un rire amer. Quelles complications ? Du genre vous avez perdu l'élixir ? Ou bien vous n'aviez pas très envie de vous infliger cette épreuve ?

— Assez ! tonna Théodore. Je t'interdis de lui parler sur ce ton.

Il mit pied à terre et se dirigea vers la calèche, tout en aboyant un ordre aux cavaliers : « Au palais ! » Il nous lança ensuite des regards noirs, à Lachlan et à moi, avant de lâcher :

— Vous deux, avec moi. Il faut qu'on parle.

22

La voiture était petite et à chaque cahot Théodore et moi étions jetés l'un contre l'autre tandis que nous filions sur la route du Nord, en direction du palais de Genevreer.

En face de nous, assis sur le banc étroit, Lachlan, blême de colère, posait un regard furieux sur Théodore.

— Que vous est-il arrivé, Théo ? demanda-t-il sur un ton accusateur.

— Qu'entends-tu par là ? répondit Théodore qui s'était raidi.

— J'entends que vous avez observé une conduite stricte pendant des années. Vous étiez irréprochable. Toujours le doigt sur la couture... au point que je commençais à me demander ce qui clochait chez vous. Et maintenant... depuis que vous l'avez rencontrée, elle... vous semblez incapable de prendre une décision raisonnable. Quelle complication pouvait donc vous empêcher de procéder à la rupture à la minute où vous avez obtenu l'élixir ?

Un besoin impérieux de défendre Théodore me hérissa le poil. Je répondis avant qu'il puisse ouvrir la bouche.

— Le roi Némée est mon père, dis-je en croisant les bras sur ma poitrine. Je suis liée par le sang à Eusia, à toutes les nekgyas. Si je veux assurer ma sécurité ainsi que celle de toutes les sirènes, je dois trouver Eusia et la tuer. Théodore voulait qu'on reste liés parce que notre pacte me procurerait une protection supplémentaire contre les périls que je devrai affronter.

Lachlan fronça les sourcils, perplexe.

— Ce n'est pas une complication, ça. C'est de la responsabilité d'Imogène. Et ça ne devrait pas influer sur la vôtre, Théo.

Théodore s'énerva.

— Les sirènes sont mes sujets. Elles font partie de mon peuple depuis que la reine Ligée a disparu. La réussite d'Imogène dans sa mission est de ma responsabilité en tant que roi.

De nouveau, Lachlan nous observa tous les deux, et une lente prise de conscience se peignit sur son visage.

— Oh, non ! Bon sang. Vous plaisantez !

— Qu'est-ce qu'il y a ? demandai-je en jetant un coup d'œil à Théodore puis à Lachlan.

— De toutes les femmes que je vous ai présentées au fil des années… De tous les bons partis, sans danger, sans problème qui sont passés entre vos mains… c'est de celle-ci que vous tombez amoureux !

Théodore se figea dans une immobilité si totale que le temps sembla s'arrêter.

Le silence qui suivit n'était troublé que par les battements précipités de mon cœur. Il s'étira si longtemps qu'il constituait en soi une réponse. Un mélange d'effroi et d'euphorie m'envahit.

— Oserez-vous le nier ? demanda Lachlan. Je ne devrais pas être étonné. Voilà ce qui arrive quand on essaie d'être parfait. Vous craquez pour la première femme nue qui se glisse dans votre lit.

Théodore se jeta sur lui, une main le prenant à la gorge, l'autre armée, prête à frapper.

Je criai, le retenant par l'épaule. L'espace exigu de la calèche s'emplit de grognements, de bras qui s'agitaient dans tous les sens. Théodore parvint à me contourner et son poing atterrit sur le nez de Lachlan. Je m'interposai entre les deux hommes, tournant le dos à Théodore et repoussant Lachlan de mes paumes appuyées sur son plastron.

— Arrêtez ! Quelle mouche vous a piqués ? hurlai-je.

Du sang gouttait à la narine de Lachlan. Les deux hommes reprenaient leur souffle sur leurs banquettes respectives, mais je demeurai à genoux sur le plancher de la calèche pour les séparer au besoin, ne leur faisant absolument pas confiance.

— J'ai besoin qu'il soit lucide pour prendre les décisions qui s'imposent, dit Lachlan qui s'essuya le nez du revers de la main et fit la grimace en voyant la traînée de sang.

— Je sais, le grondai-je en le repoussant de plus belle, mes deux mains plaquées sur son plastron. Mais ce n'est pas comme ça que vous obtiendrez ce résultat, imbécile ! Il aurait dû vous frapper plus fort.

La calèche fit une brusque embardée, me projetant d'abord vers l'avant puis en arrière ; ma tête heurta le menton de Théodore. La douleur lui arracha un sifflement, il passa un bras autour de ma taille pour me stabiliser. On entendit un vacarme métallique dehors. Les chevaux hennissaient, les soldats s'interpellaient en criant.

Les deux hommes dans la calèche se mirent aussitôt en alerte. Lachlan attrapa son épée posée sur la banquette à côté de lui, tandis que Théodore décrochait l'épée de secours fixée à la cloison au-dessus de sa tête.

— Qu'est-ce qui se passe ? chuchotai-je.

La voiture s'était complètement immobilisée.

— Restez à l'intérieur, dit Lachlan en enfilant son casque doré.

Il jeta un coup d'œil par la fente du rideau de la fenêtre, mais depuis ma place, je ne voyais que l'obscurité. Il ouvrit la portière et se glissa à l'extérieur. Théodore la referma et tourna le dérisoire loquet. Il éteignit la lanterne suspendue au plafond, nous plongeant dans le noir où nous restâmes assis un moment à écouter, collés l'un contre l'autre.

— Je devrais peut-être sortir ? suggérai-je. S'il y a une menace, je peux me rendre utile. Mon leurre est plus efficace que de tirer des flèches dans l'obscurité.

— Non, répondit Théodore sur un ton catégorique. Ils sont plus habiles que toi, et tu es plus en sécurité ici.

— Je me suis servie de nos deux pouvoirs assez efficacement quand tu étais inconscient après la prophétie.

Il secoua la tête, mais je protestai avant qu'il puisse refuser une deuxième fois.

— Je vais être en danger, Théodore. Sans cesse, je vais trouver sur mon chemin la mort et le danger, et tu ne pourras pas les repousser seul à chaque fois.

Dans la pénombre, je ne voyais pas son visage, mais j'entendis le long soupir qu'il poussa. Les voix des soldats étaient assourdies par les flancs de la calèche, et le cliquetis métallique de leurs armures, étouffé, mais ça ne m'empêchait pas de distinguer chaque son.

Un soldat cria en direction du vignoble :

— Sortez de votre cachette ! Jetez vos armes !

On entendit un claquement, un sifflement dans l'air, puis un bruit mat. Un gémissement s'éleva, suivi par le fracas d'un corps en armure tombant au sol.

Ensuite, ce fut le chaos.

L'air s'emplit de cris, du tintement des épées, de hennissements affolés. Théodore jura quand je fis coulisser le loquet et ouvris la portière. Je glissai dans la boue en descendant, et il me rattrapa par le coude. Ses soldats étaient comme des flambeaux dans la nuit, leur armure dorée luisant au clair de lune, et parmi eux se mouvaient des silhouettes sombres et spectrales. Ce n'étaient que des hommes, mais ils se déplaçaient avec une grâce trompeuse, rapides et agiles au milieu des soldats harnachés de métal.

Théodore se tenait à mon côté, épée à la main. Gardant la calèche dans mon dos, je la contournai pas à pas jusqu'à m'approcher d'un des hommes en noir.

Je me concentrai sur l'endroit qui abritait mon pouvoir, là où mon lien toxique avec Eusia me collait au ventre comme un parasite. Je me connectai à mon centre et sentis la chaleur affluer, s'ouvrir telle une bouche affamée. Un frisson de pouvoir remonta dans ma poitrine jusque dans ma gorge et aussitôt un leurre invisible jaillit et vint se planter dans la colonne vertébrale de l'assaillant.

Il fut comme pétrifié. Son dos se cambra, il tituba en arrière en pataugeant dans une flaque. Comme un pantin animé par des ficelles nouées au bout de mes doigts, il pivota avec des mouvements brusques jusqu'à me faire face. La surprise me coupa le souffle. C'était l'un des hommes que nous avions croisés à la maison de gardien. Je le reconnus : le beau gosse aux cheveux blonds ondulés et aux yeux si clairs qu'ils luisaient sous la lune.

— Im', recule ! cria Théodore.

Il me saisit le bras d'une poigne ferme et protectrice, tenta de m'éloigner des combats, mais je me dégageai.

L'homme ouvrait une bouche béante, essayant en vain de respirer. Paniquée, je détaillai sa tenue, ses vêtements noirs usés, la cartouchière passée sur son torse en bandoulière, le brassard rouge qui enserrait son biceps.

Une anguille montrant les crocs sinuait sur le brassard.

— Tu es un mercenaire ? Le roi Némée t'a engagé ?

Il tremblait, son visage rougissait sous la pression. Je relâchai mon leurre, lui accordant une bouffée d'oxygène.

— Réponds-moi !

Tirant un poignard de sa cartouchière, j'en plaquai la lame sur sa gorge. Autour de nous, les épées tintaient, des cris résonnaient et des poings produisaient des sons mats en martelant les chairs. En grognant, Théodore repoussa de son épée un mercenaire qui l'attaquait sur sa droite. Je resserrai mon leurre sur le blondinet, ses yeux s'exorbitèrent mais il refusa de répondre.

Le brassard à son bras était toutefois assez éloquent.

Soudainement envahie par la rage, je lui tranchai la gorge. Du sang gicla de la blessure en rideau rouge, éclaboussant ma chemise. À côté, Théodore grimaça. Je retirai mon leurre à la seconde où l'homme s'écroula à genoux.

Voir cette anguille, savoir que Némée était si proche – je n'avais jamais connu pareille épouvante. Elle excitait mon pouvoir qui devint plus brûlant, plus épais, faisant jaillir de ma gorge une volée de leurres. Ils se plantèrent dans les mercenaires éparpillés sur la route, qui s'effondrèrent dans la boue en convulsant.

Les soldats de Théodore reculèrent, observant avec stupéfaction les ennemis qu'ils combattaient un instant auparavant se tordre sur le sol, suffoquant, se tenant la gorge. Sous l'effet de la fureur, ma vision s'était brouillée. Je resserrai ma prise sur mes leurres, les yeux me piquaient, j'avais le souffle court, puis Théodore agrippa de nouveau mon bras.

— Imogène, arrête ! dit-il en me secouant. Arrête, bon sang !

Il courut parmi les hommes agités de convulsions, en souleva un dans ses bras, me criant encore d'arrêter.

Ce ne fut que lorsque Théodore se redressa avec l'homme dans les bras que ma vue s'éclaircit. C'était Lachlan.

Je fus frappée d'horreur. Dans un hoquet, je tranchai tous les leurres que j'avais envoyés. Des bruits de succion s'élevèrent de partout quand les mercenaires respirèrent tous ensemble, aspirant l'air avec frénésie. Les soldats de Théodore furent sur eux si rapidement que je reculai d'un pas. Leurs épées transpercèrent peau et chairs, déclenchant un atroce chœur de plaintes moribondes. Un sang noir et épais se répandit dans la boue, imprégnant les flaques comme si la terre elle-même se vidait de son plasma.

Lentement, Théodore aida Lachlan à se relever. Il passa un bras sur son épaule et l'entraîna parmi les corps des morts et des mourants.

— À cheval, ordonna Théodore d'une voix lasse. En route.

Les soldats me jetaient des regards méfiants. Quelques-uns ramassèrent le corps inerte du soldat qui avait pris une flèche. Une flèche brisée dépassait de son cou. On lui retira son plastron avant de le jeter à plat ventre en travers de son cheval.

— Lachlan, je suis désolée, dis-je tandis que les deux hommes me doublaient pour rejoindre la calèche.

Il secoua la tête.

— On est quittes, coassa-t-il en essayant de sourire. J'aurais dû savoir qu'il ne fallait pas vous énerver.

Sa voix était enrouée à cause de l'étranglement de mon leurre. Ça me rendait malade. Lachlan grimpa à bord, mais Théodore s'attarda un instant. J'attendais qu'il me regarde, qu'il voie à quel point j'étais ébranlée, qu'il m'accorde son réconfort si rassurant et me tire des ténèbres où j'avais glissé trop facilement.

Au lieu de quoi il se massa une épaule, puis monta dans la voiture. Dès qu'il eut disparu, le monde sembla devenir plus strident. Le tintement des épées qu'on remettait au fourreau, les chevaux qui s'ébrouaient, les voix des soldats. L'écho incessant des vagues au loin, le bruissement constant des feuilles de vigne. Mon esprit joua cruellement avec moi, faisant passer devant mes yeux des visions de Lachlan, au visage tordu de douleur, et de Théodore, ravagé par l'angoisse. L'odeur faisandée du sang poisseux qui maculait ma chemise saturait mes narines. Tête basse, je pataugeai dans la boue pour atteindre la portière de la calèche. Je décidai alors que l'instant où notre rituel de rupture serait accompli serait le dernier que je passerais avec Théodore. Car j'étais aussi aveugle qu'une tempête, aussi dévastatrice qu'un tsunami, et je ne me le pardonnerais jamais s'il était victime de ma folie destructrice.

Théodore me secoua doucement la jambe.

— On est arrivés.

Deux jours s'étaient écoulés. Les roues de la calèche crissèrent sur le gravier. Je jetai un coup d'œil par la fenêtre en bâillant. Le palais de Genevreer ressemblait à un squelette embrasé dans la nuit. Ses murs de pierre pâles comme des os, ses fenêtres éclairées se détachant sur le ciel noir.

La voiture s'arrêta et nous fûmes accueillis par une rangée de domestiques. Théodore sortit en premier, mais il ne m'aida pas à descendre. Un domestique accourut aussitôt, sa main gantée offerte pour que je puisse aborder l'étroit marchepied.

— Merci, marmonnai-je.

Son regard s'attarda sur ma chemise crasseuse, froissée et raide de sang séché. Dans la mêlée, la sacoche de selle qui contenait mes vêtements de rechange s'était détachée, abandonnée désormais parmi les cadavres laissés sur place. La robe que m'avait donnée Antonia était dans cette sacoche. Cette perte me plongea dans une étrange tristesse : encore une chose que j'avais ruinée.

J'évaluai mon aspect : je portais un pantalon trop grand de Théodore, retenu à la taille par un bout de corde effilochée. Mes bottes étaient couvertes de boue. Mes cheveux étaient raidis par les nœuds. Au moins, Théodore avait pris le temps dans l'après-midi de se baigner dans la rivière peu profonde qui coulait aux limites de la ville. Je l'observais remonter l'allée de gravier. Même avec sa chemise râpée roulée jusqu'aux coudes comme celle d'un ouvrier, même épuisé, son identité ne faisait aucun doute. Il se tenait au pied du perron en marbre du palais, le menton relevé, les épaules carrées et puissantes, la prestance indéniablement royale.

Je n'avais pas réalisé à quel point il s'était départi de sa carapace pendant notre voyage. Seul avec moi dans les

Terres sauvages, il avait été quelqu'un d'autre. À présent, tout ce qui était doux et vulnérable en lui avait disparu, comme escamoté.

Je m'approchai de lui.

— J'aimerais prendre un bain.

Il donna son assentiment d'un bref hochement de tête. Quelque chose avait changé entre nous depuis que j'avais perdu le contrôle. Depuis que j'avais failli tuer Lachlan.

Cela renforça ma certitude : le roi de Varya ne pouvait s'autoriser à m'aimer. Ici, dans son monde, nous n'avions aucun avenir. J'étais une créature d'épouvante, dangereuse et fourbe. Et lui... il portait si bien sa couronne.

L'élixir de rupture pesait dans ma poche.

— Ce soir, on devrait..., commençai-je, mais Théodore regardait ailleurs.

— On devrait quoi ? dit-il d'un air absent.

Une ride profonde creusait son front tandis qu'il contemplait une longue file de fastueux carrosses soigneusement alignés le long de l'allée comme une rangée de perles trop brillantes.

— Qu'y a-t-il ?

— Je ne sais pas ce que font ici tous ces carrosses.

Il tourna les talons et monta les marches deux à deux. Je trottinai pour le suivre dans l'escalier puis dans le hall d'entrée. Une musique sépulcrale résonnait entre les murs, une mélodie délicate, presque mélancolique. Théodore se laissa guider par le son jusqu'à une porte richement ornée qui s'ouvrait à l'arrière du palais. Il s'arrêta sur le seuil. C'était la salle du trône. Une pièce immense, inondée de cristal et d'or, bondée de convives aux tenues extravagantes. On aurait dit que Théodore avait soulevé le couvercle d'une boîte à bijoux pleine de pierres précieuses resplendissantes.

La noblesse de Varya possédait des richesses que celle de Seraf ne pouvait imaginer même en rêve.

Théodore entra dans la salle et la voix du héraut tonna, couvrant les violons, le brouhaha et les rires. La musique se tut tandis que toute l'assistance faisait la révérence. J'avais envie de me cacher derrière la porte, mais Théodore s'avança, contemplant la scène avec ébahissement.

— Le fiancé est de retour.

L'impératrice apparut au milieu de la foule, les bras ouverts en guise de salutation bienveillante.

Je traînais derrière Théodore, aussi loin que le pacte le permettait. Des bottes raclèrent le sol derrière moi et Lachlan fit son entrée, son casque à la main.

— Misère ! marmonna-t-il en voyant Théodore arrondir le dos et serrer les poings sous l'effet de la colère.

— Que signifie tout ceci ? demanda Théodore à l'impératrice, la mâchoire crispée.

L'impératrice inclina la tête, affichant un air neutre. C'était un miracle que sa lourde couronne de diamants ne glisse pas par terre.

— C'est une fête de fiançailles, bien sûr ! Le mariage doit se tenir dans à peine une semaine.

La princesse Halla émergea de la masse des convives et plongea dans une révérence ridiculement solennelle devant Théodore. Sa robe blanche moulante était parsemée de perles étincelantes. Une capeline blanche, d'une finesse extrême, flottait sur ses épaules, retenue par des épingles à sa tiare.

— Majesté, je me réjouis de votre retour, dit-elle avant de se redresser avec un grand sourire. Vous devez certainement vouloir vous rafraîchir, mais puis-je vous demander une danse d'abord ?

Théodore resta muet. Son cou s'empourpra, il déglutit pour ravaler sa colère. Il gratifia Halla d'un hochement de tête presque courtois.

— Une danse.

Le sourire de la princesse s'élargit encore, et elle lui tendit les bras. Théodore prit sa main puis, maintenant une certaine distance entre eux, posa l'autre sur sa taille. La musique s'éleva de nouveau, la foule s'écarta. Aux premiers pas de leur danse, le pacte de sang me retourna l'estomac. Mon ventre protesta, manifestant son mécontentement par un haut-le-cœur. Ma bouche fut inondée de salive. Je ne bougeai pas, me contentant de serrer les dents, la poitrine oppressée, endurant le malaise sans broncher sous le regard attentif de Lachlan.

— Ça va ? demanda-t-il.

— Ne faites pas semblant de vous soucier de mon bien-être.

— Je m'en soucie. J'étais furieux quand je vous ai retrouvés sur la route. Ces derniers jours ont été éprouvants.

— L'élixir de rupture est dans ma poche. Pouvez-vous aller chercher Agatha ? J'aimerais qu'elle soit avec moi quand je l'avalerai.

Lachlan me scruta d'un regard inquisiteur.

— Théo est au courant ?

— Non. Ne lui dites rien, je vous en prie.

Il fit la moue, l'air mal à l'aise.

— Je vais chercher Agatha.

Dès qu'il eut disparu, une voix douce et chantante sonna à mon oreille.

— Il semble que votre périple ait été fort pénible, Lady Nel.

L'impératrice Nivala s'exprimait avec bienveillance, mais ses yeux couleur de lapis semblaient me transpercer tandis qu'elle observait l'état de ma tenue.

Je reculai d'un pas et fis la révérence.

— Oui, Votre Majesté Impériale. En effet.

Elle se détourna pour regarder avec satisfaction sa fille et Théodore tournoyer sur le parquet de danse.

— Ils forment un si beau couple, vous ne trouvez pas ?

C'était la vérité. Il était le soleil, ardent, constant, et elle était la lune pâle, scintillante, illuminée par sa présence. Et moi, qu'étais-je donc ? L'insidieuse obscurité, peut-être, consumée par leur éclat à tous les deux.

L'impératrice s'adressa de nouveau à moi, affichant un air étonné.

— Y a-t-il une raison qui vous retienne ici ? Vous êtes couverte de sang séché.

— Non, Majesté Impériale, dis-je en faisant une nouvelle révérence. Veuillez m'excuser.

— Ah, un instant.

Elle s'était figée dans une immobilité curieuse, son intérêt soudainement éveillé par ma bague de fiançailles. J'attendis la suite.

— Votre nom, Milady, Nel..., commença-t-elle sur un ton badin que démentait son regard perçant.

Elle tendit une main aux doigts longs et osseux, au contact pourtant tiède et doux. Elle me prit celle où brillait la bague, et en caressa le dos.

— J'aimerais savoir d'où il vient.

Un frisson glacé me parcourut, mais j'inclinai la tête poliment et tentai de m'éclaircir les idées afin de répondre. Le nom de famille de Némée était Miros. Je ne me rappelais plus celui de Ligée, alors que je l'avais appris dans mes leçons.

— Je suis née à Seraf, dis-je d'une voix mal assurée.

Je ne pouvais que lui servir l'histoire que l'on m'avait racontée.

— Seraf. Je vois, prononça-t-elle, les yeux brillants de ruse, son index caressant toujours le dos de ma main. C'est un nom intéressant. Un nom obélian, ajouta-t-elle avec un sourire froid, sans me lâcher. Vous le saviez ?

Ma gorge se noua, tous mes sens se mirent en alerte. Je niai de la tête.

Elle observa l'aréopage d'aristocrates aux tenues exquises, contempla Théodore et Halla qui dansaient encore, puis poursuivit.

— Je peux vous en parler, dit-elle comme si elle partageait avec moi seule un secret. Il y a des années, lorsque le roi Athan régnait encore, lorsque Némée n'était qu'un jeune homme, mon mari nous a quittés. Un homme adorable. Simple. Il aimait les chevaux. Le prince consort le plus insipide dont pourrait rêver une impératrice, gloussa-t-elle. Tous les monarques de Leucosie vinrent dans le Nord lui rendre un dernier hommage. La reine Rillion. La reine Ligée, aussi. Certains n'avaient jamais foulé le continent du Nord avant : il est si lointain. Les Nel étaient une très vieille et très riche famille d'Obélia, dont j'étais proche depuis l'enfance. Nos familles respectives se sont mariées entre elles pendant des générations, mais à cette époque, les Nel n'étaient plus qu'une poignée. Ne restait plus qu'une matriarche, son fils adulte souffreteux et sa femme insignifiante. Ils avaient une petite fille timide dotée de magnifiques boucles blondes. Le premier soir, ils donnèrent un élégant festin pour les monarques de Leucosie dans leur immense manoir. Entre deux plats, nous visitâmes les jardins. C'était l'été et la nuit était exceptionnellement douce pour le Nord.

Lorsque nous revînmes à l'intérieur une demi-heure plus tard, les cadavres des Nel, tous les quatre, étaient empilés dans la salle à manger près de la grande table.

Elle fit claquer sa langue comme pour dire « Quel dommage ! »

— Ils avaient été ouverts en deux, de la gorge à l'entrejambe, et leurs entrailles s'étaient déversées sur le tapis.

De nouveau, son index dessina une ligne sur le dos de ma main. Une ligne centrale. Comme celle qui avait éventré les Nel.

— On avait dépouillé la matriarche de ses bijoux. Un collier de spinelle et des boucles d'oreilles assorties. Ainsi qu'une bague.

— Quelle histoire épouvantable ! m'écriai-je.

— N'est-ce pas ?

— Pourquoi me l'avoir racontée ?

— Oh, je ne sais pas…, éluda-t-elle en passant un pouce sur ma paume, sur les nombreuses cicatrices qui la marquaient, avant de me libérer avec un sourire. Vous, née à Seraf, portant ce nom… Ça a fait resurgir ce souvenir. Némée était très beau, à l'époque. Il se montra très attentionné avec moi, alors que je pleurais mon défunt mari. Je me demande ce qu'il est devenu.

— C'était il y a combien de temps ?

— Halla n'était pas encore née, dit-elle après un instant de réflexion. Donc il y a vingt-cinq ans. Ma foi, le temps est cruel, n'est-ce pas ?

À ce moment-là, ce n'était pas le temps que je trouvais cruel.

— Bonne soirée, Majesté Impériale.

Je fis une révérence, jetai un dernier coup d'œil à Théodore et m'enfuis de la salle du trône, pacte de sang ou pas.

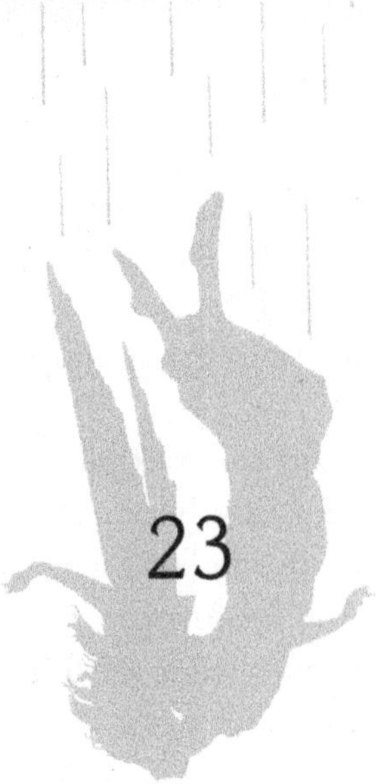

23

Je montai péniblement l'escalier éclairé par des bougies. Les grands dieux alignés le long de la balustrade me toisaient de leurs regards vides et accusateurs. Je tentai de les ignorer, d'ignorer la douleur lancinante dans mon ventre. Je levai des yeux agacés sur la statue énigmatique de Panos, pourtant tous les dieux, y compris ma mère, avaient quelque chose à nous apprendre. Quelque chose de l'ordre d'une impassibilité granitique, implacable. Théodore possédait ces qualités, mais moi… moi j'avais tendance à me désagréger face à mon désir, face à mes peurs. Je fis un effort violent sur moi-même pour ne pas courir le rejoindre.

Pour couronner le tout, j'étais à peu près sûre que l'impératrice savait exactement qui j'étais.

Arrivée sur le palier, j'eus un haut-le-cœur. Je courus au bout du couloir vers la porte des appartements de Théodore. J'aurais peut-être dû chercher un autre refuge, mais le palais était labyrinthique et j'avais besoin du réconfort d'un lieu familier. J'ouvris la porte et me précipitai dans le cabinet de toilette où je vomis tant et plus dans la bassine, le front couvert de sueur. La nausée finit par s'apaiser, mais pas la douleur. Je me passai le visage à l'eau froide et retirai ma chemise crasseuse. Avant d'enlever mon pantalon, je sortis avec précaution l'élixir de ma poche et le posai sur la table de chevet.

J'avais l'impression qu'on avait placé sur ma poitrine une énorme pierre qui m'écrasait peu à peu, broyait mes os, oppressait mon cœur. Je me lavai avec un savon qui sentait comme Théodore. Une fois propre, je m'enroulai dans une couverture et me recroquevillai sur le sol carrelé, attendant la prochaine vague de nausée.

Les gonds de la porte grincèrent. Je bondis sur mes pieds et courus dans la chambre.

— Théo ?

C'était Agatha, vêtue d'une ravissante robe couleur de charbon, l'air éternellement inquiet.

Noms de dieux ! J'aurais voulu que ce soit lui. Je voulais que ce soit toujours lui.

— Lachlan m'a tout raconté.

— Il t'a raconté que j'ai failli le tuer parce que j'ai perdu le contrôle ? Il t'a parlé d'Eusia et de Némée ?

Elle hocha la tête de façon presque imperceptible. Son expression inquiète se rapprochait dangereusement de la pitié.

— Au moins tu es revenue entière…

— Je ne pense pas. J'ai l'impression d'avoir été fendue en deux. Je crois… je crois que je l'aime, avouai-je d'une voix brisée.

Agatha se figea. Cligna des yeux. Hocha la tête.

— Il faut t'habiller.

Un nouvel accès de nausée me vrilla les tripes.

— Tu as entendu ce que j'ai dit ?

— J'ai entendu.

Agatha ouvrit l'armoire de Théodore. Une poignée de robes, que j'avais vues sur le portant de la couturière, y étaient pendues. Agatha sélectionna une toilette de soie lie-de-vin.

— À quoi bon ? Je risque juste de vomir dessus, dis-je.

Agatha s'avança d'un pas déterminé.

— J'ignore où tout cela nous mènera, Imogène. Je ne sais même pas quoi en penser. Tu devras peut-être te battre pour lui. Tu devras peut-être accepter de le perdre. Mais quoi que tu sois amenée à faire, tu ne peux pas le faire toute nue.

Un rire triste m'échappa. Je la laissai m'aider à enfiler une chemise propre et un corset, m'interrompant un instant pour cracher de la bile dans la bassine. Elle serra les lacets dans mon dos.

— Parle-moi de ton plan.

« Plan », c'était un bien grand mot pour désigner le bric-à-brac de missions diverses qui encombraient mon esprit.

— Je ne sais pas… Je dois trouver Eusia. On a appris qu'elle était une sorcière, ou du moins qu'elle possède des pouvoirs d'enchanteresse. Théo a dit qu'il existait des livres sur la magie, ici, dans une bibliothèque au sous-sol. Je dois consulter ces ouvrages. Mais d'abord il faut qu'on rompe notre pacte. Je vais boire l'élixir maintenant…

— Imogène ? Tu veux boire l'élixir ?

Sur le seuil de la porte ouverte, Théodore se tenait le ventre, le teint cireux. Il ouvrait de grands yeux qui se posèrent tour à tour sur Agatha et moi.

Agatha abandonna les lacets de mon corset sans terminer de les nouer.

— Je vais vous laisser, dit-elle en me serrant furtivement la main. Appelle-moi quand tu auras besoin de moi.

Elle se faufila à côté de Théodore et sortit de la pièce. Aussitôt, l'atmosphère de la chambre se modifia. Il s'approcha à pas lents, et ma nausée disparut. Ses yeux verts brillaient d'un éclat peiné, il parla d'un ton rude.

— Réponds-moi.

— Oui, je m'y apprêtais. Tu ne m'as pas adressé la parole depuis un jour et demi. L'impératrice…, commençai-je sans trouver les mots pour décrire notre échange. Et toi et Halla… vous formez un si beau couple. C'est ta fête de fiançailles. Et j'ai mes propres responsabilités à endosser…

— Je ne la vois même pas, tout subjugué que je suis par ta personne, dit-il avec émoi. Tu accapares tous mes sens. Tu hantes chacune de mes pensées. Tu es la substance de mes rêves. Je ne pouvais pas te parler après la tirade de Lachlan, parce que j'étais sidéré qu'il ait raison. Au sujet de mes sentiments…

— Théo…, murmurai-je.

— Ce n'est pas le pacte de sang. On le sait tous les deux. Il y a quelque chose entre nous que ce satané flacon ne saurait rompre.

Il effaça l'espace qui nous séparait, me prit le visage entre ses mains, parla contre mes lèvres.

— Ce que j'éprouve pour toi est au-delà de la raison. Au-delà du devoir et du désir. Tu as bouleversé mon univers et tu es la seule clarté dans le chaos. Toi. C'est toi que je veux.

Je fermai les yeux comme pour nier son aveu, pour contrer la dangerosité de sa confession. Les paroles de Rohana résonnaient dans ma tête. Comment s'étonner que Théodore ne puisse entendre raison ? Car mon âme était comme la mer, mouvante, indomptable, d'une puissance destructrice, alors que celle de Théodore avait des racines.

Des racines profondes, robustement ancrées dans le sol, et je m'étais déversée dans leurs interstices, noyant Théodore.

Il m'embrassa et mes pensées se brouillèrent. Ses lèvres chaudes et douces s'écrasèrent sur les miennes avec une impatience désespérée qui anéantit ma résolution vacillante.

Je me dressai sur la pointe des pieds. Je l'embrassai comme s'il était l'air et la lumière et que j'avais passé ma vie à étouffer dans le noir. Il gémit et sa langue pénétra dans ma bouche, ses doigts s'enroulèrent dans mes cheveux. Il promena ses lèvres sur ma joue, mon cou.

— Ne crois pas que je sois égoïste. Ne m'en veux pas de céder alors que je devrais être en train de chercher et lire ces livres de magie. Alors que je devrais avaler cet élixir de rupture.

— Si tu es égoïste, dit-il en m'embrassant avec ferveur, alors je suis un monstre avare rongé de désir pour toi.

Je m'étais crue faible en ce qui concernait Théodore mais j'ignorais à quel point. J'accueillis ses baisers avec un abandon coupable. Il tira sur mon corset à moitié lacé, embrassa mon épaule nue, ma clavicule. Il poussa un grognement de frustration quand le corset résista.

— Tourne-toi.

Il me fit pivoter, m'embrassa la nuque en me poussant vers le lit. Il me plia sur le bord de la couche, me surplombant de son corps tandis qu'il terminait de défaire les derniers lacets. Il promena ses lèvres, ses dents, sa langue sur la surface de mon dos. Il déposa de doux baisers sur la peau fine qui cachait mes ailes. Tout en m'ôtant ma robe, mon corset et ma chemise, il fit courir ses lèvres tout le long de ma colonne vertébrale, jusqu'au creux de mes reins. Il parla et son souffle chaud brûla ma peau.

— Trop de vêtements…

Enfin, ils tombèrent en pile à mes pieds. Théodore émit un râle approbateur en me contemplant, nue et penchée en avant sur son matelas. D'un doigt léger, il dégagea quelques mèches de cheveux égarées sur mon dos et y déposa le plus doux des baisers.

— Tu es si belle, murmura-t-il, me faisant frissonner.

Il sema des baisers le long de mon dos jusqu'à se retrouver agenouillé derrière moi. Je tremblai lorsque ses lèvres cajolèrent lentement mes fesses. Il écarta mes cuisses et quand sa langue effleura mon sexe, je poussai un râle de plaisir.

Plus rien au monde n'existait que lui, que le feu brûlant dans mon ventre à chaque passage expert de sa langue. D'une poigne puissante il souleva mon genou plus haut que le matelas, enfonça plus profondément sa langue en moi. Une vague de chaleur enfla dans tout mon être.

— Théo ! criai-je d'une voix haletante et aiguë.

— Pas tout de suite, ordonna-t-il.

Je cambrai le dos, soulevai les hanches, mais il me cloua au lit d'une main ferme. Il m'était impossible de résister plus longtemps.

Mon cri de jouissance emplit la chambre. Mon corps se couvrit de sueur, palpita, pris de tremblements incontrôlables. Il me roula sur le dos et ouvrit grand mes jambes. Il promena sa bouche sur l'intérieur de ma cuisse, m'embrassant et me mordillant. Lorsque je tendis les mains vers sa tête, essorée de plaisir, il recula.

Posant la joue sur mon genou, il m'offrit un sourire malicieux.

— Je n'en ai pas encore terminé avec toi.

Bientôt, les bougies s'éteignirent sous l'effet de l'euphorie, et je me cambrai de nouveau en gémissant, écartelée sur le lit, les membres aussi faibles que de jeunes rameaux. Théodore me surplombait, affichant un sourire très satisfait.

— Tu as besoin d'une pause ?

— Tu es fier de toi, n'est-ce pas ?

Il se pencha sur moi, souriant toujours, et posa les lèvres sur mon sein.

— Hmmm…

Je cambrai le dos de plus belle.

— Déshabille-toi, murmurai-je.

Il s'interrompit et commença à défaire ses boutons. Je m'attaquai maladroitement à la ceinture de son pantalon, les yeux fixés sur son ventre plat, sur son torse puissant, tandis qu'il retirait sa chemise. Il était sublime, aussi sculptural que les statues qui peuplaient son palais. Il me regardait le contempler, ses yeux sombres mi-clos. Le dessin de ses muscles, la toison de son torse qui descendait en ligne droite vers l'endroit où s'attardaient mes doigts. Je défis le dernier bouton et fis glisser son pantalon et son caleçon sur ses hanches.

Je savourais sa nudité, son désir ardent que j'empoignai, lui arrachant un grognement.

— Allonge-toi, dis-je tout en effleurant son torse de mes lèvres.

— Tu n'es pas obligée…

— Tais-toi.

Je le repoussai contre les oreillers, affichant à mon tour un sourire satisfait. Je le pris dans ma bouche, exaltée par ses gémissements. Il me saisit par la nuque, agrippa mes cheveux, renversa la tête en arrière et une longue plainte de jouissance s'échappa de ses lèvres.

Je voulais le posséder entièrement, qu'il me consume, je voulais coudre le souvenir de cet instant à mes tendons, à la moelle de mes os, l'inscrire dans chaque molécule de mon corps à jamais. Il finit par pousser un feulement de frustration et me hissa sur lui.

Il posa sur moi un regard où brillait une émotion pleine de chaleur et de douceur que je ne pris pas la peine de déchiffrer. Ce serait assez dur de le purger de mon sang, sans parler de mon cœur. Il m'embrassa avec ferveur, sur la bouche, dans le cou, me mordilla l'oreille. Il amena mes hanches au-dessus des siennes et, le regard comme aimanté, il m'empala avec une lenteur extrême sur son sexe.

— Par les dieux ! haletai-je, au bord de l'extase.

— Imogène, murmura-t-il dans mon cou.

Il ajusta sa position et s'enfonça en moi.

Le souffle coupé, je le laissai guider mes mouvements, imprimer son rythme à nos va-et-vient. Il me chuchotait son plaisir, son adoration, l'extase peinte sur ses traits, son regard embrasé dévorant chacun de mes gestes. Un sourire repu éclaira son visage.

Il passa un bras autour de ma taille et me fit rouler sur le dos, je poussai un petit cri quand il accéléra soudain le rythme.

— Dis-moi…

Il marqua une pause, le souffle court, l'air émerveillé.

— Je n'ai jamais rien désiré comme je te désire toi.

Mon cœur explosa. Il m'embrassa sans me laisser le temps de répondre, et nous nous fondîmes en un amas de membres frémissants, d'haleines entremêlées, de cris de jouissance. Il me traversa tout entière comme une marée montante, effaçant toutes les frontières, toute rationalité. Ensemble, nous sombrâmes avec délices dans un sommeil profond.

C'était le milieu de la nuit et tout était tranquille. Je somnolais, la tête posée sur la poitrine de Théodore, une jambe jetée en travers des siennes, dessinant des cercles paresseux sur son ventre du bout des doigts. Au cours des dernières semaines, j'avais appris à jauger son humeur au rythme de sa respiration. Elle était tranquille et régulière. Nulle tension ne crispait ses muscles gracieux, nulle fébrilité n'agitait ses doigts.

Il était en paix. Et je l'enviais. Mon esprit bouillonnait de manigances, d'angoisses et de pensées affreuses. Mon cerveau se tourmentait à essayer d'imaginer des stratagèmes pour garder Théodore auprès de moi, pour rester auprès de lui, mais malgré toutes ses contorsions, il n'en trouvait pas.

Le souffle de Théodore se fit plus léger à mesure qu'il glissait vers le sommeil. Au moment où sa main sans force tombait de ma taille sur le matelas, on frappa à la porte. Je levai la tête.

— Majesté ? prononça une voix d'homme. J'ai apporté les livres.

Théodore marmonna d'une voix ensommeillée :

— Laissez-les devant la porte.

— Bien, Majesté. Bonne nuit, Majesté.

— Quels livres ? demandai-je à Théodore.

Je me levai et marchai pieds nus jusqu'à la porte, tendant l'oreille pour m'assurer qu'il n'y avait plus personne de l'autre côté.

— Tu as encore beaucoup trop d'énergie à revendre après une telle séance. J'ai l'impression d'avoir échoué à te satisfaire.

— Non, je suis essorée, épuisée, merveilleusement endolorie. Je suis juste trop anxieuse pour dormir. C'est comme si j'avais un essaim d'abeilles dans le crâne.

J'ouvris la porte. Près d'une douzaine de petits volumes reliés de vieux cuir craquelé étaient empilés dans un panier posé par terre, accompagnés d'une feuille de papier pliée en deux. Je tirai le panier à l'intérieur et pris le livre du dessus et la note.

Théodore promenait sur moi un regard rêveur, un sourire de contentement jouant sur ses lèvres.

— Que tu es belle !

Je souris coquettement.

— Toi, tu es beau.

Je dépliai la feuille de papier et revins au lit pour lire la note.

Ermitane Vasili,

Je me suis marié. En guise de présent, je sollicite humblement l'usage de tous les livres du grand dieu Jesop ayant trait à la magie, aux enchanteresses et autres sciences occultes. Comme vous le rappelez souvent, les livres appartiennent aux nations de Leucosie. Sachez qu'ils seront employés pour leur venir en aide, les protéger, les conserver.

Votre roi,

Théodore Ariti

Loué soit le souvenir des grands dieux, qui ont permis que vous trouviez une femme digne qu'on se mette à genoux devant elle. Vous deveniez trop vieux.

Voici. À rendre dans deux jours. En l'état.

La réponse abrupte me fit ricaner. Théodore gloussa en lisant le mot par-dessus mon épaule.

— Elle vit au palais, dis-je. Tu aurais dû écrire : « Je m'apprête à me marier. » Elle va se rendre compte que l'union n'a pas encore eu lieu et venir te corriger avec son bâton.

— Cette femme n'a pas quitté son sous-sol depuis quarante ans. Et de toute façon, je parlais de toi.

— Oh, dis-je en rougissant. Qu'est-ce que ça veut dire, « une femme digne qu'on se mette à genoux devant elle » ?

— À Leucosie, un roi ou une reine s'agenouille devant son ou sa promise, et seulement devant lui ou elle. Ça fait partie de la cérémonie.

Il ferma les yeux, haussa les épaules.

— Mon père ne s'y est jamais plié. L'ermitane s'en est sans doute souvenue, et vu son respect strict des traditions, elle essaie probablement de me culpabiliser assez pour que j'honore celle-ci.

Je repensai à la nuit où je m'étais enfuie de la montagne de Némée. Le vent qui hurlait, mes tremblements épouvantables, et Théodore tombant à genoux devant moi quand j'avais prononcé mon serment d'allégeance. Je posai le livre sur le matelas, me tournai sur le côté, dégageai une mèche de son front.

— Tu t'es agenouillé pour moi, dis-je timidement, presque comme une question.

Une fossette se creusa dans sa joue quand il sourit avec malice.

— Et je le referai tout à l'heure…

Je poussai faiblement son épaule.

— Quand on s'est évadés de chez Némée.

Il ouvrit des yeux lourds de sommeil, les plongea dans les miens avant de les refermer.

— J'étais follement épris à la seconde où je t'ai aperçue sur le chemin de ronde, vêtue de cette robe ridicule. C'était facile de tomber à genoux.

— Tu mens.

— Follement épris, répéta-t-il en souriant, sans rouvrir les yeux.

Il passa un bras sur ma taille, m'attira contre lui, m'embrassa longuement. Malgré sa chaleur, un frisson glacé me parcourut. Il sombra dans le sommeil, mais je demeurai éveillée, fixant le ciel de lit. La voix chevrotante de Rohana me narguait en silence.

« Tu es une reine-déesse. »

« Empare-toi de ce que tu désires. »

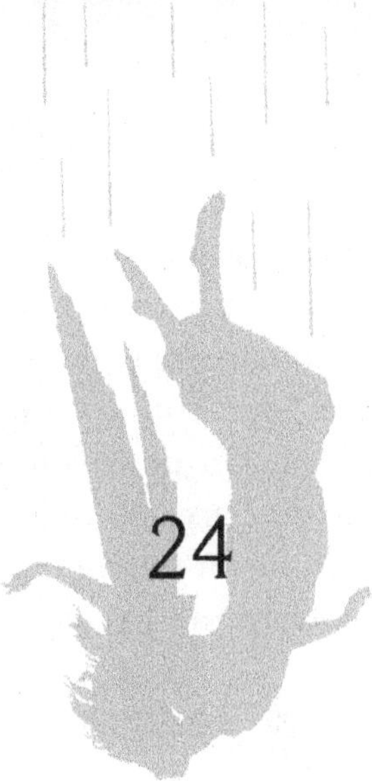

24

Je ne trouvai pas le sommeil cette nuit-là. Je restai étendue au bord du lit, calée contre les oreillers afin de pouvoir lire à la lueur d'une bougie solitaire. Les paupières lourdes, je parcourus les griffonnages presque indéchiffrables de Jesop. D'innombrables pages d'une monotonie assommante détaillant des lignées, rapportant les histoires des grands dieux à l'époque où ils étaient nouveaux. Mariages, morts, naissances… je finis par maudire le pouvoir de mémoire de Jesop, regrettant qu'il n'ait pas été plutôt doué pour la prose raffinée.

Le soleil s'élevait lentement, éclairant le ciel d'un gris d'acier. Je voulais que le temps s'arrête. Je voulais étudier tous ces livres en un claquement de doigts et y trouver précisément ce que je cherchais, mais chaque fois que je tournais une page inutile, cet espoir s'amenuisait. Même si j'apprenais où se cachait Eusia, même si le sort exact dont j'avais besoin était écrit noir sur blanc, ça ne me donnerait pas ce que mon cœur désirait.

Je refermai le livre et regardai Théodore. Il dormait sur le dos, le front lisse, la bouche entrouverte. Le monde entier était contre nous, mais ni mon corps ni mon cœur ne s'en souciaient. J'avais passé ma vie à me demander ce que ça ferait de trouver réellement ma place, d'appartenir à un lieu, et je commençais tout juste à comprendre.

Je pris le livre suivant. Un petit volume au papier jauni et à la reliure de cuir bleu très abîmée. Avec une détermination nouvelle, je me mis à tourner les pages, jusqu'à ce qu'un titre de partie attire mon regard :

LA PREMIÈRE ENCHANTERESSE

Je me redressai en position assise, les genoux repliés contre ma poitrine, et le drap glissa, me découvrant à moitié. Serrant le livre entre mes mains, je lus la suite, les yeux ronds.

> La sorcellerie est née de la malveillance et de la jalousie, mais je ne puis prétendre qu'elle n'a pas son utilité. Ses mérites sont nombreux. Elle peut soigner, prédire l'avenir, repérer la présence du sang dans la mer, sur la terre, dans les airs. Dans certains cas, elle peut accomplir ce que le pouvoir divin ne peut pas. Il existe des témoignages écrits relatant comment des navires coulés furent remontés des profondeurs à l'aide de la sorcellerie. Des corps, tirés de leur tombe. Mais je dois avertir le lecteur sans détour : pour tout ce que la sorcellerie offre à celui qui l'emploie, elle lui en prendra le double.

La température de la chambre sembla chuter. Le souvenir grotesque des plis de peau distendue sous les yeux laiteux de Rohana me vint à l'esprit. Je pensai à ses dents bleuies, à son corps impotent. C'était la magie qui avait changé cette jeune femme en monstre.

Lorsque la première enchanteresse se mit à étudier les sorts, la rumeur dit qu'elle voulait éclipser sa sœur, la grande déesse Ligée, qui avait été dotée à la naissance d'un pouvoir divin immense. L'enchanteresse n'avait reçu à l'inverse que très peu de pouvoir. Son esprit, en revanche, était affûté. En versant son sang de sirène, en préparant des concoctions, en procédant à des sacrifices et en récitant des prières aux termes choisis, elle fut capable de créer une nouvelle forme de pouvoir. Un pouvoir que sa sœur, la grande déesse, ne maîtrisait pas.

Mon cœur cognait dans ma poitrine comme les cloches de midi. La pièce s'éclairait peu à peu. Théodore remua, juste assez pour coller son corps endormi contre le mien et jeter un bras sur mon ventre. Je rajustai ma position et poursuivis ma lecture.

Le premier sort qui fut jeté le fut par bienveillance. L'enchanteresse fournit une prophétie à une femme enceinte. Elle se servit d'une goutte de sang, d'un peu de chair grasse de la mère et d'une potion à base d'eau de mer et d'herbes à fumer. La mère voulait connaître l'avenir de l'enfant et son destin, car elle souffrait de cauchemars de mauvais augure. L'enchanteresse prédit que l'enfant serait une grande voyante. Elle donna au bébé le nom de Rohana et annonça qu'elle conseillerait et protégerait l'archipel de Leucosie pendant de nombreuses années.

Mais, à l'époque, l'enchanteresse ignorait que sa magie nouvelle était très différente du pouvoir des grands dieux. La magie des sorts a des limites et un prix. Avec le temps, l'enchanteresse s'affaiblit, comprenant trop tard qu'elle devait trouver un moyen de reconstituer ce que la magie lui volait. Elle lui rongeait le corps, et ce qui avait été robuste et plein de vitalité devint chétif.

La magie de l'enchanteresse lui avait valu une certaine notoriété. Elle était célèbre dans tout le royaume, à l'instar des grands dieux. Certains la craignaient, d'autres l'admiraient et d'autres encore la maudissaient, refusant de faire confiance à une magie récente qu'ils ne comprenaient pas. À mesure que sa santé déclinait, sa capacité à jeter des sorts s'amenuisait aussi. Lorsque sa renommée s'étiola, la folie s'empara d'elle. Elle se mit à exiger le paiement rétroactif de ses services à ceux qui en avaient bénéficié, et si quelques-uns, poussés par la peur, acceptèrent de payer, nombreux furent ceux qui refusèrent. Car le prix était élevé.

Un épisode étrange concerne la mère ayant reçu la prophétie. Selon le récit que m'en a fait l'enfant, Rohana, voici ce que j'ai appris.

Le nourrisson était déjà une fillette lorsque l'enchanteresse vint réclamer son dû auprès de la mère. À ce stade, le corps de l'enchanteresse était si usé qu'elle avait embauché des compagnons pour la porter lors de ses déplacements dans l'archipel. Ils la portèrent jusqu'à la côte nord de Varya, où vivaient Rohana et sa mère. Elle entra dans leur modeste demeure sans y être invitée. Et repartit deux jours plus tard, forte d'une vigueur renouvelée. Son corps de nouveau entier, ses yeux embrumés comme nettoyés de leur voile, sa peau retendue. On ne vit plus jamais la mère de Rohana.

À partir de ce moment, l'enchanteresse consacra les Îlets sacrés en tant que site rituel où s'accomplirait toute magie à Varya. Elle s'enchaîna à la terre et à la mer sur cette petite île et réussit à subsister, appelant à elle ceux qui venaient en quête de son pouvoir, et conservant ainsi le peu d'énergie qu'il lui restait. À sa suite, toutes les enchanteresses des différentes îles créèrent des sites rituels pour se sustenter et pratiquer la sorcellerie.

« Grands dieux ! » murmurai-je en tournant la page avec impatience. Je voulais connaître la suite, mais ne trouvai que les règles et les lois s'appliquant aux enchanteresses et à leur pratique de la magie. Sur la page d'en face, une longue liste des lignées divines. L'image de la hutte de Rohana prit forme dans mon esprit. Le sol en était jonché d'ossements humains et animaux. Je repensai au récit que m'avait fait Théodore de son expérience lors du rituel de transfert. Il n'avait pas pu emporter le corps de son père, il avait dû l'abandonner dans cette hutte horrible et pourrissante. Je comprenais à présent pourquoi : c'était le paiement exigé.

— Car le prix était élevé, me chuchotai-je à moi-même, aspirée par le sombre tourbillon de mes pensées.

À côté de moi, Théodore s'étira, ronronna comme un chat, et je le laissai se coller plus près, me réfugiant dans sa chaleur. Une terreur froide m'avait saisie.

Je baissai de nouveau les yeux sur le livre. La page qui consignait les lignées ressemblait à un tissu de dentelle noire. Jesop écrivait d'une main serrée et précise, les lignes reliant les noms comme de minces fils d'encre. Je trouvai en premier le nom du grand dieu Panos. Il était l'aîné d'une fratrie comprenant deux frères plus jeunes ainsi qu'une sœur, tous nés de la génération précédente des dieux de la terre. La lignée de Panos se poursuivait avec le père de Théodore, Athan. L'ouvrage était trop ancien pour faire mention de Théodore, mais ses frères aînés y figuraient. Ils étaient trois, tous morts avant leur dixième année.

Ensuite apparaissait Ligée. Pas de délicate ligne verticale sous son nom, mais une horizontale sur la droite. Une sœur cadette.

Je tressaillis en lisant son nom.

Eusia.

Eusia. La sœur de ma mère. La première enchanteresse. La créature monstrueuse qui se nourrissait de mon pouvoir et pourchassait mes semblables avait été la première enchanteresse du royaume.

— Théo, dis-je en le secouant par l'épaule. Théodore, réveille-toi.

Il marmonna dans un demi-sommeil.

— Qu'est-ce qu'il y a ?

— J'ai trouvé quelque chose. Parle-moi de l'exécution de la première enchanteresse. Tu m'as dit qu'elle avait été tuée, n'est-ce pas ?

Il cligna des yeux, puis les frotta de ses poings fermés.

— Je crois, oui. Si je me rappelle correctement mes leçons d'histoire, elle fut éviscérée et jetée dans la mer au large d'Anthémuse.

— Anthémuse ?

Ça paraissait improbable. Cette île où demeuraient les sirènes était située loin à l'ouest, et elle était désormais inhabitable à cause de la peste.

— Elle avait installé son lieu de rituel sur le rocher de Rohana dans les Îlets sacrés. Comment se serait-elle rendue jusqu'à Anthémuse ?

Il secoua mollement la tête.

— Désolé, Im', je ne sais pas. Peut-être qu'Agatha pourra t'en dire plus.

Il traça une ligne de baisers sur mon épaule, le long de mon bras, mais même si le contact de ses lèvres éveillait en moi une douce chaleur, je ne pouvais y céder.

— Eusia est la première enchanteresse, murmurai-je. Elle était… elle est la sœur de Ligée.

Théodore s'immobilisa, puis posa une main sur ma joue pour m'obliger à le regarder dans les yeux.

— Imogène, c'est impossible. Elle a été tuée.

Je niai de la tête en lui montrant le livre.

— Tout est là.

— Comment… ? Comment est-on censé tuer une chose déjà morte ? demanda-t-il avec angoisse.

— Par magie.

Il me lança un regard interrogateur.

— Par magie, répétai-je, en éprouvant une soudaine nausée à cette idée. Je vais devoir me servir d'un sort pour rompre mon lien avec Eusia. Je peux en jeter un pour la trouver, un pour rompre notre pacte, et un autre pour l'anéantir complètement.

Je sentis son corps se raidir, son poing se referma sur mes cheveux en un geste d'exaspération.

— Non. Jeter un sort, c'est très différent d'en jeter trois, Imogène. Tu sais ce que coûte la magie : tu as vu Rohana.

— Elle pratique la magie depuis des centaines d'années. Trois sorts ne feront…

— Non.

— Si Eusia conserve son lien avec moi, alors les sirènes continueront de mourir, dis-je. Si nous demeurons liées l'une à l'autre, alors toi et moi…

Je ne formulai pas le reste de ma pensée. Théodore me sonda du regard.

— Alors toi et moi, quoi ?

Je lisais dans ses yeux le même début de panique qui montait en moi. Le vaste monde se ruait contre nous avec un marteau et un burin, prêt à nous séparer de force, à nous réduire en miettes. Nous nous embrassâmes fougueusement, un baiser fiévreux né de notre peur commune. Il tira sur mes cheveux, découvrant mon cou.

— Toi et moi, quoi ? insista-t-il.

— Rien.

De sa main libre, il descendit jusqu'à mon entrejambe et m'écarta les cuisses. Il me caressa jusqu'à me rendre pantelante.

— Dis-moi.

— C'est impossible.

Le pacte de sang qui me liait à Eusia n'était pas le seul obstacle qui me séparait de Théodore. Pourtant, les contrats, le mariage, la prophétie, tout s'envola lorsqu'il se positionna au-dessus de moi.

Il me contemplait comme si j'étais un bijou précieux aux multiples facettes.

— Tu crois qu'entre nous, c'est impossible ?

Je me cramponnai à son épaule tandis qu'il me pénétrait d'un coup de reins éperdu et possessif. Je gémis, sa bouche s'écrasa sur la mienne, comme pour faire reculer l'épouvante que nous devions affronter. Ses lèvres étaient d'une chaleur torride et purifiante, mais les ténèbres demeuraient dans les marges de mon esprit. Elles collaient à ma peau enflammée, une menace froide comme la mort.

— Tu es déjà à moi, Imogène. À moi.

Le soleil levant illumina les lignes de son corps musclé, fit briller ses yeux. Je tentai de me perdre en lui, de laisser ses mots me recouvrir, comme s'ils étaient notre propre prophétie, une bénédiction.

Un cliquetis se fit entendre. Nous ne bougeâmes plus. Une clef tournait dans la serrure que j'avais verrouillée la veille au soir. La porte s'ouvrit à la volée au moment où Théodore s'écartait de moi et tirait les draps sur nos corps nus.

Lachlan entra, nous jeta un bref regard avant de baisser les yeux en jurant. Au seuil de la chambre, Agatha resta figée dans le couloir, les mains posées sur les joues en un geste de surprise embarrassée.

— Dehors ! rugit Théodore.

— Je suis désolé. Vraiment.

Lachlan mit un genou à terre, le regard toujours fixé sur le tapis précieux. Il parla sur un ton neutre, mais je remarquai sa bouche incurvée vers le bas, l'intransigeance de ses mots.

— L'impératrice est debout et d'une humeur massacrante : elle vous en veut terriblement de n'être pas retourné à la fête de fiançailles hier soir. Elle insiste pour que vous honoriez de votre présence la cérémonie dédiée à la princesse et elle-même sur la plage. Elles exigent que le mariage et la guerre soient bénis aujourd'hui.

Théodore jeta à Lachlan un regard furieux. Il serrait la couverture dans son poing à s'en faire blanchir les jointures. Je posai une main apaisante sur sa poitrine et sentis son cœur cogner follement.

— Dehors ! ordonna-t-il de nouveau.

Agatha maudit Lachlan depuis le seuil, mais Lachlan l'ignora et défia Théodore du regard.

— En tant que votre commandant et votre bras droit, il est de ma responsabilité de vous conseiller. Après la cérémonie obéliane, il vaudrait mieux qu'Imogène et vous procédiez à la rupture de votre pacte.

— Je suis le roi, par tous les dieux !

— Si vous refusez, je soumettrai la rupture à un vote du Conseil.

— Le Conseil n'a pas son mot à dire en ce qui concerne mes affaires personnelles.

— Non, mais votre pacte de sang, dans les faits, est le catalyseur de cette guerre. Et il pourrait causer d'autres problèmes avec l'impératrice. Nous avons notre mot à dire lorsque vos affaires personnelles compromettent la sécurité du royaume.

— Lachlan ! s'écria Agatha.

Il lui jeta un regard dubitatif. Elle secouait la tête en signe de désapprobation, blessée, déçue.

— Tu ne peux pas les forcer. Tu ne peux pas leur faire subir ce qu'on nous a fait endurer.

— Agatha, répondit-il d'une voix implorante. Agatha, ce n'est pas la même chose.

La réaction d'Agatha, sa façon de se refermer complètement, instantanément, provoqua chez lui un mouvement de recul.

— Agatha, répéta-t-il en courant après elle, claquant la porte derrière lui.

Tout s'effondrait. Théodore et moi restâmes noués sous les couvertures, silencieux et stupéfaits. Il ferma les yeux en s'écartant vers le bord du lit. Ses épaules puissantes s'affaissèrent. La culpabilité me monta dans la gorge comme de la bile. Je comprenais pleinement, à présent, pourquoi Théodore n'avait pas supporté mon inexistant sens du devoir, mon égoïsme, ma lâcheté. C'étaient des calamités, et il était tombé la tête la première dans leurs profondeurs désastreuses.

Le pacte de sang rua dans mon ventre comme si je lui avais désobéi. J'avais causé du tort à Théodore. Mes yeux se fixèrent sur le flacon d'élixir posé sur la table de chevet, à côté de ma bague.

— Théo, chuchotai-je. La prophétie comportait une dernière phrase que je n'ai… que je ne pouvais me résoudre à te révéler. Cette dernière phrase était : « Ce qu'ils ont créé détruira l'ordre des choses. » Ce que Ligée et Némée ont créé, c'est moi. Je détruirai tout… J'ai déjà commencé…

— Ça suffit, dit-il doucement.

Un silence frémissant s'installa. Théodore se leva, récupéra ses vêtements et s'habilla, sans se départir de son air sévère. Enveloppée dans le drap, je m'extirpai du lit à mon tour et me dirigeai vers le cabinet de toilette, la tête basse. En passant devant la table de chevet, je tendis la main pour m'emparer de l'élixir de rupture.

— Stop !

L'ordre me fit l'effet d'un coup de poing. Je levai les yeux sur Théodore, qui me rendit un regard perçant.

— Tu es résolue à croire que tu es une sorte de sombre augure, un monstre. Je ne peux pas croire, je refuse de croire que te connaître, me lier à toi… que… que me soucier de toi provoquera ma perte. Mais si tu dois réellement me détruire, alors que ce soit entièrement. Anéantis-moi, annihile tout ce qui m'appartient. Une vie sans toi n'a pour moi aucun intérêt.

Je soutins son regard, mon cœur bondissant dans ma poitrine. Je cherchai les bons mots.

— Pense à ce que tu me demandes, Théodore, dis-je enfin d'une voix enrouée. Aux gens qui souffriront si nous restons liés. Le coût exorbitant pour ton royaume. C'est inimaginable.

— Je n'ai pas encore de solution. Je ne sais pas… Penses-tu que nous sommes condamnés par le destin à demeurer tels que nous l'avons toujours été ? Toi, minée par la peur, et moi, malheureux, entièrement dévoué à mon devoir. Nous étions tous deux en train de nous étioler. Tu m'as fait entrer dans la lumière. Tu m'as fait éprouver fureur et terreur, joie et désir. Comment me résoudre à m'enfermer de nouveau dans les ténèbres après m'être senti aussi vivant ?

Ma gorge se serra, les larmes me montèrent aux yeux. Quelque chose de froid et dur semblait se répandre dans ma poitrine. Peut-être une sorte d'armure qui poussait autour de mon cœur, ou bien c'était mon cœur lui-même qui se rabougrissait, se calcifiait, car je savais sans le moindre doute ce que j'avais à faire. Et je comprenais que ce serait affreux.

Avec son air dépenaillé, ses cheveux en bataille, ses lèvres gonflées, Théodore ne ressemblait plus au roi intouchable que j'avais rencontré sur le chemin de ronde. Non, j'avais mis à bas toutes ses défenses, et il s'était à peine battu.

— On devrait se dépêcher, dis-je. N'oublie pas de porter ta couronne.

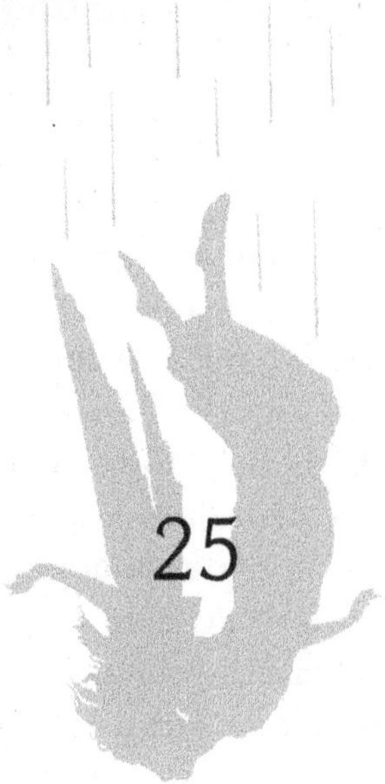

25

Lachlan et Agatha n'étaient pas dans le couloir quand nous sortîmes de la chambre, et j'en remerciai les dieux. Après avoir passé la nuit jetée en tas par terre, ma robe couleur lie-de-vin était froissée. Mes cheveux en désordre pendaient dans mon dos, l'élixir de rupture glissé dans ma poche battait contre ma cuisse tandis que je trottinais au côté de Théodore.

Nous atteignîmes l'escalier qui menait au grand hall.

— Je devrais marcher derrière toi, dis-je.

Théodore s'arrêta, outré.

— Ça m'ennuie déjà assez que l'impératrice me voie te suivre partout comme ton ombre, ce serait pire si je marchais à ton côté, expliquai-je. J'ai un pressentiment en ce qui la concerne : je crois qu'elle sait qui je suis.

— Qu'est-ce qui te fait dire ça ? demanda-t-il en haussant un sourcil.

— Je te raconterai tout après le rituel, répondis-je avec un geste de la main l'invitant à me précéder dans l'escalier. Après toi.

Sous le regard dominant des statues des grands dieux, il commença à descendre, arborant une moue critique. Je me tenais dix pas derrière lui. La rumeur du palais s'élevait autour de nous. Domestiques affairés, soldats marchant au pas, courtisans couverts de bijoux et de soies précieuses. Ces derniers se déplaçaient dans le hall en ravissants petits groupes qui me rappelaient des bouquets printaniers. Théodore atteignit la dernière marche et s'attarda un instant, levant vers moi ses yeux étincelants.

— Si tu m'attends, ça ne sert à rien, dis-je, navrée.

— Je ne veux pas que tu sois derrière moi. Je te veux à mes côtés, dit-il à voix basse avec bien trop d'affection.

Une morgue toute royale raidit sa colonne vertébrale. Je compris qu'il ne se plierait pas à des règles qui lui déplaisaient. Il ne supporterait pas qu'un Conseil qu'il avait lui-même nommé lui donne l'ordre de renoncer à moi.

Je poussai un soupir résigné, ses yeux se posèrent sur mes lèvres.

— Tu es très belle.

— Et toi très stupide, murmurai-je avant de jeter des coups d'œil tout autour, me rappelant l'avertissement de Lachlan quant à la nécessité d'être discrets. On dirait que j'arrive tout droit des Terres sauvages, dis-je en tentant de lisser les plis de ma robe.

Il opina, puis me donna le coude.

— Malgré tout, je pense que ça vaut mieux, dit-il en nous conduisant vers la porte qui ouvrait sur le jardin, son regard de braise détaillant ma chevelure, ma bouche, mon décolleté. Si te voir, même dans cet état, me rend idiot, je ne serais plus bon à rien en te voyant habillée comme tu devrais l'être.

— Et comment devrais-je être vêtue ?

— D'une couronne, dit-il en me tenant la porte. Faite de gemmes de la couleur du miel, pour aller avec tes yeux.

Mon cœur s'emballa, alors même que je prenais conscience de ne pas vouloir devenir reine. Je ne voulais pas du poids écrasant d'une couronne – pas plus comme héritière de mon père que de ma mère. Je voulais vivre loin des Conseils, des guerres et des frivolités, vivre une vie tranquille, sans histoires et à l'abri.

Pourtant, peut-être qu'en d'autres temps, en d'autres lieux, aux côtés de Théodore, j'en aurais été capable.

Une brume fraîche montait en volutes dans le jardin, voilant la splendeur des fleurs, mouillant les dalles de pierre sous mes ballerines. Une courte allée nous mena à une volée de marches en bois qui descendaient tout droit à la plage plongée dans le brouillard. Lachlan et Agatha discutaient avec Efran à quelques pas des vagues. Le chancelier avait l'air particulièrement renfrogné, les poings noués dans le dos. Lorsqu'il m'aperçut au bras de Théodore, son humeur s'assombrit encore. À l'inverse, Agatha parut s'illuminer.

Elle se précipita à mon côté et me prit par la main, me tirant vers la mer. Un petit groupe de femmes d'Obélia portant de longues tuniques se serraient un peu à l'écart, préparant leur cérémonie.

— Je suis désolée, dit Agatha sans me lâcher la main. J'ai passé un savon à Lachlan pour avoir débarqué comme ça dans votre chambre sans prévenir. Je ne lui pardonnerai jamais d'avoir suggéré que le Conseil mette au vote votre rupture. Tu ne dois pas laisser Lachlan décider à ta place. Tu dois faire tes propres choix.

À mon tour, je contemplai la mer. Je la sentais respirer, palpiter, un miroir reflétant les rythmes de mon corps.

J'imaginais qu'elle reflétait de la même façon ceux d'Eusia, où que se trouve sa carcasse délabrée.

— Je comprends l'agacement de Lachlan, dis-je. Et le poids que toute cette histoire fait peser sur lui. Je t'en prie, ne laisse pas ces considérations démolir ce que vous essayez de reconstruire.

Elle lâcha ma main et ricana amèrement.

— C'est déjà démoli, dit-elle en posant sur Lachlan, debout plus loin sur le sable, un regard vide. Non. Dit comme ça, on pourrait croire qu'il serait possible de reconstruire encore une fois. Non, il ne reste plus qu'un tas de cendres entre nous. Nous avons été séparés trop longtemps. Nous étions comme des formes complémentaires, mais aujourd'hui, nous ne nous emboîtons plus.

Prise d'une tristesse indescriptible, je demandai :

— Mais tu l'aimes ?

— Oui, avoua-t-elle en essuyant furtivement une larme solitaire sur sa joue. C'est bien ça le pire...

— Alors essaie encore.

Je n'étais pas sûre que ce soit un conseil avisé, mais je voulais qu'elle vive ce qui m'était refusé.

— Peut-être que vous essayez de reconstituer les choses telles qu'elles étaient auparavant, mais vous êtes des personnes différentes, vous avez changé. Vous avez besoin de temps pour réapprendre à vous connaître, pour explorer ce que vous êtes devenus l'un et l'autre.

Agatha me regarda en clignant ses yeux humides. Elle m'offrit un petit sourire reconnaissant et j'y aperçus une étincelle d'espoir.

— D'accord, dit-elle. Mais assez parlé de moi.

Je jetai un coup d'œil derrière moi pour voir si la cérémonie allait bientôt commencer, mais les Obélianes farfouillaient toujours dans un assortiment de petites boîtes en bois.

J'eus un hoquet de surprise en reconnaissant parmi les jeunes femmes la princesse Halla. Ses deux dames d'honneur et elle portaient de longues tuniques identiques, rose pâle, couleur chair. Les cheveux blonds de Halla pendaient raides et sans artifices, glissant sur ses épaules, soufflés par la brise. Ses joues anguleuses étaient dépourvues de fard, et ses lèvres n'arboraient pas leur habituelle couleur de pétale de rose. Lorsqu'elle se retourna, je sursautai. De son cou à l'ourlet de sa robe pendait une écharpe écarlate, de la couleur exacte du sang.

L'effet était si saisissant, si choquant que je luttai pour reprendre contenance. Je pensai aussitôt à l'histoire que m'avait racontée l'impératrice à propos de la nuit où les Nel avaient été massacrés. Fendus en deux de la gorge à l'entrejambe, leurs entrailles déversées sur le tapis, sans doute par l'un des hommes de Némée. Tout cela pour qu'il puisse voler quelques bijoux. Ce méfait portait sa marque : celle de sa fourberie pleutre et méprisable.

Je me penchai vers Agatha.

— Où est l'impératrice ?

— Elle a fait savoir à Lachlan qu'elle refusait de parler au roi ou de se trouver en sa présence tant qu'il ne présenterait pas ses excuses pour avoir offensé sa fille la nuit dernière.

— Grands dieux !

L'une des dames tira d'une boîte en bois un pieu en cristal. Il était lisse, absolument transparent et sa pointe était effroyablement acérée. Après l'avoir inspecté, la princesse Halla se tourna face au petit groupe rassemblé sur la plage. Elle arrondit les yeux en me voyant.

— Lady Imogène, quelle surprise de vous voir ici !

Je fis la révérence, tandis qu'elle me scrutait de son regard bleu, considérant ma robe chiffonnée et mes cheveux ondulant librement. Je ne portais pas de bijoux, excepté le spinelle à mon doigt, pas de maquillage non plus. On aurait dit que j'émergeais à peine d'un sommeil agité.

Halla embrassa la plage du regard avant de dire à voix basse sur un ton sévère :

— Un mot, s'il vous plaît.

— Bien sûr, Votre Altesse.

La princesse marchait sur la plage à petits pas, les mains jointes devant elle, la tête inclinée vers le sol. Le sable, la mer et le ciel se confondaient en une masse grise nuageuse. Ne pouvant aller plus loin sans réveiller le pacte dans mon ventre, je m'arrêtai et demandai :

— Votre Altesse, de quoi souhaitez-vous me parler ?

Elle s'arrêta et fit volte-face.

— Savez-vous à quoi sert le rituel que je m'apprête à accomplir ?

— On m'a dit que c'était pour une bénédiction, répondis-je d'un ton égal. Pour bénir votre mariage à venir. Et la guerre.

— C'est exact, dit-elle avec son accent chantant. J'imagine que vous comprenez pourquoi je désire une telle bénédiction.

— Bien sûr.

Halla s'approcha, ses cheveux blonds soufflés par la brise, son visage blême comme la mort tout pincé.

— Dans ce cas, vous ne vous en mêlerez pas. On m'a confié une tâche importante, et il me semble que votre présence et le temps… prolongé que vous passez avec le roi m'empêcheraient de la mener à bien.

Je soutins son regard, incapable de deviner si cette tâche était simplement de concevoir un héritier ou si elle cachait quelque chose de plus sinistre. Les deux possibilités me rendaient également malade.

— Quelle tâche devez-vous mener à bien ?

Elle fronça les sourcils et me répondit sèchement :

— Cette question est tout à fait inadmissible.

Je continuai sans me démonter.

— Je sais que vous avez perdu la faveur de votre mère, Halla. Vous avez fait quelque chose qui l'a poussée à vous déshériter. J'imagine que vous tenez à tout prix à revenir dans ses bonnes grâces, mais je ne lui fais pas confiance, et, partant, à vous non plus. Je dois savoir si vous avez l'intention de nuire à Théodore ou à son royaume pour regagner la faveur de votre mère.

Je m'attendais à ce qu'elle s'emporte avec fureur, qu'elle vitupère contre les calomnies que je proférais, mais elle se contenta de me regarder avec des yeux pleins de larmes. Elle garda le silence un long moment.

— Dites-moi la vérité.

— Je n'ai pas l'intention de lui nuire, dit-elle en clignant des yeux pour en chasser les larmes. Je dois juste donner un petit-enfant à ma mère.

Ce n'était guère réconfortant de savoir que je laisserais Théodore et Halla accomplir leur devoir en produisant un héritier pour leurs deux royaumes. J'aurais dû aspirer à la même chose. Prolonger une lignée, une dynastie, mais je n'y voyais aucun sens. Ni plénitude ni joie. Je ne pouvais imaginer une telle chose dans un monde où je n'avais ni sécurité ni foyer. Je ne pouvais m'imaginer perpétuant la lignée de Némée. Cette seule perspective me brûlait comme un coup de fouet.

— Très bien, déclarai-je avec un bref hochement de tête avant de m'éloigner sur le sable humide pour rejoindre Agatha et Théodore qui m'observaient tous les deux d'un même regard attentif.

Je les évitai l'un comme l'autre, résolument.

La princesse Halla attendit un instant, reprenant ses esprits. Puis elle se dirigea vers Théodore, sa longue tunique diaphane flottant derrière elle. Elle s'inclina devant lui dans une profonde révérence.

— Majesté, votre présence m'honore, chantonna-t-elle. Bénir notre union est primordial à mes yeux.

Théodore fit jouer sa mâchoire et la fixa d'un regard impénétrable.

— Je vous en prie.

Elle fit un pas de plus et leva sur lui des yeux aguicheurs.

— La cérémonie a tendance à me rendre malade, dit-elle d'une voix suave. Voudriez-vous me faire l'honneur de rester à mon côté, en tant que mon futur époux et mon roi, pour me retenir quand la nausée me prendra ?

Théodore se raidit.

— Est-ce qu'il ne vaudrait pas mieux s'agenouiller ?

— Pas du tout, Majesté. Je dois me tenir debout avec de l'eau jusqu'aux chevilles. Et j'avoue que cela m'effraie, ajouta-t-elle en baissant la voix.

Il pinça les lèvres et lui adressa un signe de tête presque imperceptible, après quoi elle lui prit la main et l'entraîna au bord de l'eau. Elle entra lentement dans la mer, les vaguelettes léchant l'ourlet de sa tunique, l'alourdissant. Théodore se tenait derrière elle, et elle guida ses mains jusqu'à sa taille puis lui lança un regard par-dessus son épaule, un sourire charmant aux lèvres.

— Voilà, comme ça.

Une jalousie maladive s'empara de moi. Elle était malvenue, mais notre pacte de sang s'embrasa douloureusement dans mon estomac. Agatha vint me tirer en arrière. Je m'étais approchée de la mer sans m'en rendre compte, comme aimantée par les vagues.

— Respire, chuchota-t-elle à mon oreille. S'il y a une chose que nous avons apprise, c'est que tu te contrôles moins quand tes émotions débordent.

J'aspirai l'air salé, mais ça n'arrangea rien.

La princesse Halla se tourna vers la plage, entre les bras de Théodore, et nous adressa un sourire béat. Sa voix s'éleva au-dessus des vagues bouillonnantes.

— Je sais que vous ne priez pas ma sainte, comme je n'adore pas vos dieux, mais je vous demande à tous de vous agenouiller pendant la cérémonie en gage de respect.

Nous nous mîmes à genoux. Je tentai de me souvenir des leçons d'Agatha dans mon enfance, cherchant ce que j'avais appris concernant les saints d'Obélia. Je me rappelais seulement que chaque famille choisissait son propre saint. Les dames en tunique entrèrent dans l'eau à leur tour. Elles s'agenouillèrent face à la princesse. Leurs écharpes rouges flottaient sur l'écume blanche.

La voix de Halla fendit l'air humide en un chant plein de ferveur, d'abord aigu puis tombant dans les graves.

— Je m'avance remplie de gratitude, de louanges et d'infinie révérence. Je viens renouveler notre équilibre. Je viens prendre et donner en égale mesure.

L'une des dames d'honneur éleva le pieu de cristal, et Halla le reçut en coupe entre ses mains.

— Je prie pour un mariage heureux, pour une union féconde.

J'avais l'estomac retourné. Je baissai les yeux sur mes mains jointes qui avaient blanchi tellement je les serrais.

Le ton de Halla s'adoucit.

— Je prie que vous renforciez les eaux grâce à votre pouvoir. Je prie que vous portiez aide et secours à la flotte du roi Théodore. Tordez les courants en sa faveur, emplissez-les de vos disciples afin que l'ennemi soit plongé dans vos ténèbres dévorantes.

Je levai les yeux sur elle, un froid terrible s'empara de moi tandis qu'elle brandissait le pieu d'une main, étendant l'autre, paume tournée vers le ciel, au-dessus des vagues.

— Je vous donne mon sang pour prix de vos bénédictions.

Halla ferma les yeux et murmura, si bas que je pus à peine l'entendre :

— Je me souviens de votre corps fendu en deux et de votre sang versé.

Elle posa la pointe sinistre du pieu sur son index et en trancha la pulpe. Un sang rouge s'égoutta dans l'eau.

— Je donne au sable. Je donne à l'eau. Écoutez ma prière, entendez mon appel. Que la mer soit purifiée.

La panique me frappa comme un poing.

— Non !

Toute l'assemblée retint son souffle quand je bondis sur mes pieds et m'avançai à grands pas dans les vagues.

J'entendis tinter l'épée de Lachlan lorsqu'il la tira de son fourreau, son cri alors qu'il me courait après.

— Par tous les diables… !

— Arme au pied, Lachlan ! hurla Théodore.

— Théo, vous avez perdu la…

— J'ai dit : repos !

Me dressant devant Halla, je lui arrachai le pieu. Nous nous défiâmes du regard. Le blanc de ses yeux était rougi, injecté de sang. Avec ses lèvres blêmes et ses joues creuses et grises, elle ressemblait à la mort. Ses jambes se dérobèrent sous elle, Théodore la rattrapa et la soutint.

— Qui est votre sainte ? demandai-je, tenant le pieu entre nous deux. Dites-moi son nom !

— Vous avez donné votre parole que vous ne vous en mêleriez pas.

Son timbre mélodieux avait laissé place à la voix éraillée d'une vieille mégère. Théodore eut un mouvement de recul en l'entendant.

— Répondez-moi !

Je la saisis par sa tunique et la secouai. Elle était complètement paralysée à présent, affaissée de tout son poids entre les bras robustes de Théodore. Elle poussa un hurlement strident de frustration, de douleur.

— Faites quelque chose, Majesté !

— Imogène…

Théodore s'exprima sur un ton neutre qui m'alarma. Je croisai son regard par-dessus l'épaule de Halla et y lus quelque chose qui m'interloqua. Du désarroi. L'homme noble et sûr de lui ne savait pas quoi faire.

— Lâche-la, Im'.

Incapable de me résoudre à obéir, je plaidai ma cause d'une voix implorante.

— Elle adore Eusia.

— Eusia ! s'écria Halla, ébahie. Vous connaissez Eusia ?

— Je la connais bien, répondis-je en tentant de contrôler ma respiration emballée. Pourquoi la vénérez-vous ? Quelle magie a-t-elle accomplie pour vous ?

Halla parut outrée.

— Elle a accompli un miracle. Pour notre famille.

— Elle a jeté un sort, corrigeai-je, les dents serrées. Quel paiement a-t-elle exigé en retour ?

Ma question sembla provoquer chez elle une soudaine prise de conscience. Elle posa sur moi un regard vide, sa bouche forma une ligne mince et têtue. Mes serres poussèrent au bout de mes doigts et je lacérai sa tunique.

— Imogène ! cria Théodore. Lâche-la !

Je refusai et la tirai d'un coup sec hors des bras de Théodore. Il ne s'attendait pas à une telle force de ma part. Le corps de Halla s'affaissa dans l'eau, mais je la maintins à la surface tout en l'entraînant plus loin du rivage. L'eau froide, mordante, atteignit bientôt mes cuisses.

— Quel prix votre famille a-t-elle payé pour le sort ?

La mer m'obéit lorsque je lui ordonnai de s'enrouler autour de la princesse tel un serpent constricteur. Halla poussa un râle terrifié.

— Sortez-moi de l'eau, gémit-elle. Je vous en supplie !

— Vous avez raison de craindre la mer, Halla, dis-je en la ramenant face à moi pour la regarder dans les yeux. Elle est à moi.

J'envoyai un nouveau courant se tordre autour de son corps. Ses cris de terreur perçaient le brouillard matinal.

— Un corps, dit-elle enfin. Le prix de son miracle était un corps.

— Le corps de qui ?

Ma voix sonnait étrangement à mes oreilles, aussi ample et puissante que la mer déchaînée. Je me fondis en elle, me perdis en elle.

Halla se débattait entre mes mains comme un poisson au bout de la ligne. Des larmes coulaient de ses yeux rougis.

— Celui de mon père. Eusia a fait en sorte que ma mère ait enfin un enfant. Elle est tombée enceinte de moi. Et en guise de paiement, elle lui a donné mon père.

Écœurée, je levai les yeux sur Théodore, qui se tenait derrière elle, pétrifié, et nos regards s'arrimèrent un long moment.

— Eusia est un monstre, dis-je à Halla, et vous la vénérez malgré tout ?

À l'idée de l'acte répugnant qu'avait commis l'impératrice, je repensai à Némée, à ce que l'impératrice avait dit à son sujet : qu'il s'était montré très attentionné quand elle portait le deuil de son mari. Je pensai à cette famille, la mienne, éviscérée, à ma bague arrachée au doigt d'un mort. Je pensai à l'écharpe rouge que portait Halla. À l'histoire de l'exécution d'Eusia, son corps fendu en deux et jeté à la mer. À la prière récitée par Halla, la même que m'avait enseignée Némée quand j'étais une fillette qu'il faisait sauter sur ses genoux.

En deçà du pincement qui vibrait dans ma poitrine, sous la noirceur poisseuse de mon pacte avec Eusia et la chaleur lumineuse de celui qui me liait à Théodore, une certitude se fit jour. Une clairvoyance soudaine et terrible.

— Imogène.

La voix de Théodore agit sur moi comme une ancre. Elle me ramena dans mon corps, dans ma chair et mes os. Je distinguais de nouveau la frontière entre l'eau et ma peau. Il était dressé devant moi tel un fanal éblouissant.

— Ramène-la sur le sable, Immy.

Je ne pouvais me résoudre à bouger. Car le premier pas engendrerait le suivant, et je savais où me mènerait ce chemin de douleur.

Théodore s'avança dans les vagues et je l'observai attentivement. La pente de son nez, la ligne dure de sa mâchoire, les cheveux noirs qui encadraient son front plissé. Je me rappelai ses halètements, ses lèvres sur ma peau et la forme de mon nom sur sa langue quand il l'avait murmuré au plus profond de la nuit.

— Tout de suite, Imogène. Je suis ton roi, dit-il avec fermeté, comme si cette simple déclaration était une prise solide sur le pommeau d'une arme fidèle.

Une arme qui ne lui avait jamais fait défaut.

Je traînai Halla vers le rivage.

— Et moi, je suis quoi ? demandai-je avec plus d'émotion que je ne l'aurais souhaité. Ton sujet ? Ta maîtresse ? Ta reine ? L'héritière de Seraf et la reine des sirènes ? Je ne suis rien de tout cela, et tout cela à la fois. Ma place est à la fois nulle part et partout.

Il prit un air blessé.

— Tu sais où est ta place.

— Non. La seule part de moi qui ait trouvé un véritable foyer est mon cœur. Mais je ne suis pas qu'un cœur, n'est-ce pas ? Tu voudrais que ce soit propre et sans douleur. Tu veux que les choses demeurent telles qu'elles sont, mais je crains qu'elles ne doivent être complètement renversées avant qu'aucun de nous puisse espérer obtenir ce qu'il veut.

Dans ses yeux, je voyais la lutte qui faisait rage en lui. Halla remua et je la hissai de sorte que son visage se trouve à quelques centimètres du mien.

— J'anéantirai votre sainte.

Sans ménagement, je la lâchai, elle tomba en criant dans la mer et j'envoyai une vague la ramener jusqu'à la plage.

Théodore l'aida à se dépêtrer de sa tunique de soie trempée et à se relever. Les effets du sort qu'elle avait jeté s'étaient estompés. Ses joues avaient repris des couleurs, ses yeux n'étaient plus veinés de rouge. Les jambes flageolantes, elle s'appuya sur Théodore.

— Elle a dit qu'elle était votre reine, geignit-elle en levant les yeux sur lui.

Théodore me jeta un coup d'œil avant de regarder Halla. J'avais été idiote de parler si ouvertement, de révéler que je constituais une menace pour son mariage et son titre, mais j'espérais que Théodore minimise la chose. Il prit une grande inspiration.

— C'est exact, dit-il.

Je lui jetai un regard incrédule, bouche bée.

Dans sa voix, il y avait une promesse, comme si révéler à Halla ce qu'il y avait entre nous pouvait lui permettre de me garder auprès de lui.

— Imogène est l'héritière des sirènes. Nous sommes liés par un pacte de sang, et par conséquent elle peut utiliser mon pouvoir. Notre pacte la protégera dans sa quête… d'Eusia.

Halla resta prostrée contre lui un long moment, hébétée. Lentement, elle leva une main tremblante et la posa sur la joue de Théodore. Lorsqu'elle parla, sa voix avait retrouvé ses accents suaves.

— Ma mère nous détruira tous pour cet affront.

Théodore resta de pierre.

— Vous avez donné votre parole, non ? Que je serai votre reine, poursuivit-elle en caressant sa joue. Et la parole d'un roi ne l'engage-t-elle pas tout autant qu'un paraphe de sa plume ? Rompez ce pacte, Majesté, dit-elle en adoptant soudain un ton de menace. Notre mariage a lieu dans une semaine.

Sa tentative d'intimidation me piqua au vif, réveillant en moi le besoin de protéger Théodore. Je serrai les dents pour faire taire cette pulsion et plongeai la main dans ma poche où se trouvait l'élixir de rupture. Je me figeai en sentant quelque chose dans l'eau. La vibration dans ma poitrine s'accéléra. Des doigts glacés frôlèrent ma cheville, des serres rognées égratignèrent mon mollet.

— Pas maintenant ! m'exclamai-je.

Je lançai un ordre à travers les vagues. Les nekgyas se levèrent à mon appel, émergeant à la surface avec leur regard vide. Halla poussa un hurlement et sortit précipitamment de l'eau. Lachlan, Eftan et Agatha reculèrent à leur tour. Trois cadavres de sirènes se dressaient devant moi. Leur chair bleu-gris était tissée d'algues et de pourriture.

Leurs bouches noires parlèrent à l'unisson tandis que la voix d'Eusia résonnait sous mon crâne. « Chez toi. Chez toi. Chez toi. »

Eusia les avait envoyées pour se moquer de moi. Pour me redire ce qu'elle essayait de me dire depuis le début. Ce que j'avais tenté à tout prix d'ignorer.

— Je sais.

Relevant ma jupe trempée, je me tournai vers le rivage et sortis de la mer. Les nekgyas scandaient encore leur ritournelle alors que mes ballerines touchaient le sable sec. Tout le monde m'observa bouche bée, y compris Théodore, tandis que je remontais sur la plage. Quand je fus parvenue à hauteur de Lachlan, je m'arrêtai.

— J'aurai besoin qu'un navire m'escorte jusqu'à Seraf à mon réveil.

— À votre réveil ?

— Oui.

Je tirai de ma poche l'élixir et le montrai à lui seul.

Il hocha gravement la tête.

— Je m'en occupe.

La tête basse, je dépassai Eftan et Agatha, tenant toujours les plis de ma jupe trempée. Eftan protesta lorsque Théodore s'engagea sur le sable derrière moi.

— Majesté, laissez-la partir.

Théodore abandonna Halla qui grelottait de froid et d'émotion.

— Il faut qu'on parle, dit-il en tendant le bras vers moi.

Même si ça me fendait le cœur, je reculai.

— Tu veux bien me suivre, Im' ? S'il te plaît.

— Retourne auprès de ta fiancée.

— Eftan prendra soin d'elle.

— C'est à toi de prendre soin d'elle. Fais ton devoir, Théo. Et je ferai le mien.

Il tressaillit comme si je l'avais frappé au visage.

— Imogène… Je refuse de te perdre.

— Tu étais censé me perdre dès le début, rétorquai-je d'une voix faible. Je t'ai donné ma parole dans le fort de Némée. Je t'en prie, permets-moi d'y rester fidèle.

Serrant la fiole dans mon poing fermé, je tournai les talons et me hâtai vers l'escalier afin de m'éloigner rapidement de lui.

Ce n'est pas la fin, me mentis-je à moi-même en ôtant le bouchon du flacon. Nous aurions d'autres moments ensemble. Nous aurions de nouvelles occasions de nous taquiner l'un l'autre, de nous chamailler, et je sentirais encore son timbre grave résonner dans mon corps quand je serais allongée contre sa poitrine. Je me disais qu'il était toujours à moi, alors même que je portais la fiole à mes lèvres et renversais la tête en arrière pour boire l'élixir jusqu'à la dernière goutte.

— Imogène ? cria Théodore, la voix pleine d'angoisse. Non !

J'accélérai le pas. Le liquide visqueux coula sur ma langue et resta coincé dans ma gorge. Au pied de l'escalier qui remontait vers le jardin, je luttai pour l'avaler. Il était noir et épais comme du goudron, avec un goût de pourriture. La douleur arriva la seconde d'après. Un poignard chauffé à blanc qui me lacéra le ventre. Je tombai à genoux sur la première marche. Ma vue se brouilla. Ma tête valdingua comme si on m'avait frappée avec un gourdin.

Des mains puissantes me retinrent. Un sifflement aigu dans mes oreilles étouffait les voix. Je ne sentais plus que la douleur fulgurante dans ma poitrine, le liquide qui emplissait mes poumons.

Je tentai de respirer et un gargouillement s'échappa de ma gorge.

— Je ne peux pas... Je ne peux pas respirer.

— Imogène.

Je connaissais cette voix. Elle perça au travers de la douleur, de la tristesse.

Ma poitrine me brûlait et enflait. *Tu ne peux pas te noyer*, pensai-je pour apaiser ma peur, mais de fait, j'étais en train de me noyer. Quelqu'un me souleva, me porta tandis que j'étouffais sans fin. Du coin de l'œil je devinais un flou coloré : des fleurs. Un bouillonnement dans ma gorge, un goût de métal sur la langue, puis un liquide chaud et épais s'écoula de ma bouche sur mon menton. Il m'emplit le nez. Je clignai des yeux et le sentis coller au coin de mes paupières.

Porté par des bras puissants, mon corps fut agité d'un spasme. Je toussai et sentis le liquide m'éclabousser les joues. Au moment où je perdais la vue, où mes poumons s'embrasaient sous la douleur de la noyade, je sentis le soleil.

Théodore.

Son pouvoir.

Chaud et constant, il se déversa en moi comme de l'or fondu. Tenta désespérément de repousser les ténèbres.

Mais les ténèbres furent victorieuses.

TROISIÈME PARTIE

LES PROFONDEURS

26

Dans les profondeurs les plus sombres de la mer, il n'y avait rien d'autre que la pression. Celle qui transforme tout être vivant en une version grotesque, difforme de lui-même.

C'était là que reposait mon corps. Sous cette immense masse d'eau. Mon corps se décomposait. Se transformait.

Une chaleur inimaginable irradiait mon ventre. Ce n'était pas la chaleur de Théodore, douce et tiède comme la lumière du jour. C'était le feu de l'enfer. Il faisait bouillir mon sang, calcinait mes veines. J'avais perdu la vue, mon ouïe était assourdie et on me vidait. Théodore me quittait, dans un goutte-à-goutte de sang divin.

Je n'avais jamais connu la mer sans le pouvoir de Théodore qui courait dans mes veines. Je ne l'avais jamais connue alors que seul mon pacte avec Eusia était tapi dans mes entrailles.

L'absence de Théodore m'apporterait plus que du chagrin. Car des choses affreuses emplissaient les espaces vides. Et c'était dans les profondeurs les plus sombres de la mer que les monstres étaient créés.

27

J'avalai une grande bouffée d'air, comme si je venais d'émerger à la surface de l'eau. J'avais trop chaud, j'étais couverte d'une sueur froide et poisseuse. Je fixai un plafond inconnu. Il n'était pas décoré : ni moulures dorées ni lianes fleuries peintes. La chambre ne sentait pas l'été et le savon au vétiver, comme celle de Théodore, mais une odeur de menthe insipide et de lavande, avec une pointe âcre de népenthès.

Un moment, je me demandai si j'étais encore au palais, et il me sembla que ma poitrine s'effondrait sur elle-même. Le lit étroit grinça quand je m'assis, laissant mes jambes pendre au bord du matelas. Mon corps tout entier me faisait mal, comme un hématome enflé et lancinant. La mince chemise de nuit grise que je portais était rêche sur ma peau à vif.

J'observai la chambrette, l'esprit encore embrumé. Sur l'étagère près du lit se trouvaient un verre d'eau et des petits flacons de potions médicinales. Une bassine de cuivre était posée sous la fenêtre, à l'endroit où les rayons brillants du soleil de l'après-midi traversaient le verre et formaient comme une flaque de lumière sur le sol.

Mes yeux se mouillèrent. Les rayons de lumière me rappelaient Théodore. J'étais vidée, purgée du point chaud où notre pacte avait élu résidence, mais Théodore était toujours là. Il était partout. Sur ma peau, dans mon corps. J'entendais encore sa voix résonner à mon oreille.

Mue par une détermination amère, je me forçai à me lever, à ravaler mes larmes et à mettre mon esprit au travail. Je ne pouvais pas rester seule en chemise de nuit, à pleurnicher au moindre rayon de soleil, sans quoi je m'écroulerais complètement. Je devais me rendre sur l'île de Seraf. Némée possédait les réponses que je cherchais.

J'allai à la bassine pour me laver mais m'arrêtai un instant en découvrant un poids inconnu autour de mon cou. Tâtant sous le col de la chemise, je tirai une longue chaîne en or dissimulée par mes vêtements. Elle était ouvragée, avec un petit diamant serti dans le fermoir, et au bout pendait ma bague de fiançailles. Le spinelle gris d'orage. Je serrai les dents, laissant retomber la chaîne contre mon sternum, puis entrepris de me nettoyer avec l'eau glacée.

Des vêtements étaient posés sur un banc au pied du lit : un pantalon et une tunique de couleur sombre, pliés avec grand soin en petits rectangles et emballés avec de la ficelle, exactement à la façon dont Théodore avait empaqueté nos vêtements lors de notre périple à travers les Terres sauvages. Une paire de jolies bottines noires complétait la tenue. Toutefois, en voyant une deuxième pile de vêtements, je m'immobilisai.

C'était une robe de soirée. Noire comme la nuit, mais une légère iridescence moirait l'étoffe luxueuse. Comme des ailes de sirène. Du bout des doigts, j'effleurai le décolleté en V plongeant : il était bordé de minuscules points au fil bleu qui dessinaient une vigne grimpante. Elle s'enroulait jusqu'aux épaules, les grandes feuilles lisses et les fleurs étoilées étaient magnifiquement rendues. Mes doigts perçurent autre chose, et je me figeai. Brodées dans les lianes, de sorte que l'œil ne faisait pas la distinction entre les deux, se trouvaient des plumes.

J'inspirai péniblement. Il m'avait fait faire une robe de pacte. Noire pour rappeler le pacte de sang sans limites, celui qui brouillait les frontières entre deux êtres jusqu'à ce qu'ils ne fassent plus qu'un. Je m'efforçai de doucher la flambée d'espoir que cela allumait en moi. Je pris la robe pour en lisser la jupe, et quelque chose tomba de ses plis, tinta sur le sol. Je me baissai avec difficulté pour ramasser l'objet.

Une autre bague. Sur le corps en filigrane d'or était sertie en griffe une grosse pierre couleur de miel. Exactement la même couleur que mes yeux.

— Va te faire voir, Théo ! jurai-je.

La porte s'ouvrit en silence et une jeune femme aux yeux vifs et à la peau lisse et brune entra.

— Oh, vous êtes déjà levée !

Elle me fit un petit sourire, tout en m'étudiant de la tête aux pieds. Ses cheveux noirs étaient tirés en arrière sous une fine coiffe blanche. Elle portait une robe d'un vert profond typique de Varya sous un tablier blanc amidonné.

— Vous vous sentez bien ? On dirait que vous avez vu un fantôme.

Je refermai les doigts sur la bague de Théodore et la tint serrée dans ma paume.

— Pas de fantôme, dis-je dans un souffle.

Pourtant, j'avais bien l'impression d'être hantée.

— Eh bien, remercions Panos, dit-elle en refermant la porte derrière elle. Je suis venue vous aider à vous habiller, Majesté.

— Pardon ?

La femme écarquilla les yeux et fit une rapide révérence.

— Pardonnez-moi. Selon les instructions du roi, je dois vous appeler « Majesté ».

— Du roi ? Mais pourquoi ?

Mon cœur cognait follement, je perdis momentanément tout sens commun et me demandai l'espace d'un souffle si Théodore avait trouvé le moyen de contourner les exigences de Halla et de son impératrice de mère.

— Parce que vous êtes une reine, j'imagine, Majesté. L'héritière de Ligée, à ce qu'on m'a dit.

— Oh, fis-je en clignant des yeux, me sentant idiote. Bien sûr. Combien de temps ai-je dormi ?

— Trois jours.

Les yeux baissés en marque de respect, la femme étendit la chemise propre, le corset et les vêtements de dessous qui étaient pliés sous la robe.

— Je préfère porter la tunique.

Elle me regarda, interloquée.

— Mais elle est empaquetée si proprement pour votre voyage. Sa Majesté a mis le plus grand soin à plier vos effets. Je crois qu'il tenait à ce que vous portiez cette robe. Elle est ravissante, vous ne trouvez pas ?

Je ne comprenais pas.

— Il est venu ici ?

Je la laissai retirer la chemise de nuit de mes épaules et glisser à la place la tunique propre.

— Il vous a portée ici lui-même hier matin, dit-elle en positionnant le corset et en commençant à serrer les lacets.

Il s'est occupé de vous lui-même le premier jour et demi. Ce n'est que lorsque vous avez cessé de saigner qu'il vous a confiée à nous, les guérisseuses.

— Je vois.

Une tristesse indicible me transperça. Il m'avait quittée. Je lui avais dit de le faire, de faire son devoir, et pourtant j'étais incapable d'éteindre cette douleur. J'enfilai les vêtements de dessous et enjambai les jupons de la robe. La femme la remonta sur mes hanches et entreprit d'en nouer le corsage.

— C'est peut-être déplacé, Majesté, commença-t-elle prudemment, mais si ça peut vous aider, il ne vous a pas quittée de son plein gré. Le chancelier Eftan a dû le traîner par la peau du cou, si on peut dire.

Je hochai la tête, sans savoir si cette information remuait le couteau dans la plaie ou bien l'apaisait comme un baume.

— Votre servante, celle qui a les cheveux bouclés, était elle aussi extrêmement inquiète. Même l'impératrice d'Obélia est venue à votre chevet la nuit dernière, contrariée de vous voir si mal. Et on a laissé ceci pour vous.

Elle tira de sa poche une enveloppe cachetée, et mon cœur bondit dans ma poitrine.

La cire se craquela quand j'ouvris le pli. En comprenant qu'il ne venait pas de Théodore, je le froissai involontairement dans ma main.

Imogène,

*Un navire a été préparé pour vous, selon vos souhaits. Merci de ne pas le couler. L'*Hercule *est rapide et léger, il est doté d'un équipage vaillant. Chaque marin a un pacte de sang avec une sirène et sera ainsi immunisé contre vos leurres, mais ça ne m'étonnerait pas que vous trouviez le moyen de contourner cette protection divine. Vous aimez tant* *nous priver, nous les hommes, de notre souffle. Un carrosse vous emmènera aux quais à votre réveil. Trouvez le chancelier Eftan pour qu'il le fasse quérir.*

Je vous souhaite du succès dans votre entreprise,

Cmdt Lachlan Mela

La lettre me donna l'impression d'être poussée dehors brutalement. Je la repliai, posai la bague que je tenais à la main sur le banc et enfilai mes bottes en silence. Avant de sortir de la chambre, je ramassai les vêtements que Théodore avait empaquetés pour moi.

— Merci.

— N'oubliez pas ceci !

La jeune guérisseuse reprit la bague qui étincela dans le rayon de soleil quand elle me la tendit.

Je fixai la pierre brillante, sa couleur chaleureuse, et fus prise d'une bouffée de rage. Je n'avais pas été assez stupide pour croire que notre rupture serait une excision propre et sans douleur, mais je ne pensais pas non plus que Théodore se montrerait aussi naïf.

Il aurait dû me quitter complètement. Pas de bague, pas de robe de pacte. C'étaient des promesses qu'il ne pouvait pas tenir.

La guérisseuse me regardait fixer la bague, les sourcils haussés dans l'expectative.

— Vous vous sentez bien ? Puis-je faire autre chose pour vous ? Un peu de népenthès, peut-être, pour atténuer des douleurs résiduelles ?

Je mis la bague à mon doigt d'un geste vif.

— Non.

Je sortis dans le couloir. Je me changerais une fois à bord.

On décorait le grand hall pour le mariage. Des drapeaux obélians d'un bleu profond côtoyaient ceux de Varya, suspendus le long des garde-corps de marbre noir et au-dessus des linteaux. Au pied de chacun des escaliers en spirale, on aurait dit que des jardins entiers avaient été plantés. Des lianes serpentaient entre les piliers de leurs balustrades et s'enroulaient autour des chevilles des statues des grands dieux. Des domestiques couraient de-ci de-là les bras chargés de paniers pleins de rubans et de bouquets de fleurs.

À l'instar des lianes qui semblaient sinuer avec abandon dans tout le palais, une colère noire comme la gangrène m'envahissait peu à peu.

Je faillis franchir les portes du palais sans plus attendre, après tout j'étais bien capable de me trouver un carrosse par mes propres moyens, quand j'aperçus Eftan. De l'autre côté de la grande salle, au pied de l'escalier, il examinait des papiers avec une femme en uniforme de domestique et surveillait l'avancée des préparatifs dans le hall.

Lorsqu'il me vit, sa face ronde se pinça. Il s'approcha à petits pas rapides, son regard notant au passage la robe que je portais et la bague de Théodore à mon doigt. Il eut un rictus mauvais.

— Le roi est un imbécile.

— Bonjour, chancelier.

— Vous l'avez séduit. Vous l'avez souillé, grinça-t-il tout en me prenant par le bras et en me traînant vers les portes monumentales. Vous avez poussé son royaume au bord d'une ruine complète, et il vous habille comme une fiancée de pacotille pour vous remercier. Partez. Partez tout de suite, avant qu'il vous voie.

Je dégageai mon bras d'une violente secousse qui manqua lui faire perdre l'équilibre.

— Il épouse la princesse dans quatre jours, cracha-t-il, et vous ne devez revenir sous aucun prétexte. Ni en tant que sa maîtresse, ni en tant…

Il poussa un râle et son visage passa du rouge à un violet de plus en plus sombre.

J'inclinai la tête, surprise par l'aisance avec laquelle mon leurre avait jailli, par l'empressement de mon pouvoir à obéir au moindre de mes désirs. C'était différent, à présent, en l'absence du pouvoir de Théodore.

— Cher Eftan, susurrai-je tandis qu'il agrippait sa gorge. Je suis venue vous demander un carrosse. Afin de pouvoir partir et ne jamais revenir. M'aiderez-vous ?

Il hocha frénétiquement la tête. Je le gratifiai d'un sourire sucré.

— Comme c'est aimable…

Je tournai les talons en direction de la porte et relâchai le leurre, guettant avec impatience l'écho de ses efforts désespérés pour aspirer l'air.

L'après-midi était doux, le temps dégagé. Un air chargé d'humidité et du parfum des fleurs pénétrait par les interstices de la porte du carrosse. Cette odeur m'était devenue si familière que je la remarquais à peine, mais je la humais à pleins poumons à présent, tandis que la voiture me secouait sur la route de pavés bleus qui menait à Port Panos.

Mon esprit bouillonnait comme la surface de la mer, agité de pensées noires. Elles me ramenaient toutes à Némée, à ses yeux vides et gris, à sa cruauté inflexible. À sa montagne froide et sèche, loin, si loin de la mer. J'avais cru ne jamais y retourner. J'avais tout fait pour l'éviter. Mais s'il y avait dans l'archipel une personne qui pouvait savoir où se cachait Eusia, c'était lui.

Avant d'arriver au port, j'enfilai la bague que m'avait offerte Théodore sur la chaîne qui pendait à mon cou et eus un sourire amer en pensant à l'avenir que je pourrais m'offrir en vendant ma collection de bagues de fiançailles. On m'avait lavé les cheveux pendant mon sommeil. Ils sentaient l'orange et un parfum sucré de fleurs, et je les tressai en une longue natte. Quand j'eus terminé, mes mains avaient cessé de trembler.

Je m'installais plus confortablement sur la banquette quand quelque chose de pointu me piqua la cuisse. Je cherchai sur le siège, passai une main sur ma robe. Je me figeai en sentant un bout de papier plié dans la poche. Une lettre. Cachetée à la cire verte et portant le sceau de Théodore : une main sur laquelle s'enroulait une liane.

Mes tremblements reprirent alors que je brisais le sceau. Je posai la feuille à plat sur mes genoux pour lire.

Im',

Je débute cette lettre sans trop savoir quoi t'écrire. Je suis défait par le vide que tu as laissé derrière toi. Je veux que tu saches que je n'avais pas l'intention de te quitter. J'y ai été forcé par mon Conseil. On m'a reproché d'avoir délaissé mon devoir, d'avoir attiré la guerre sur nos têtes par mon comportement débridé. Eftan a refusé de me laisser t'offrir la robe de pacte et la bague, jusqu'au moment où j'ai menacé de le bannir du palais pour toujours.

Tout ça pour dire que je suis à la dérive.

Je suis dans la peine, mais je crois que mon but est plus clair qu'il ne l'a jamais été. Mon devoir, mon désir se sont fondus en une seule entité. Ils sont tous deux liés à toi, incontestablement. Ton absence m'a convaincu d'une chose : si tu le veux, je me tailladerai de nouveau avec joie pour te verser en moi. Je ne sais pas encore comment. Je ne vois pas encore le chemin qu'il me faudra prendre. Mais si tu veux encore de moi quand tout sera fini – et même si tu ne le désires pas – je suis à toi.

Pour l'heure, je dois faire des choses terribles et douloureuses pour te protéger, toi, ainsi que mon peuple. Reviens-moi et absous-moi de ces actes.

À toi pour l'éternité,

Théo

Je lissai la feuille froissée, le cœur lourd. Par mes dieux, Théo… Il renierait son devoir envers son royaume si je lui revenais un jour. Il me laisserait signer sa perte. Pourtant, en toute honnêteté, c'était précisément ce que je voulais. Les yeux humides, je repliai la lettre et la glissai dans mon corset, sur mon cœur.

« Des choses terribles et douloureuses. »

Le cocher arrêta les chevaux à côté d'un autre carrosse du palais, plus grand et entièrement orné de lianes dorées. Je retins mon souffle. La porte du carrosse s'ouvrit, et le valet de pied me tendit la main.

— C'est le carrosse du roi, à côté ?

Si Théo me voyait portant sa bague et sa robe, sa résolution fragile – comme la mienne – serait réduite à néant.

— Hum… Oui, Majesté.

— Que fait-il donc sur les quais ?

— Je ne saurais dire. Voulez-vous que je me renseigne ? proposa le valet.

— Non, non, non. Je marcherai vite, c'est tout. Vous le voyez ?

L'homme regarda à gauche et à droite, puis fit non de la tête. J'attrapai le petit baluchon de vêtements de voyage préparé par Théodore et sautai à bas du carrosse sans l'aide du valet.

— Merci.

Les quais pourtant très étendus étaient bondés. Des rangées innombrables de planches en bois humides et une forêt de mâts m'encerclaient. Je fus engloutie par une foule de marins et de marchands qui allaient et venaient sur les passerelles en transportant toutes sortes de biens, leurs sifflements et leurs cris me perçant les oreilles. Plissant les yeux dans le soleil, je déchiffrais les plaques portant le nom des navires fixées à leur proue. Lorsque j'arrivai au bout du premier quai, je m'arrêtai. L'eau du port était si bleue, si claire, son clapotis si doux que j'en oubliais presque ce qui nageait sous sa surface.

Un navire au loin attira mon regard. Je levai une main pour masquer le soleil. Au sommet des quatre mâts flottaient des drapeaux obélians. Un amas de runes bleu métallique sur un fond couleur saphir qui m'avaient toujours rappelé des flocons de neige.

C'était le navire de l'impératrice.

Le palais tout entier était dans l'effervescence des préparatifs de mariage, je ne comprenais pas pourquoi l'impératrice quittait les lieux quelques jours seulement avant les épousailles de sa chère fille, surtout après avoir fait tout un foin avec ses exigences et ses contrats longs comme le bras censés assurer le bien-être de Halla. Toutes ces discussions à propos d'héritiers putatifs, d'allocations, de jardins dédiés au culte de sa sainte monstrueuse, et voilà qu'elle s'en allait avant même de voir Halla en robe de mariée.

Le navire dépassa le môle et l'évidence m'apparut soudain. L'impératrice ne serait pas partie sans avoir obtenu ce qu'elle était réellement venue chercher : ses contrats signés.

Ses routes commerciales sécurisées, garanties par traité. Théodore devait avoir signé, en fin de compte. Pour quelle autre raison une femme telle que l'impératrice ferait-elle le long voyage vers le Sud ? Elle aurait pu envoyer Halla se marier sans l'accompagner, comme le font tous les souverains avec leurs enfants. Elle n'avait pas affronté une traversée si périlleuse pour l'amour de son enfant, même si elle avait sacrifié son mari pour lui donner naissance. Tout ce que faisait l'impératrice, toutes les décisions qu'elle prenait, chaque ordre et chaque requête étaient destinés à consolider son propre pouvoir.

Malgré la chaleur de l'après-midi, je fus prise d'un frisson glacé. Je serrai les dents pour faire taire la douleur dans ma poitrine, lorsque des cris de joie et des acclamations retentirent derrière moi. La foule s'écarta en même temps que résonnaient les claquements métalliques de nombreuses armures. Me dressant sur la pointe des pieds, j'aperçus un éclair doré.

C'était l'escorte de Théodore. Il avait dû venir souhaiter bon voyage à l'impératrice. La princesse Halla marchait devant, reconnaissable à son halo de cheveux blonds, luminescent comme une perle volée au fond de l'océan. Une vision fugace, vite disparue derrière les soldats qui me barraient la vue. Sans réfléchir, mue par une témérité stupide, je me frayai un passage jusqu'au-devant de la foule. On aurait dit que mon corps était attiré comme un aimant, je voulais apercevoir Théo une dernière fois avant de le quitter.

On me piétina les orteils, on me mit des coups de coude dans les côtes, et je me rangeai derrière un docker grand et large. Quand je vis Théodore, je perdis toute notion de temps et d'espace. Je n'étais plus rien, plus que désir ardent et impossible. Il ressemblait à un mythe, aussi sévère et beau que le dieu dont il descendait. Sa vareuse et son pantalon couleur de suie soulignaient sa silhouette imposante. Le vent avait ébouriffé quelques mèches de ses cheveux qui ondulaient sur son front. J'étais assez proche pour voir le vert de ses yeux, le dessin de ses lèvres charnues. Il était d'humeur maussade et passa devant moi la tête basse, fixant les planches du quai sans me voir.

L'étau se referma sur ma poitrine. J'avais envie de hurler : « Regarde-moi ! », mais je serrai les dents. Je contemplai son dos un dernier instant avant de m'arracher à la foule des badauds.

— Imogène ?

Je fis volte-face et découvris Lachlan, revêtu de son armure dorée. Il s'était écarté du cortège et m'observait d'un regard surpris. Il me rejoignit en quelques grandes enjambées.

— Je m'en vais. Je cherche juste le…

Il m'étreignit sans prévenir. Son plastron m'égratigna le menton.

— Qu'est-ce qui vous prend ? grognai-je.

Il recula et me tint par les épaules.

— Heureux que vous ne soyez pas morte.

— Ai-je été proche de la mort ?

Une ombre passa sur son visage comme si un souvenir lui revenait à l'esprit.

— En tout cas, Théodore l'a cru, dit-il sombrement. Ainsi qu'Agatha. Le premier jour, ils ont pleuré comme si vous nous aviez quittés pour de bon.

Je me dégageai de son embrassade, furieuse d'être au bord des larmes.

— Mais pas vous, n'est-ce pas, commandant ? Après tout, la mort aurait été un moyen moins coûteux d'être débarrassé de moi…

Il eut un sourire sardonique.

— Vous croyez que je souhaitais votre mort ?

— L'amante de votre roi est votre ennemie, non ? Sans oublier que j'ai bien failli vous tuer, aussi.

— Je n'ai pas oublié. Mais je ne souhaite pas votre mort. Je ne me réjouis pas non plus de voir Théodore malheureux comme les pierres. Tout ce que je veux, c'est protéger ce royaume et en défendre l'intégrité.

Il embrassa du regard les quais animés. Lui aussi portait un nouveau fardeau. Ça se voyait au pli soucieux qui barrait son front, à la ligne sévère de sa bouche.

— Comment y parvenir ? demandai-je sur un ton résigné qu'il considéra avec condescendance.

— Allons, vous êtes l'incarnation d'une grande déesse… L'ichor coule dans vos veines. Vous êtes têtue et avide de ce qui vous est dû. Vous trouverez un moyen. Celui-là, ajouta-t-il ensuite en désignant un navire derrière moi. Au revoir, Imogène.

Son demi-sourire ne gagna pas ses yeux qui demeurèrent sans joie. Malgré sa formule, c'était un adieu sans espoir.

Je hochai la tête pour toute réponse. Mais alors qu'il s'éloignait, je me surpris à le rappeler.

— Lachlan ! Je… J'aurais besoin de vos conseils. Vous avez passé des années séparé d'Agatha… Comment ? Comment avez-vous fait pour ne pas devenir fou ?

Il se gratta le menton de sa main gantée.

— Croyez-moi, je ne suis pas de bon conseil.

— Au point où j'en suis, je prends même les mauvais conseils.

Il eut un rire gêné.

— Soit, si vous voulez vraiment savoir… j'ai bu et fréquenté des prostituées. Puis, après quelques années, j'ai pris des amants et maîtresses. J'avais toujours quelqu'un. Je me sentais au plus mal quand j'étais seul. Ce n'est que des années plus tard que j'ai pris quelqu'un de bien. Et il… il a été bon avec moi, il m'a fait du bien. Il a pris soin de moi et m'a aidé à sortir des bas-fonds où j'avais élu domicile.

— Et vous étiez heureux à ce moment-là ? Avec lui ? Sans Agatha ?

— Non. Je suis désolé, Imogène. J'étais apaisé, oui. J'étais satisfait. Mais jamais heureux comme je l'avais été avec elle, dit-il avec un haussement d'épaules navré. Mais vous n'êtes pas moi. Un tas d'imbéciles tels que nous finissent par tourner la page et retrouver l'amour. Il reste peut-être de l'espoir pour vous.

— Je me sens encore plus mal, soufflai-je.

— Je produis souvent cet effet.

Je ris, puis jetai un coup d'œil derrière moi. Le nom *Hercule* était peint en lettres rouges sur la plaque du navire le plus proche. Je me dirigeai vers sa passerelle.

— Dites à Agatha que je l'aime.

— Dès que je l'aurai trouvée.

Je m'arrêtai.

— Comment ça ?

Il n'avait pas l'air inquiet, mais un picotement d'alarme me donna la chair de poule.

— Je ne l'ai pas vue depuis hier soir. Elle a sans doute juste besoin d'être un peu seule, pour souffler après tout ce qui s'est passé. Vous la connaissez...

La bizarrerie de son absence me frappa tout à coup. Agatha n'aurait jamais quitté mon chevet. Elle aurait refusé de me laisser revenir à moi seule dans cette chambre étrangère. Non, c'était absurde. Elle n'était plus ma gardienne, et je ne voulais pas qu'elle le reste. De plus, Agatha avait des griffes pour se défendre, un tempérament d'acier et une force de caractère à toute épreuve. Il n'y avait aucun fondement à ce mauvais pressentiment. Mais je lançai tout de même un regard éloquent à Lachlan.

— Trouvez-la. À la minute où vous serez de retour au palais, allez la chercher. Dites-lui que je reviendrai saine et sauve.

Il fronça les sourcils comme s'il pensait que ma requête était ridicule.

— Si vous voulez..., répondit-il avec désinvolture avant de reprendre son sérieux sous mon regard sévère. Promis.

— Bien. Merci, dis-je en marchant vers l'*Hercule* tandis que mon cœur me semblait au bord de rompre. Prenez soin d'eux ! dis-je encore par-dessus mon épaule.

Il hocha la tête et disparut dans la foule.

La passerelle ploya sous mon poids. Je tenais ma jupe pour ne pas la souiller, étudiant au passage la façon dont la lumière jouait sur l'étoffe. Violets, bleus et verts moiraient sa surface noire. Je me dirigeai droit vers la cabine que le capitaine m'avait attribuée, verrouillai la porte et entrepris de retirer la robe, tirant sur les lacets un à un, me dépouillant des lianes et des plumes comme d'une vieille peau. La gorge nouée, je la pliai avec soin et la posai délicatement au pied de ma couchette.

Sans égard pour mes doigts, je déchirai la ficelle qui emballait le pantalon et la tunique. Ils étaient taillés sur mesure. De petits boutons dorés fermaient le dos du vêtement ; elle était conçue pour s'ouvrir afin de laisser mes ailes se déployer.

Au moment où j'enfilai la tunique, un bruit de cloches fit vibrer les flancs du bateau. On sonnait le glas. Une corne de brume, grave, fantasmagorique, résonna dans l'air, et son lugubre avertissement mit mes muscles en alerte. Sortant de ma cabine, je courus sur le pont où l'équipage se démenait avec frénésie. On se hâtait de rattacher des cordes dénouées. On fixait de nouveau l'amarre au taquet. Même les quais semblaient se vider, les gens couraient vers les rues pavées de l'île, fuyant le port.

L'équipage commençait à descendre sur la passerelle.

— Qu'est-ce qui se passe ? demandai-je à une femme marin que j'attrapai par le bras.

Elle avait les joues hâlées par le soleil et le vent, parsemées de taches de rousseur et creusées de rides.

— Des navires ennemis, dit-elle en indiquant l'horizon.

Je dus plisser les yeux, mais je me pétrifiai quand je les vis.

Ces silhouettes familières.

Ces voiles rouge sang.

Des navires de guerre serafis.

28

Une demi-douzaine de navires serafis étaient posés sur l'horizon. Ses voiles sinistres gonflées par un vent de nord-est, la flotte se rapprochait rapidement du port. Au-delà des môles, des navires de guerre varyans levaient l'ancre et hissaient leurs voiles. Ils filaient à vive allure vers le large. D'autres étaient encore à quai, des centaines de marins s'affairant sur le pont dans leur hâte à dégager leurs vaisseaux de leurs cales.

Je ressentais une profonde responsabilité à l'égard de tous ces gens.

C'était à cause de Théodore et moi – à cause de ce pacte de sang noué dans une chambre pleine de courants d'air au sommet du fort décrépit de Némée – qu'ils étaient aujourd'hui en danger.

Saisissant un cordage rêche, je m'y cramponnai pour me hisser debout sur le bastingage. J'avais ainsi une vue dégagée sur l'ensemble des quais. Deux cales plus loin que l'*Hercule*, un autre navire varyan était amarré. Dans son gréement des marins couraient comme des araignées sur leur toile pour le préparer à appareiller.

— Majesté ?

Le capitaine de l'*Hercule* me dévisageait depuis le pont. Il avait des cheveux bruns coupés en brosse, la peau burinée par le soleil. Avec un regard strict, il me tendit la main, un ordre muet m'invitant à descendre de mon perchoir.

— Le protocole veut que l'on évacue les quais jusqu'à ce que la marine ait repoussé la menace.

Je pointai un doigt derrière lui, en direction du bâtiment de guerre.

— Je vais avec eux.

— Vous allez où ?

— À la rencontre de la flotte serafie. Je vais la couler.

Il eut un sourire condescendant.

— Le roi et le commandant ont donné des ordres très clairs. Vous êtes sous ma protection jusqu'à l'accomplissement de votre mission. Dès l'instant où vous êtes montée à bord de mon vaisseau, vous êtes sous ma responsabilité.

Cette idée déclencha une vague de rage dans mes tripes, à l'endroit laissé vacant par le pacte de Théodore. Je n'avais pas le temps d'épiloguer avec lui. Je refusais de quémander sa permission. Presque machinalement, je lançai un leurre muet. Le capitaine secoua vaguement la tête, puis leva sur moi des yeux embrumés.

— Qu'est-ce que c'était que cette histoire ?

Je fronçai les sourcils. Le leurre ne l'avait pas hameçonné. Je me rappelai soudain la lettre de Lachlan : l'équipage entier avait noué des pactes avec des sirènes, s'immunisant ainsi contre mes leurres. Je sautai à bas du bastingage, contrariée.

— Dans ce cas, j'espère que vous êtes prêt à ramper devant votre roi, capitaine, car je n'ai nullement l'intention de rester sous votre surveillance.

Je tentai de le contourner, mais avant que je puisse atteindre la passerelle, il m'attrapa par la ceinture de mon pantalon et me tira en arrière comme si j'étais un corniaud mal élevé tenu en laisse.

Je fis volte-face, me libérant de sa poigne, et lançai mon poing contre sa mâchoire. C'était un coup faiblard, et une douleur fulgurante me traversa la main, mais il tituba en arrière en grognant et en se tenant le menton.

Le cœur cognant aussi fort que le glas, je descendis la passerelle en hâte. Lorsque le capitaine se lança à ma poursuite, j'écartai les bras pour maintenir mon équilibre et me mis à courir. L'homme était grand comme moi, de carrure mince, mais j'étais plus rapide que lui. Sur le quai, je tournai à gauche, sautant au-dessus du coin où l'eau venait lécher le bois. Les bottes du capitaine tambourinaient sur les planches, le son augmentait à mesure qu'il se rapprochait. Le port était presque entièrement évacué. Ceux qui restaient étaient des marins et des soldats, occupés à larguer les amarres de leurs navires prêts à s'engager dans la bataille.

Je lançai quelques leurres et remerciai les dieux quand je les sentis s'ancrer profondément dans la poitrine des marins devant moi. Ç'avait été si facile ! Mon ordre s'était à peine constitué dans mon esprit qu'ils obéissaient déjà. Une fois que je les eus dépassés, ils formèrent un mur derrière moi pour barrer la voie au capitaine, le piégeant entre leurs bras comme un animal dans une souricière. Je courus plus vite vers le navire de guerre, mon pouvoir en éruption soudaine dans ma poitrine, plus intense que jamais, un magma de lave incandescente.

Deux soldats en uniforme avaient détaché l'amarre du vaisseau et se dépêchaient de remonter à bord.

— Attendez ! hurlai-je, et ils ralentirent le pas.

Un cri guttural retentit derrière moi. Je me retournai, les cheveux dans la figure, et vis un des marins que j'avais leurrés tirer un poignard de sa ceinture. Un autre plaqua le capitaine de l'*Hercule* sur le quai et posa une lourde botte sur son épaule, tandis qu'un troisième lui tenait les jambes.

Prise de panique, je criai : « Stop ! » J'avais donné un ordre clair, j'y avais mis toute ma volonté, pourtant mes leurres refusaient de lâcher prise. La lave brûlante continuait de se déverser en moi, malgré mes efforts pour la contenir. C'était mon pouvoir, après tout, mais le pacte qui me liait à Eusia s'était modifié depuis le rituel de rupture. Il s'était renforcé.

Mon lien avec Théodore avait dû atténuer l'emprise que la créature avait sur moi.

Le marin leva son poignard au moment où la passerelle du navire était relevée, alors que je n'étais qu'à quelques mètres.

— Merde ! Remettez la passerelle ! criai-je. Laissez-moi monter à bord !

Mais les marins se contentèrent de me jeter un regard confus en continuant de hisser la passerelle.

Je ne savais où porter mon attention, un bourdonnement de terreur emplissait mes oreilles. Mon corps tout entier était saturé de pouvoir, consumé. Possédé. À contrecœur, je lançai de nouveaux leurres, cette fois sur les marins du navire, leur ordonnant de remettre en place la passerelle. Leurs traits s'affaissèrent, leurs yeux devinrent vitreux. Comme ils exécutaient mon ordre, je fis demi-tour et me ruai sur les quais vers le capitaine de l'*Hercule* qui luttait avec l'énergie du désespoir.

Deux marins lui maintenaient les épaules, un troisième était assis sur ses jambes et le dernier abattit son poignard.

Je poussai un cri, envoyai de nouveaux leurres, tentai de décrocher ceux qui étaient plantés entre leurs côtes, mais rien ne détourna les marins de leur tâche. Le poignard s'enfonça dans le ventre du capitaine avec un bruit mouillé à vous soulever le cœur. Son hurlement déchira l'air au moment où j'atteignais le marin qui tenait le poignard. Je plantai mes serres dans son bras, mais celui qui était assis sur les jambes du capitaine se rua sur moi. Il me fit une clef de cou et, usant de tout son poids, me mit à terre. Je lui lacérai le bras, éclaboussant ma tunique de sang, mais il n'émit pas un son, ne montra aucune pitié.

J'étais réduite à regarder le poignard trancher la chair du capitaine, le fendre en deux du sternum jusqu'à l'aine. Un sang noir et épais s'écoulait dans les interstices des planches du quai, s'infiltrant dans le bois gorgé d'eau, et le capitaine hurlait, hurlait sans s'arrêter. Quelques secondes d'horreur plus tard, il se tut.

C'est alors que les meurtriers récitèrent la prière. « Je donne au sable. Je donne à l'eau. Écoutez ma prière, entendez mon appel. Que la mer soit purifiée. » Puis ils se levèrent et, le poussant de la pointe de leurs bottes, firent rouler le corps inerte du capitaine sur le quai et dans l'eau du port.

J'exhalai un souffle tremblant tandis que le pouvoir incandescent qui m'avait envahie commençait à refroidir.

Enfin, celui qui me maintenait au sol me libéra et se dirigea lui aussi vers le bord du quai. Du sang gouttait de son bras mutilé, mais il se tint à côté des autres, tous affichant la même expression vide, regardant les ombres passer dans l'eau à leurs pieds. Je me relevai à genoux, les yeux rivés aux formes sombres qui fendaient les vagues.

Les nekgyas étaient venues chercher le corps. L'offrande. L'eau bouillonna, rosit, puis, comme s'ils obéissaient à un ordre, les marins marmonnèrent une fois encore la prière à Eusia. Le souffle coupé, je les vis faire un pas en avant et disparaître sous la surface de l'eau souillée de sang.

Encore tremblante et transie de froid, je m'engageai sur la passerelle. Ma tunique était trempée du sang du marin et me collait au ventre. Le pacte qui me liait à Eusia était comme une main glissée à l'intérieur de mon être. J'étais devenue un pantin, et elle, le marionnettiste.

Je fixai mon regard sur les marins au bout de la passerelle. Ceux que mes leurres hameçonnaient encore. Leurs yeux étaient éteints, leurs corps désarticulés. Je pensai soudain : *Ce sont des pantins dont tu tires les ficelles. Tu ne vaux pas mieux qu'elle.*

Une fois sur le pont du navire, je relâchai mes leurres rapidement et attendis en retenant mon souffle. Je scrutais leurs lèvres pour y déceler une prière, leurs mains, au cas où elles brandiraient un poignard, mais ils se contentèrent de secouer la tête comme s'ils émergeaient d'un mauvais rêve.

L'un d'eux passa une main sur son front, puis ils reprirent leurs occupations comme si de rien n'était. Ils hissèrent la passerelle sur le pont, et bientôt le navire s'avança dans le port en direction du large. Il dansait sur l'eau sous mes pieds et fit une embardée lorsque les voiles se gonflèrent.

— Qui êtes-vous ? prononça derrière moi une voix de femme.

Je me retournai et sus immédiatement à qui j'avais affaire. Son uniforme impeccable, son regard d'acier et l'abondance de médailles épinglées à sa poitrine ne laissaient aucun doute : j'avais devant moi la capitaine du navire. Elle avait un corps de liane, endurci par les années, car elle était au moins deux fois plus âgée que tous les soldats et marins à bord. Son regard se posa sur la tache de sang qui maculait ma tunique et se fit plus perçant encore.

Je demeurai muette, l'esprit vide.

— Je… Je suis…, bredouillai-je, ne sachant même pas comment me présenter. Capitaine, je…

— Une passagère clandestine, alors…

— Non.

Je tremblais encore mais tentai de me grandir. Je m'efforçai de donner à mon corps l'autorité innée que Théodore arborait en toutes circonstances telle une armure légère comme une plume.

— Mon nom est Imogène Vathia.

Jusqu'ici, j'avais été incapable de me rappeler le nom de famille de Ligée, et voilà qu'il sortait de ma bouche aussi naturellement qu'un souffle. Vathia, comme l'esprit des eaux profondes qui avait contribué à la créer.

— Fille et héritière de la grande déesse Ligée. Je suis venue vous aider à couler ces navires ennemis.

La capitaine m'étudia en écarquillant les yeux.

— J'ai connu Ligée. Elle a secouru mon navire une fois, quand j'étais une jeune capitaine, il y a des décennies de cela. Vous lui ressemblez, dit-elle avant d'observer son équipage affairé sur le pont. Nous avons des règles concernant la présence de sirènes à bord, Majesté.

— Et quelles sont-elles ?

Un grondement tonitruant déchira l'air, interrompant notre discussion. Les navires serafis et varyans étaient désormais assez proches pour échanger des coups de canon, et le premier tir avait touché le mât d'un des bâtiments de Varya, le brisant en deux comme une branche rompue par la tempête.

La capitaine prit une profonde inspiration, regarda de nouveau la tache de sang.

— Si une sirène est à bord, les marins doivent tous se boucher les oreilles avec de la cire pour échapper à l'attrait de son chant. Mais vu que vous êtes la fille de la déesse, j'imagine que la cire ne les protégera en rien de vos leurres muets ?

Ma bouche s'asséchа à la simple idée de mon pouvoir, du danger qu'il représentait.

— Non, en effet.

— Il me faut votre parole, dans ce cas, dit la capitaine sans me quitter des yeux.

— Ma parole ?

Le vent se leva, me cingla le visage d'une écume salée qui s'infiltra dans mes narines, faisant vibrer mon pouvoir dans mon ventre.

— Si je vous laisse rester à bord, Majesté, nous courons tous un risque. Je remets la sécurité de chaque membre d'équipage et de chaque soldat entre vos mains. La déesse pouvait être terrifiante, mais elle maniait son pouvoir avec une grande précision. Êtes-vous telle que votre mère ?

La honte et l'inquiétude me firent l'effet d'une gifle. Le poids de la responsabilité qu'elle me demandait d'endosser. Ma vision était brouillée par un sang poisseux. Les râles d'agonie du capitaine de l'*Hercule* assassiné résonnaient encore à mes oreilles. Je ne savais rien de ma mère, et mon pouvoir était tout sauf précis. J'étais certaine, en revanche, qu'Eusia se délecterait d'une offrande aussi somptueuse qu'un navire de guerre avec tout son équipage. En dépit de ces réflexions, je répondis :

— Je le suis.

— Alors, bienvenue à bord, dit la capitaine en opinant.

Les coups de canon redoublèrent. Le navire tanguait et gîtait sur la mer zébrée d'éclairs. Je me précipitai à la proue pour avoir une meilleure vue. Les bâtiments serafis et varyans formaient deux rangs, leurs flancs se faisant face. Des nuages de fumée blanche explosaient entre les deux flottes. Le sifflement des boulets et le fracas quand ils faisaient mouche me tétanisaient. Je ne pouvais les arrêter avec mon pouvoir, et les navires étaient si proches les uns des autres que je ne savais pas comment couler les serafis sans faire sombrer aussi ceux de Varya.

Le vent violent dénoua en partie ma tresse. Je me campai sur mes pieds, ignorant la sensation de déséquilibre. La voix de la capitaine tonna derrière moi :

— Bordez la voile ! Canons parés à tirer !

Le navire était maintenant presque bord à bord avec le sixième vaisseau serafi. La capitaine hocha la tête avec autorité.

— Quand vous voulez, Majesté.

Je fixai mon regard sur le navire ennemi et ses soldats sanglés dans leur armure de cuir noir que je connaissais si bien. Ma peur était comme une main serrée autour de ma gorge, m'empêchant de respirer. Au-delà de la mince bande de mer qui nous séparait, j'aperçus le capitaine serafi, redoutable avec son casque noir. Un instant, je pensai à Evander.

Je revis son visage déformé par le dégoût tandis qu'il me contemplait. Je revis la salle du trône de Némée et l'aile de ma mère suspendue au mur. Les mots gravés dans le marbre en dessous.

LE MONSTRE EST TOUJOURS OCCIS

Les souvenirs firent surgir en moi le pouvoir noir et brûlant. Je voulais paralyser l'équipage serafi, et une vague de leurres jaillit de ma bouche, franchissant l'espace entre les deux bâtiments. Une douleur incandescente me traversa la gorge et j'eus soudain froid, comme si on m'avait tranché le cou et que je me vidais de mon sang, mais tous en même temps les marins, les soldats, tous ceux qui se trouvaient à bord du vaisseau ennemi furent comme pétrifiés.

La capitaine de Varya tonna : « Feu ! »

Le craquement de la poudre à canon explosa dans mes oreilles mais je demeurai immobile. Notre bordée fit des ravages sur le navire ennemi. Des boulets fracassèrent ses flancs, le bois éclata et des nuages de poussière s'élevèrent dans l'air salé. Mais j'étais surtout fascinée par la façon dont les hommes de Seraf se mirent à bouger au ralenti. D'un pas lent et étrange, ils marchèrent jusqu'au pavois, grimpèrent sur le bastingage et sautèrent l'un après l'autre dans la mer. Je ne leur en avais pas donné l'ordre. Je voulais seulement les figer. Tandis que leur navire se désagrégeait, que les voiles se déchiraient et que les mâts se brisaient, je regardais avec horreur leurs lèvres remuer à l'unisson.

Comme ils parlaient tous d'une seule voix, je réussis à saisir leurs paroles.

« Je donne au sable. Je donne à l'eau. Écoutez ma prière, entendez mon appel. Que la mer soit purifiée. »

— Non !

Eusia était d'une voracité sans limites. Depuis sa création, elle avait été affamée de pouvoir, de reconnaissance, toujours dans l'ombre de sa sœur. Pendant des années, elle avait cherché à alimenter son insatiable magie. Et aujourd'hui, elle avait trouvé le moyen de se nourrir abondamment.

Moi.

Mon cerveau était noyé dans un brouillard de chagrin quand nous arrivâmes bord à bord avec le navire serafi suivant. Il était déjà très endommagé ; des trous énormes crevaient la coque supérieure, mais il n'embarquait pas d'eau.

La capitaine me tapota l'épaule avec fierté, une certaine nostalgie creusant ses pattes-d'oie.

— On recommence ? dit-elle en indiquant l'ennemi d'un coup de menton.

— Bien sûr, répondis-je machinalement.

Je me cramponnai au bastingage, m'inclinant devant l'affreuse réalité : il était impossible de protéger Varya et sa population sans donner à Eusia les corps qu'elle convoitait. De nouveau, je me concentrai sur le pouvoir visqueux, écœurant qui vivait dans mon ventre, quand je réalisai quel navire se trouvait devant moi.

C'était le vaisseau amiral de la flotte de Seraf. Je reconnus la poupe carrée, les quatre grands mâts. L'anguille montrant les crocs peinte sur la grand-voile. Ç'avait été le navire d'Evander, et avant, des décennies plus tôt, celui de Némée, à l'époque où il était un roi navigateur. Il l'avait amené jusqu'aux confins du monde, avait visité toutes les îles et aussi le continent du Nord. On racontait des histoires atroces sur les monceaux d'ossements de sirènes qui pourrissaient au fond de sa coque, sur les sirènes qu'on avait ligotées à ses mâts, abandonnées à la torture du soleil pendant des jours, jusqu'à ce que leur peau se couvre de cloques.

La place de ce navire mythique était au fond de l'eau. La fumée épaisse et blanche des canons me piquait les yeux. Je me hissai au-dessus à l'aide d'un cordage et scrutai le vaisseau amiral. Le cœur serré, je fis monter en moi les leurres, tout en me concentrant sur l'ensemble du nombreux équipage, mais les retins in extremis en apercevant un éclair doré à travers la fumée.

Pétrifiée, je discernai la forme de la vieille couronne crénelée. C'était Némée. Ici. Il n'était plus monté à bord d'un navire depuis près de trente ans. Il s'y était refusé obstinément, préférant rester à l'abri de toute menace, cloîtré dans son fort perché sur la montagne.

Son regard cruel sembla percevoir ma présence. Le vent emporta la fumée, et il fut devant moi, apparition sinistre plantée au milieu du pont, vêtue d'une armure noire fatiguée et mal ajustée. Ses yeux gris me transpercèrent.

Je n'en revenais pas de le voir ici. À bord d'un navire. Dans les eaux de Varya. J'étais censée aller le trouver. C'est ce que m'avait dit Rohana. C'est ce qu'avait murmuré Eusia pour me narguer : chez toi, chez toi, chez toi.

Le pouvoir tourbillonnait en moi comme une tornade, mais je le contenais. Tirant sur les pans de ma tunique, je défis un à un les boutons qui en fermaient le dos. La capitaine cria : « Feu ! » Les boulets de canon fusèrent de part et d'autre. Une volée du Serafi fracassa le pavois à côté de moi et je levai les bras pour me protéger des éclats de bois, mais je sentis les échardes percer ma chair. Ma joue, mon cou, mon bras furent criblés par la mitraille.

Luttant pour conserver les idées claires, j'ordonnai à la mer qu'un courant profond nous sépare du vaisseau de Némée. Une seconde plus tard, le navire serafi se mit à gîter, faussant le pointage des canons.

— Qu'est-ce que vous fichez ? hurla la capitaine. Figez-les ! Faites-les sauter à l'eau !

Mes ailes déchirèrent ma peau. Je les déployai et ajustai mon équilibre à ce poids qui me tirait en arrière. Notre bâtiment subissait de sérieux dégâts, chaque impact l'abîmant un peu plus. Mais l'autre n'avait pas réussi à dépasser mon courant et gîtait toujours, ses voiles faseyant.

— Je passe à l'abordage ! répondis-je à la capitaine.

Elle était écarlate, écumante.

— Foutez ces types à l'eau d'abord, par tous les dieux !

Je refusai : je ne pouvais courir le risque que Némée se jette à l'eau avec les autres, poussé par mes leurres.

La capitaine dégaina son épée. Un boulet vola au-dessus du pont et elle se courba pour l'esquiver puis, courant entre les marins au travail, elle se rua sur moi.

— Vous avez donné votre parole ! hurla-t-elle, la pointe de son épée me piquant la gorge.

— Prenez garde, sifflai-je, sentant mon pouvoir trépider. J'ai un lourd passif en ce qui concerne les capitaines.

Ses rides semblèrent se creuser sous ma menace. Elle montra les dents, tordit le nez, dégoûtée.

— Dégagez de mon navire.

Son hostilité brutale m'était familière et je l'encaissai sans broncher. Je levai le menton et assurai mes appuis. Le vaisseau de Némée était assez proche pour que je plane jusqu'à lui. J'appelai une bourrasque qui se forma à mes pieds, et fis un pas en avant, déployant mes ailes. La sensation de marcher sur l'air me retourna l'estomac. J'atterris sans grâce dans les haubans du grand mât adverse et m'y cramponnai. Les câbles grossiers m'écorchaient les paumes, les genoux, les tibias.

Ma présence mit l'équipage de Némée dans un état d'agitation extrême : à la vue de mes ailes noires, leur poil se hérissa, comme une meute flairant le gibier. Ils encochèrent leurs flèches et préparèrent des cordes tout en esquivant tant bien que mal les boulets qui leur sifflaient aux oreilles. Les dents serrées, j'envoyai trois leurres. Je dus faire un violent effort pour en garder la maîtrise, pour empêcher Eusia de prendre la main. Ils vinrent s'ancrer dans le torse des trois hommes qui se trouvaient à côté de Némée. Leurs épaules s'affaissèrent, et ils l'encerclèrent puis le traînèrent vers le mât le plus proche, au moment où la même douleur incandescente traversait ma gorge.

Némée ne lutta pas, il ne se débattit pas, ne cria pas. Bougeant sans cesse pour éviter les flèches, concentrée sur mon pouvoir, j'observais tout entre les cordages. Je m'attendais à ce qu'il vire écarlate, yeux exorbités, comme toujours quand il était enragé, mais il demeurait impassible, la tête appuyée au mât auquel on l'attachait, le visage tourné vers le ciel. Il me regardait droit dans les yeux tandis qu'on lui ôtait son épée, qu'on lui liait les mains et qu'on enlevait la cire bouchant ses oreilles. Enfin, en même temps qu'un grand froid m'envahissait, les hommes lui retirèrent sa couronne d'or cabossée.

L'épée et la couronne furent jetées sur le pont, et les trois marins se tournèrent vers bâbord. Je n'avais donné aucun ordre. Je n'avais même pas senti l'instant où les leurres s'étaient putréfiés, mais c'était désormais Eusia qui tirait les ficelles. Les trois infortunés marmonnaient la prière quand ils enjambèrent le bastingage et se jetèrent à l'eau.

Des flèches sifflèrent de toute part et je grimpai plus haut dans les haubans, luttant pour garder l'équilibre. Soudain, Némée me héla.

— Tu en mets du temps, fillette !

Le son de sa voix couvrant le vacarme me tétanisa. Je me sentis telle une enfant minuscule, vulnérable, qu'il faudrait discipliner.

— Je pensais pourtant te l'avoir appris : on meurt quand on tarde à prendre des décisions, Imogène. Fais ce que tu dois faire, avant qu'on y laisse notre peau tous les deux.

Il avait raison, même si ça m'effrayait de l'admettre. Ça m'effrayait de faire ce qui devait suivre. Je fermai les yeux et lâchai la bride à mon pouvoir. Je ne comptai pas le nombre de leurres, mon pouvoir – ou bien Eusia – savait d'instinct combien en faire jaillir. Ils hameçonnèrent les marins sur le pont, qui poussèrent un bref soupir tous en même temps. La brûlure qui calcina ma gorge m'arracha un gémissement, un froid soudain me fit claquer des dents. Les marins s'effondrèrent, leurs armes tombèrent sur le pont dans un grand fracas. Puis les hommes se mirent tous à grimper sur le bastingage et à sauter à l'eau, telle une vague de goudron se déversant au ralenti dans la mer.

Je regardai Némée. J'avais usé de toutes mes forces pour le protéger de mes leurres. Le vent balayait le pont, emportant jusqu'à moi le bruit des corps tombant à l'eau et la prière marmonnée par l'équipage.

Lorsque Némée entendit ses hommes réciter les mots familiers du sortilège d'Eusia – celui qu'il m'avait enseigné voilà si longtemps –, il leva les yeux vers moi, un sourire satisfait tordant sa bouche.

29

Je sautai sur le pont, atterrissant maladroitement. Je remarquai les nœuds mal faits des entraves de Némée. Les cordes étaient lâches autour de son torse puissant, il ne lui faudrait que peu d'effort pour s'en libérer. Pourtant, il n'essayait pas. Il se tenait tranquille, les yeux fixés sur moi.

Son immobilité – son apparente sérénité – augmenta mon anxiété.

Son épée gisait sur le pont à quelques pas de là, luisant dans la lumière dorée du jour déclinant. Je la ramassai. Des coups de canon résonnaient encore dans l'air tiède, mais les bordées en provenance du navire que j'avais quitté avaient cessé. Il faisait voile vers le reste de la flotte de Varya, pour lui apporter du renfort, me laissant seule face à Némée à bord du vaisseau amiral.

Créant un courant puissant et un vent constant, j'éloignai le bâtiment de la mêlée de navires qui se tiraient dessus. Je nous fis dériver loin des côtes de Varya, le vaisseau embardant et tanguant dans le chaos des vagues. Le soleil enluminait la chevelure argentée de Némée et traçait des ombres sur son visage maigre. Forçant mon corps saturé d'adrénaline à l'immobilité, je scrutai ce visage, y cherchant quelque chose de moi.

J'avais hérité tant de choses de ma mère. Ses traits, sa silhouette étaient identiques aux miens, ou presque. Mais je craignais d'avoir hérité du cœur de mon père.

Toutes les morts que j'avais causées ne m'accablaient pas comme elles l'auraient dû. Je me tenais toujours debout, je respirais encore, sans m'effondrer sous le poids de la culpabilité et du dégoût de moi-même. J'aurais voulu sentir la brûlure de ces actes terribles et douloureux, pour pouvoir en être absoute, comme l'avait dit Théodore, mais je n'éprouvais rien.

Je devais tenir ça de Némée.

Les voiles livrées à elles-mêmes claquaient au vent. Je n'avais jamais vu Némée aussi clairement. Je voyais à quoi il avait dû ressembler avant le passage des années, à l'époque où l'impératrice l'avait connu. Les cheveux noirs, la peau olivâtre, les yeux gris en amande, perçants comme de l'acier. Je m'approchai de lui le cœur battant, ramassant au passage la couronne d'or chauffée par le soleil, que je soupesai entre mes mains.

— Bonjour, Imogène, dit-il, couvrant le bruit des voiles. Je t'ai surprise ?

Cette voix grave et nasale… Elle réveilla en moi une kyrielle de sentiments croupis.

— En effet.

— Tu es partie. Je n'avais pas le choix, il fallait te récupérer. Je dois dire que toi aussi, tu as réussi à me surprendre, dit-il en regardant mes ailes.

Je serrai le poing sur la couronne, ses bords s'enfonçant dans ma paume.

— Ne fais pas comme si tu ignorais ce que j'étais, crachai-je. Et je ne suis pas à toi.

Il eut un gloussement sec, triste et vide.

— Mais si, tu l'es. Tu l'es à un point que tu ne soupçonnes pas.

— Et de quel droit, Némée ? dis-je d'un ton de défi, affermissant ma prise sur l'épée. Parce que tu es mon roi ? Mon tuteur ? Parce que tu as offert mon sang à une créature monstrueuse depuis ma plus tendre enfance ?

Lentement, je posai sa couronne sur ma tête. Son poids qui m'écrasait, les bords qui meurtrissaient mon crâne… je la détestais déjà.

Il grimaça. Puis ses traits s'amollirent quand il comprit que je savais précisément ce qui me liait à lui le plus fortement.

— Enlève ça, dit-il d'une voix glaciale.

— Ce sera bientôt sa place, non ? Ne suis-je pas ton héritière ?

Son regard au vitriol me pénétra comme un poison lent.

— Je te dégoûte, n'est-ce pas ? ajoutai-je.

— Les sirènes me dégoûtent, oui. Mais pas toi, jamais. Elle non plus, d'ailleurs.

Elle. Ma mère.

Il dut voir les questions qui jaillissaient dans mon esprit, la nostalgie qui passa comme une ombre sur mon visage, car il dit :

— Tu veux que je te parle d'elle ?

Ma peau fourmillait de nervosité. Il instillait la peur en moi avec autant de facilité qu'il avait fait couler mon sang. Il ajusta sa position contre le mât, comme si son corps le faisait souffrir, et la corde mal nouée glissa plus bas sur son ventre. J'entrevis un éclat argenté sur sa hanche. Un poignard. Par prudence, je pris l'épée à deux mains. Mais

Némée ne bougeait plus, parfaitement immobile, attendant ma réponse.

J'étais tentée de dire oui, mais pour l'heure je n'avais pas besoin de connaître l'histoire de Némée et de ma mère. Je voulais savoir celle d'Eusia. Celle de l'impératrice et de la princesse, et de la toile embrouillée dans laquelle j'étais engluée. Pourtant, je pris une inspiration en tremblant et hochai la tête.

Il laissa son regard se perdre au loin, comme s'il remontait le temps.

— Tu te rappelles les histoires au sujet des années où j'avais disparu en mer ?

Sa voix était étrange, molle et terne, flottant entre nous comme une fantomatique brume matinale.

— J'ai passé la plupart de ces années avec Ligée. Les histoires clament que je suis parti à la conquête du monde, mais je n'étais pas assez stupide pour penser que moi, le seul pauvre roi mortel de Leucosie, je pèserais le moindre poids dans un royaume où existent des dieux. Si je voulais du pouvoir, je devais me le fabriquer. N'est-ce pas ce que je t'ai toujours dit, Imogène ?

Je ne répondis pas.

Devant mon silence, il fit la moue mais poursuivit.

— Je partis avec une flotte réduite en quête des enchanteresses. Après tout, elles avaient réussi à forger leur propre pouvoir, alors pourquoi pas moi ? Je pensais que la magie pourrait m'offrir ce qui me manquait. J'étais jeune et stupide. Je n'avais aucune idée du prix qu'exigeait cette pratique. Lorsque je vis les enchanteresses, ce que la magie avait fait d'elles… C'était un prix que je refusais de payer, dit-il avec un rictus répugnant. Je me souviens de l'enchanteresse qui me conseilla d'aller au Nord. Elle pouvait à peine parler. Elle était roulée en boule sur le sol de sa haute tour tel un insecte desséché. Elle me révéla qu'il existait un moyen d'acquérir du pouvoir sans en payer le prix. C'est elle qui m'expliqua comment je pouvais servir Eusia.

Je fus prise de fureur. La poignée de l'épée meurtrissait ma paume couverte de cicatrices. Les preuves de ce que sa folie m'avait coûté. Brandissant l'épée, je m'avançai vers Némée, la lame pointée sur lui.

— C'est moi qui ai payé, Némée !

Le restant de contrôle qu'il avait eu sur lui-même céda soudainement. Ses joues s'empourprèrent, ses yeux s'étrécirent de rage.

— Laisse-moi parler, siffla-t-il. J'ai payé. J'ai payé très cher. L'enchanteresse m'a menti.

La pointe de l'épée retomba sur le pont avec un bruit mat. Je reculai, prise de court par l'émotion profonde qui l'étreignait. Il avait l'air tourmenté, plein de détresse.

Il se mit à parler comme s'il se confessait, avec un débit rapide, pressé de se débarrasser des mots qu'il avait si longtemps refoulés.

— Eusia était l'une des saintes d'Obélia. Des siècles auparavant, elle s'était échouée sur le rivage du continent du Nord. Elle était vieille – aussi vieille que les dieux. Elle avait été éviscérée, elle était dépourvue d'entrailles quand on la trouva. Mais elle n'était pas morte. Elle était capable de parler et de bouger, et c'est pour cela que les Obélians lui vouèrent un culte. En échange d'une offrande, Eusia accordait des miracles à ses fidèles. Alors je partis la trouver. L'impératrice Nivala était… elle était une force de la nature, aussi avide de pouvoir que moi. Elle m'accueillit à bras ouverts, moi, un jeune roi de Leucosie, pressée d'apprendre quel pouvoir je possédais. Je ne lui révélai pas que j'étais mortel. Elle me nourrit et m'abreuva de vin en abondance, fit de moi son amant, et je passai des mois à Obélia, me préparant pour mon premier sacrifice et ma première bénédiction d'Eusia. Je me souviens du jour où elle finit par m'extorquer la vérité : que j'étais sans pouvoir, exactement comme elle. Elle me rit au nez. Mais elle accepta tout de même de m'emmener au temple, et je fis mon offrande au-dessus du petit puits au centre du temple. Je versai mon sang dans l'eau et prononçai la prière. Je demandai à Eusia... d'anéantir les sirènes qui avaient décimé ma flotte. Elles m'avaient coûté des hommes et de l'argent. Ma fierté. Elles n'apportaient que la ruine et j'étais résolu à ce qu'elles en paient le prix.

J'eus froid, soudain. Les coups de canon au loin, les craquements du bateau, tout s'effaçait devant la fascination qu'exerçait sur moi l'histoire contée par Némée.

— Lorsque la tête d'Eusia émergea à la surface du bassin, je poussai un hurlement. Elle était si petite. La taille d'un enfant. Chauve. Une membrane de chair couvrait ses yeux, pourtant elle me voyait. Je savais qu'elle me voyait. Sa voix était éraillée, mais elle avait très envie de parler de sa sœur avec moi. Elle me raconta comment Ligée avait reçu tous les dons et demeurait dorée et bien portante et sans égale depuis des siècles. Alors qu'Eusia s'était transformée en monstre à force de vouloir la surpasser. Nos intérêts étaient alignés. Aussi, je lui promis de l'aider.

— Eusia est à Obélia ?

— Non. Elle me demanda de la ramener chez elle. Afin qu'elle puisse réaliser le sort nécessaire pour vaincre Ligée.

— Que dis-tu ? criai-je en tremblant, envahie par un froid terrible, un effroi si profond qu'il me faisait mal. Elle t'a demandé de la ramener chez elle ?

Un éclair passa dans ses yeux, comme si j'avais révélé une faiblesse.

— Tu la cherches.

— Je lui suis liée par le sang, crachai-je. Évidemment que je la cherche !

Il esquissa un sourire.

— Tu lui ressembles, tu sais. À Ligée. C'était absurde de m'imaginer que le capitaine Ianto suffirait à te garder cloitrée dans mon fort indéfiniment. Toi et elle… toutes les deux si têtues, si arrogantes, préférant mourir que rentrer dans le rang.

Ces mots me frappèrent. Théodore avait dit quelque chose de similaire. Que Némée puisse connaître si bien mes faiblesses et mes forces me soulevait le cœur.

— Termine ton histoire, grinçai-je.

Il me lança un regard furieux, me fit attendre.

— J'aidai Eusia à quitter Obélia. Ce fut toute une entreprise. Il fallait s'assurer qu'elle ait tout ce qui lui était nécessaire pour un si long voyage. Avant son départ, l'impératrice exigea un dernier miracle. Un grand miracle. Elle fit un ultime sacrifice…

— Son mari, intervins-je, assommée par la révélation. Et les Nel. Tu ne les as pas tués pour leurs bijoux. Tu les as assassinés pour nourrir Eusia pendant son voyage à bord de ton navire, n'est-ce pas ?

— Comment tu sais ça ? réagit Némée, déstabilisé.

— J'ai fait mes recherches, dis-je en brandissant de nouveau l'épée.

Némée fit craquer sa mâchoire, gagné par une dangereuse agitation.

— Eusia voulait que j'aie un enfant avec Ligée, dit-il simplement, comme s'il commentait un détail. Ta mère n'avait jamais eu d'enfant pour une bonne raison : elle craignait sa sœur, ce qu'elle pourrait leur faire subir. Eusia voulait au contraire faire naître des générations dont elle pourrait se nourrir. Les cadavres la maintenaient en vie, mais les mortels ne lui donnaient pas de pouvoir divin. Si elle pouvait capturer sa sœur, et les enfants de sa sœur, elle serait en mesure d'avaler leur pouvoir en plus d'user de sa propre magie. Elle serait invincible et éternelle.

— Et donc tu lui as accordé ce qu'elle voulait, dis-je sans cacher le mépris que son comportement m'inspirait. Mais comment ? Pourquoi Ligée t'aurait-elle...

— Elle se lia à moi.

Il n'avait jamais parlé avec autant de douceur dans la voix. Pas même dans mes souvenirs de lui quand j'étais une fillette, quand il m'accueillait avec un sourire et un bonbon caché dans sa main.

— Elle n'était pas stupide, ta mère, mais se lier à moi fut sa plus grande erreur, celle qui mena à sa perte.

Je reculai. J'avais besoin de mettre de la distance entre nous, de me rappeler qu'il était cruel et sans cœur, car l'émotion qui transparaissait dans ses yeux me chamboulait. Il avait l'air accablé de chagrin.

Une bourrasque balaya le pont, je luttai pour garder l'équilibre tandis que le navire était malmené par une série d'énormes vagues. La température baissait rapidement à mesure que le soleil disparaissait derrière un mur de nuages noirs et bourgeonnants. Au loin, un grondement puissant résonna.

Je scrutai la mer. Le grondement était un roulement de tonnerre : les coups de canon avaient cessé. Les deux derniers bâtiments de guerre serafis avaient battu en retraite. La moitié de la flotte de Varya était rentrée au port, et nous avions dérivé loin au large.

— On dirait que tu as perdu, le narguai-je.

— Je n'avais pas l'intention de gagner cette bataille, Imogène. Je te l'ai dit : je suis venu te chercher.

Les yeux brillant d'une avidité terrifiante, il glissa une main entre les cordes qui le retenaient, tira dessus et elles tombèrent à ses pieds comme des feuilles mortes. Le poids de l'épée faisait trembler mes bras, mais je la tins fermement pointée sur lui et reculai sur le pont. Némée le remarqua à peine. Il se redressa, dépliant ses longs membres un à un, rajusta son armure d'un geste sûr et sans peur. Il jeta un coup d'œil aux nuées d'orage qui s'accumulaient à l'horizon et m'interrogea :

— Que vas-tu faire ? railla-t-il. Je crois que seule Ligée aurait été capable de diriger un navire sans équipage dans une tempête, en pleine nuit. Et tu lui ressembles beaucoup, certes, mais tu ne lui arrives pas à la cheville.

J'en eus le souffle coupé. Je l'observai, sans rien dire, attendant qu'il tire le poignard glissé dans sa ceinture. Au lieu de quoi, il se contenta de s'asseoir sur une caisse retournée qui traînait sur le pont.

— Tu l'aimais ?

La question m'avait échappé. Il haussa les épaules avec un grognement avant de répondre.

— J'aimais la posséder. Le pacte qui nous liait était fourbe, cela dit. J'aurais voulu la détester. Je me répétais qu'elle était la source de toutes mes souffrances, des difficultés de mon royaume, mais ça ne prenait pas. Le pacte finit par me convaincre que je l'aimais.

Je tressaillis comme si ces mots m'avaient giflée.

— Ce n'est pas ainsi que fonctionne le pacte.

Il se figea. Jusqu'ici, il avait semblé détendu, mais son corps se crispa soudain comme sous l'effet d'une prise de conscience. Inclinant la tête, il dit :

— Tu parles comme si tu savais d'expérience.

— Le pacte oblige à la protection.

Une incrédulité amusée retroussa ses lèvres.

— Dieux des morts ! C'est comme ça que tu as obtenu l'aide de cet enfant-roi, n'est-ce pas ? Tu l'as volé, s'écria-t-il en ricanant. Tout comme ta mère !

— Je ne l'ai pas volé. Il était d'accord.

— Oh, quelle magnanimité ! Quel sacrifice de sa part ! Et a-t-il proclamé son amour ? A-t-il juré d'être à toi pour toujours ? se gaussa-t-il en se claquant la cuisse. Il va être encore plus imbuvable, maintenant, le petit-fils de Panos, lié par le sang à la fille de Ligée… Comme si ce bâtard n'était pas déjà assez puissant, voilà qu'il a réussi à obtenir encore plus de pouvoir.

Son insinuation bouscula en moi quelque chose qui m'avait paru auparavant inébranlable. Théodore s'était avant tout lié à moi à cause de mon pouvoir, parce qu'il pensait savoir qui j'étais. Il m'était soudain impossible d'ignorer cette idée : si un sang divin n'avait pas coulé dans mes veines, Théodore m'aurait-il abandonnée à mon sort, seule et prisonnière dans le fort de Némée ?

Némée se leva brusquement, animé d'une colère que je connaissais bien, et tira le poignard de sa ceinture. Il le fit tourner dans sa main tout en allant et venant sur le pont.

— Ce pacte… Ta mère apprit ce que j'avais fait, comment j'avais aidé Eusia à quitter Obélia. Je faisais voile vers Seraf. Alors que je m'engageais dans un passage étroit entre deux piliers rocheux, je vis Ligée, dit-il en pointant son poignard comme si elle se trouvait devant lui. Ligée, perchée sur les rochers, ailes déployées et peau mouchetée d'eau salée, tel un oiseau de proie cruel dans toute sa majesté. Elle atterrit sur le pont de mon navire et paralysa l'équipage tout entier sans émettre le moindre son. Je n'avais jamais rien vu de tel. Elle exsudait la puissance, mais elle me regardait comme si c'était moi, la menace. Elle était venue à moi comme si c'était moi qui possédais le pouvoir vicieux des leurres. Elle a dit : « Je sais que tu veux nous détruire, mon peuple et moi. Je vais faire en sorte que tu en sois incapable. » Sur ce, elle m'entailla la main et nous lia.

Mes bras s'étaient mis à trembler. Une rafale de vent projeta dans mes yeux de l'écume salée, m'aveuglant un instant. Je sentais que notre temps était compté, et je ne savais toujours pas où se cachait Eusia.

— Comment as-tu tué Ligée ?

— Je ne l'ai pas tuée.

— Ne me mens pas ! Son aile pend dans ta salle du trône, Némée. Comment le pacte de sang t'a-t-il autorisé à la lui arracher ?

Il s'avança d'un pas menaçant.

— Je n'ai jamais levé la main sur elle. Je n'en ai jamais ressenti le désir. Pendant des années, j'ai vécu avec le regret du service que j'avais rendu à Eusia, à cause des sentiments que j'éprouvais pour Ligée. J'ai fait tout mon possible pour la protéger. Je l'ai tenue éloignée de la mer afin qu'Eusia ne puisse sentir sa présence. Lorsqu'elle… Lorsque nous… Ligée était déterminée à te donner naissance dans la mer. Malgré toutes mes supplications, elle refusait que nous restions à terre, dit-il, soudain livide. Elle s'éclipsa pendant la nuit. Nous étions à Seraf, logés dans l'ancien donjon sur la côte ouest. Le fort de la montagne n'était pas encore achevé. Je me rendis compte trop tard qu'elle n'était plus à mon côté dans le lit. J'aurais dû l'attacher à un poteau du lit, comme j'avais menacé de le faire, mais je n'avais pu me résoudre à lui meurtrir les poignets avec les cordes. Quand j'arrivai sur la plage, le soleil se levait à peine. L'écume était encore rougie de son sang. Tu hurlais, couchée sur le sable sec, comme si elle t'avait jetée en lieu sûr. Et son aile flottait sur les brisants, des lambeaux de chair encore accrochés à sa racine. Eusia l'avait enlevée, mais elle ne la tua pas.

— Comment le sais-tu ? murmurai-je.

— Notre pacte ne s'était pas brisé. Je l'ai senti en moi pendant des années.

Il leva les yeux sur moi, et dans la lumière déclinante, je distinguai tout juste son rictus d'une ironie noire. Il eut un rire amer.

— C'est peut-être la première fois que tu me regardes comme si j'avais un cœur, cracha-t-il. Ne te laisse pas berner.

— Pourquoi ne pas m'avoir jetée à la mer ? demandai-je. Pourquoi n'avoir pas rendu Eusia toute-puissante ? Ne t'être pas débarrassé une fois pour toutes de notre engeance de sirènes ?

— Eusia ne veut pas ta mort, gronda-t-il. Elle a maintenu Ligée en vie aussi longtemps qu'elle l'a pu. Et elle ferait de même avec toi. Elle t'userait lentement.

— Tu essaies de me dire que tu m'as gardée par compassion ? Que tu m'as forcée à donner mon sang au cours de ce rituel afin que je ne souffre pas comme ma mère ?

Je le fixai d'un regard soupçonneux. Une rage alarmante grandit en lui, redonnant de la couleur à ses joues.

— Je l'ai fait pour Ligée. Pas pour toi. J'ai tenu ma promesse à Eusia. Je l'ai nourrie. Mais j'avais juré qu'aussi longtemps que mon pacte avec Ligée perdurerait, je ne laisserais pas sa fille subir le même sort.

— Votre pacte, dis-je, existe-t-il encore ?

Il se tut, visiblement pris de court par ma question. Comme s'il ne se l'était jamais posée. Il sembla regarder en lui-même, appuya une main sur son ventre. Contre toute attente, il eut soudain l'air d'un homme en peine d'amour.

— Je ne le sens pas.

Son attitude changea instantanément. Mû par une résolution nouvelle, il s'approcha de moi.

— Où est Eusia ? demandai-je, en me campant plus fermement sur mes jambes.

— Avec tout ce que tu as appris pendant ton voyage, tu n'as pas encore compris ? Je t'ai gardée enfermée dans ce fort, loin de la mer, par miséricorde, parce que tu as toujours été si faible. Tu étais si malingre à la naissance, si chétive. La mer t'aurait avalée tout entière si je t'avais laissée t'en approcher. Eusia t'aurait cueillie sur le sable sans le moindre effort. En ce moment même, tu es là, avec une épée à la main, et tu me laisses parler, tu me poses des questions dont tu devrais connaître les réponses, railla-t-il en hochant la tête comme s'il était déçu. Endurcis-toi. Bats-toi !

— Si je suis peureuse et faible, c'est à cause de toi ! criai-je. C'est toi qui m'as rendue ainsi !

— Et que comptes-tu y faire ? Se moqua-t-il en levant son poignard entre nous deux. Vas-tu rentrer à la maison avec moi, en sécurité, où nous pouvons payer Eusia pour ses bienfaits sans qu'elle puisse t'atteindre ? Ou bien m'obligeras-tu à t'éventrer ici et maintenant pour que ses monstres t'emportent à son repaire ? Je connais le sortilège qui te maintiendra en vie jusqu'à ce que tu parviennes auprès d'elle. Le même qu'elle a utilisé pour se sauver de la mort.

La mer était houleuse, les creux des vagues plus profonds, et le navire embardait de plus belle. Je soutins son regard dans le crépuscule. Ma voix se fit dure comme l'acier.

— Ni l'un ni l'autre.

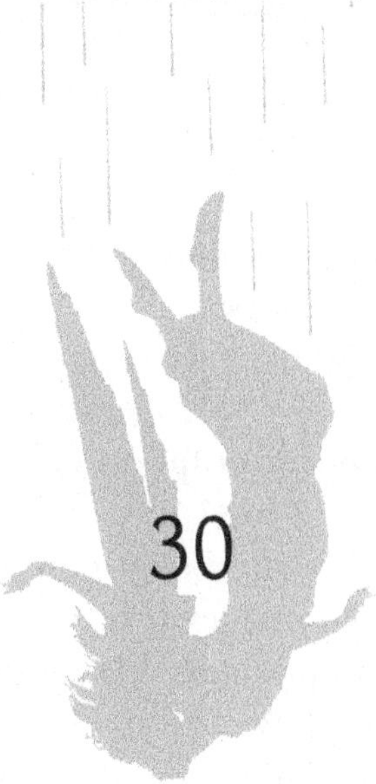

30

Le poids de l'épée ajouté à la gîte du navire m'obligeait à lutter pour garder l'équilibre.

De toutes mes forces, je soulevai l'arme et, faisant décrire à la lame un grand arc de cercle, l'abattis sur Némée. Il esquiva l'attaque, je vis son poing jaillir et une douleur fulgurante fit éclater ma pommette. Sous la force du coup, la couronne alla valdinguer au sol, roulant sur le pont. Je vis des étoiles et attendis le coup suivant, le poignard plongé dans mes tripes, mais rien ne vint.

Le visage en feu, les yeux larmoyants, je me campai néanmoins de nouveau sur mes jambes. De l'autre côté du pont, Némée allait et venait, les épaules voûtées, passant et repassant une main dans sa tignasse, comme un homme désemparé.

— Est-ce ta misérable conscience, Némée, qui te tourmente ? hurlai-je pour couvrir le rugissement du vent. Ça t'a fait mal de me frapper ?

— Non, rétorqua-t-il en me lançant un regard furieux.

Je m'approchai d'un cordage et m'y cramponnai. La tempête ballottait le navire sur les vagues comme un fétu de paille.

— Je lui ressemble. Comment peux-tu ne pas voir son visage lorsque tu me frappes ?

La pluie se mit à tomber de biais, plaquant ses cheveux sur son front.

— Use de ton pouvoir et qu'on en finisse !

— Tu veux que je te tue ?

— Tu ne peux pas comprendre mon malheur, dit-il d'une voix brisée. J'ai vécu toutes ces années avec un pacte de sang intact, enchaîné à l'inquiétude, à la nécessité impérieuse de la protéger, et je ne pouvais rien y faire.

— Rien y faire ? m'indignai-je tandis que quelque chose en moi cédait, me poussant à marcher sur lui, l'épée brandie. Comment oses-tu essayer de justifier ta cruauté ?

J'attaquai, abaissant mon arme sur son épaule, mais il esquiva encore et tenta de m'atteindre avec son poignard.

— Tous les moyens que tu as trouvés de me terroriser. Tu as fait de moi ce que tu voulais, ce qui te servait : une petite chose timorée. Tu as fait de moi tout ce que ma mère n'était pas, afin de m'utiliser.

Un éclair traversa ses yeux. L'obscurité s'épaississait, m'empêchant de distinguer clairement ses mouvements. Némée se rua sur moi. Je voulus bondir hors de portée, mais le bateau tangua et me jeta quasiment dans ses bras. Il était prêt : il m'attrapa par les cheveux et me tira rudement sur le côté. La douleur m'arracha un cri.

Soufflant comme une forge, Némée siffla à mon oreille :

— Tout ce que j'ai fait, c'est te protéger en échange de ton obéissance. N'est-ce pas ainsi qu'un grand dieu traite ses fidèles ? N'est-ce pas l'accord qui existe entre un roi et ses sujets ? Entre un père et son enfant ?

Il me lâcha les cheveux et me repoussa avec violence. Je tombai à plat dos sur le pont, le souffle coupé. Montrant les dents, il brandit de nouveau le poignard et s'avança sur moi, luttant contre le roulis du bateau.

Mon pouvoir tourbillonnait, tel un remous dans une eau noire, pressé de se défaire de son carcan, mais je n'arrivais pas à respirer pleinement, la douleur m'empêchait de me concentrer assez pour envoyer un leurre. Péniblement, je me mis à genoux et fixai toute mon énergie sur le cœur rabougri de Némée. Il était juste devant moi, le poignard serré dans son poing, quand je lançai mon leurre.

Il eut un mouvement de recul, un éclat d'argent brilla dans sa main, j'attendais qu'il se fige, soumis à mon emprise, que le poignard tombe sur le pont... mais mon leurre ne prit pas.

Némée se jeta sur moi, les yeux rivés aux miens. Je poussai un cri lorsque sa lame pénétra dans mes chairs, telle une langue de feu qui traversa mon ventre, transperça muscles et organes jusqu'au point précis où était logé mon pacte avec Eusia.

Alors Némée eut l'air pétrifié, les yeux écarquillés, le visage baigné par la pluie comme par des larmes.

— Non..., murmura-t-il en lâchant le manche de la dague comme s'il lui brûlait les doigts. Tu as essayé... n'est-ce pas ? Tu as essayé de m'hameçonner avec ton leurre ? dit-il, stupéfait.

Je hochai la tête, les deux mains plaquées sur mon ventre de part et d'autre de la lame à moitié enfoncée.

— Il n'a pas pris.

Il faillit être renversé par une vague qui s'écrasa sur le pont. Elle me balaya, me fit rouler sur le côté. La douleur me vrilla l'estomac tandis que le poignard pénétrait plus profondément dans mes tripes. Je ne hurlai pas, ne haletai pas sous l'effet du supplice. Au lieu de quoi mon corps se tétanisa, raidi autour du métal qui déchirait mes chairs molles.

Némée me saisit par le bras et me tira sur mes pieds avec une telle violence que mon épaule se déboîta avec un craquement atroce. Je hurlai. Je me débattis, lacérai sa joue de mes serres, faisant couler un sang noir.

Il poussa un râle mais serra plus fort mon bras.

— Arrête !

Il me traîna jusqu'à l'escalier qui menait au gaillard d'arrière et me jeta sur les marches, mon dos heurtant le bois dur. Je ne distinguais qu'une silhouette sombre et l'éclat de ses dents quand il se mit à hurler :

— Elle est toujours en vie ! Si ton leurre n'a pas fonctionné, ça veut dire que Ligée est vivante. Notre pacte demeure.

Il était fébrile, un éclair illumina son visage marqué par l'horreur.

— Le sortilège.

Il posa une main sur le manche de la dague enfoncée dans mon ventre comme s'il voulait l'en retirer.

Je gémis et crachai entre mes dents :

— Ne me touche pas !

— Le sortilège te maintiendra en vie.

— Pour que je puisse continuer à nourrir Eusia pour toi ?

Il secoua la tête, son visage décomposé battu par la pluie.

— Ligée. Je la croyais morte, je pensais… Tant qu'elle vit, j'ai juré de te protéger.

C'était incompréhensible, la façon dont le pacte de sang qui le liait à ma mère avait façonné sa boussole morale tordue. Il était méprisable, fourbe, mais je ne l'avais jamais vu dans cet état. Brisé par le chagrin. Prêt à me rendre la vie alors que je croyais depuis presque toujours qu'il voulait ma mort – et après m'avoir porté lui-même un coup fatal.

Peu importait que je comprenne ou pas, j'étais sûre au moins d'une chose : je voulais vivre.

Un éclair zébra le ciel, révélant le dessein de Némée. Il n'attendit pas mon consentement : d'un geste vif malgré sa main tremblante, il arracha le poignard de mes tripes.

Un hurlement m'échappa.

Némée mit un genou au sol pour se stabiliser malgré les coups de roulis qui secouaient le vaisseau et les paquets d'eau qui lessivaient le pont. Il passa la lame sur le bout de son doigt, écopa un peu d'eau de mer dans sa main et versa la mixture sanglante sur la plaie béante de mon ventre. Le sel brûla ma chair.

— Est-ce que je vais vomir ? demandai-je.

— Je ne sais pas.

Il était livide, tendu à l'extrême.

Dans la lumière du soir, mon sang paraissait noir. J'avais de plus en plus froid. Mon corps fut pris de tremblements.

— Ne bouge pas.

Il appuya la main sur l'entaille sanglante. Le contact de ses doigts sur ma peau, frais, doux et humide, me répugnait. Il ferma les yeux et un calme irréel descendit sur lui. Son immobilité formait un contraste saisissant avec le chaos régnant sur le navire, la pluie cinglante, le vent rugissant.

Il parla avec révérence et détermination.

— Dans le sillage des vaincus, lorsque l'esprit abdique, réparez, suturez, refermez. Dans les veines des noyés, lorsque le sang emplit la gorge, purifiez, lavez, guérissez.

Je ne sentis d'abord rien, mon sang chaud coulait toujours entre ses doigts. Puis, à l'instant même où Némée poussait un râle et retirait sa main, mon corps se cambra sous l'effet d'une douleur intense. Comme si on m'enfonçait de nouveau le poignard dans les tripes. Je baissai les yeux. Le sang ne coulait plus qu'au goutte-à-goutte, mais il coulait encore. La plaie ne s'était pas refermée.

Némée tomba à la renverse, gémissant, tandis que la magie exigeait son dû. Il porta les mains à ses yeux comme si ses paupières le brûlaient. Une vague s'abattit sur lui, l'envoya glisser sur le pont, son grand corps heurta le pied du mât. Un gargouillis s'éleva de sa gorge, mais je ne savais pas si c'était l'eau de mer ou le sortilège qui l'étouffait.

Je ne bougeai pas. Je le regardai se débattre et glisser au gré des caprices du vent et de la mer. Sur un nouveau coup de roulis, il réussit à se cramponner à la base du mât et se recroquevilla autour. J'attendais que sa respiration se stabilise, comme celle de Halla après qu'elle avait jeté son sort. J'attendais qu'il cesse de se griffer les paupières, au lieu de quoi il continuait de se tordre, luttant de toutes ses forces contre la tempête qui tentait de le déloger.

Je contemplai de nouveau ma blessure au ventre et fus prise de nausée. J'avais été à deux doigts de subir le même sort qu'Eusia. Alors le souvenir du récit de Théodore me revint à l'esprit, sa description de l'exécution d'Eusia.

Elle fut éviscérée et jetée à la mer au large d'Anthémuse.

L'île des sirènes. Le siège du royaume de Ligée. Là où sa sœur et elle avaient été créées.

Chez elle.

— Elle est à Anthémuse, n'est-ce pas ? demandai-je à Némée dont le souffle reprenait un rythme plus régulier. Réponds-moi ! Comment as-tu réussi à t'y rendre ? On dit que ses eaux sont impénétrables.

L'île avait été empoisonnée par un sortilège et laissée à l'abandon. Un sort, je le présumais, jeté par Eusia elle-même. La terre de l'île était devenue noire et toxique, comme les eaux qui l'entouraient. On ne pouvait franchir sa barrière de récifs ni poser le pied sur son rivage sans que la corruption s'infiltre par la semelle de vos bottes. En conséquence, Ligée avait perdu le siège de son pouvoir. Elle n'avait plus de reine que le titre. Les sirènes s'étaient dispersées à travers tout l'archipel de Leucosie, accueillies avec bienveillance par tous – du moins au début.

Je rampai jusqu'à Némée et lui secouai l'épaule, le forçant à me regarder. Ses yeux saignaient, lacérés, une vision cauchemardesque.

— Comment as-tu accosté sur l'île d'Anthémuse ?

Il faisait non de la tête comme s'il refusait de me répondre. La pénombre tombait et on n'y voyait plus grand-chose, mais j'entendis un bruit de métal qui glissait sur le pont. L'épée. Me fiant au son, je rampai jusqu'à l'arme et refermai mon poing sur la garde de cuir.

L'orage creva le ciel. Je me levai et retournai en titubant auprès de Némée, traînant l'épée derrière moi, sa pointe raclant les planches du pont. Némée ne bougeait plus. Il gémissait à peine. Le dominant de toute ma taille, je posai la pointe de l'épée sur le creux de sa gorge.

— Comment as-tu accosté sur Anthémuse, Némée ?

Il me fixa, toujours immobile, et eut le culot de rire. Comme si je ne représentais pour lui aucune menace. Comme s'il était persuadé de m'avoir suffisamment limé les crocs pour que je ne sois plus capable de mordre.

Je le piquai à la pointe de ma lame, juste assez pour percer la peau. Il gronda comme un animal sauvage.

— Eusia m'y a autorisé.

— Toi et tout ton équipage ? Elle a laissé ton navire entier franchir les récifs ?

— Le navire a franchi les récifs, mais seuls Nivala et moi avons eu la permission de pénétrer sur l'île principale.

Grands dieux ! Un affreux pressentiment me noua la gorge. Mes mains se crispèrent sur la poignée de l'épée.

— L'impératrice ?

— Oui. Elle continue de la nourrir, dit-il entre ses dents serrées.

Il tenta de remuer, mais je le tenais toujours à la pointe de l'épée.

— L'impératrice lui donne encore des corps à dévorer ?

— Elle lui donne des sirènes.

Un effroi terrible me saisit tandis que j'assemblais les pièces du puzzle des derniers jours. L'impératrice n'était pas juste une fidèle dévouée d'Eusia, elle en était devenue une sorte de prêtresse, travaillant avec diligence à la maintenir en vie. Elle savait qui j'étais, sans quoi elle ne m'aurait jamais raconté l'histoire des Nel. Elle était venue me voir dans ma chambre à l'infirmerie, cette nuit-là, très contrariée par mon état, avait précisé la guérisseuse. Elle voulait m'enlever, mais j'étais trop faible pour quitter le lit. Lachlan n'avait pas trouvé Agatha.

Agatha.

Elle avait disparu la veille du départ de l'impératrice.

Agatha.

— NON !

Elle avait pris Agatha. Elle l'avait enlevée, mais c'était moi qu'elle voulait.

— Non, non, non !

Le vent et la pluie me fouettaient le visage, rugissant aussi fort que mon sang dans mes oreilles. J'entendais tout juste le gloussement pénible de Némée.

— Tu as perdu, n'est-ce pas ? dit-il d'une voix tremblante. Tu viens de le comprendre ?

J'appuyai un peu plus la pointe de l'épée sur son cou. Au premier coup de roulis, à la première vague puissante, elle le transpercerait. Il reprit son sérieux. Leva les mains en signe de reddition.

Mais je n'attendis pas le roulis. La tempête déchaînée et l'embardée d'un navire ne décideraient pas de son sort.

Je me réservais ce privilège.

J'enfonçai l'épée dans son cou. Je la sentis percer peau, chairs et cartilages, trancher les os de sa colonne vertébrale et se planter dans le bois en dessous.

Je bénis la noirceur de la nuit.

Je lâchai l'épée, trébuchai en arrière, tombai à genoux et vomis.

31

Je fus réveillée par les cris des oiseaux de mer. Endolorie, je roulai ma tête d'un côté et de l'autre, entrouvris les yeux sur la faible lumière du matin. Au-dessus, les lambeaux des nuées d'orage de la veille flottaient encore bas dans le ciel, gris et désormais essorés.

Ma vision se fit plus nette et je contemplai les voiles affalées, les cordages qui battaient dans la brise humide. Alors que mon esprit émergeait des brumes du sommeil, la panique me saisit de nouveau.

Agatha. Il fallait que je trouve Agatha.

Pendant la nuit, je m'étais blottie sous les marches qui menaient au gaillard d'arrière, et je m'y accrochai maintenant pour m'aider à me redresser en position assise. Je paniquai un peu plus en constatant les dégâts sur ma personne. L'air était doux, mais je grelottais. Ma peau paraissait grise, couverte de chair de poule et de sueur froide. Une douleur lancinante au ventre me consumait. J'inspirai et soufflai trois fois dans l'espoir vain de calmer mon rythme cardiaque, avant de relever ma tunique trempée.

— Merde !

Le trou dans mon ventre suppurait du sang. La peau autour de la plaie était rouge et sensible. Je gémis lorsque mon esprit cruel fit surgir le souvenir de Théodore. Sa chaleur lumineuse et guérisseuse, le contact de ses mains calleuses, la façon dont sa présence et son pouvoir repoussaient les ténèbres qui me talonnaient perpétuellement.

— Némée s'est trompé.

Je sursautai, me tournai brusquement vers la voix grinçante provenant de l'autre côté du pont. Mes poils se hérissèrent quand je compris que la voix venait aussi de l'intérieur de mon crâne.

Eusia.

L'une de ses nekgyas était assise sur le pont, à l'endroit où reposait quelques heures plus tôt le corps de Némée. Ses cheveux noirs et soyeux collaient à ses épaules. Elle était blafarde, couverte de blessures noires et dentelées. La pourriture avait gagné sa bouche et ses doigts, sa poitrine et ses bras. La mer l'empêchait de se décomposer complètement, corsetant son corps à l'aide de varech et d'un patchwork de bernacles délicates.

Elle tenait à la main la couronne de Némée. Son épée reposait sur le pont à ses pieds. À côté, il ne restait qu'un petit tas de sable humide et un ruban d'algues visqueuses.

— Où est-il ? coassai-je.

Ses yeux étaient bordés de peau violette, ses iris de la couleur de l'eau au large de Varya.

— Tu t'en soucies vraiment ? demanda la voix d'Eusia par la bouche putréfiée de la nekgya.

Je haïssais cet homme. J'étais soulagée de le savoir disparu. Pourtant sa mort rompait un fil qui m'avait attachée à ce monde. Des morceaux de ma vie – des souvenirs de ma mère et de moi, enfant – qui n'existaient plus que dans son esprit étaient morts avec lui. Le réaliser m'emplit d'un chagrin solitaire.

— Dis-moi où il est.

— Au fond de la mer, bien sûr, dit-elle en reposant la couronne sur le pont. Viens. Nous devons refermer cette blessure. Le temps t'est compté.

— Pourquoi ? grognai-je. Pourquoi tu m'aides ?

— Si tu meurs, mon pouvoir en fera autant rapidement.

Je fus prise d'une furieuse pulsion : me laisser mourir, ici, sur le pont du vaisseau de Némée. Faire de ma mort la rupture qui mettrait enfin un terme à l'existence d'Eusia. Mais mon égoïsme était comme un feu têtu et inextinguible. Mon désir de vivre brûlait encore, incandescent. Je pensai à Agatha et au danger qui la guettait. À Théodore, sur le point d'épouser une fiancée ennemie.

Je me redressai sur mes genoux, tremblant de douleur, et rampai sur le pont vers la nekgya. L'océan était calme, berçant doucement le navire. Je restai à genoux devant elle, l'épée, le tas de sable et les algues nous séparant, et sondai son regard.

— Je suis prête à mourir si ça te détruit.

Elle garda le silence, impassible.

— Dis-moi comment te rejoindre et j'accepterai que tu uses de ton sortilège pour me soigner.

Après un autre long silence, elle finit par parler.

— Il n'est pas parfait.

— Quoi donc ?

— Notre pacte. La façon dont j'ai exploité Ligée est nettement préférable. Si je t'avais à côté de moi, comme Ligée, je serais plus forte. Ce pacte me permet d'accéder à ton pouvoir, de me nourrir grâce à toi. Mais j'ai beau en avoir envie, je ne peux pas te faire du mal.

Les yeux morts de la nekgya rencontrèrent les miens, et je fus transpercée comme par des échardes de glace.

— Tu le ressens aussi ? murmura-t-elle. Le désir de m'anéantir. De me vaincre. Mais si je te laisse venir à moi, si tu toisais ce qu'il me reste de corps, prête à rompre notre pacte, tu ne le pourrais pas.

— C'est pour cela que l'impératrice a tenté de m'enlever ? Pour m'amener devant toi. Elle, ta fidèle alliée. Elle a le pouvoir de me faire du mal. Elle peut t'aider à réaliser le sort qui rompra notre pacte, et à en élaborer un nouveau, semblable à celui qui te lie à ma mère.

— C'est exact. La vénération et la peur de cette femme m'ont bien servi.

Du sang s'écoulait de mon ventre. Ma tête me semblait flotter, et les trémulations qui s'emparaient de mon corps étaient trop violentes pour que je puisse les maîtriser. Submergée par le désespoir, je songeai un instant à me coucher là, à tout laisser tomber. Nous étions dans une impasse. Je ne voyais plus aucun moyen de mener à bien ma mission.

— Tu t'étioles, dit Eusia.

Sa voix sonnait creux, mais je pouvais presque sentir sa panique. Un bourdonnement, une sorte de vibration qui agitait mon sang.

Je serrai les dents pour les empêcher de claquer. Inspirai douloureusement. Et une étincelle illumina mon esprit.

Moi aussi, j'étais redoutable. J'étais digne de vénération, et si nul ne souhaitait se dévouer à ma cause comme l'impératrice à celle d'Eusia, je les y forcerais.

Je savais précisément qui je prendrais pour auxiliaire. Qui j'obligerais à m'assister pour rompre mon pacte avec Eusia et la détruire.

— Accorde-moi l'accès à Anthémuse et je réaliserai ce sortilège. Je te maintiendrai en vie, dis-je, le cœur battant.

Elle ne répondit pas.

— Vite, Eusia. J'ai une fiancée à enlever.

La nekgya me fixa un long moment, et je sus qu'Eusia examinait les termes de ma proposition. J'irais la rejoindre sur Anthémuse, et l'une de nous deux vaincrait. Elle acquiesça d'un bref signe de tête. Elle cligna des yeux puis, se déplaçant à quatre pattes, elle vint vers moi telle une araignée s'approchant de sa proie. Les avertissements de Théodore concernant la magie me revinrent à l'esprit. Il avait refusé l'idée même que je puisse jeter plus d'un sort – celui destiné à détruire Eusia. Mais je n'avais pas d'autre espoir.

— Serai-je la même ? dis-je en m'appuyant contre le mât. Après le sort ?

— Ce que la magie prend, elle ne le rend jamais.

Ma vision se troubla, les voiles au-dessus de ma tête et les gréements se brouillèrent en une masse confuse. La douleur commençait à refluer.

— Que dois-je faire ? demandai-je en tremblant comme une enfant terrifiée.

Ses yeux vides évitèrent les miens alors qu'elle s'agenouillait à côté de moi. Elle prit un peu de sable dans ses mains putréfiées.

— Le sable rencontre le sang. Le gras emplit la bouche. Le varech recoud la chair.

Je contemplai son corps déliquescent, tout rapiécé d'algues et de bernacles, les quelques plaques de peau gélatineuse… J'eus un haut-le-cœur à l'idée de me muer en une créature semblable, mais je retirai ma tunique.

— Je verse mon sang dans le sable ?

Elle hocha la tête. En tremblant, j'entaillai ma paume de la pointe de ma serre, en suivant les lignes de cicatrices anciennes. Je laissai mon sang goutter dans le sable qu'elle tenait entre ses mains, elle rampa plus près de moi et appliqua le mélange de sable et de sang sur ma plaie, m'arrachant un frisson de dégoût et un gémissement de douleur. Elle poussa le ruban d'algues vers moi. J'en détachai un morceau avec mes dents et l'appliquai à mon tour sur la blessure, cherchant du regard son approbation.

— Le gras, dit-elle.

— Je... Je ne...

— La magie ne peut pas créer quelque chose à partir de rien.

Le prix était élevé.

Une fois encore, je plantai une serre dans le gras de mon ventre, sous mon nombril. J'en tranchai un tout petit morceau. Luttant contre la nausée, je posai le bout de gras sur ma langue et l'avalai péniblement.

— Les mots.

La nekgya attendit comme si elle comptait que je les répète de mémoire. J'eus un vertige.

— Je ne m'en souviens pas...

— Répète. Grave-les dans ta mémoire.

Je me concentrai sur les lèvres noires de la créature tandis qu'elle récitait les mots du sortilège.

— Dans le sillage des vaincus, lorsque l'esprit abdique, réparez, suturez, refermez. Dans les veines des noyés, lorsque le sang emplit la gorge, purifiez, lavez, guérissez.

Je répétai après elle, chaque mot une torture en soi, et attendis. Comme il ne se passait rien, je l'interrogeai du regard.

— Tu éprouveras de la douleur, dit-elle d'une voix neutre. Tu ne trouveras le soulagement qu'auprès de ton roi.

— De mon roi ? Un guérisseur ferait l'affaire, non ?

— Il n'existe nul pouvoir égal à celui des dieux, chère enfant. Seul le roi fera l'affaire.

Je me figeai. Le sens des paroles d'Eusia semblait avoir mué. Je sentais presque son désir dans mon corps, à travers notre pacte. Je fus traversée par un sentiment d'alarme.

— Tu le veux. Tu désires son sang autant que le mien, n'est-ce pas ? Ce… ce sortilège est un piège. Pour m'obliger à retourner auprès de lui.

— Il n'y a pas de piège, Imogène. Le sort te maintiendra en vie. Et toi, toute seule comme une grande, tu retourneras auprès de ton roi, dit-elle, figée dans une immobilité de mort. Et si tu ne le fais pas… eh bien, je lui prendrai quand même son sang, d'une façon ou d'une autre.

Une douleur naquit au creux de mon ventre. Je grimaçai, ouvris la bouche pour protester, pour crier, mais le sort me consuma. Mes yeux me brûlèrent comme si on avait versé dedans de l'huile bouillante. Mon crâne, ma peau, mes poumons semblaient percés de milliers d'aiguilles chauffées à blanc. Mon esprit quitta mon corps. Il vola vers une autre réalité où n'existaient qu'une faim insatiable et un désir sans limites. Il m'entraîna dans un lieu où j'avais soif de sang divin, comme si c'était de l'or liquide. Je le désirais comme si lui seul pouvait étancher ma soif.

Sous l'influence du sort, la terreur me saisit. La magie était plus enivrante que je ne l'aurais cru. Elle était comme un nectar, une ambroisie. Et malgré l'atroce douleur, j'en voulais toujours plus. Je voulais le pouvoir sous toutes ses formes. La sécurité, le contrôle, l'influence. La vengeance.

Je voulais Théodore et le sang puissant qui coulait dans ses veines.

Je serais capable de commettre le pire pour m'assurer qu'il soit à moi… que je sois rassasiée.

Je perdis la notion du temps, mais quand je réintégrai mon corps, ce fut avec un hurlement. La nekgya avait disparu. J'étais seule. Il ne restait plus que la couronne et l'épée de Némée. Mon corps me semblait avoir absorbé la mer tout entière. Je baissai les yeux avec angoisse. Les algues s'étaient cousues à ma peau, refermant la plaie et arrêtant le saignement. Je pressai mes doigts sur mes paupières brûlantes. Je passai la main sur mon crâne, et une touffe de cheveux me resta entre les doigts.

Mes cris paraissaient provenir de l'extérieur de mon être, se mêlant au claquement des vagues sur la coque du navire, au martèlement de mon cœur. M'aidant du mât, je me levai et manquai m'évanouir à cause de l'effort. Je ne saignais plus, le sortilège avait fonctionné, et comme Eusia l'avait prédit, j'étais envahie par une douleur débilitante.

Longtemps, je restai debout sans bouger. Je luttais pour me souvenir de mes propres désirs avant que ceux d'Eusia ne m'aient contaminée. Tuer Eusia, trouver Agatha, protéger Théo. Je scandais les mots comme une prière, m'y accrochant comme à une bouée de secours.

Le soleil réchauffait ma peau glacée, je laissai mes yeux meurtris parcourir le pont du bateau. Ce dernier était très endommagé. De grands trous déchiquetaient ses flancs. Des voiles étaient déchirées et flottaient, libérées de leurs drisses. La grand-voile de Némée, ornée de son anguille, pendait misérablement au-dessus de ma tête. Une honte brûlante me traversa. Peut-être ma mère aurait-elle su piloter seule un navire dans cet état, mais je n'étais pas ma mère.

J'étais une créature sombre et gangrenée, bien pire que ma mère.

Se courber était une souffrance terrible, mais je ramassai l'épée ainsi que la couronne de Némée et claudiquai jusqu'au bastingage.

Tuer Eusia, trouver Agatha, protéger Théo.

Protéger Théo.

Je fixai l'eau écumante d'un regard vide.

Protéger Théo. Le protéger de moi. Car j'étais devenue son plus grand péril.

Une brume salée m'enveloppa, et j'élaborai un plan. Je trouverais Halla et l'emmènerais avec moi. Je lui ferais rencontrer sa sainte bien-aimée, puis elle m'aiderait à la détruire. Je ramènerais Agatha saine et sauve. L'ordre que je donnai à la mer était clair comme du cristal : « Guide-moi une dernière fois jusqu'à Varya. »

Je sautai du bateau, et la mer m'avala tout entière. Elle me souleva et me porta, de sorte que je flottais à la surface comme un cadavre frais.

Dans la fraîcheur et le sel, mon cauchemar resurgit.

La femme sans visage, flottant sur les vagues. Sans yeux. Chauve. À la dérive. Pendant qu'une présence ténébreuse rôdait dans les profondeurs.

Affamée.

En quête.

Elle avait fini par me trouver.

REMERCIEMENTS

L'écriture d'un livre est loin d'être une entreprise solitaire. Et si c'est moi qui ai posé les mots sur ces pages, je n'ai pu le faire que grâce au soutien des personnes ci-dessous.

À Doug. C'est grâce à toi que j'écris des histoires d'amour. Je te remercie de nous avoir soutenues, moi et notre petite famille, dans cette épreuve. Merci de croire en moi. Tu es la stabilité et la lumière, et notre vie ensemble est ma plus grande joie.

À ma mère, Lynn Quinones. Merci pour ton soutien indéfectible. Pour avoir volontiers gardé mes enfants afin que je puisse prendre le temps d'écrire. Tu m'as toujours donné l'impression que mes rêves les plus fous n'étaient pas si fous que ça, après tout. C'est en grande partie grâce à toi que je les ai réalisés.

À mon agent, Sheyla Knigge. Tu es une partenaire incroyable, et je te suis reconnaissante chaque jour de ton sens aigu de l'intrigue, de ta passion et de tes rappels à l'ordre d'oublier un peu le site Goodreads. Merci d'avoir vu un potentiel en ma personne et en ce livre.

À mon éditrice, Julia DeVarti. Tu as compris mon histoire dès le début. Je ne pense pas qu'il y ait de meilleur sentiment au monde que d'avoir un partenaire créatif qui aime votre travail pour les mêmes raisons que vous-même. Je te remercie pour ta générosité et tes commentaires avisés.

Au reste de mon équipe chez Little, Brown and Company. Je suis épatée par le soutien, l'enthousiasme et l'expertise que chacun d'entre vous a apportés à ce livre. Sally Kim, Gabby Leporati, Danielle Finnegan, Kirin Diemont, Linda Arends et Amy J. Schneider, merci, merci. Et un grand merci à mon équipe chez Gollancz et à mon éditrice Millie Prestidge.

À ma femme de plume, Rachel Gillig. Il était impossible de survivre à ce travail sans toi. Merci pour ton cœur, ton esprit, ta sensibilité, ta compréhension. Ton amitié est l'une des choses les plus précieuses de cette aventure, elle me rend meilleure à tous points de vue.

À Caitlin Poole et Ginger Swan Lindsey. Vous avez passé au peigne fin les idées et les failles de l'intrigue avec moi. Vous avez célébré les succès et pleuré les pertes avec moi. Je me sens éternellement chanceuse de vous avoir trouvées toutes les deux.

À Nirmaliz Colon Acosta, April Chandler, Marissa Young, et à tous les autres lecteurs et amis écrivains qui ont donné leur avis et leurs conseils, m'ont encouragée, m'ont guidée. D'une manière ou d'une autre, vous avez influencé le chemin de cette histoire, ainsi que le mien, et je vous en suis très reconnaissante.

À Allison Saft. Merci pour ta générosité et ta perspicacité. Ta confiance et tes commentaires ont contribué à faire grandir cette histoire, et ma personne, de bien des façons. Je suis à jamais comblée de te considérer comme mon amie.

REMERCIEMENTS

À Hannah Teachout. Merci pour ton expertise et ton soutien à toute épreuve.

À Skyler Wry, merci d'avoir cru en moi.

À ma famille, proche et lointaine, votre amour, votre enthousiasme et votre soutien ont signifié beaucoup pour moi.

À chaque lecteur qui s'intéressera à ce livre, merci du fond du cœur.

Ce livre existe grâce au travail de toute une équipe.

Communication : Caroline Babulle, Solveig de Plunkett, Victoire Brulon, Inès Paulin, Adélaïde Yvert.

Coordination administrative : Martine Rivierre.

Studio : Pascaline Bressan, Barbara Cassouto-Lhenry, Joël Renaudat.

Fabrication : Muriel Le Ménez, Céline Ducournau, Bernadette Cristini, Sophia Paroussoglou, Isabelle Goulhot.

Commercial, relation libraires et marketing : Catherine Lauprêtre, Naïma Ruan, Anne-Laure Heugel, Élise Iwasinta, Armand Jamme, Solenn le Meur, Joséphine Saint-Paul, Aurélie Scart.

Cessions de droits : Elisabeth Stempak, Benita Edzard, Lucile Besse, Sonia Guerreiro, Costanza Corri.

Gestion : Sophie Veisseyre.

Services auteurs : Viviane Ouadenni, Jean-François Rechtman, Catherine Reimbold, Anita Sevenant.

Ainsi qu'à toutes les équipes d'Interforum et d'Editis qui participent à la création, la diffusion et la distribution de ce livre.

Canoros Vehit Canentes

#lisez! engagé
www.lisez.com
Pour plus d'information :
Imprimé sur du papier issu de forêts gérées durablement.

Achevé d'imprimer en France en mai 2025
par l'Imprimerie Maury S.A.S. à Millau (12)
pour le compte des Éditions Robert Laffont
92, avenue de France, 75013 Paris

N° d'édition : 68952/61
N° d'impression : E25/77244L